Chaleurs

J'AI LU

TABITHA KING

Traquée	*J'ai lu*	4083/4
Chaleurs	*J'ai lu*	4389/7

Tabitha King

Chaleurs

Traduit de l'américain
par Marc-Antoine

Éditions J'ai lu

Il y avait un corps, jetant un sortilège...
Theodore ROETHKE

Titre original :

PEARL
Published by arrangement with Dutton Signet,
a division of Penguin Books USA Inc.

A divers degrés, la mise en œuvre de cet ouvrage est redevable aux personnes suivantes : Marcella Sorg, anthropologue reconnue, qui m'a fourni de précieuses informations en jetant un regard éclairé sur quelques diapositives ; mes sœurs, Margaret Spruce Morehouse et Stephanie Spruce Leonard, en tant que premières lectrices, ainsi que Marcella Spruce, ma troisième sœur, pour sa contribution musicale, sans oublier mon mari, Stephen, pour ses conseils éditoriaux. Toutes les gaffes restent cependant imputables à ma seule personne.

CHAPITRE UN

1

Il faut une vie entière pour connaître tous les chemins de traverse conduisant à Nodd's Ridge. C'est la raison pour laquelle Pearl Dickenson – qui n'était pas de la région – arriva par la route 5. Comme il fallait s'y attendre, le fameux panorama qui faisait la réputation du Ridge capta immédiatement son regard. Cette campagne, qui se déployait vers le ciel au beau milieu des White Mountains, fut une véritable révélation. Les bois semblaient s'écarter soudain pour laisser la place aux petites maisons du village, qui, le dos tourné aux luxuriantes collines, se tenaient à l'écart les unes des autres. Le lac, éclat de saphir dans l'immensité verdoyante, formait une larme bleue dans un capharnaüm de rocaille et de plantes sylvestres. Pearl arrêta sa voiture sur le promontoire qui dominait le site et contempla, bouche bée, la beauté du vaste paysage.

« Seigneur ! s'exclama-t-elle. Dites-moi que je rêve ! »

Débordant d'une joyeuse et soudaine énergie, elle repoussa la portière de sa vieille Dodge, sauta à l'extérieur et découvrit, après les soixante et quelques miles parcourus depuis Portland, qu'elle était plus courbatue qu'elle ne l'avait cru. Les deux mains plaquées sur le bas du dos, elle poussa son bassin en avant avec une grimace accompagnée d'un grognement de bonheur. Elle inhala longuement l'air vif du nord qui lui picotait le visage bien qu'on fût au mois de mai. C'était un peu comme si elle se réveillait après une longue période d'hibernation, habitée par un inexplicable besoin de se sentir plus vieille qu'elle ne l'était.

Un objet sans éclat ni couleur apparut, sous la forme d'une vieille Jeep rouillée qui s'éreintait en ahanant dans la courbe montante, avec des grincements d'arthritique. Comme un vieux canasson qui connaît par cœur le chemin de l'écurie, l'engin semblait assez vieux pour trouver le sien par ses propres moyens. Il s'arrêta enfin, avec un bruit sourd de retour d'allumage. A son volant, un vieil homme lui fit signe en souriant, exhibant à l'excès un reliquat de denture qu'elle aurait préféré ne pas voir.

Elle lui rendit son sourire, et alors seulement il décida de descendre de voiture et de s'approcher d'elle. Attrapant son feutre graisseux et informe, il le leva, propulsant vers elle une odeur aigrelette de vieillard négligé.

– Bienvenue à Nodd's Ridge, dit-il avec un large geste des deux mains comme s'il voulait embrasser le village tout entier.

Pearl se mit à rire.

Quelque chose secoua le vieil homme ; un rire venu du ventre comme du fond d'un vieux puits. Un rire bas, étouffé, presque un gargouillement. Elle enfonça les mains dans les poches de sa veste et eut un mouvement d'épaules en direction du paysage.

– La déesse n'a pas trop mal fait les choses, dans le coin, ne croyez-vous pas ?

– Ça c'est ben vrai, m'dame, approuva-t-il, sans

apparemment s'offusquer qu'elle fît, en l'occurrence, allusion à une déité féminine. Vous allez faire des photos ?

Elle hésita, le temps de jeter un rapide coup d'œil par-dessus son épaule.

– La plupart des gens, ils prennent des photos, expliqua le vieil homme.

– Cela ne me surprend pas, dit-elle. Si j'étais tant soit peu douée, je serais sûrement tentée. Mais je ne suis pas ici pour le panorama.

Le vieil homme fronça ses sourcils broussailleux, pendant que, du bout de la langue, il s'humectait le coin des lèvres.

– Vous êtes pas... ?

– C'est ça. Je suis Pearl Dickenson, la femme que vous deviez rencontrer. (Elle lui tendit la main.) Je suppose que vous êtes monsieur McKenzie, le gardien... Enchantée de vous connaître.

Le vieil homme serra la main qu'on lui tendait, le visage chiffonné par l'effort de mémoire qu'il semblait fournir.

– Tout le plaisir est pour moi, décida-t-il enfin.

Le sourire édenté apparut de nouveau.

– Je me disais, comme ça, poursuivit-il en s'accompagnant du gargouillement rauque qui lui servait de rire, que vous étiez p'têt' en train de tourner en rond.

– Tourner en rond ?

– Perdue, quoi. Que vous cherchiez p'têt' du côté de Camp Keywadin. C'est un camp de musique pour les p'tits prodiges, comme on les appelle.

– Eh bien, je ne suis pas perdue, répondit-elle avec un signe de tête entendu. Je me trouve exactement là où je voulais être.

Le vieil homme agita son feutre informe en direction des montagnes.

– Vous avez vu ce que vous vouliez voir ?

– Oui. Depuis combien de temps habitez-vous ici ?

McKenzie exhiba derechef ses gencives.

– Toute ma vie, fit-il.

– Et vous, avez-vous vu tout ce que vous vouliez voir ?

De la tête, il fit signe que oui.

– C'est bien ce que je pensais. Dans ce cas, je ne vais pas me changer en statue de sel comme la femme de Loth et passer le reste de ma vie à regarder ces montagnes. Allons voir l'endroit.

Avec un gloussement, le vieil homme piqua à travers la route 5 en direction d'une parcelle de terre clairsemée de prairies et de bosquets, qui grimpait en pente douce, et au sommet de laquelle, partiellement cachée par de vieux ormes et des érables nouvellement feuillus, se trouvait une vieille ferme blanche agrémentée d'une profonde véranda. A un millier de pieds du promontoire panoramique, un chemin de campagne quittait la route pour se hisser jusqu'à la colline. Dans la direction opposée, une ligne de vieux ormes, plus remarquables par leurs branches tourmentées que par leur feuillage, délimitait, parallèlement à un mur de pierre, un vieux cimetière. Pearl leva les yeux vers la maison.

– Je la croyais plus retirée, perdue au milieu des bois...

Le vieil homme secoua la tête.

– Non, m'dame. Elle est pratiquement au bord de la route. Vous avez tout à portée de la main : le bureau de poste, le magasin général... Vous et vos voisins du cimetière, vous avez le plus beau point de vue de toute la ville.

– L'oncle Joe est là-bas ? demanda-t-elle avec un coup de menton en direction des pierres tombales.

– Vous voyez le rosier sauvage, là-bas, avec des fleurs blanches ?

– Ouais, ouais, se hasarda-t-elle.

Comme le vieil homme ne réagissait pas, elle décida qu'elle avait saisi la bonne intonation du premier coup.

– Eh ben, c'est là qu'il est, Joe. Ce rosier, il l'a planté lui-même. Pour sa mère, qu'y disait. Josie est morte de la grippe espagnole à dix-neuf ans et, sauf vot' respect, Reuben Styles, il a passé bougrement de temps pour l'enterrer, le Joe ; tout ça à cause de ces foutues racines. S'il l'avait pas coupé, ce rosier, probable qu'il serait presque arrivé en Chine, à l'heure qu'il est. Enfin, Joe est quand même enterré à côté de sa femme ; comme ça, on peut dire qu'y repose en paix...

– Il est assez près pour garder un œil sur l'endroit, en tout cas, ajouta-t-elle.

Le vieil homme secoua la tête et posa sur Pearl un œil mouillé mais cependant inquisiteur.

– Si on se comprend bien, vous êtes la petite-fille de Gussie qu'était la sœur de Joe ; ce qui fait de vous sa petite-nièce.

– Tout à fait. Mais je n'ai jamais connu l'oncle Joe.

– C'est ça, acquiesça le vieil homme, j' suis sûr que vous l'avez jamais connu.

Puis il remit résolument son chapeau sur son crâne chauve.

2

Quels qu'en soient les signes, une maison vide est reconnaissable d'aussi loin qu'un drapeau planté en plein vent au sommet d'une colline. Ici, on subodorait une attente silencieuse, une quiétude indéfinissable dont on percevait à peine la densité, mais qui, cependant, attestait de l'inoccupation des lieux. Pourtant, quelqu'un avait tondu la pelouse et, selon toute apparence, s'était donné beaucoup de mal pour entretenir les parterres de fleurs. Un peu comme si, sous les vigoureux coups de crayon d'un enfant de cinq ans surdoué, des bouquets de tulipes avaient précocement éclaboussé de couleurs primaires le blanc immaculé des murs de la demeure, déjà barbouillés des camaïeux de jaune des jonquilles et des narcisses.

Walter McKenzie marcha en soufflant jusqu'à la porte arrière, il tira de sa poche un trousseau de clés reliées par un anneau que ses doigts épais triturèrent impatiemment. Finalement, l'anneau céda, délivrant une série de clés dans le creux de sa main.

Ces articulations luisantes, cette peau cireuse, légèrement bleuâtre, rappelèrent à Pearl, avec une sorte de frémissement au creux de l'estomac, les grandes mains blêmes de sa grand-mère, dans l'ultime repos, sur son lit tendu de satin rose, étreignant autour de ses phalanges noueuses son chapelet vert cristal, posé sur son ventre recouvert de crêpe ivoire.

Comme le choix de la bonne clé semblait présenter quelque difficulté, McKenzie se mit à parler.

– La dernière fois que je suis venu, c'était pour poser des pièges à souris. Depuis, j'ai oublié de venir voir. J'espère que ça va pas trop puer. De toute façon, s'il y a des souris crevées, j' viendrai vous nettoyer ça dans la journée.

Il arrêta un instant de triturer la serrure pour s'ouvrir d'un grand geste vers un champ qu'on aurait pu appeler cour de ferme s'il ne s'était étendu sur près de cinq acres.

– ... sûr, j' viendrai passer un coup de tondeuse et vous aider à faire les foins, à la saison...

– J'apprécierai.

Histoire de s'assurer qu'elle avait quelque chose à se mettre sur le nez au cas où la puanteur causée par la décomposition des souris serait par trop intolérable, Pearl tâta le mouchoir qu'elle gardait au fond de sa poche.

La porte s'ouvrit enfin. Ils traversèrent une petite resserre en forme de T dont la barre horizontale se terminait par deux portes face à face, et dont l'air confiné libérait des senteurs d'écorce, de sciure de bois ainsi que l'odeur douceâtre et caractéristique de litière pour chat. Le vieil homme choisit la porte de gauche. Un dernier farfouillage de clés, et ils accédèrent enfin à la cuisine.

La pièce sentait surtout la poussière chauffée par le soleil. C'est avec une certaine nostalgie que Pearl reconnut la vieille cuisinière en fonte, massive et recroquevillée telle une idole antique qui, avec le fer à repasser, avait représenté le boulet attaché à la cheville de sa grand-mère et des femmes de sa génération. Bon débarras si ce dieu de la cuisine avait été renversé, même si, en son temps, il avait avantageusement remplacé la grande cheminée coloniale ! Gussie prétendait que rien ne faisait d'aussi bons biscuits qu'un vieux four à bois. Mais cela ne l'avait cependant pas empêchée de se faire installer une cuisinière à gaz et un four à micro-ondes. Du bout de l'index, Pearl suivit lentement les pleins et déliés chromés du mot « Atlantic Queen » gracieusement écrit sur la porte, pendant que son nez captait les odeurs subtilement mêlées d'huile et de détergent. Le réfrigérateur, bien que trop récent pour dégager un charme particulier, faisait entendre le ronron rassurant de son moteur électrique. Aussi ancienne fût-elle, et malgré la couche de poussière qui la recouvrait, la pièce présentait une certaine netteté. Dans un coin, un escalier abrupt, dont l'espace jusqu'au plafond eût contraint toute personne mesurant plus de cinq pieds six pouces à courber le dos, conduisait à l'étage supérieur.

Agitant son vieux galure comme s'il s'agissait d'un mouchoir en dentelle, le vieil homme désigna la table de bois.

– On est restés souvent assis là à discuter, Joe et moi... (Avec un long soupir, il balaya l'air poussiéreux de ses souvenirs pour revenir aux affaires courantes.) Vous voulez que je vous fasse visiter ou vous préférez que je vous laisse le faire toute seule ?

La respiration bruyante de McKenzie semblait exhaler une réelle tristesse. Pearl se demanda si c'était sa présence qui troublait le vieil homme ou seulement celle de ses vieux souvenirs. McKenzie évoqua à nouveau le passé.

– Joe, il causait jamais de ses affaires.

– Il ne vous a jamais parlé de moi ?

– Non, répondit le vieux en lui tendant le trousseau de clés.

Etonnée, un peu désarmée, Pearl contempla le grand anneau. Deux ou trois clés, c'était au maximum ce à quoi elle s'était attendue ; non pas à la douzaine que McKenzie venait de lui remettre.

– Je croyais qu'ici personne ne fermait sa porte à clé ; que tout le monde était honnête...

En réponse, le vieux afficha un visage de carême.

– Désolé de vous décevoir, mais les temps ont changé. Surtout depuis qu'une certaine engeance est venue s'installer chez nous.

Pressentant que Pearl aurait pu prendre ombrage de cette allusion, il précisa sa pensée :

– Y a rien pour vous, m'dame. Y a des tas de gens très bien, ailleurs aussi ; c'est pas leur faute s'ils sont pas nés ici. Mais on a parmi nous quelques pommes pourries, venues du New Hampshire ou du Massachusetts. En réalité, c'est seulement en été qu'il faut faire attention à rien laisser traîner. En hiver, cette engeance-là, elle retourne chez elle, là où faut pas fendre de bois pour se chauffer et où on trouve tout ce qu'il faut pour se soûler la gueule.

Pearl réprima un sourire.

– Je parie que l'oncle Joe ne faisait pas confiance à grand monde, lâcha-t-elle en examinant le trousseau.

– Joe, il était d'une prudence maladive. Ces clés-là sont toutes marquées. Il risquait pas de vous en laisser une sans savoir d'abord ce qu'elle ouvrait... (McKenzie parcourut rapidement la pièce du regard.) Y avait comme qui dirait une sorte de finalité dans son comportement. Chaque fois qu'y refermait sa porte derrière lui, c'était un peu comme si c'était la dernière fois. C'est une habitude qui se prend peut-être avec l'âge... Si vous avez besoin de quelque chose, mon numéro est sur le téléphone. Pour le moment, il est coupé, bien sûr. Vous avez juste à téléphoner du magasin général pour qu'on vous le rebranche. Tout le reste fonctionne. Joe, il entretenait sa maison comme un palace.

– Merci.

McKenzie tapota son chapeau pour lui redonner un semblant de forme.

– Vous aurez aucun mal à vendre.

– Mais je n'en ai pas l'intention.

Le feutre s'arrêta à mi-chemin du crâne de McKenzie.

– ... Vous demande pardon, mam'selle ?

La cuisine fut soudain remplie du rire de Pearl Dickenson. Elle l'entendit d'abord résonner à travers ses trompes d'Eustache comme pour les bruits produits à l'intérieur de soi, avant que la maison lui en renvoyât l'écho, comme un salut.

– Je vais vivre ici, monsieur McKenzie, annonça-t-elle.

Ainsi, ce fut la première chose que Nodd's Ridge apprit au sujet de Pearl Dickenson.

3

Walter McKenzie fit démarrer son véhicule, répétant par la fenêtre ouverte que si elle avait besoin de quelque chose...

Pearl le regarda s'éloigner, puis traversa la pelouse, contournant les parterres de fleurs et les carrés d'engrais d'où pointaient déjà les premières pousses d'asperge. Le grondement de la Jeep se fondit dans le lointain, la laissant seule sous la voûte verdoyante des vénérables ormes.

« Béni soit Dieu pour toutes ces merveilles », se dit-elle.

A intervalles réguliers, une gigantesque souche marquait la présence encore récente de grands arbres terrassés. Ces ormes avaient été des géants de la Terre, des patriarches aussi mémorables qu'Abraham ou Moïse, et dont l'ultime génération arrivait au terme de son existence, à cause de ce mal venu de Hollande, disait-on. Pearl se demandait qui avait bien pu planter ces ormes, puisque, à coup sûr, ils ne s'étaient pas mis en ligne tout seuls. Idée intéressante, dans la mesure où elle concernait l'arrière-arrière-grand-père de Joe, lequel arrière-arrière-grand-père, imaginait-elle, avait creusé un à un chacun des trous à intervalles réguliers pour y planter une jeune pousse et la chausser de cette terre fine et légère des sommets.

Au même titre qu'elle ne devait pas espérer manger les fruits de son futur pommier, la plantation de ces ormeaux avait représenté une sorte d'héritage, un legs potentiel et posthume laissé à des générations que Joe n'avait probablement jamais connues. Si ces arbres témoignaient aujourd'hui du lien qui l'attachait à ses ancêtres, Pearl ne connaissait cependant d'eux que leurs visages graves sur des photographies sépia, et leurs noms, écrits sur la page de garde de la bible de sa grand-mère. La disparition de ces grands arbres signifiait un peu la rupture entre sa génération et celles qui l'avaient précédée. Dans leurs tombes, ces vieux os sentaient-ils encore à travers la glèbe la chaleur du soleil ?

Le mur de pierre qui cernait le cimetière était assez bas pour être escaladé sans peine. En se dirigeant vers le massif de rosiers sauvages, l'ardoise des nombreuses stèles indiqua à Pearl qu'il s'agissait d'un très vieux cimetière.

Les rosiers avaient pris possession de ce lopin de terre où reposaient l'oncle Joe et ses ancêtres. Si les boutons de rose n'étaient encore que des points de ponctuation parmi les feuilles naissantes, les épines, elles, étaient longues et menaçantes. L'aspect grisâtre des branches et des troncs noueux évoquait davantage la pierre que le bois.

Gussie était morte l'hiver précédent, et Pearl s'était chargée d'expédier son corps à Greenspark, où il serait conservé en attendant le dégel du printemps. C'est pourquoi, au cours de la matinée, elle avait fait un arrêt chez l'entrepreneur de pompes funèbres afin de prendre les arrangements pour que Gussie fût enterrée le lendemain. Probablement par l'ami Styles qui, une fois de plus, allait troubler la quiétude des rosiers.

Histoire de faire plus ample connaissance avec ses voisins, elle défila lentement devant chaque tombe. Parmi les noms, elle reconnut celui du fossoyeur. « Samuel et Edith Styles », annonçait une stèle, ainsi que leurs dates de naissance et de décès. Une grosse plaque de granit rose attira son attention : on pouvait y lire « Christopher » avec, pour plus de précision « Victoria Hayes », la mère, et « Thomas Hayes », le fils. A en juger par les dates gravées sur la pierre, le jeune Tom n'avait pas vécu assez longtemps pour laisser pousser sa première moustache. Quelque sombre tragédie, sans doute.

4

La maison semblait l'attendre en silence, pensa Pearl en traversant le petit cimetière. Le papier peint fané du salon était imprégné de la présence de son ancien propriétaire. Disposées sur le manteau nu de la cheminée, dont le foyer avait fait place à un petit poêle à bois, elle pouvait voir les photos de mariage délavées de ses arrière-grands-parents, le vieux Will et Josephine, ainsi que celle de Gussie, dans sa robe de mariée, en compagnie de Nathan Madden, son premier mari, ce vieux Nate avec son air incroyablement enfantin. Une autre photographie, prise le jour de la remise des diplômes au *high school*, montrait combien Gussie avait été belle, lumineuse et délicate comme un iris sauvage. Il y avait aussi deux ou trois photos de groupe des enfants Madden et des photos d'anniversaire de ses petits-enfants. Pour finir, un cliché de Gussie accompagnée de son second mari, Peter Finley, le jour de leur mariage, qui s'était déroulé bien loin de Nodd's Ridge, dans un de ces endroits où poussent des palmiers. Tous ces pâles fantômes étaient familiers à Pearl qui, pour avoir souvent feuilleté les albums de photographies de sa grand-mère, avait presque l'impression de les avoir connus.

Cependant, point de photographie de l'oncle Joe ni de ses épouses successives. Elle n'en vit pas davantage d'elle-même. Cela ne la surprenait guère puisqu'elle avait le sentiment de n'avoir été pour ce grand-oncle fantôme qu'un nom, un membre éloigné de la famille, à la date de naissance incertaine. De cet étalage de photos de la famille de Gussie et dont l'oncle Joe semblait s'être volontairement exclu, se dégageait une impression de solitude.

Comme le laissait prévoir la qualité du mobilier de la cuisine, celui du salon était du genre solide, fabriqué de manière artisanale et de valeur appréciable pour un brocanteur, mais ne possédant assurément rien qui justifiât une expertise de Sotheby's. Il était évident qu'aux yeux de l'oncle Joe, ce mobilier n'avait représenté rien d'autre que ce qu'il était, même si l'on sentait que ce dernier avait attaché un soin particulier à son entretien. L'essence prédominante était le chêne, un chêne sombre que venaient agrémenter de rudes tissus anciens ; cependant que les murs étaient étrangement nus, exception faite du calendrier inchangé depuis le décès de son propriétaire.

Le salon se prolongeait en une véranda fermée, sorte de solarium orienté vers l'ouest, sentant encore des décennies de fumée de cigares, confortablement meublée d'un divan, de quelques chaises peu engageantes, d'un fauteuil à bascule en osier et d'un porte-revues. Sur trois côtés, des châssis à double vitrage protégeaient la pièce des rigueurs de l'hiver. A l'opposé, au-delà de l'escalier aux balustres finement ouvragés, Pearl découvrit une ravissante salle de bains qui, en son temps, avait dû être une chambre d'ami, avec douche et barre de soutien pour personne handicapée.

S'appuyant sur la main courante, dont le contact lui parut doux comme de la soie, Pearl posa un pied sur la première marche, épiant le silence de l'étage supérieur.

– Il y a quelqu'un ? appela-t-elle d'une voix sourde.

Seul le silence lui répondit.

– Ce n'est que moi, la maison.

Elle se mit à rire et son rire lui revint. De très loin.

5

Walter McKenzie s'arrêta à la station d'essence Texaco. Les portes du garage étaient ouvertes sur la fosse dans laquelle Sam, le plus jeune fils de Reuben Styles, faisait la vidange d'une vieille Chevette. Reuben émergea de l'obscurité de l'arrière-boutique en s'essuyant les mains sur un vieux chiffon. Le visage du gardien était rouge d'excitation. Il interpella le mécanicien en l'aspergeant de postillons.

– Reuben, j' viens juste de faire la connaissance de la p'tite-nièce de Joe Nevers, celle qu'a hérité de la propriété et tu devineras jamais quoi, fit Walter en ricanant et en s'administrant une claque sur la cuisse.

Reuben sourit.

– Je te fais le plein, Walter ?

Le ton morose du mécanicien troubla Walter au point de lui couper tous ses effets.

– Quoi ? Ah oui, bien sûr...

Reuben réalisa alors qu'il avait interrompu le vieil homme qui faisait maintenant de visibles efforts pour rassembler ses idées. Insérant le boyau dans le trou du réservoir, il brancha le débit automatique et attendit. S'il n'éprouvait pas la moindre envie de connaître le délicieux secret que Walter avait découvert sur la petite-nièce de Joe Nevers, c'était surtout parce que le vieil homme n'avait probablement rien découvert. Il était comme ça, Walter, il fallait toujours qu'il s'excite pour rien. Reuben se remit à essuyer consciencieusement ses doigts un à un, mais, soudain, le visage de Walter s'éclaira. Il venait de se rappeler sa nouvelle toute chaude.

– C'est une négresse, Reuben.

Il faisait tiède et l'air épais était chargé de senteur des pommiers en fleur. La voix de Walter sembla parvenir à Reuben de très loin.

– Quoi ?

– C'est comme j' te dis. Aussi noire que l' vieux Harris.

Reuben scruta attentivement le visage de son

interlocuteur pendant que, tout en tremblements, ce dernier se dandinait sur ses jambes en triturant son vieux galurin informe.

Ce n'était pas possible. Il s'était trompé, le Walter. Ici, c'était un endroit isolé, au climat rude. Les seuls groupes ethniques qui, malheureusement, étaient en train de l'envahir, étaient surtout constitués d'Européens du Nord. Des tas de gens de la génération de Walter avaient passé leur vie à Nodd's Ridge sans jamais rencontrer personne de plus foncé de peau qu'un Indien. C'est sûr qu'en regardant la télévision Walter avait appris à faire la différence entre un Blanc et un Noir, et puis il y avait bien un ou deux Noirs de passage, au cours de l'été, mais il ne faisait aucun doute que c'te femme-là devait faire partie de cette engeance du Massachusetts qui faisait du bateau et qui arrêtait pas de prendre des bains de soleil. Faut dire aussi que Walter, il avait pas les idées très claires, ces derniers temps. On avait de plus en plus de mal à le comprendre. D'ailleurs, voilà qu'il se remettait déjà en question.

– Elle est pas noire-noire comme du charbon. Disons brune, plutôt. Elle a même les yeux clairs...

Tout en parlant, les traits de l'étrangère lui revinrent en mémoire, comme pour l'encourager à entrer dans les détails.

– Ouais, un peu les yeux de Gussie, mais de couleur différente, une sorte de noisette un peu rigolo. Tu sais comme c'est difficile avec les yeux noisette. Des fois ça tourne au vert, des fois au gris, des fois au doré.

Reuben approuva de la tête.

– Ben... c'est bleus qu'ils étaient, les yeux de Gussie. Encore que dans l' gauche y avait une tache brune qui le rendait un peu terne.

Reuben se souvenait très bien de la vieille femme. C'est vrai qu'elle avait les yeux bleus, avec une petite tache dans le gauche. Elle avait les mêmes yeux que la petite Christopher, celle qu'on avait assassinée voilà bien des années, sur le lac. Il pouvait encore voir le canoë prendre doucement la courbe avec à son bord la mère, le fils, la fille. A son oreille résonnait encore le claquement sec de l'arme à feu dont le projectile avait emporté la petite fille au fond du lac sans qu'on la retrouvât jamais. Bizarre comme il se la rappelait bien, cette enfant. Quel âge India pourrait-elle bien avoir, aujourd'hui ? Treize, dix-sept, vingt ans ? Quoi qu'il en soit, depuis 1966, Reuben n'avait plus pêché ni mangé le moindre poisson du lac.

– J'ai jamais entendu dire qu'une des filles avait épousé un Noir, se hasarda-t-il. Elle doit juste avoir la peau un peu mate. Y a des gens, comme ça, qui ont l'air de ce qu'y sont pas...

– Sacrebleu, Reuben, j' suis pas un ignorant. J'ai déjà vu le *Cosby Show* et j' sais reconnaître un Noir quand j'en vois un.

– Tout est possible, admit Reuben avec un fin sourire. C'est bien comme ça qu'on dit, pas vrai ?

La clenche de la pompe émit son bruit caractéristique. Reuben exprima encore quelques giclées d'essence, puis secoua lentement le boyau.

– P'têt' qu'elle a été adoptée, conclut-il.

Ce compromis sembla convenir à Walter.

– Ça doit être ça.

En ce qui concernait Reuben Styles, que cette femme-là fût noire ou martienne lui importait peu, pour autant que le vieil homme n'en faisait pas une crise cardiaque. Walter se pencha en avant pour ajouter, en confidence :

– Et tu sais pas quoi ? Elle dit qu'elle va s'installer ici.

Walter émit un grognement de satisfaction en voyant Reuben sursauter. Puis il lança un coup d'œil en direction du garage où il pouvait voir les chaussures de sport à tige haute qui signalaient la présence de Sam. Une clé tomba sur la dalle de béton avec un tintement clair.

– Eh, merde ! lança de bon cœur le jeune homme avant de se reprendre : S'cuse, p'pa.

Walter tira son porte-monnaie de sa poche et se mit à compter :

– Sept... huit dollars et quarante... cinquante... et six *cents*. Voilà.

– Merci.

Le vieil homme se hissa dans la cabine de son antiquité.

– Laisse-moi t' dire aut' chose, Reuben.

Reuben récupéra son chiffon graisseux et tendit l'oreille.

– Ouh ! la, la ! la donzelle, exposa laconiquement Walter. J' te dis qu'ça : Ouh ! la, la ! la donzelle...

Reuben rit de bon cœur, sans la moindre retenue, à la grande joie de Walter. Ce dernier fit pétarader son moteur et s'éloigna sans cesser de mâchonner des « ouh ! la, la ! » qui semblaient le combler d'aise. De son côté, Reuben alla déposer son argent dans le tiroir-caisse en pensant à la crédibilité des « ouh ! la, la ! » du vieux Walter McKenzie.

CHAPITRE DEUX

1

Le froid réveilla Pearl. Par la fenêtre à guillotine à peine entrouverte, la brume déroulait lentement son voile grisâtre et, à présent, c'était de l'air glacial, indéniablement néfaste, qui parvenait jusqu'à elle ; un souffle venu tout droit de l'Arctique. Frissonnante, elle s'emmitoufla un peu plus dans son sac de couchage et, pour un court instant, se sentit mieux. Mais le froid humide s'était ménagé une brèche dans son sommeil, dissipant irrémédiablement les lambeaux de ses rêves confus. Héroïquement, Pearl sortit de son sac de couchage.

Par la fenêtre, la visibilité était nulle, ne laissant rien à contempler qu'un indolent brouillard faisant perler sur le carreau des gouttelettes ruisselantes. Animée d'un vague sentiment d'égarement, elle se demanda un instant s'il n'y avait pas erreur sur l'endroit. Sa nature rationnelle l'amena à se ressaisir, pour conclure finalement qu'il ne s'agissait que d'un phénomène climatique. Quoique si ce phénomène climatique n'avait rien d'exceptionnel à Nodd's Ridge en plein mois de mai, elle risquait fort de se heurter à quelques imprévus.

Une fois son chandail hâtivement passé par-dessus un tee-shirt et un jean, elle descendit à la cuisine.

Même si elle éprouvait une irrésistible attirance pour le vieux poêle en fonte, elle n'osa pas l'allumer. Un animal y avait peut-être niché ; une souris, un oiseau, qui sait ? Ce devait être chose fréquente dans ce pays. En l'occurrence, la cuisinière électrique avait toutes les qualités requises pour y préparer un substantiel petit déjeuner. Ainsi, après que son corps et son ardeur se furent réchauffés, Pearl sentit renaître en elle le courage qui rend toute chose possible.

Dehors, le brouillard s'effilochait et s'était maintenant changé en crachin. Journée idéale pour qu'apparût l'ectoplasme de Gussie venu reprendre possession de son bien, songea-t-elle. Mais elle avait bien trop à faire pour se laisser aller à de telles élucubrations. La radio allumée, elle ouvrit ses boîtes en carton et entreprit d'extirper de leurs nids de papier la porcelaine et l'argenterie de Gussie. En la lavant au fur et à mesure de son déballage, elle se rappela le temps où elle aidait sa mère à l'occasion de son « grand ménage de printemps ». Quand la vaisselle fut bien rangée dans les placards, après que les serviettes de lin furent empilées avec soin dans les tiroirs fleurant bon le vieux bois, qu'elle eut garni le sucrier et rempli le pot de crème, elle eut la sensation que quelque chose manquait. Elle sortit son vêtement de pluie et ses bottes de ses bagages, les enfila et se dirigea vers la grange où l'oncle Joe entreposait ses outils. La pluie ruisselait dans son cou pendant qu'elle coupait une grande brassée de fleurs à l'aide du sécateur de l'oncle Joe, sans la déranger outre mesure. Le pichet à eau fit un vase parfaitement acceptable pour son bouquet de tulipes multicolores parsemé çà et là de délicats narcisses « œil-de-faisan ».

La radio lui signala neuf heures et un coup d'œil

par la fenêtre lui suffit pour constater que, depuis les dix dernières minutes, le temps ne s'était guère amélioré. Malgré la froide humidité de la maison, elle résolut de faire un brin de toilette. Quelques minutes plus tard, propre comme un sou neuf, elle se glissait dans sa robe noire et descendait au rez-de-chaussée.

Tout en agrafant à son cou le rang de perles qui lui venait de Gussie, elle alla de nouveau se poster devant la fenêtre de la cuisine. De la grisaille, elle vit lentement émerger un petit point brillant. Elle reconnut une pelle mécanique jaune qui s'essoufflait en bringuebalant sur la route du cimetière. L'homme qui la conduisait portait un ciré également jaune bordé de noir qui le faisait ressembler à une abeille juchée sur un tournesol. La pelle mécanique disparut dans le cimetière, quoique des éclairs jaunes dans les trouées des feuillages continuassent de signaler sa position.

Après avoir mis sa cafetière électrique en marche, Pearl enfila à nouveau son manteau de pluie, chaussa ses bottes et sortit sous la bruine. Le temps d'atteindre les limites du cimetière, l'homme avait déjà dépouillé le sol de sa végétation pour en faire un petit tas bien propre sur le côté. Pearl resta ainsi à regarder l'engin mordre dans la terre humide, arrachant au passage racines et rochers, sorte d'animal brutal faisant peu de cas de la nature mais dont l'efficacité était indiscutable, tant le trou qu'il creusait était remarquablement net. A ses commandes, l'homme se révélait un véritable artiste. Le temps qu'il faut pour le dire, la tombe était déjà creusée.

C'est seulement après avoir pris un peu de recul avec cette sorte de naturel que confère la certitude du travail bien fait, que l'homme remarqua la présence de Pearl, qu'il salua aussitôt d'un mouvement de tête. Il sauta ensuite en bas de sa machine, son chapeau à la main. La manière dont l'engin tressauta sur ses ressorts avant que l'homme ne déployât sa grande carcasse fit prendre conscience à Pearl de la taille de l'individu, et la pelle mécanique lui parut tout à coup trop petite pour lui. En général, seuls les joueurs de football et les archanges apparaissent avec de telles mensurations.

Elle se présenta.

– Je suis Pearl Dickenson.

– Reuben Styles.

Il paraissait dans la quarantaine avancée, et la main qu'il tendit était forte et calleuse. Il dépassait Pearl d'un bon pied et pesait au moins cinquante livres de plus qu'elle. Même s'il semblait en grande partie constitué d'une masse musculeuse dure et compacte, Pearl put néanmoins constater qu'un confortable bourrelet de graisse lui ceignait la taille. C'était, somme toute, une grande masse de viande admirablement accrochée à une structure osseuse large et épaisse. Peut-être ses cheveux blonds commençaient-ils à s'argenter, à moins que la grisaille du jour ne fût responsable de la couleur de ses boucles épaisses ; quoi qu'il en fût, son visage reflétait l'assurance sereine de l'honnête homme dans la force de l'âge.

– Walter raconte que vous êtes la petite-nièce de Joe.

Pearl acquiesça du menton. Reuben fouilla dans son ciré et exhiba un énorme oignon accroché à une chaîne démesurée et dont le couvercle s'ornait des initiales « S.M.S. » en arabesques exubérantes.

– M. Muller avait dit onze heures.

– Peu importe, répondit Pearl. Je ne m'attends

pas à ce qu'il y ait grand monde, surtout par un temps pareil.

– Les vieilles personnes sont plus solides que les jeunes d'aujourd'hui, c'est pour ça qu'elles vivent longtemps. Ma'me Madden... excusez : pour moi, elle sera toujours ma'me Madden... Mam'selle Finley, si vous préférez, aurait pu vivre dix, quinze ans loin d'ici, que personne l'aurait oubliée.

Comme pour confirmer ses dires, des automobiles commencèrent à entrer dans le cimetière. Derrière les essuie-glaces en mouvement, des personnes âgées les regardaient fixement. En cinq minutes, une demi-douzaine de véhicules furent parqués sur le chemin. Le corbillard arriva enfin, et alla aussitôt se poster près de la fosse. Reuben Styles pointa du doigt un petit homme rondouillard sortant d'une vieille Oldsmobile.

– V'là m'sieu Penny, le révérend de l'Eglise unitarienne, expliqua-t-il en faisant signe à l'homme.

Celui-ci s'empressa de venir les rejoindre.

– Mam'selle Dickenson, annonça Reuben.

– Révérend Penny.

L'homme battit rapidement des paupières, puis afficha un sourire de circonstance.

– Je suis très heureux de vous connaître enfin. J'ai peu souvent rencontré votre grand-mère, lors de mes visites d'été. Néanmoins, j'ai beaucoup entendu parler d'elle.

Alors que le ministre du culte présentait ses condoléances, Reuben s'éclipsa avec un mot d'excuse pour aller s'entretenir brièvement avec chacun des visiteurs. Remarquant que Pearl ne quittait pas Reuben des yeux, le révérend Penny crut bon d'expliquer :

– Il est allé leur dire de rester dans leurs voitures

jusqu'à la célébration de l'office. Il n'est pas utile que ces vieilles personnes restent sous la pluie plus longtemps que nécessaire.

– Je trouve cela très attentionné de sa part.

– Oui, en effet. Reuben est un brave homme. Même s'il ne fait pas partie de mes ouailles, je dois admettre qu'il déploie beaucoup d'efforts pour ses aînés.

Walter McKenzie vint les rejoindre, accompagné d'un homme aux cheveux gris, engoncé dans un vieux caban de la « Navy » étriqué et coiffé d'un melon décoloré. Négligeant de présenter l'individu à Pearl, Walter se contenta de la saluer en touchant le bord de son chapeau mou avant d'entraîner Reuben à l'écart. S'il fallait en juger par ses gestes, il voulait lui parler de la tombe.

Le compagnon de Walter était un homme mince à la poitrine creuse. Sous le caban tendu, la proéminence de son ventre indiquait le buveur de bière. Un peu en retrait, il lançait des regards critiques en direction de la fosse et des préparatifs funéraires. Puis il toisa Pearl de la tête aux pieds, et son regard étincelant, presque mauvais, la tint immédiatement pour quantité négligeable. Cela ne la surprit guère : à en juger par son attitude, ce genre d'individu devait tenir le monde entier pour quantité négligeable.

Il fit quelques pas de côté pour allumer une cigarette, sur laquelle il se mit à tirer d'un air morose.

Pearl prit le temps d'examiner la pierre tombale de son grand-père Nathan qui avait été le premier mari de Gussie. Près de lui gisait l'oncle Harry, le frère de sa mère qui était mort à la guerre de Corée sans laisser d'héritier. Quant à Fran, la sœur de sa mère, elle avait épousé un diplomate et vivait dans le Sud-Ouest. Pearl n'avait jamais vu les enfants de Fran, ses cousins. Sa tante avait bien fait une apparition pour la messe donnée à sa mémoire, à Washington, mais de là à refaire le voyage depuis Taos pour enterrer sa mère, il y avait un pas que Fran avait refusé de faire.

C'est l'humidité glaciale de l'air qui fit frissonner Pearl, et non le fait d'être dans un cimetière. Car, tout bien considéré, ces tombes n'avaient rien d'effrayant, la mort non plus, d'ailleurs. Pearl était restée près de sa mère et de sa grand-mère jusqu'à ce qu'elles eussent rendu leur dernier soupir, et cela avait été impressionnant et réconfortant à la fois d'assister à l'abandon de leur corps par leur âme. Cet enterrement restait littéralement la mise en terre des restes de Gussie en un endroit qu'elle avait aimé de son vivant. Etrangement, Pearl fut surprise de se sentir vaguement mais néanmoins profondément attachée à toutes ces personnes défuntes. Quand bien même ne les eût-elle pas connues, elle appartenait à leur famille.

Avec une efficacité dénotant une longue expérience, le croque-mort et ses assistants furent bientôt à pied d'œuvre. Les amis de la défunte vinrent alors se rassembler autour de la tombe, au-dessus de laquelle le cercueil était suspendu. Parce qu'il n'avait pas personnellement connu Gussie, ou peut-être – compte tenu des conditions météorologiques – par souci de la santé de la vingtaine de personnes âgées qui formaient l'assistance, l'homélie du révérend fut brève et dépourvue de tout épanchement sentimental. A la demande de Pearl, il conclut par une invitation à prendre le thé dans la maison de feu Joe Nevers.

Sur le seuil de la vieille demeure, elle fit la

connaissance de chaque membre de l'assistance, se présentant elle-même et remerciant chacun pour sa présence, recevant en retour leurs paroles de condoléances, quelques présents – des douceurs, surtout –, et les débarrassant de leurs vêtements mouillés, sous des regards empreints de curiosité. De toute sa vie, Pearl n'avait encore jamais été autant scrutée, lorgnée sans la moindre vergogne, se disait-elle. Sauf que chacun semblait a priori satisfait de ses constatations. Parmi les vieilles femmes, plus d'une nota une ressemblance avec Gussie ou sa mère, que personne n'avait au demeurant revue depuis son adolescence.

Le croque-mort et le pasteur firent une courte apparition pour exprimer des sentiments appropriés, avant de s'éclipser ensemble, prétextant discrètement d'autres obligations professionnelles. M. Penny invita Pearl à se rendre au culte le lendemain, à quoi elle lui répondit par des remerciements sans toutefois rien promettre. Probablement en raison de son caractère asocial, l'homme au visage de carême, compagnon de McKenzie, ne se présenta pas.

Sans plus de cérémonie, toutes ces vieilles personnes, qui connaissaient l'endroit comme elles se connaissaient entre elles, et certainement mieux que ne le connaissait Pearl, prirent leurs aises. La nouvelle venue fit circuler les biscuits qu'on lui avait offerts, en les accompagnant du café et du thé qu'elle avait préparés. Les huit femmes et les six hommes présents ressemblaient à présent à de vieux amis bavardant aimablement autour d'une tasse de café, évoquant entre eux, mais aussi à l'intention de Pearl, des anecdotes sur Gussie et Joe. Les souvenirs affluèrent, souvent suivis de grands éclats de rire.

A l'arrivée de Reuben Styles, la pièce parut soudain plus petite. Une vieille dame lui servit du thé, une autre une pâtisserie. Débarrassé de son ciré jaune, l'homme arborait la tenue conventionnelle enterrements-mariages, probablement acquise dans un magasin spécialisé pour géants. A le voir crocheter de l'index le col de sa chemise, Pearl se dit que le postulat « tout est dans la manière » lui devait être totalement étranger. De plus, s'il fallait en juger par l'ourlet défait de sa manche, sa femme n'était sûrement pas une passionnée de couture. Il vint rejoindre Pearl et lui présenta ses condoléances.

– C'est la plus joyeuse veillée mortuaire à laquelle j'ai jamais assisté, lui répondit-elle en riant doucement.

2

Reuben interrompit sa mastication. Il tourna lentement la tête pour poser sur Pearl un regard d'un bleu intense. Il déglutit péniblement.

– Faudra que je me procure la recette de ces gâteaux, remarqua Pearl. Ils sont sublimes.

La prenant par le bras, Walter McKenzie intervint :

– Est-ce que Gussie vous a dit, pour le temps... ?

Soulagé, Reuben prit un beignet fourré. Au goût, il reconnut instantanément les pâtisseries de Ruby Parks, les meilleurs beignets fourrés de la ville, et de loin. Comme d'habitude, Walter avait exagéré : le teint de Pearl Dickenson n'était en rien comparable à celui du vieux Harry. Sûr qu'elle avait les cheveux noirs, mais de ce noir avec des reflets bleutés ; c'étaient des cheveux épais, lisses et brillants qu'elle avait tirés en arrière pour en faire une sorte de coquillage marin sur la nuque. Tiens, le genre de coiffure que se faisait Grace Kelly dans les films qu'elle avait tournés avec Alfred Hitchcock. Mais le nom de cette coiffure particulière, il ne se le rappelait pas. Un chignon à la française, peut-être ? Sur le front, quelques mèches rebelles formaient des boucles autour de son visage. Comme l'avait si bien dit Walter, les yeux étaient clairs, quoique en déterminer la couleur exacte ne fût pas facile. Disons noisette, même si « on peut pas dire » aurait été plus juste. Quant au nez, il était résolument « non négroïde » avec son grand profil légèrement aquilin qui évoquait davantage celui d'un Indien dans son wigwam. Encore que ce serait un wigwam drôlement peuplé, dites donc... Ah ! bien sûr, elle avait les lèvres épaisses et sensuelles... Mais ça, c'était pas le privilège des Noirs, lui semblait-il. Une fois, il avait vu dans un magazine la photo d'une ballerine aussi blanche que des cheveux d'ange sur un arbre de Noël et qui avait des lèvres aussi épaisses que cette petite-fille de Gussie sortie d'on ne sait où. Il devait quand même admettre que Pearl Dickenson n'était pas blanche, du moins pas dans le sens où McKenzie l'entendait. Pour une raison inconnue, un des enfants de Gussie avait dû fricoter avec un membre d'une tribu au teint un peu sombre.

Elle rit encore à un mot d'esprit de Walter qu'il n'avait pas écouté et ce rire provoqua une vibration au tréfonds de ses tripes. S'il avait été du genre à croire à ces sornettes, il aurait pu penser qu'elle était en train de l'ensorceler. Par un subreptice mouvement, il tenta encore de capter son regard. La tache sur l'iris gauche était bien là, sorte d'éclaboussure provoquée par la pluie. Cela lui rappela ce que lui répétait souvent Gussie : qu'il fallait d'abord ôter la poutre que l'on a dans l'œil avant de critiquer la paille qui se trouve dans celui de son prochain.

Il ne fut guère difficile à Reuben de comprendre pourquoi Pearl s'installait à Nodd's Ridge. En revanche, ce qu'il ne comprenait pas, c'est pourquoi la plupart des gens refusaient de vivre à Nodd's Ridge, nonobstant le fait qu'il leur en fût reconnaissant. Ce qui l'intriguait le plus, c'était de savoir ce qu'*elle* était venue faire ici.

Elle s'approcha de lui en lui proposant à nouveau du thé.

– Ça me fait penser que la camionnette et la « familiale » de Joe sont sur cales. Je vous les amènerai en fin de journée, si vous voulez.

– D'accord. Est-ce qu'elles marchent bien ?

– La Eagle est pratiquement neuve. La « familiale » affiche soixante mille miles au compteur, mais elle a été bien entretenue. Si vous voulez vendre un de ces véhicules, je peux vous trouver un acheteur. Il y a une fixation pour un soc sur la Eagle, vous pourrez les vendre ensemble ou séparément, au choix.

– Merci, mais j'aimerais les voir, d'abord. Pour le moment, celle que je voudrais vendre, c'est ma vieille Dodge.

– Celle qui est garée dans l'allée ? Je la prends, poursuivit-il après qu'elle eut acquiescé. Je l'emporterai quand je vous aurai ramené les deux autres. Faites-moi votre prix. Si vous voyez pas d'inconvénient...

3

Parler affaires le ramena à ses préoccupations quotidiennes. Après avoir avalé une autre pâtisserie en deux coups de dents et sifflé une dernière tasse de thé, Reuben remercia poliment et sortit.

Pearl sourit en se disant qu'elle pouvait presque sentir la maison vibrer sous ses pieds, un peu comme l'avait fait la pelle mécanique quand Reuben Styles avait sauté à terre.

Tard dans l'après-midi, elle s'évertuait, en nage, à astiquer sa vieille voiture, quand un bruit de moteur se fit entendre. Un maigre rayon de soleil avait réussi à se glisser entre les nuages. Pour l'heure, la bruine glaciale avait fait place à un air doux, vibrant au-dessus du sol détrempé.

Reuben mit pied à terre d'une AMC Eagle sur la portière de laquelle était peinte l'inscription : « JOE NEVERS, GARDIENNAGE. » Juste derrière lui, un homme mince, avec un X entre les sourcils qui trahissait un état de perplexité quasi permanent, se glissa hors de la Ford « familiale » dont les portières avant affichaient le même logotype. Un adolescent gigantesque dont la filiation avec Reuben Styles n'était pas à mettre en doute émergea côté passager. Le garçon, de dix-huit ou dix-neuf ans selon Pearl, s'approcha timidement et fut présenté comme étant Sam. L'autre s'appelait Jonesy et n'était pas moins timide. Le trio posa un regard tout professionnel sur la vieille Dodge.

Reuben tendit deux jeux de clés à Pearl qui, en contrepartie, lui tendit celles de sa voiture.

– J' crois que Joe gardait des clés de réserve dans un tiroir du garage.

– Je jetterai un coup d'œil, promit-elle.

– J' pense que vot' téléphone est pas branché. J' vous dirai mon meilleur prix lundi prochain, ça va ?

– Ça me va.

– Si vous voulez enlever le logo sur les portières, on peut s'en occuper et vous refaire la peinture comme si y avait jamais rien eu.

– Eventuellement, répondit-elle. Je vais d'abord les conduire un peu pour savoir si je garde les deux ou pas.

Reuben Styles admit que c'était bien raisonné.

– Qu'est-ce que je vous dois ?

Il lui répondit par un clin d'œil suivi d'un sourire, exhibant du même coup tout un tas de grandes dents blanches et saines.

– C'est tout bon, mam'selle Dickenson. J'envoie mes factures chaque trimestre, mais celle-là c'est pour moi, histoire de vous encourager à faire affaire avec moi.

Elle se mit à rire.

– Eh bien, merci. C'est très aimable à vous.

– Tout le plaisir est pour moi, mam'selle.

Seule dans la cour, elle regarda un moment s'éloigner les feux arrière de sa Dodge décrépite, tiraillée de nostalgie pour sa vieille guimbarde qui l'avait trimbalée assez longtemps pour qu'elle y fût attachée. Puis elle inspecta les deux véhicules, autre partie de l'héritage que l'oncle Joe avait laissé à Gussie, laquelle s'était à son tour empressée de le lui transmettre. Durant un court instant, Pearl se sentit gagnée par le désarroi de celle qui a gagné le gros lot. Mais, paradoxalement, alors qu'elle s'imprégnait de cette atmosphère toute nouvelle, sa situation lui parut normale, comme si les pièces d'un puzzle tombées à ses pieds reprenaient naturellement leur place.

L'oncle Joe, qu'elle n'avait pourtant jamais vu de sa vie, semblait manifester sa présence quelque part, non loin d'elle. Elle effleura les mots écrits sur la portière. JOE NEVERS, GARDIENNAGE. Un rappel, en quelque sorte, pour lui faire savoir que l'oncle fantôme veillait toujours. Là-bas, de l'au-delà, le vieil homme continuait de mettre de l'ordre. Oncle fantôme, que dis-tu de voir une jeune Noire occuper ta maison, conduire tes engins, piétiner ton allée dans la tiédeur du soir ? Est-ce que tu rigoles bien, au fond de ton trou ?

4

Dimanche fut une belle journée, un peu fraîche, à cause de la pluie, mais une belle journée tout de même. Pearl alla faire un tour à bord des deux véhicules et félicita in petto Reuben pour le soin qu'il leur avait apporté. A son retour, elle trouva un petit mot fixé sur la porte arrière, lui faisant une offre pour la Dodge, à prendre ou à laisser, ce dont elle lui en sut gré, incapable qu'elle était de mettre un prix sur son cher tas de ferraille.

Le lundi matin, elle suivit la route 5 sur un mile et des poussières, puis s'engagea dans l'aire de stationnement du Needham's Diner. C'était un bâtiment de plain-pied en forme de L, dont la façade annonçait cependant deux étages. Celui du haut ressemblait à un vieux grenier, avec une ouverture de chargement à l'arrière. La bâtisse n'avait pas vu la couleur d'un pinceau depuis des années ; les fenêtres étaient trop sales pour qu'on vît au travers et les quelques marches menant au rez-de-chaussée étaient rongées par la vermine.

A l'intérieur, l'atmosphère était trouble et tiède, alourdie par des odeurs de graillon, de café réchauffé et de fumée de cigarettes. Une rangée de tabourets s'étirait devant un comptoir en L de trente pieds, sur lesquels chahutaient des hommes en bleu de travail, pour la plupart éméchés, ou du moins en bonne voie. Les tabourets en avaient vu de dures et auraient mérité un bon nettoyage, mais ils ne semblaient pas souffrir du poids énorme qu'ils devaient supporter.

Pearl marqua une pause, le temps de laisser ses yeux s'habituer à l'obscurité. Le long du mur, elle discerna un réfrigérateur pour la bière et les boissons gazeuses, un support à journaux, lourdement chargé de magazines à couleur dominante rose chair soigneusement scellés dans des sachets de plastique, et tout un assortiment de conserves à coup sûr périmées, exposées sur des étagères rouillées. Sur une pile ouverte, Pearl piocha un quotidien de Portland. Quand elle se retourna, un homme imposant en tenue de travail vert olive quittait son tabouret, sa chope de café à la main.

– Asseyez-vous donc, ma p'tite dame. Je finis mon café. (Puis, s'adressant à la cantonade :) On peut pas tous rester le cul posé sur un tabouret toute la sainte journée. Faut bien que quelques-uns aillent gagner leur croûte, tout de même.

Le nez plongé dans leur « mug », ou la main qui tenait la cigarette leur cachant la moitié du visage, les hommes appuyés au comptoir émirent un grommellement vaguement amusé, sorte de grincement de lourdes mâchoires.

– Te fatigue pas trop, Sonny, lança l'un d'eux. Y

a déjà assez de pollution comme ça. Laisse quand même quelques arbres debout, tu veux bien ?

Cette apostrophe fut suivie d'un gros éclat de rire.

– Merci, dit Pearl.

Sonny avala ce qui restait de café dans sa tasse et la reposa sur le comptoir.

– Pas d' quoi, m'dame, répondit-il avec un sourire timide.

– Fais gaffe, Sonny, reprit l'autre, t'as juré de plus regarder les jolies femmes depuis que Heidi t'a botté le cul.

Pearl se glissa sur le tabouret, mi-rieuse, mi-gênée, pendant que Sonny se penchait devant elle pour récupérer sa monnaie.

– Vous occupez pas d'eux, m'dame. C'est rien qu'une bande de bouseux ignorants.

Avec la dignité que lui conférait son poids, Sonny quitta le restaurant sous les lazzi et les quolibets.

Celui qui battait des œufs et qui versait de la pâte à crêpes sur son « piano » n'était nul autre que l'homme au faciès peu engageant qui accompagnait Walter McKenzie à l'enterrement de Gussie. Dégoulinant de sueur, il était affublé d'un tee-shirt trop petit qui accentuait la concavité de son torse et la proéminence de sa courte bedaine. Ses cheveux blanc grisâtre taillés en brosse trahissaient un séjour dans l'armée, rendu plus explicite encore par l'emblème des « Navy Seal » tatoué sur son biceps droit. La cendre de la cigarette qu'il gardait collée sur sa lèvre inférieure s'effritait lentement.

Pour l'assister derrière son comptoir, se tenait une jeune fille vêtue d'un jean trop serré et d'un tee-shirt noir moulant une poitrine opulente que rien ne soutenait.

« Eh bien, eh bien, aurait dit grand-mère Dickenson. De mon temps, voilà une jeune personne qu'on se serait dépêché de marier. » Ses boucles blondes ramenées en queue de cheval, son visage, qui rappelait celui du jeune Sam, quoique embelli par la féminité, déclaraient sans contredit qu'il s'agissait là d'une Styles. La sœur de Sam, la fille de Reuben Styles.

Il était, somme toute, assez normal que les hommes au comptoir se montrassent si prévenants à son égard. En présence d'une jeune personne aussi attrayante, la gent masculine devait redoubler d'imagination en ce qui concernait les taquineries plus ou moins salaces. Pearl se rendait compte que la jeune fille était scrutée sur toutes les coutures mais que, en manière de compensation, on lui manifestait une politesse extrême. Les hommes l'appelaient Karen et ne rataient pas une occasion de la remercier. Peut-être l'attitude réservée de Reuben Styles y était-elle pour quelque chose. Pauvre homme, se dit Pearl. Voilà une fille dont elle n'aurait pas aimé être la mère.

Mais cela n'empêchait pas Karen de s'acquitter correctement de sa tâche. Pearl constata qu'elle veillait à ce que les tasses de café fussent toujours remplies et qu'elle servait toujours le bon plat au bon client. La jeune fille posa sans ménagement devant Pearl une tasse qu'elle remplit de café.

– Ce sera quoi ?

Pearl jeta un bref coup d'œil en direction du menu suspendu au-dessus du comptoir.

– Un « Lumberjack ».

Karen opina du menton, tendit sa commande au cuisinier et continua son service.

Pearl observa un peu plus attentivement le cuisinier. A en juger par la parcimonie de ses gestes, cela faisait longtemps qu'il était dans le métier. Les pommes de terre frites, c'était du congelé et le pain, de ceux qu'on fabrique à la chaîne avant de les glisser, tout mous, dans des sachets en plastique. Elle se demandait quelle guerre cet homme avait pu faire, la Seconde Guerre mondiale ou la guerre de Corée, puisqu'il paraissait bien trop vieux pour avoir « fait » le Vietnam. Elle trouva le café trop fort mais acceptable, l'omelette un peu trop baveuse et les saucisses graisseuses et insipides, malgré le chili et le paprika qui prétendaient en relever le goût. Quant à la pâte à crêpes, elle était de celles qu'on achète en bidon de cinquante litres. Les prix affichés sur le menu défiaient toute concurrence, mais, là encore, c'était pratiquement tout bénéfice. Des serviettes en papier, de la confiture en contenants individuels, des gobelets en polyuréthanne le plus minces possible pour les cafés à emporter et, pour burnous à faire suer, nul autre que le propriétaire en personne. Pas de tables, pas de service. Apercevant un voisin qui trempait un beignet dans sa tasse de café, l'envie lui prit d'en commander un pour découvrir – ô surprise – qu'il dégageait un merveilleux parfum de cannelle, de noix de muscade et de vanille mêlées mais facilement reconnaissables, et que la pâte était d'une densité peu commune. Pearl se dit alors qu'au bout du compte ces beignets allaient peut-être la réconcilier avec la cuisine « yankee ».

Levant les yeux, Pearl surprit le regard de Karen posé sur elle. La jeune fille souriait. Une vague de nouveaux venus prenaient place à leur tour sur les tabourets, parmi lesquels quelques femmes. Commença alors un va-et-vient de clients venus acheter cafés et pâtisseries. Finalement, Pearl décida de céder sa place à un nouvel arrivant.

5

Elle y revint cependant dans le courant de la matinée pour retrouver le cuisinier qui s'adonnait au rangement en attendant le « coup de feu » de midi. Dès qu'il la vit, il lui adressa un regard soupçonneux.

– Un café, commanda-t-elle.

Il lui en servit un dont l'odeur douceâtre, vaguement nauséeuse, laissait clairement entendre qu'il cuisait sur sa chaufferette depuis le début de la matinée.

– Vous êtes bien le propriétaire ? s'enquit-elle.

– Ouais, fit-il avec un rire âpre.

– Monsieur Needham ?

– Le seul et unique.

– Chercheriez-vous un acheteur ?

Il se mit à la regarder fixement, une lueur d'incrédulité au fond des yeux, un peu comme si, après avoir convoité la bibliothécaire de la ville pendant des années, celle-ci lui proposait tout à trac une fellation sur un coin de table. En ce qui concernait Pearl, elle lisait sur le visage de l'homme comme dans un livre de comptes grand ouvert.

– Pour vous dire la vérité vraie, j'étais prêt à tout lâcher. J'en ai tellement marre de casser des œufs que, juste à les voir, j'ai envie de dégueuler.

Elle approuva gravement.

– Un boulot comme ça vous lessive un bonhomme en moins de deux...

– Et vous, vous vous croyez à la hauteur ? lança-t-il avec un air de défi.

– Ouais, m'sieu.

Il l'examina de la tête aux pieds.

– Vous êtes jeune et déterminée, on dirait.

– Qu'est-ce que vous demandez pour ce troquet ? On pourrait peut-être faire affaire ensemble...

L'homme prit le temps de se verser une tasse de café. Puis, s'emparant d'un crayon qui traînait près de la caisse, il se mit à griffonner quelques chiffres sur un sachet de papier kraft. Quelques instants plus tard, il poussait ses graffitis vers Pearl, accompagnant son geste d'un grognement sourd.

– Ça, c'est ce que je fais par semaine.

Il tapota un chiffre avec la gomme de son crayon.

– Ça c'est les dépenses, et ça ce qui me reste.

Pearl examina les chiffres.

– Hum, cinquante pour cent, ça me paraît beaucoup. Et la licence pour débit d'alcool ?

– Elle est incluse dans les dépenses... (Il gribouilla un autre chiffre.) C'est ce qu'elle me coûte.

– Elle ne m'intéresse pas. Cette licence ne vaut pas la peine.

Il la fixa de nouveau intensément et tritura son papier brun.

– Mais t'es folle, ma cocotte !

– Je ne suis pas votre cocotte, le tança-t-elle. Je m'appelle Pearl Dickenson.

Un sourire sans joie étira la bouche de l'homme, découvrant un dentier dont la rectitude était toute militaire.

– Ah ! Mam'selle Dickenson, la petite-fille de Gussie. Je vous demande bien pardon.

Ces excuses reflétaient une hypocrisie peu ordinaire.

– Je ne paierai pas pour une licence dont je ne me servirai pas, décréta Pearl.

L'homme laissa retomber son crayon.

– Vous me demandez de laisser tomber ce qui coûte le plus cher et qui rapporte le plus. A qui vous voulez que je vende mon affaire, alors ? A un marchand de glaces à la vanille ?

– Navrée, fit-elle.

– Dans ce cas, allez au diable, renâcla l'autre. C'est quoi, votre problème ? Vous prêchez pour l'Eglise de la Tempérance ?

– Vous tenez cet endroit comme une porcherie. Ça ne vaut pas douze mille dollars, et moi, je vous en offre vingt mille. Tout compris : boutique, stock et le reste.

– Que le diable vous emporte ! vociféra Needham. Cette affaire est pas à vendre ! Pas à vous, en tout cas !

– Je paie cash. Si vous changez d'avis, vous savez où me trouver. Mon téléphone sera rebranché demain matin, vous n'aurez qu'à appeler la téléphoniste, elle vous communiquera mon numéro.

Alors que la porte-moustiquaire claquait dans son dos, Pearl entendit l'homme geindre tout haut.

– Et ma putain d' licence, alors ? Va p'têt' falloir que je m' torche le cul avec !

6

Elle fit un arrêt au garage de Styles. Derrière son bureau, Reuben l'aperçut et se pencha en avant pour réamorcer les pompes. Elle sauta hors de sa voiture et, le temps d'atteindre le poste à essence, elle avait déjà plongé l'embout du boyau dans son réservoir.

– J'aurais été heureux de le faire à votre place, dit-il.

Elle lui sourit et accepta le chiffon qu'il lui tendait.

– Un peu d'essence sur les doigts n'a jamais fait de mal à personne. Pourriez-vous me donner quelques conseils ? J'ai besoin d'un couvreur, d'un menuisier, d'un électricien et d'un plombier.

– Bien sûr, je vais aller vous chercher quelques cartes. Mais n'en profitez surtout pas pour vérifier la pression des pneus ou le niveau d'huile, promis ?

Elle promit. Adossée à son véhicule, elle le regarda aller et venir. Il n'avait pas rapetissé depuis la dernière fois qu'elle l'avait vu. Karen devait tenir de sa mère, genre petit format, n'eussent été ses rondeurs dignes de la page centrale d'un magazine spécialisé. Reuben fut bientôt de retour, une liasse de cartes professionnelles à la main. Elle s'en empara aussitôt et finit de remplir son réservoir. Puis elle exhiba une des cartes.

– Comment dites-vous que s'appelle ce monsieur ?

Il se mit à rire.

– Onésime Rossignol. C'est un nom français. On l'appelle « Rossie », c'est plus court. Il vous escroquera pas trop.

– C'est ça, les personnes que vous me recommandez ?

– C'est la manière yankee.

Elle se mit à rire.

– Merci.

– Pas de quoi... Je vous apporterai les papiers à signer et un chèque pour la Dodge.

Pearl resta un instant pendue à la portière de sa camionnette.

– Vous avez bien une fille qui travaille au Needham's Diner ?

– Karen...

– Elle travaille dur.

– Heureux de l'entendre. Mais ç'a été plus facile avec les garçons. Frankie, l'aîné, il m'a pas trop posé de problèmes. Simplement qu'à un moment donné il savait pas trop quoi faire de sa peau. Ça fait un an qu'il est dans la Navy et il se plaint pas trop. Quant à Sam, c'est un bon garçon.

– Je n'ai pas d'enfant, dit Pearl. Dans mon esprit, ça requiert une somme de travail considérable.

– Quelquefois, approuva Reuben.

C'était bien ce qu'elle pensait : la jeune fille dans son jean étriqué semblait causer à son père bon nombre de soucis. Rien ne laissait croire que Mme Styles s'inquiétât tant soit peu du comportement de sa fille. Pearl en conclut que ce devait être un vrai plat de nouilles.

Certes, Karen était une bonne petite serveuse. En supposant qu'elle acceptât, Pearl était toute disposée à la garder. Le vieux cuisinier devait sans aucun doute la payer en dessous du tarif minimum, s'il fallait en juger par les chiffres qu'il avait montrés. Mais il s'était bien gardé de faire le moindre éloge à son sujet. De toute manière, si la jeune fille était une source d'ennuis, si elle s'avisait de lui poser le moindre problème, alors là, désolée, Reuben, mais ce serait la porte. Sur-le-champ. Dommage que grand-mère Dickenson ne fût plus de ce monde, elle aurait marié la gamine illico presto.

CHAPITRE TROIS

1

Le préposé de la compagnie de téléphone parti, Pearl brancha son répondeur automatique sur l'appareil de la cuisine, enregistra un nouveau message qu'elle voulut à l'image de la plaque d'argent fixée près de la grande porte victorienne.

– Mlle Dickenson est de retour chez elle après avoir pris ses quartiers d'hiver à Monte-Carlo, annonça-t-elle.

Munie d'un grand verre de thé glacé et d'une pile de cartes postales des White Mountains telles qu'on les voyait du Ridge, elle alla sous la véranda s'installer sur le divan pour retranscrire à ses amis et parents son nouveau numéro de téléphone. Tandis qu'elle parcourait son carnet d'adresses, la pensée que ce répertoire représentât en quelque sorte une machine à remonter le temps la frappa : chaque nom qu'elle y avait inscrit ouvrait une porte à ses souvenirs, vers un lieu ou un instant laissés derrière elle. Il est vrai qu'elle avait aujourd'hui trente-cinq ans et qu'à ce titre elle était sans doute prédisposée à une crise de mélancolie, la première crise faisant généralement son apparition en même temps que les premiers cheveux blancs.

Quand le téléphone sonna pour la première fois, il faisait déjà nuit.

– Cinquante mille et on n'en parle plus, annonça Roscoe Needham sans préambule.

– Non, répliqua-t-elle. Une nouvelle toiture, un plancher, l'asphalte et la peinture me coûtent déjà douze mille dollars, à condition d'avoir de la chance et que les bases ne soient pas pourries.

Les bases, elle les avait vérifiées le dimanche après-midi et elles s'étaient avérées très saines. A l'autre bout de la ligne, elle entendit un rugissement étranglé, puis le claquement du téléphone que l'homme venait de raccrocher violemment.

Avec un fin sourire, Pearl brancha son répondeur et, quelques instants plus tard, se plongea avec délectation dans le bain moussant qu'elle avait fait couler dans l'antique baignoire à pattes de lion. Alors que son corps s'imprégnait du parfum d'amande amère, le téléphone sonna, immédiatement interrompu par le répondeur. Elle sourit. Pressant son éponge contre son dos, elle gémit de plaisir et se prélassa longuement dans ce bonheur physique tout simple qu'était un bain chaud parfumé.

Il rappela à six heures, le lendemain matin. Assise dans sa cuisine, Pearl était en kimono et réchauffait ses paumes contre son pot de café.

– Quarante-neuf, dit-il. Si je vous le cède à moins, de quoi croyez-vous que je vais vivre, jusqu'à la fin de mes jours ?

– Eh bien, du fonds de retraite de la Navy et de la Sécurité sociale dont vous avez doublé les versements depuis une quinzaine d'années, rétorqua-t-elle. Et des économies que vous avez faites sur l'entretien de votre cambuse.

– Par le sang du Christ ! hurla Needham. Si vous

vous imaginez avoir affaire à un vieux fou à qui on peut escroquer les économies de toute une vie, vous vous êtes trompée d'adresse, ma p'tite dame !

Pearl prit le temps d'attendre que l'homme eût retrouvé son souffle, avant de répondre posément :

– Monsieur Needham, la seule chose que vous ayez à vendre, c'est un emplacement. Votre situation en plein cœur du village. Mais il y a une station-service désaffectée à deux miles plus au sud, sur la 5-1, que je pourrais aménager en restaurant routier pour dix mille dollars de moins que ne me coûterait en réparations votre cabane à lapins. Et je ne pense pas que ce soit un projet que vous aimeriez voir se réaliser, car il se trouve, monsieur Needham, que je suis bien meilleure cuisinière que vous. En trois semaines, je vous ferais mordre la poussière. A mon point de vue, dix mille tunes, c'est déjà payer cher pour un emplacement.

Elle écouta patiemment les bougonnements furieux du vieil homme. Le temps qu'il prenait à cogiter lui parut de bon augure. Pour elle, bien sûr.

– Tout ça c'est des conneries, finit-il par objecter. Vous vous en sortirez jamais. Les gens d'ici, la bouffe du Sud avec toutes les saloperies que vous mettez dedans, ça les intéresse pas.

Elle éclata de rire.

– Voyez-vous, monsieur Needham, je ne me laisse jamais impressionner par les gens sectaires ou grossiers. Mais croyez-moi, dans mes pires moments, je suis infiniment meilleure cuisinière que vous dans vos meilleurs. Votre clientèle viendra chez moi. C'est inévitable.

Une vague de jurons déferla par l'écouteur.

– Vous n'avez aucune cohérence, aucun sens de la logique, dit-elle d'un ton grave mais sans la moindre rancœur. Vous n'êtes qu'une vieille merde et une grande gueule.

Elle était encore dans ses boîtes en carton jusqu'au cou, les répartissant peu à peu à travers toute la maison, prenant à la fois possession des lieux et de son temps. De ces instants-là, elle voulait savourer chaque seconde, car c'était la toute première maison qu'elle possédait. Elle s'était immédiatement imprégnée dans les moindres détails de la vision des dîners qu'elle y donnerait et des changements qu'elle y apporterait, même s'il s'agissait en vérité de changements mineurs. En effet, elle avait finalement décidé de disperser les meubles les plus rustiques afin de les intégrer à ceux qu'elle possédait déjà. Les papiers peints, les tentures, les luminaires... tout cela ferait l'objet d'une réflexion et peut-être d'une réfection ultérieure, après qu'elle se serait accoutumée à la demeure qui, tout compte fait, restait tout à fait acceptable pour la personne aux goûts modestes qu'elle était.

Cette journée-là fut consacrée à l'agréable tâche consistant à trier les livres de l'oncle Joe pour ménager un peu d'espace aux siens, qu'elle comptait répartir entre la bibliothèque du salon et celle de la chambre à coucher. L'oncle fantôme semblait avoir particulièrement apprécié les romans de quatre sous, pauvres histoires sentimentales qui n'étaient en réalité que de sombres histoires de fesses. A moins que ces livres n'eussent appartenu à sa dernière épouse et qu'il ne se fût jamais soucié de s'en débarrasser.

Si Pearl se rappelait *Payton Place*, récemment réédité, elle ne se souvenait cependant pas de *La Route au tabac* ou du *Petit Arpent du Bon Dieu*, des livres que son beau-père avait toujours gardés sur la plus haute étagère de son bureau, en principe hors d'atteinte, mais cependant accessibles. Il y avait aussi des piles de romans *western* et policiers et l'œuvre entière d'Alistair MacLean, mais très peu de belles éditions. Apparemment, oncle fantôme avait eu une prédilection pour le livre de poche, les quelques ouvrages reliés de Michener et de Travis McGee étant des cadeaux de Noël, comme l'indiquait la dédicace inscrite sur la page de garde. En manipulant tous ces livres, elle fut frappée de constater combien les livres de poche vieillissaient mal. Cassantes, friables, les pages jaunies et cornées se décollaient par liasses dès qu'elle en déplaçait un. Les encres des couvertures étaient à demi effacées par des empreintes de doigts. Les plus abîmés témoignaient d'un fréquent regain d'intérêt. Les préférés d'oncle fantôme, probablement. Aussi les traita-t-elle avec plus de ménagement.

Vers le milieu de la soirée, le téléphone produisit ce son caractéristique des téléphones électroniques, tellement anonyme qu'on ne sait jamais si c'est le nôtre qui sonne ou celui du feuilleton qui passe à la télévision. Elle s'arrêta sur *Pluie d'argent solitaire* et trottina vers la cuisine pour stopper le répondeur avant qu'il ne commençât à débiter son leitmotiv.

– Je le lâcherai pas à moins de quarante-cinq. Et encore, sans les appareils.

Elle se mit à rire doucement.

– Trente-cinq mille, c'est ma dernière offre. Dix mille dollars, c'est cher payer pour un emplacement et une licence dont je n'ai que faire. Quant au stock, c'est négociable. De toute manière, il ne vaut à peu près rien. Je garde ce qui m'intéresse. Le reste, vous l'emportez et vous en faites ce que vous voulez.

J'imagine que vous pourrez toujours fourguer votre bidon de pâte à crêpes à la prison du comté. Ces gens-là sont jamais très difficiles sur la qualité de la marchandise.

Elle écarta l'écouteur de son oreille pendant qu'il lâchait sa bordée de jurons. Deux minutes plus tard, il s'était calmé et Pearl entendit dans l'écouteur le craquement d'une allumette suivi d'un bruit de succion.

– Vous êtes cinglée, fit-il. A ce prix-là, autant tout laisser tomber et foutre le camp tout de suite.

– C'est ce qui vous arrivera si j'achète la station-service. J'ai rendez-vous avec son propriétaire demain, à neuf heures. Bonne nuit, monsieur Needham, conclut-elle en reposant délicatement le combiné avant de rebrancher le répondeur.

– C'est à partir de maintenant qu'on va commencer à discuter, dit-elle à haute voix en allant retrouver Travis McGee.

Le téléphone sonna de nouveau à cinq heures quarante-cinq du matin. Elle s'y attendait.

– Je vous cède la moitié des parts. Pour trente mille. Vous vous démerdez pour redécorer le restaurant comme ça vous arrange et vous le faites tourner. Moi, je me tire d'entre vos pattes et vous me versez la moitié des bénéfices jusqu'à la fin de mes jours. Si vous vous cassez la gueule, vous me payez l'autre moitié des parts avant de payer vos créanciers. Et je suis responsable d'aucune de vos dettes. Si ça marche, je vous laisse l'autre moitié par testament. J'ai pas d'héritier. Alors, léguer mes intérêts à l'Armée du Salut ou à vous, c'est du pareil au même.

Pearl fut heureuse pour lui qu'il ne vît pas son

visage. Le vieux rapiat avait dû passer une nuit blanche à mettre sa proposition au point.

– Non.

– Bon, ben dans ce cas, que le diable vous emporte !

2

La résistance du vieux la titillait. Sa dernière proposition était ridicule. Elle n'allait tout de même pas entretenir ce vieux bouc jusqu'à la fin de ses jours, qui, si ça se trouvait, pouvait ne se produire que d'ici vingt ans. Ce qui était néanmoins intéressant, c'est qu'il était gagné à l'idée d'un échange de bons procédés. Elle décida de mettre une bonne nuit de sommeil entre eux. Elle ferait un saut au restaurant le lendemain, vers dix heures.

– Foutez le camp, dit-il en guise d'accueil en plantant un mégot au coin de ses lèvres. On n'a rien à se dire et j'ai pas envie de voir vot' gueule.

Etonnée par les épanchements amers et apparemment injustifiés de son patron, Karen faillit lâcher la pile d'assiettes qu'elle avait dans les mains.

– Un café, s'il te plaît, commanda Pearl en s'adressant à la jeune fille.

Karen attendit que le vieil homme lui donnât un quelconque signal l'autorisant à obtempérer.

– Sers-lui son putain de café, lâcha-t-il en expulsant rageusement sa fumée. Elle est capable de me foutre un procès sur le dos pour pas avoir voulu servir une négresse.

La jeune fille pâlit, et s'empressa de servir Pearl qui, de son côté, adressa au vieil homme un long regard suivi d'un bref éclat de rire.

– C'est que vous êtes un vrai dur de dur, monsieur Needham.

C'était là, vraisemblablement, la meilleure réplique possible. Après un silence songeur, Roscoe Needham se mit à rire à son tour, au grand étonnement de Karen. Il agita sa cigarette en direction de Pearl.

– Qu'est-ce que tu penses de ça ? annonça-t-il à la jeune fille. Cette donzelle venue de la ville veut acheter la baraque. Pour une bouchée de pain, naturellement, mais elle l'aura pas.

Les yeux de Karen firent le va-et-vient entre son employeur et Pearl.

Celle-ci décida de renvoyer à Needham son allusion raciste au visage afin de dissiper chez lui tout espoir d'intimidation.

– Eh bien, lança-t-elle, nous sommes en progrès : je suis passée de « négresse » à « donzelle » en moins de cinq minutes.

Il la fixa un instant avec des yeux de merlan frit, puis se mit à glousser bêtement.

– Donne-moi un café, ordonna-t-il à Karen, après tu pourras partir. Tu reviendras à onze heures et demie.

Pearl ne fut pas surprise outre mesure qu'il débauchât Karen durant les heures creuses. Probablement devait-il aussi profiter de l'absence de la jeune fille pour lui subtiliser une partie de ses pourboires. Le vieil avare pointa du menton le bout de son comptoir.

– Faites donc le tour, mam'selle Dickenson, que j' vous fasse visiter. Vous allez tout de suite vous rendre compte comme cet endroit est bien tenu... (Grand seigneur, il désigna les rangées de conserves.) J'avais des tables, mais j'ai jamais pu avoir de serveuse.

– Pourtant, Karen fait très bien son travail.

– Ouais. Mais j'ai l'impression que, si elle servait aux tables, elle provoquerait pas mal de bagarres, vous croyez pas ? Ce serait l'enfer. C'est une vraie diablesse, c'te fille-là. Elle est comme ça depuis que ses parents se sont séparés. Y a des fois où son père, il s'arrache les cheveux, à cause d'elle. Mais je l'ai bien prévenue qu'elle avait pas intérêt à foutre le bordel dans mon restaurant. Si elle veut voir ses amis, qu'elle le fasse dans le parking. L'emmerdant, c'est que j'ai jamais réussi à lui faire porter de soutien-gorge.

Pearl préféra éluder le sujet.

– Ce réfrigérateur, vous l'avez acheté neuf ou d'occasion ? demanda-t-elle en constatant que l'émail de l'appareil portait les traces d'au moins deux déménagements.

– Pratiquement neuf, mentit-il.

Ils allèrent ensemble vers le réfrigérateur et se mirent à l'examiner en détail mais pour des raisons différentes, cependant. Le regard de Pearl était en quelque sorte à la recherche des preuves du « crime », alors que Needham tentait de détourner l'attention de Pearl. Ils revinrent vers le comptoir, où Needham remplit à nouveau leurs tasses, avant d'allumer un mégot avec les braises de l'ancien. Il poussa la générosité jusqu'à lui offrir une cigarette, qu'elle refusa d'un geste aimable, puis opta pour une attitude attentiste.

– Voilà ce que nous allons faire, monsieur Needham.

Une petite lueur s'alluma dans la prunelle glauque du vieil homme.

– Je vais vous donner trente mille dollars... (Elle vit les épaules étriquées se redresser.) Cash. Pas de chèque ni de traite, car je n'ai pas l'intention de demander de prêt. Les règlements par chèques se limiteront aux frais de cession, c'est tout.

L'homme se figea. L'éclat de ses yeux confirma à Pearl ce qu'elle soupçonnait fortement : l'homme n'était pas très en règle avec le fisc.

– Vous gardez ce réfrigérateur, poursuivit-elle. Il est en effet presque neuf et vous pourrez en tirer un joli petit paquet. En outre, je vous sers deux repas par jour jusqu'à la fin de vos jours, ou aussi longtemps que je resterai propriétaire de ce boui-boui, ce que j'ai l'intention de faire pour un temps aussi long que celui que vous espérez vivre. Disons... vingt-cinq ans ?

Il ouvrit la bouche, mais elle repoussa son objection d'un geste apaisant.

– Prenez le temps d'y penser. Vous n'aurez plus à préparer ni petit déjeuner ni déjeuner de toute votre vie. Tout ce que vous aurez à faire, c'est venir ici et poser vos fesses sur un tabouret.

Il appuya le menton sur ses articulations noueuses.

– Et pourquoi pas *trois* repas par jour ?

– Parce que je n'ai pas l'intention d'ouvrir le soir. Petit déjeuner et déjeuner seulement. Je veux bien aller travailler avant le lever du soleil, mais je ne veux pas qu'il se couche sans l'avoir vu. C'est contre mes principes de laisser une journée s'achever sans m'en apercevoir, monsieur Needham.

Incrédule, il se mit à renâcler.

– Vous vous en sortirez jamais si vous servez pas de dîner.

Elle lui adressa un tel sourire qu'à l'instant même

toute trace de doute disparut de son visage, tandis que le strabisme de son regard trahissait une grande activité cérébrale.

– J' sais pas. Vous êtes plus futée que vous en avez l'air. J' sais pas, continua-t-il lentement. C'est, comme qui dirait, pas assez.

– Laissez-moi vous dire simplement ceci : réfléchissez-y. Si vous voulez, je viendrai chez vous ce soir préparer votre dîner et vous me direz ce que vous en pensez demain, après l'avoir digéré.

Les lèvres fines de l'homme s'entrouvrirent en un rictus sur son dentier jauni. Il pensait, se dit Pearl, que, si l'affaire ne se faisait pas, il aurait quand même gagné un repas. Il frappa le comptoir du plat de la main.

– Ben... j'ai rien cont' ça.

– Où et quand ?

– Huit heures et demie. J'aurai eu le temps de fermer. J' vais vous noter comment vous rendre chez moi. Les femmes, ça retient rien ; faut tout leur écrire.

Il récupéra un sachet de papier brun et nota laborieusement le chemin pour se rendre chez lui.

– J' vous marque pas mon numéro de téléphone, enchaîna-t-il. Si vous vous perdez, tant pis pour vot' gueule.

« T'inquiète pas, vieux salaud, pensa-t-elle. Je connais quelques trucs, moi aussi. »

3

Elle se rendit sans tarder chez Needham, s'efforçant au passage de prendre le plus de points de repère possible pour le moment où elle devrait refaire la route de nuit. L'itinéraire qui conduisait à la ferme délabrée de Needham passait par un tel dédale de chemins vicinaux qu'il fallait être né dans la région pour s'y aventurer en confiance, même en plein jour. Qu'est-ce que ce devait être en pleine nuit... Pendant ce parcours préliminaire, au cours duquel les amortisseurs de la Eagle de l'oncle Joe furent mis à rude épreuve, Pearl émit plus de jurons qu'elle n'en avait prononcé depuis sa rencontre avec tante Fran, devant le cercueil de sa grand-mère. Plus par hasard que par réelle compréhension de son itinéraire, elle pénétra enfin dans la cour de Roscoe Needham.

Des décombres jonchaient les lieux. Des carcasses de voitures aux millésimes rares rouillaient paisiblement comme d'antiques vaisseaux interstellaires parmi un foisonnement de sapins et d'arbustes. Un énorme lilas centenaire dénouait ses racines aériennes, pendant qu'un mur de ronces verdissait près du porche arrière. La grange, dont la poutre faîtière évoquait la quille d'un bateau, était complètement effondrée sans que cela semblât gêner la vie quotidienne de Needham. Au pied du lilas, un berger d'Ecosse presque complètement édenté traînait sa chaîne attachée à un pilier du porche. En la voyant, le chien se dressa sur ses pattes et tenta un grognement qui tourna au jappement, comme si, le temps d'ouvrir la gueule, il avait oublié ce qu'il voulait exprimer. Puis l'animal retourna se coucher, haletant sous l'effort. Pearl prit le temps de faire sa connaissance, et la pauvre bête pathétique sembla apprécier un gratouillement sous la mâchoire.

Retrouver son chemin de nuit se révéla tout aussi épique. Pearl connut de nombreuses suées, convaincue chaque fois de s'être égarée. Nonobstant, elle s'arrangea pour arriver avec seulement sept minutes de retard.

Son vieux colley couché à ses pieds, Roscoe Needham l'attendait, assis sous la lumière sale de l'ampoule nue qui prétendait éclairer son porche. Pour l'occasion, il avait revêtu une chemise de laine écossaise élimée par-dessus un maillot de corps innommable. Il ne se leva pas. Mais, constatant que son chien se hissait à grand-peine sur ses pattes et descendait quelques marches pour accueillir la jeune femme, il repoussa son siège à contrecœur et se mit presque debout.

– J' vois qu' vous avez trouvé, grommela-t-il en tirant brusquement la porte-moustiquaire devant Pearl.

Elle caressa le chien, rencontré plus tôt dans la journée, avant d'entrer.

– C'est Jack. Il est plus vieux qu' moi.

Elle rit pour la forme et déposa son sac d'épicerie sur le sol. Roscoe Needham semblait être le genre de militaire qui, une fois rendu à la vie civile, était passé d'une discipline rigide à une négligence extrême. La cuisine était envahie de détritus à tel point qu'il restait à peine une place pour se tenir debout. Au premier coup d'œil, elle repéra les énormes piles de journaux, les sacs remplis de bouteilles et de boîtes de conserve vides, les chaussures éculées, les bottes crottées et la litière pour chat près d'une énorme cuisinière au mazout. Fort heureusement, elle fut soulagée de constater qu'elle n'aurait pas à s'en servir puisqu'elle repéra une cuisinière à gaz, dans un état de saleté épouvantable, cependant. L'odeur nauséabonde qui se dégageait de la litière lui souleva le cœur au point qu'elle dut se pincer les narines. Elle découvrit aussi une sorte de macération, essentiellement à base de nicotine, dans une boîte de conserve où s'accumulaient de vieux mégots marinant dans un peu d'eau. Elle dénombra également pas moins de cinq chats adultes qui rôdaient dans la pièce, apparemment tenants des lieux. S'il existait un service d'hygiène à Nodd's Ridge, il serait bon que son responsable eût connaissance de cette bauge, se dit-elle. Avec un grand soupir résigné, elle sortit un tablier propre de son sac et se retroussa les manches.

– Vous voulez une bière ?

– Sûr.

Needham soulagea son vieux frigo de deux bières et lui en tendit une. Une longue rasade à même la canette la libéra quelque peu de la pestilence qui la traquait de toutes parts.

– Vous faites pas partie de l'Eglise de la Tempérance, à ce que je vois.

– Ce que je ne veux pas, c'est tous les ennuis inhérents à la vente d'alcool. Je n'ai pas envie d'avoir une batte de base-ball sous le comptoir pour calmer ceux qui ont le vin mauvais ; ça ne ferait qu'aggraver les choses.

Needham opina de la tête. Il avait l'air du genre à temporiser à la première anicroche. Il posa sa bière sur la table de la cuisine et décida de regarder Pearl agir. Etouffant la petite voix qui lui criait : « Doux Jésus, ça doit grouiller de microbes ! », elle repoussa quelques détritus afin de se ménager un peu de place pour travailler. Le restaurant se trouvait-il dans le même état de crasse sans que personne s'en rendît compte ? Cela lui paraissait incroyable. Elle fouilla dans les placards pour en sortir les ustensiles dont elle avait besoin. Derrière elle, le craquement d'une allumette lui signala que Needham allumait la cuisinière à gaz.

Il se racla la gorge.

– Alors comme ça, vous avez hérité de Joe par l'intermédiaire de Gussie. Comment ça se fait que Gussie Nevers ait laissé à vous seulement tout ce qui leur appartenait, à Joe et à elle ? J' croyais pourtant qu'elle avait quatre ou cinq petits-enfants...

Elle aurait pu lui conseiller de répondre qu'il n'en savait rien, si d'aventure on le lui demandait, mais cela eût ouvert la porte à toutes sortes de spéculations. Elle cessa de siroter sa bière.

– Tout à fait. J'ai quatre cousins, les quatre fils de ma tante Fran. Mais tante Fran a épousé un homme très riche. Tous ses enfants ont fréquenté des universités de la côte Est et gagnent de l'argent avec autant de facilité que l'Etat peut en imprimer.

Needham se mit à rire, amusé de penser que certaines personnes naissent avec un compte en banque alors que d'autres doivent non seulement en ouvrir un, mais en plus se soucier de le remplir. Pearl laissa tomber quelques filets d'huile d'arachide dans un faitout et le posa sur le feu.

– Moi aussi, j'ai fait quelques études. Mais j'ai dû me débrouiller toute seule. J'ai même fréquenté l'université du Colorado. C'est là que j'ai appris à parler comme les gens du Nord.

Il éclata d'un rire enroué.

– Le Colorado, c'est dans l'Ouest, pas dans le Nord.

– Eh bien, expliqua Pearl, je voulais dire : pas comme dans le Sud. Tout est relatif : pour les gens du Québec, le Maine, c'est le Sud, d'accord ?

Etant lui-même le centre de son propre monde, la relativité géographique n'était pas un concept qui intéressait Roscoe Needham outre mesure ; tout comme il se foutait éperdument de tous ces idiots de Canadiens, francophones ou anglophones. Sa putain d'existence, il l'avait menée sans la moindre pensée pour le Québec ou toute autre province canadienne, et ce n'était pas aujourd'hui que ça allait changer.

– J'ai bien vu que vous parlez pas comme quelqu'un du Sud, ni comme un nè... (Il se reprit :) Un nèg' de Detroit ou de Chicago. J'ai connu des tas d' nèg' quand j'étais dans la Navy. Y en avait certains que j' comprenais bien ; mais y en avait d'autres, doux Jésus, j'ai jamais compris un foutu mot de ce qu'ils disaient. Ils racontaient des craques qui avaient ni queue ni tête.

Nul doute que ce « nèg' », il le tenait des « nuques raides » de la Navy. Elle lui tendit une branche de céleri. Il la regarda d'un air méfiant avant de faire un signe négatif de la tête. Elle mordit alors dedans et se mit à mâchonner rêveusement avant de se remettre à hacher ses légumes.

– Je ne suis pas du Sud. Du moins, les gens de Floride ne se considèrent-ils pas comme tels, sauf quand ça les arrange. Je suis née à Key West. Je suis de souche antillaise, une « Conch » comme vous dites si bien.

– Bordel de merde ! s'écria le vieil homme, brusquement au comble de l'excitation. J'étais cantonné à Key West entre 1950 et 1952 !

– Ah bon ! Dommage que nous nous soyons ratés. Il est vrai que j'étais encore dans mes langes, à l'époque.

– Qu'est-ce que vous dites de ça ? s'émerveilla Needham, que ce dernier détail ne semblait guère émouvoir. Incroyable ce que le monde est p'tit !

Cette découverte lui paraissait tellement sidérante qu'il resta un moment assis, à répéter, rêveur : « Qu'est-ce que vous dites de ça ! Non mais, qu'est-ce que vous dites de ça... »

Un peu plus tard, une fois la cuisson commencée, Pearl reprit sa narration :

– Enfin... Il y a deux ans, ma grand-mère est tombée malade et j'ai décidé d'aller vivre auprès d'elle, à Washington, pour m'en occuper. Je pense que c'est ce qui l'a décidée à faire de moi son unique héritière.

– C'est gentil à elle, répliqua Needham. Et c'était très futé de votre part aussi.

Pearl ne releva pas l'allusion, préférant poursuivre d'un ton neutre :

– Je ne savais même pas qu'elle avait des biens ; je ne l'ai appris qu'après sa mort.

– Oh !

Needham s'agita sur son siège, un peu désarçonné par les accents de sincérité de Pearl. Il en rosit de honte.

– J' voulais pas dire que vous vous étiez occupée d'elle pour qu'elle vous couche sur son testament. Simplement que j' suis étonné chaque fois que quelqu'un prend soin d'une vieille personne. Bon Dieu, je connaissais Gussie depuis qu'elle était gamine. Ç'a toujours été une brave femme. Si y a quelqu'un qui méritait qu'on s'en occupe, c'était bien elle...

– Merci.

– Bon, ben... poursuivit-il, à présent anxieux d'abandonner le sujet. J' pensais pas qu'y aurait quelqu'un d'assez fou pour troquer Key West contre le Maine.

– Comment se fait-il que vous n'y soyez pas resté, si vous trouvez le coin si magnifique ?

Il se tortilla encore sur sa chaise et avala une lampée de bière.

– J'en sais rien. Disons que j' suis rentré chez moi.

– Eh bien, c'est ce qu'il m'arrive, à moi aussi. Je viens retrouver mes racines.

Il acquiesça.

– Peu importe, poursuivit-elle. Il existe des tas d'endroits, à Key West, où l'on prépare une cuisine divine. Mais ici, à Nodd's Ridge, il y a votre cuisine et la mienne. Vendez-moi le restaurant et il ne restera plus que la mienne.

Ensemble, ils éclatèrent de rire.

– J' vais vous dire un truc, jeune fille : j'aimerais bien vous voir essayer. Mais vous m'avez raconté que vous avez fait des études. C'est là que vous avez appris à faire la tambouille ?

Elle secoua négativement la tête.

– Non. J'ai une maîtrise en bibliothéconomie.

– J' savais pas qu'il fallait faire des études spéciales pour faire marcher une bibliothèque... Et maintenant, vous voulez acheter mon restaurant. Vous en avez déjà eu un, au moins ?

– Oui. Mon beau-père en possédait un, à Key West. C'était un petit homme d'affaires qui, en vendant quelques propriétés par-ci par-là, a réussi, avec les années, à faire quelques bons investissements immobiliers. Il était propriétaire de deux appartements, un petit hôtel – pour gens de couleur, bien sûr –, une buanderie et le genre de restaurant que vous possédez. Pendant des années, un ami qu'il connaissait du temps de son service militaire – eh oui, dans la Navy – s'occupait du restaurant pendant la saison d'hiver. Il s'appelait Dick Halloran et passait ses étés dans une station du Colorado car, à part quelques mordus de la pêche qui se prenaient pour

Hemingway et quelques ivrognes – ce qui revient au même –, il n'y a personne, à Key West, en été. J'ai commencé à travailler dans son restaurant dès l'âge de neuf ans en faisant du ménage, le saviez-vous ? Par la suite, j'y ai servi tout en poursuivant mes études. C'est Dick qui m'a appris à cuisiner... (Elle goûta sa pâte à frire du bout de l'index.) Voilà un homme qui savait faire la cuisine !

Elle adressa un sourire à Needham, qui était absolument sous le charme, et comprit alors combien le vieux bouc était seul, vraiment seul.

– S'il avait été blanc, continua-t-elle, il est certain que les restaurants new-yorkais se le seraient arraché. C'était une personne très aimable. Il avait toujours une ou deux petites amies ; des filles faciles, surtout, genre strip-teaseuses ou danseuses pour gogos. Il les ramenait au restaurant, le matin, pour leur offrir un café. Il y en avait même qui étaient très jolies... Enfin... Dick m'a appris le métier et, l'hiver suivant, a annoncé à mon beau-père qu'il pourrait désormais se passer de ses services puisque j'étais capable de faire marcher la boîte toute seule. Et c'est ce que j'ai fait pendant toutes mes études secondaires. Cela m'a permis de subvenir à mes besoins. Dick est mort, mais aujourd'hui encore je peux le voir en train de servir les clients avec son air gentil ou de courtiser une fille de passage.

– Et comment ça se fait que vous l'ayez pas gardée, cette affaire ? voulut savoir Needham.

– Eh bien, après ma maîtrise, je me suis découvert de nouveaux intérêts. Et puis mon beau-père avait des enfants, lui aussi. Il a préféré céder cette affaire à son fils aîné. Il était plus doué que moi, semble-t-il.

– Et avec toute la belle éducation que vous avez reçue, vous pensez toujours savoir faire la cuisine ?

– J'en ai rêvé, répliqua-t-elle. Mes rêves sont peuplés de poulet frit.

– Alors, comme ça, vous en avez rêvé, hein ? ricana Needham.

4

Il ne prononça pas un seul mot. Penché au-dessus de son assiette, il mangea, mastiquant en même temps sa salade de chou, son pain de maïs et son poulet frit, tout en poussant des grognements de plaisir semblables à ceux d'un chien au-dessus de sa gamelle. Au deuxième pilon, la peur de se faire dérober son plat sembla se dissiper. Finalement, il se redressa, repoussa son assiette en libérant un rot sonore. Pearl se leva aussitôt et, après avoir débarrassé Needham des reliefs de son repas, mit la cafetière électrique en marche. Tendant paresseusement le bras, l'homme se choisit un cure-dents et commença à se nettoyer les gencives avec application.

– Vous allez vendre du poulet frit ? demanda-t-il. (Puis, comme elle acquiesçait du menton :) C'est le meilleur que j'ai mangé depuis que j' suis allé dans le Sud.

– Un morceau de tarte, pour finir ? proposa-t-elle en souriant.

– Et comment !

Elle en déballa un morceau et, après l'avoir servi, vint se rasseoir près de lui.

– Pour vous dire la vérité, j'avais pas aussi bien mangé depuis des années.

– Eh bien, tâchez de ne pas l'oublier.

Reposant sa fourchette, Needham se mit à fixer son assiette d'un air navré.

– 'Scusez si je vous ai appelée « négresse ». Je crois que j'ai parlé un peu trop vite.

– Monsieur Needham, je suis moins préoccupée par la paille dans l'œil du voisin que par la poutre qui se trouve dans le mien.

– J' savais bien que vous étiez une sorte de baptiste.

Elle se mit à rire.

– Non. Je ne suis une sorte de rien du tout, Pearl Dickenson, tout simplement.

– Ça, c'est quelque chose qu'aurait dit Joe Nevers. Ça vous va si je dis que vous êtes une diablesse de cuisinière ?

– Oui, ça me va.

Ils allèrent s'asseoir sous la véranda et écoutèrent en silence la respiration sifflante du vieux Jack.

– Ecoutez, dit-il enfin. J' suis pas sûr de vouloir rester ici à rien faire, vous comprenez ?

Elle se pencha pour gratter la mâchoire de Jack, qui grommela de plaisir.

– J' suppose que vous avez pas besoin de quelqu'un pour vous donner un coup de main ?

Elle sourit.

– En avez-vous besoin, vous ?

– J' veux pas travailler tout l' temps, expliqua-t-il. J'aime bien aller à la pêche. C'est un peu comme ce que vous avez dit sur la journée qui finit sans qu'on s'en aperçoive. J'aimerais bien en voir quelques-unes se finir avant de passer l'arme à gauche.

– Je n'ai rien contre.

– Bon, dit-il. Vous avez bien dit que je garde le réfrigérateur ?

C'est à partir de cet instant que commença un laborieux marchandage.

5

Six heures moins le quart, le lendemain matin. La crinière au vent, le conducteur de la Honda Shadow entra dans le parking du restaurant. Karen Styles était assise à l'arrière de la moto, étreignant de ses deux bras le blouson de cuir noir du jeune homme au dos duquel on pouvait lire « BRI » en lettres cloutées. L'engin franchit l'allée de gravillon avec un mugissement aigu.

La fille sauta à terre. Aussitôt, le beau conducteur tendit le bras vers elle et l'attira contre lui pour lui donner un baiser passionné pendant que ronronnait le moteur du véhicule. Finalement, Karen se détacha du garçon et se dirigea vers le restaurant. Souriant, le souffle court, il la regarda partir. Le pas rapide de la jeune fille, qui repoussait ses longs cheveux derrière ses épaules, ralentit soudain lorsque, grimpant avec hésitation les quelques marches qui menaient à l'entrée, elle remarqua l'écriteau accroché à la porte. Elle se retourna et, l'air furieuse, montra d'un geste le carton sur lequel on avait écrit à la main « FERMÉ ».

– Bon Dieu ! fit alors le jeune homme. Est-ce que tu crois que ce vieux salaud est mort ?

Karen secoua la tête, les joues empourprées de colère.

– Comment tu veux que je le sache ? Quelqu'un aurait pu m'appeler pour me prévenir.

Le motocycliste se mit à rire.

– Si t'avais couché chez ton père, la nuit dernière, t'aurais peut-être su ce qui se passe.

– Et si tu fermais ta gueule, Bri ?

– Qu'est-ce que j'ai dit ? Non mais, qu'est-ce que j'ai dit, putain ?

Karen mit les mains sous ses aisselles et se plia en deux comme si elle avait reçu un coup à l'estomac.

– Tu comprends pas ce que ça veut dire pour moi, de plus avoir de travail ? Comment je vais faire pour la louer, cette caravane ?

Bri resta silencieux pendant que Karen se dandinait d'un pied sur l'autre. Une larme perla au coin de son œil et commença à glisser le long de la joue de la jeune fille.

– Faudra que tu restes un peu plus longtemps chez ton père, dit enfin Bri. Ça te tuera pas. De toute façon, ça t'a pas beaucoup gênée, jusqu'à présent.

– J'ai l'impression d'être en prison.

– Ecoute, tu veux plus l'avoir sur le dos parce qu'il t'a fait promettre de plus me voir. Mais t'es pas obligée de lui obéir, tu sais. Il peut pas passer sa vie à te surveiller. De toute façon, il a pas le droit de te dire ce que tu dois faire.

– Le juge m'enverra vivre avec ma mère et son prêcheur, répliqua-t-elle. Tout ce que mon père aurait à faire, c'est dire qu'il arrive plus à me tenir.

Bri haussa les épaules.

– Sois pas conne, il fera jamais ça.

– Me traite pas de conne ! se rebella soudain Karen en s'éloignant du garçon.

– Conasse !

Bri accéléra et commença à s'éloigner.

– J'ai pas besoin de toutes ces emmerdes, dit-il en prenant du champ.

La jeune fille le regarda s'éloigner. Les deux mains sous les aisselles, elle se plia de nouveau en deux.

– Espèce de vieux salaud de Roscoe. Vaut mieux pour toi que tu sois crevé. Cette caravane, il me la faut. J'espère que vous êtes tous crevés, toi, ma mère et son putain de prêcheur.

CHAPITRE QUATRE

1

Un nuage noir au-dessus de la tête, Karen Styles se mit à longer la route. Quelques instants plus tard, un camion de pâte à papier la croisa, au volant duquel elle reconnut Sonny Lunt. Celui-ci lui fit un signe aimable de la main en prenant bien soin de s'écarter vers le centre de la route pour ne pas la renverser. Elle le regarda filer. Dans une minute, il allait être devant la porte du restaurant, en train de se gratter la tête d'un air perplexe.

Puis ce fut à nouveau le calme. De l'autre côté du fossé, un pivert se mit à marteler un vieux tronc. Sans qu'on s'en rendît vraiment compte, la route montait en un long faux plat qui coupait le souffle et les jambes. Les cailloux de l'étroit accotement déformaient douloureusement les fines semelles de ses chaussures de sport. Quand Karen ne trébuchait pas contre les cailloux, elle s'enfonçait dans le sable qui ripait sous ses pieds, rendant sa marche encore plus pénible. Autour d'elle, le bourdonnement des insectes se fit plus pressant. Une mouche à chevreuil commença à la harceler, très vite imitée par une cohorte d'insectes plus petits.

– Merde, merde, merde et merde ! cria-t-elle,

montant d'une octave à chaque mot, jusqu'à éclater en sanglots.

Elle était au bord de la crise de nerfs quand, au sommet de la côte, apparut la « Chevy Suburban » de son père. Ses yeux rouges et bouffis trahiraient son état, mais elle effaça malgré tout fébrilement les larmes de son visage, sachant très bien que, loin de susciter sa compassion, ses pleurs ne feraient au contraire qu'attiser la colère de son père.

Il accrocha son regard avec ce calme provocateur et un peu sauvage qui était le sien, fit un large demi-tour, vint s'arrêter près d'elle et poussa enfin la portière du passager. Pour toute réponse, elle croisa les bras, refusant de le regarder.

– Monte, dit-il en lui adressant un sourire.

– Va au diable.

Le sourire disparut.

– J'ai un message pour toi, chaton.

– Ah oui ? Ne m'appelle pas « chaton ».

– Roscoe a appelé hier soir pour te dire de ne pas venir avant huit heures. Il passe la journée à faire son inventaire.

– Formidable. Si j'avais su, j'aurais dormi un peu plus longtemps.

– Je t'ai attendue pour te passer le message.

Elle rougit violemment.

– J'ai guetté toute la nuit le moment où tu entrerais par la fenêtre de la salle de bains. Ce serait beaucoup plus simple si tu passais par la porte, comme tout le monde.

Les yeux de la jeune fille se remplirent à nouveau de larmes et sa lèvre inférieure fut agitée de tremblements annonciateurs d'une nouvelle crise de larmes.

– Allez, viens, insista-t-il. Je n'ai pas encore déjeuné et je suis mort de faim.

Elle se décida enfin, en se tenant néanmoins tout contre la portière, le plus loin possible de son père.

– Pourquoi est-ce qu'il veut faire un inventaire, Roscoe ?

Reuben prit son temps.

– En général, quand les commerçants décident d'en faire un, c'est parce qu'ils ont l'intention de vendre. J'imagine que c'est ce qu'il veut faire.

Karen se redressa et martela sa paume de son poing fermé.

– Le vieux salaud ! Il a dit qu'il le vendrait pas, mais il va le faire ! Il va vendre le resto à Pearl Dickenson !

– C'est ce que je pense, moi aussi. L'autre jour, elle m'a demandé des noms d'entrepreneurs. J'ai cru d'abord qu'elle voulait faire des réparations dans sa maison. Mais j'ai entendu dire ensuite qu'elle recherchait de l'ameublement de restaurant d'occasion, et qu'elle était passée chez Linscott's, à Greenspark. Je me suis posé des questions.

Karen laissa sa tête rouler contre l'appui-tête.

– Elle va me garder, j'en suis sûre.

Reuben approuva du menton.

– J'ai l'intention de déménager, p'pa. Y a une caravane à louer dans Pigeon Hill Road.

– Dans quatre mois, tu auras dix-sept ans et tu m'éviterais un tas d'ennuis si tu attendais jusque-là, soupira Reuben.

Karen croisa les bras sous son opulente poitrine et se mit à regarder le paysage.

– Je savais que tu dirais non, mais je vais le faire quand même.

– De cette façon, dès que ta mère l'apprendra, elle

ira raconter au juge que j'ai plus aucun contrôle sur toi, ce qui est vrai, et je devrai payer un avocat pour expliquer que tu es presque majeure et que tu pourras bientôt faire tout ce qui te chante. Ta mère va me faire une scène et Sam restera des semaines sans m'adresser la parole. S'il te plaît, Karen, essaie de comprendre les conséquences qu'aura sur nous tous une telle décision. Si tu te moques de me faire du tort, pense au moins à Sam. Tu sais combien il est bouleversé quand nous avons nos disputes de famille.

Karen se mâchonna la lèvre inférieure et, d'un battement de paupières, refoula une nouvelle fois ses larmes.

– Je me fous que m'man pique sa crise et de ce que ça va te coûter en frais d'avocat. Et si tu t'inquiètes tellement pour Sam, commence donc par éloigner ce foutu prêcheur de m'man. De toute façon, c'est ma vie. Je suis bien désolée pour Sam, mais il a qu'à faire comme moi et quitter la maison.

– Quatre mois, Karen, insista Reuben en détournant quelques secondes son regard de la route. Tu peux bien attendre quatre mois pour Sam ? Ecoute : tu es absente toutes les nuits et personne ne te dit jamais rien. Tu rentres uniquement pour prendre une douche et te changer. D'ailleurs, tu ferais mieux d'en prendre une tout de suite ; tu pues la marijuana.

– Seigneur ! Mais lâche-moi un peu ! se rebiffa Karen. Ça vaut mieux que de sentir l'huile de vidange !

– Sentir l'huile de vidange n'a rien de déshonorant, argua Reuben. Quand ta mère portera plainte, je crois que je la laisserai faire, finalement. Peut-être qu'il vaudrait mieux que tu ailles vivre avec elle ; elle ne peut pas faire pire que moi.

– Je veux pas ! cria Karen. Je refuse d'aller habiter chez elle !

Ils étaient arrivés. Reuben ralentit et laissa la « Chevy » finir sa course dans l'allée.

– Reprends-toi, Karen. Je veux pas que Sam t'entende crier. Tu veux qu'on te traite comme une adulte ? Très bien. Alors, conduis-toi comme une adulte. Dis-toi bien que tes décisions auront des conséquences et qu'il te faudra vivre avec. Mais je te préviens : je ferai tout ce qui est en mon pouvoir pour que Sam n'en souffre pas.

La jeune fille fixa la maison sans la voir. Ses yeux clignotants repoussaient ses larmes, refusant obstinément de regarder son père.

– Allez, viens. Allons prendre notre petit déjeuner.

Dans la cuisine, Sam leva les yeux de la page des sports.

– Voilà que notre excitée de la moto est de retour...

– Ferme ta grande gueule ! vociféra Karen.

– T'as tes règles ou quoi ? répliqua Sam. Si c'est le cas, tu devrais être plutôt contente...

– Ça suffit comme ça, intervint Reuben en branchant la bouilloire électrique.

– Elle est encore pas rentrée, la nuit passée, pas vrai ? Réponds pas, c'est pas la peine.

Reuben jeta un coup d'œil sur les gros titres du journal avant de le repousser avec dégoût, comme si on y avait emballé du poisson pas frais.

– Si tu pars pas tout de suite, tu vas être en retard à l'école.

– Ouais. Je finirai de changer les mâchoires de freins de la Buick ce soir, en rentrant.

– Pas la peine, je m'en charge... Paraît que Roscoe va vendre sa cambuse.

Sam leva les yeux de son journal.

– Oh, putain !

– Je commence à en avoir assez de vos « putain » par-ci, « putain » par-là.

– Je vais faire attention, mais, pour mam'selle « Feu-au-cul », j' garantis rien.

Reuben s'éclaircit la voix.

– Semblerait que c'est mam'selle Dickenson, l'acheteur.

Sam se redressa.

– Oh, put... C'est vrai ? Ouah ! J' crois que, dorénavant, j' vais prendre mon p'tit-déj au resto.

– Du moment que t'arrives à l'école à l'heure... le prévint Reuben, en souriant.

2

Quand Karen revint, la porte du restaurant était encore fermée. Elle aperçut cependant Roscoe qui, de l'autre côté de la vitre, lui faisait signe d'entrer par la porte de service. A l'intérieur, toutes les lumières semblaient avoir été allumées pour éclairer le vieil homme et Pearl Dickenson, dans un état de crasse très avancé. En voyant le fichu aux couleurs vives qui retenait les cheveux de Pearl, la jeune fille fut fascinée par l'allure exotique de sa future patronne. Elle lui rappelait un personnage issu du *National Geographic,* à moins que ce ne fût une de ces « James Bond girls », nées quelque part entre la Jamaïque et Rio de Janeiro.

– Regardez ce que j'ai trouvé, annonça Roscoe.

Pearl lui sourit distraitement. Elle se baissa, posant au passage son crayon sur une étagère.

– Des crottes de souris !

– C'est ça.

Roscoe tendit un carnet et un crayon à la jeune fille.

– Tu notes tout ce qui est derrière le comptoir en faisant bien attention de pas te tromper. Tu peux travailler toute la journée ?

– Sûr.

Ça remplacerait les pourboires qu'elle n'obtiendrait pas. Elle pensait à la caravane, pour la location de laquelle elle avait déjà versé des arrhes.

– De quelle ampleur est-il, ce problème de souris, monsieur Needham ?

Pearl semblait à présent dominer la situation ; bien qu'en réalité le vieil homme prît un plaisir évident à jouer les faux jetons.

– Ces petites choses ? ricana-t-il sans conviction. C'est trois fois rien...

Il vint un instant à l'esprit de Karen de faire payer au vieux salaud toutes les brimades qu'elle avait dû subir, en racontant à Pearl que le restaurant était en vérité le paradis des souris. Mais le bon sens prit le dessus : elle avait tout intérêt à ce que le restaurant changeât de mains.

– Mam'selle Dickenson... M'sieu Needham...

– Qu'est-ce qu'y a ? aboya le vieil homme d'un ton irrité.

– Et moi, qu'est-ce que je deviens ?

– Et toi ? J' suis pas ton père, grâce à Dieu. Tu peux aller où tu veux, j'en ai rien à faire. Adresse-toi à Pearl, c'est elle la nouvelle propriétaire.

– Est-ce qu'il y aura du travail pour moi ? demanda encore la jeune fille.

– Je ne m'en sortirai pas toute seule, Karen. Ce sera un plaisir de te garder avec moi.

– Oh, merci ! Merci beaucoup !

Pearl eut une moue de dégoût et lança son crayon en direction des crottes de souris.

– Cet endroit a besoin d'être récuré du plancher au plafond. Ensuite, nous mettrons quelques tapettes à souris. Je veux qu'il n'y en ait plus une seule le jour de l'ouverture.

3

Walter McKenzie fit une halte à la pompe de Reuben Styles. Le temps, pour ce dernier, de s'extraire de sous la Buick, le plein était fait.

– Tu sais c' que la Dickenson est en train de faire, Reuben ?

– Elle achète le Needham's Diner.

Walter eut l'air déconfit.

– C'est Karen qui te l'a dit ?

Reuben opina de la tête tout en prenant l'argent que lui tendait McKenzie qui n'était cependant pas homme à rester sur une déception.

– J'aurais jamais cru que Roscoe prendrait sa retraite.

– Moi non plus.

– Plus ça change, philosopha Walter tout à fait hors de propos, plus c'est pareil.

Reuben donna quelques tapes sur l'épaule du vieil homme.

– Comment va Jean ?

– Oh, elle va bien. J'essaie de lui faire mettre le nez dehors, mais elle prétend toujours avoir quelque chose à faire. Elle devrait se remarier, j' me suis pas gêné pour le lui dire. Je lui ai dit comme ça : « Jean, une femme jeune comme toi, ça peut pas rester toute seule. » Et tu sais ce qu'elle me répond, chaque fois ?

« Qu'est-ce que tu deviendrais sans moi ? » qu'elle me dit. C'est ce que je lui répète depuis l'époque où elle était mariée avec Nighswander, mais elle veut pas m'écouter.

Walter adressa à Reuben Styles un regard en coin.

– Et toi, quand est-ce que tu comptes te recaser ? Un homme de ton âge, ça peut pas rester seul. Tu pourrais peut-être même avoir d'autres mioches.

Reuben sourit. Ce petit côté entremetteur avait quelque chose d'outrageant. Jean avait treize ans de plus que lui, mais en paraissait vingt de plus. Elle avait même été la camarade de classe de sa sœur Ilene. C'était un pauvre sac de pommes de terre vide que sa propre ombre terrorisait littéralement. Diplomate, il préféra ne relever que la dernière remarque de Walter.

– J'en ai plein les bras avec ceux que j'ai déjà.

– Sam, il pose pas beaucoup de problèmes. C'est un bon travailleur. Mais tu devrais dire à Karen de mettre un soutien-gorge. Ses nichons sont trop gros pour les trimballer dans des p'tits tee-shirts de rien du tout. J' l'ai aperçue à moto avec le fils de Paul Spearin... Brian, c'est ça ? C'est pas un cadeau, ce gars-là ; il aurait bien besoin qu'on le remette à sa place. Si c'était ma fille, j' crois que je lui montrerais mon fusil et j' lui dirais d'aller s' faire voir ailleurs.

Reuben écouta patiemment, réprimant l'envie d'expliquer à Walter que demander à une adolescente de porter un soutien-gorge dont elle ne voulait pas ne servait qu'à soulever des problèmes dont il avait déjà plus que son compte.

– Les enfants, ça écoute pas beaucoup ce que disent les parents...

Walter acquiesça vigoureusement.

– C'est vrai. Aussi vrai que j'avais dit à Jean de

pas épouser ce Nighswander. Ça l'a pas empêchée de l' faire quand même.

Reuben n'ignorait pas qu'il y avait beaucoup plus de regrets que de vérités dans cette allusion au second et malheureux mariage de la fille de Walter. Tout le monde savait que ce mariage n'avait été qu'un mariage de convenance. A l'époque, Jean était veuve et sans le sou, accablée d'un enfant attardé, et Nighswander, veuf après le suicide de sa femme, un personnage qui, selon toute apparence, était à la recherche d'une femme pour entretenir sa maison et réchauffer sa couche.

– Eh ben, fit Walter en se frottant les mains, j'imagine que la Dickenson doit savoir cuisiner.

– Et pourquoi ? demanda Reuben, qui se souvint que Sam avait fait la même remarque.

– Ben... Elle est noire.

Reuben s'esclaffa :

– Pourquoi, t'as peur qu'elle te fasse bouffer des tripes ?

– Non, répliqua Walter en riant à son tour. Elle a vécu avec Gussie et doit savoir faire de la cuisine de Blanc.

Alors que Reuben s'émerveillait de son esprit de déduction, le vieil homme ajouta, avec sa longue expérience d'homme du monde :

– En plus, une femme avec autant de « ouh ! la, la ! », ça doit bien cuisiner. En général, ça marche ensemble.

Chaque fois que, au cours de la journée, il repensa à cette conversation, Reuben ne put s'empêcher de sourire. Sam l'entendit, sans comprendre, éclater de rire sous sa Buick et lui demanda plusieurs fois ce qu'il trouvait si drôle. Mais Reuben secouait la tête et continuait de rire sans répondre. Sam perçut néanmoins plusieurs « Ouh, la, la ! » murmurés aussitôt suivis d'un éclat de rire qui le rendit tout heureux. Cela signifiait que sa diablesse de sœur n'avait pas tout à fait réussi à gâcher sa journée.

4

Pearl arriva à la station-service au moment même où Reuben fermait.

– Je partais, mam'selle Dickenson, dit-il en s'approchant d'elle les clés à la main. Vous voulez de l'essence ?

– Non. Je voulais juste vous dire un mot. Appelez-moi donc « Pearl ».

– Pearl.

Elle sourit.

– Karen vous a-t-elle dit que j'ai acheté le Needham's Diner ?

– Non. Je n'ai pas vu Karen depuis ce matin. De toute manière, elle me confie pas grand-chose. Mais j'avais deviné.

– Eh bien, j'aimerais la garder.

– Parfait.

– Elle travaillera de six heures du matin à trois heures trente, l'après-midi, six jours par semaine. Du moins, pendant la période estivale.

Il acquiesça sans dire un mot.

– Saviez-vous que Needham ne la payait que trois dollars de l'heure ? dit encore Pearl, un peu hésitante.

– Je le savais, oui.

– Est-ce que payer les gens sous le tarif minimum est une pratique courante, dans la région ?

– Eh ben, fit prudemment Reuben, c'est pas rare.

– Excusez-moi si je vous parais brutale, mais je m'étonne que vous acceptiez de tels arrangements.

Il soutint son regard.

– A dire vrai, je voulais que Karen sache à quoi devait s'attendre quelqu'un qui laisse tomber ses études.

Pearl fit le dos rond et s'appuya à sa camionnette.

– Pardon ? Vous me dites que Karen a abandonné l'école ?

– Juste après Noël.

Pearl laissa échapper un long sifflement.

– Je suis navrée de l'apprendre. Je pensais qu'elle avait dix-neuf ans.

– Elle en aura dix-sept en septembre.

Pearl hocha la tête d'un air incrédule.

– Elle n'a que seize ans ? Mais qu'est-ce qu'il lui a pris ? Elle m'a pourtant paru intelligente...

– Elle est... déboussolée. C'est comme ça qu'on dit, pas vrai ? J'ai laissé faire en me disant que travailler durement lui ferait un peu les pieds, comme on dit. Je croyais... (il fixa le sol) mais je me suis trompé.

– Ecoutez, je vous comprends très bien. Je vais m'efforcer de la convaincre de reprendre ses études, quand bien même cela me coûterait sa collaboration. Je vous le promets.

Reuben la remercia d'un sourire.

– Autre chose, poursuivit-elle. Je comptais m'occuper de mon jardin. Je pensais pouvoir le faire moi-même en attendant de trouver un restaurant à acheter, mais, à la vitesse où vont les choses, je n'en aurai jamais le temps. De plus, demander à McKenzie de s'en occuper me gêne terriblement.

– Pas de problème : mon fils et moi, on s'en occupe. Je vous ferai mon prix dès que vous aurez vu de quoi nous sommes capables. Walter va probablement être soulagé. Les vieux estiment qu'une personne ne doit être payée que lorsqu'elle fait correctement son travail. Comme ça, sa fierté sera sauve et il n'aura pas à vous avouer qu'il n'est plus à la hauteur.

– C'est que... (Elle se mordit la lèvre avec un air embarrassé auquel Reuben ne s'attendait pas du tout.) Je ne sais comment le lui annoncer.

– Vous avez qu'à lui dire que Sam vous a proposé de s'occuper de votre jardin, ça le fera rigoler. Tout ce qu'il risque, c'est de perdre une vingtaine de dollars et éviter une crise cardiaque.

– Très bien, je me sens soulagée.

– Vous inquiétez pas pour vos plantations : on peut mettre n'importe quoi en terre sans protection bien avant le 15 juin.

– Oh, c'est que nous sommes dans le Nord, ici, pas vrai ? (Elle se frappa le front de la paume de la main.) Seigneur que je suis bête ! On ne croirait pas que j'ai vécu six ans au pied des Rocheuses. J'aurais dû prendre l'altitude en considération.

Reuben lui sourit obligeamment.

– Le Ridge, c'est pas Denver, mais c'est quand même un peu plus haut que le niveau de la mer.

– Et pour les légumes d'hiver ?

– Vous pouvez toujours en planter, mais faut les couvrir. S'ils ne se font pas prendre par les derniers gels, vous aurez un superbe potager pour les lapins et les marmottes.

– Les lapins ?

– Des gros tout blancs, avec des yeux rouges et de grandes dents, précisa Reuben le plus sérieusement du monde. Vous serez surprise, enchaîna-t-il. Y a des tas de gens qui en ont perdu dans la campagne. Les lapins sauvages ont fini par se croiser avec les élégantes lapines des villes.

Ce canular tout à fait innocent la fit sourire. Elle se hissa dans sa camionnette et Reuben repoussa doucement la portière vers elle, sa grande main posée sur le rebord de la vitre.

– Merci, pour Karen.

– Pas de problème, répondit-elle, se rendant compte au même moment qu'elle venait d'adopter non seulement la formule, mais aussi l'accent. Non, y a vraiment pas d' problème.

Il éclata de rire et lui fit signe de la main pendant qu'elle s'éloignait.

5

Le jour suivant, au moment où Pearl rentra chez elle, le soleil s'était éclipsé à son insu. Le jardin avait été biné et la brise légère charriait les senteurs de terre fraîchement retournée. Sur les marches du perron, il y avait un colis enveloppé dans un papier journal humide, ainsi qu'un petit mot collé sur sa porte arrière. « Crosses de fougères, lut-elle clairement. Prêtes à cuire. Préparez-les de la même façon que des asperges. Excellentes, froides ou chaudes. Bon appétit, Reuben Styles. » Elle s'empressa d'ouvrir le paquet. Elle y découvrit une débauche de fioritures végétales d'un vert profond et d'où s'exhalait une odeur vaguement marécageuse, bien plus prenante que celle des asperges. Elle en goûta une. La saveur était aussi douceâtre que l'odeur, même si son crissement sous sa dent lui parut agréable, ne fût-ce qu'à cause des souvenirs qu'il réveillait en elle. Elle plongea immédiatement les jeunes pousses dans une marmite et les laissa bouillir quelques minutes, avant de les déguster nature, directement dans la passoire. Finalement, elle alla au tableau noir accroché au mur de la cuisine et inscrivit à la craie : pains de maïs pour R. S.

6

Le transfert de propriété se déroula de la façon la plus simple et la plus rapide du monde, puisque aucun prêt bancaire n'était requis, pendant que Roscoe Needham croassait à qui voulait l'entendre que ça lui était tombé dessus « comme une chiure d'oiseau ». D'ailleurs, sitôt l'inventaire terminé, ce dernier s'était empressé de rouvrir son négoce, puisque ledit inventaire n'avait pris qu'un jour et demi. Le restaurant bourdonnait d'incessantes discussions sur les futurs changements.

Après la fermeture, on put voir Pearl et Karen s'affairer à nettoyer les lieux. Détail notable : la jeune fille avait, pour la circonstance, pris l'habitude de se ceindre la tête d'un fichu « à la Pearl ».

Pearl passait ses journées à courir en tous sens, s'occupant de la paperasse, recevant des entrepreneurs, contactant des fournisseurs, obtenant les permis temporaires et le reste. Elle fit plusieurs incursions dans les villes voisines pour rechercher de l'équipement d'occasion et, si elle eut la chance de se procurer une friteuse à bon prix, elle fut moins heureuse pour les banquettes qu'elle projetait d'installer. L'espace de quelques jours, sa volonté de fer et son sens aigu du marchandage étaient réputés dans tout le pays. On disait d'elle qu'elle travaillait aussi dur qu'un homme et même davantage que certains. Chacun sut, essentiellement par le truchement de l'ami Roscoe qui n'avait jusqu'alors jamais fait l'objet d'un tel intérêt, que Pearl avait l'intention de reprendre l'affaire mais aussi de réaménager le bâtiment de fond en comble.

Le jour du Souvenir, à six heures du matin, sous un crachin glacial, Pearl fit poser une nouvelle enseigne au néon devant la façade dont la vitrine était d'une propreté éclatante. « Chez Pearl » se découpait en lettres simples et claires. A l'intérieur, avec toute la solennité qu'exigeait pareille circonstance, Roscoe serra la main de Pearl, leva les clés qu'il examina un instant, l'air content de lui, et les laissa retomber dans la main de la jeune femme. Karen applaudit pendant que sa patronne exécutait une brève et joyeuse danse du scalp sous les éclats de rire de Roscoe. Dehors, la main en visière, Sonny Lunt regardait par la fenêtre et gesticulait désespérément pour obtenir son premier café. Pearl alla vers la porte, la déverrouilla et retourna la pancarte indiquant « FERMÉ » pour afficher « OUVERT ».

La première journée de travail achevée, Pearl sentit que sa tâche était incomplète. Aussi se rendit-elle directement chez elle, mit ses bottes de caoutchouc et entra dans le cimetière. La terre qui recouvrait la tombe de Gussie s'était un peu tassée. Les mottes commençaient à se perdre dans la verdure. Pearl jeta un coup d'œil au géranium qu'elle y avait planté et qui exhalait l'odeur musquée si caractéristique de ses feuilles. Avec un petit reniflement satisfait, elle disposa quelques cailloux autour du géranium, de manière que la plante fût correctement irriguée.

Les couleurs environnantes l'incitèrent à porter son regard sur les autres tombes. Ainsi, elle se déplaça d'une stèle à l'autre en se donnant le temps de les examiner une à une. Les gens y avaient déposé toutes sortes de plantes saisonnières, parmi lesquelles des branches de lilas et de saule blanc sur celle d'Edith Styles, ainsi qu'une gerbe de roses et de lys sur celle de Victoria Christopher. La pluie avait aspergé les pétales des fleurs de milliers de gouttelettes, tout en en exacerbant les effluves. Le buisson de roses sauvages croulait de boutons blancs. Pearl se retourna pour regarder les montagnes émergeant à travers les lambeaux de brouillard. Les morts avaient vraiment de la chance : ils jouissaient de la plus belle vue de toute la ville.

7

La curiosité aidant, les affaires tournèrent rondement dès les premiers jours, jusqu'à ce que le « si vous n'y allez pas vous ratez vraiment quelque chose » prît la relève. Néanmoins, il fallut aux clients un certain temps avant de s'habituer à voir l'établissement fermé à l'heure du dîner. Mais Pearl s'accrocha mordicus à son horaire et, à trois heures trente, le rideau était tiré.

Roscoe brilla par son assiduité, mangeant avec cœur et s'attardant avec indolence. Cependant, le premier dimanche, quand il fit son apparition pour être à pied d'œuvre, il parut particulièrement tendu. Pearl mit cette nervosité sur le compte de l'angoisse de devoir travailler sous ses ordres, même si elle était toute disposée à faire montre de compréhension. Après avoir noué un tablier autour de la taille, l'homme sembla chercher quelque chose des yeux.

– Si vous cherchez une boîte de café vide pour y mettre votre mégot, vous perdez votre temps, j'ai tout jeté. Vous pourrez vous servir d'un vrai cendrier pendant la pause.

Il ouvrit la bouche et se mit à la regarder fixement.

– Il est interdit de fumer pendant les heures de travail, ponctua-t-elle.

Needham referma la bouche en claquant du dentier.

– Faites chier, renâcla-t-il.

Arrachant son tablier, il le lança en direction de Pearl et sortit. Cette réaction, à laquelle elle s'était attendue, ne désarma pas la jeune femme qui décrocha aussitôt le téléphone. Au cas où Needham refuserait de se conformer aux nouveaux règlements de la maison, Karen lui avait déjà annoncé qu'elle était prête à sacrifier son dimanche. Quinze minutes plus tard, la jeune fille était à pied d'œuvre.

– Merci, dit Pearl.

– Pas de problème...

Pearl réprima un sourire alors que le visage et la voix de Reuben Styles lui revenaient en mémoire.

Après la fermeture, elle décida d'aller voir Roscoe. L'homme était installé sous sa véranda, son chien Jack à ses pieds.

– Ecoutez, Roscoe, commença-t-elle sur un ton conciliant, je sais que c'est dur pour vous de ne plus être le patron et de ne plus faire ce qui vous plaît. Mais, quand vous étiez dans la Navy, vous avez sûrement dû respecter des règlements autrement plus pénibles que les miens. Peut-être avez-vous décidé de ne plus respecter de règlements. Si c'est le cas, je n'ai rien à faire ici. Cependant je persiste à croire que vous êtes un homme raisonnable, un peu emporté, peut-être, mais je peux comprendre cela, étant emportée moi-même. Je veux que vous sachiez que je ne renoncerai pas : j'ai vraiment besoin de votre aide. Vous êtes un roc et moi aussi. Qu'allons-nous faire ?

Tout en se balançant sur son fauteuil, il écouta, les lèvres mobiles, les yeux clignotants.

– Rien du tout. Vous faites c' qui vous chante et moi j' fais pareil de mon côté. J'ai pas vécu soixante-dix ans pour me faire dire ce que j' dois faire par la première donzelle venue.

Elle caressa brièvement Jack et se redressa.

– Très bien, Roscoe, je vous verrai au petit déjeuner.

Le combat de Roscoe était commencé. Le lendemain matin, il débarqua, le menton agressif.

– C'est d' la merde, c'te bouffe ! lança-t-il à haute voix en envoyant promener son assiette à l'autre bout du comptoir.

Karen sursauta.

– Pauvre vieux con ! murmura-t-elle.

Les clients échangèrent quelques regards circonspects pendant que Pearl levait calmement le nez de son gril pour proposer :

– Désolée que cela ne vous ait pas plu, monsieur Needham. En voulez-vous un autre ?

– Putain, oui, que je veux.

Quelques minutes plus tard, elle reposait un nouveau plat devant le vieil homme, qui, à peine goûtée sa première bouchée, la recrachait dans son assiette avec une grimace. Sans un mot, Pearl le débarrassa du plat souillé sous le regard attentif de Sonny Lunt.

– Y a quelque chose qui pue, par ici, fit celui-ci.

L'homme se leva et, le nez en l'air, chemina lentement en direction de Needham. Arrivé à sa hauteur, il renifla bruyamment.

– C'est bien ce que je pensais, dit-il en tapotant aimablement l'épaule de l'ancien propriétaire.

– Va te faire foutre, Sonny, fit Roscoe.

Sonny Lunt secoua la tête d'un air chagrin.

– C'est pas des manières de parler devant une dame, ça.

Sans se départir de son air désolé, Sonny empoigna le vieillard au collet et le souleva de son siège. Roscoe se débattit en poussant force jurons, mais l'autre ne semblait pas disposé à lâcher prise. Au contraire, il le porta ainsi jusqu'à la sortie et, une fois dehors, le reposa délicatement sur le sol. Roscoe fulminait. Ignorant ses vociférations, Sonny lui tourna le dos et regagna le restaurant.

– Il a l'air plutôt agacé, dit-il à Pearl.

– Pearl lui a interdit de fumer pendant le travail et elle a jeté toutes ses boîtes de café vides où il crache ses mégots, expliqua Karen.

Sonny prit le temps de se gratter le sommet du crâne.

– Cette carne est bien trop vieille pour apprendre les bonnes manières, mam'selle Dickenson.

– Je sais, répondit-elle. Mais je ne vais pas pour autant servir sa cendre de cigarette à mes clients.

Les personnes concernées opinaient sentencieusement de la tête en échangeant des commentaires quand, dans un claquement de porte, Roscoe refit son apparition.

– J'ai pas eu mon p'tit déjeuner. Tu me dois mon p'tit déjeuner, salope de négresse !

Un profond silence s'abattit brusquement sur la salle. Sonny Lunt se leva à nouveau. Reposant sa spatule, Pearl s'essuya les mains.

– Je crains que vous ne deviez partir, monsieur Needham.

Sonny approuva d'un signe et, se plaçant derrière le vieil homme, le souleva à nouveau en lui ceinturant la taille. Malgré les injures et les coups de talon, Sonny le porta dehors jusqu'à sa camionnette au volant de laquelle il le laissa retomber.

– Rentre chez toi, conseilla Sonny. Et te remontre pas avant d'avoir appris les bonnes manières.

– T'as pas le droit de me foutre dehors de chez moi ! hurla le vieux.

– C'est plus chez toi. T'as été payé, le vieux. Maintenant, ferme ton clapet et conduis-toi en homme.

Roscoe se mit à tressaillir comme si Sonny l'avait battu. Des larmes commencèrent à ruisseler sur son visage parcheminé. Fouillant dans ses poches, il en tira un trousseau de clés et mit le contact. Même le vieux moteur de son véhicule semblait s'être ligué contre lui. Finalement, il consentit à démarrer et Roscoe s'éloigna lentement, les yeux étincelants de haine et de larmes. Sonny regagna son siège et reprit la dégustation de ses œufs au plat là où il l'avait laissée.

– Vous tracassez pas, dit-il calmement à Pearl. Il est plus coriace que les crêpes qu'il préparait. C'est vrai que vous avez raison, mam'selle Dickenson. J'ai eu ma part de cendre de cigarette dans mes œufs, et ça ajoute rien au goût. Il devrait avoir honte de vous parler comme ça.

CHAPITRE CINQ

1

Au cours de la seconde semaine, Pearl se retrouva au milieu de l'après-midi sans avoir de courses à faire, sans rien devoir aller chercher à Greenspark. Dans un périmètre de vingt-cinq miles, elle avait déjà vu toutes les banquettes d'occasion susceptibles de l'intéresser. Depuis un mois, c'était la première fois qu'elle pouvait voir le temps passer.

Arrivée chez elle, elle vit Walter McKenzie qui, au volant d'une tondeuse à gazon, entretenait sa pelouse. En prenant un virage, l'engin tangua dangereusement, ce qui incita Pearl à y regarder d'un peu plus près. Sous le grand chapeau de paille, ses traits étaient tendus. Le visage livide, le vieil homme avait tous les symptômes de quelqu'un près de perdre connaissance.

Pearl entra sans attendre dans la maison et remplit un grand verre de thé glacé qu'elle s'empressa de lui apporter. McKenzie venait à peine d'arrêter sa machine et, sans quitter son siège, s'éventait doucement avec son chapeau. La sueur, qui dévalait en petites rigoles le long de son visage, plaquait sur son crâne constellé de taches brunes les quelques cheveux qu'il lui restait. Elle remarqua à quel point le souffle du vieil homme était court et sifflant.

– Eh ben, c'est pas beau, ça ? fit-il d'une voix tremblante en montrant d'un geste l'étendue gazonnée.

Il tremblait tellement qu'elle fut effrayée de l'abandonner complètement à son verre de thé. Aussi posa-t-elle une main secourable sur son épaule, tamponnant précipitamment avec son mouchoir le liquide qui ruisselait de chaque côté de sa bouche.

– Vous avez l'air vanné. Vous devriez vous arrêter.

Il s'essuya les sourcils d'un revers de bras. Les tremblements qui l'agitaient semblaient se dissiper un peu. Pearl se félicita d'avoir pris le temps d'ajouter deux cuillerées de sucre au thé qu'elle venait de lui servir.

– Pour vous dire la vérité, mam'selle, j' crois que j' suis plus très bon pour ce genre de travail, annonça-t-il en soufflant entre chaque mot.

Pearl soutint son bras.

– Vous feriez mieux d'entrer et de vous étendre un peu, monsieur McKenzie.

Il accepta l'aide de Pearl, allant jusqu'à s'appuyer sur elle pour descendre de sa tondeuse.

– Voulez-vous que j'appelle un médecin ?

– Non, non. J' vais juste me reposer quelques minutes à l'ombre, là-bas, répondit-il en agitant faiblement son chapeau en direction d'un arbre proche.

Elle le soutint durant les quelques pas qui les séparaient du grand chêne, puis s'assit près de lui dans l'herbe, le temps qu'un semblant de couleur lui revînt au visage et que son souffle s'apaisât un peu.

– C'est le soleil, mam'selle Dickenson. Vous cassez pas la tête pour moi.

Finalement, il se remit plus ou moins à la verticale, peu fier de devoir accepter le bras de la jeune femme.

– Etes-vous sûr que ça va ?

– Certain. Mais je crois qu'il faudra vous trouver quelqu'un d'autre pour tondre votre gazon. J'aime pas devoir vous laisser tomber, mais je peux plus travailler en plein soleil. Le fils de Reuben vous fera du bon boulot.

La voix de McKenzie gagnait en assurance alors qu'il parvenait à séparer quelque peu son incapacité physique et le problème qui les préoccupait.

– J'en suis persuadée. Etes-vous sûr de ne pas vouloir entrer vous reposer un peu ?

– Non, je vais rentrer chez moi et m'installer sous ma véranda pour regarder le soleil se coucher.

– Faites-le donc.

Il éprouva quelques difficultés supplémentaires à se hisser dans son véhicule, suscitant chez Pearl de nouvelles inquiétudes, mais parvint néanmoins à s'installer derrière son volant. Après avoir pris encore une minute pour récupérer, il quitta la propriété.

Elle le regarda partir, s'interrogeant sur la sagesse de sa décision de l'avoir laissé rentrer chez lui tout seul. Mais, comme le disait si bien Reuben Styles, si McKenzie avait vécu si vieux, c'est parce qu'il était coriace, et sans doute avait-il raison. Mais aussi coriace soit-on, on ne l'est cependant jamais pour l'éternité, et le cimetière d'en face était là pour le prouver.

Après s'être versé un verre de thé glacé, Pearl alla s'installer dans l'herbe, au pied des marches de la véranda. L'air, imprégné de soleil, était saturé des odeurs d'herbe fraîchement coupée. Elle se sentait extrêmement lasse et bien plus bouleversée qu'elle ne voulait l'admettre. La défaillance du vieil homme avait provoqué en elle une brusque montée d'adrénaline qui, en se dissipant, semblait drainer ses dernières énergies. Elle se laissa glisser sur le dos. L'odeur luxuriante de l'herbe grasse lui tourna un peu la tête, puis elle sombra dans un profond sommeil.

2

Le rugissement de la tondeuse l'arracha brusquement à sa torpeur. Le soleil se couchait rapidement. Reuben leva les yeux de l'allumage de la tondeuse et lui fit un signe de la main, un peu froidement, lui sembla-t-il. L'humidité de la commissure de ses lèvres lui signala qu'elle avait un peu bavé. Le thé renversé avait laissé une large auréole sur son chemisier.

– Merde ! grommela-t-elle en se précipitant dans la maison.

Une douche et des vêtements propres se chargèrent de lui rafraîchir le corps et l'esprit. Un coup d'œil par la fenêtre lui apprit que Reuben tondait le dernier carré de gazon laissé en suspens.

Ensuite, il entreprit de nettoyer la lame. Voilà quelqu'un qui laissait toujours des outils propres, même quand ils ne lui appartenaient pas.

– Un thé glacé, ça vous dit ?

Il leva les yeux et acquiesça, puis se replongea dans son nettoyage. Elle revint avec les thés et s'installa sur les marches du perron, attendant qu'il en eût terminé avec la tondeuse. Cela fait, il vint enfin s'asseoir près d'elle.

– Walter est passé. Il m'a dit qu'il avait eu un malaise.

– Il m'a fait peur.

– Ça ira. Ce genre de truc arrive à n'importe qui.

Pearl acquiesça.

– Merci d'avoir fini le travail. Ç'aurait pu attendre. Je ne voulais pas...

– Pas de problème.

Le soleil parut soudain pressé d'aller se coucher. Après un long moment de silence, Reuben reprit :

– C'est Sam qui est venu pour finir le travail, mais, vous voyant endormie, il est revenu en courant : c'est un garçon timide.

– Oh !

Elle ne savait que dire. Malgré le comique de la situation, elle s'abstint de rire, sachant que Reuben n'avait pas fait cette confidence pour qu'on se gaussât de son fils. Très modestement, supposa-t-elle, il tentait de lui expliquer la grande émotivité de son rejeton.

– Je suis désolée. Je ne voulais pas le perturber. Je m'étais endormie, c'est tout.

– Y a pas de mal. Quinze ans, c'est pas un âge facile. Pour lui, les femmes c'est encore un grand mystère qu'il aimerait bien éclaircir, exposa Reuben avec un sourire triste. Tant mieux. Mais ça l'intimide beaucoup. J' sais pas si je m' fais bien comprendre...

– Tout à fait, tout à fait, le rassura-t-elle.

Il se dressa, s'interposant entre elle et la faible lumière du ciel, et Pearl fut à nouveau frappée par la taille impressionnante de l'homme.

– Enfin... Walter m'a dit son intention de vous annoncer qu'il renonce à s'occuper de la maison. De toute manière, il l'a fait seulement parce que Joe

Nevers est mort sans prévenir et parce que, comme a dit le notaire, fallait bien que quelqu'un fasse le travail. Mais puisque vous avez décidé de vous installer ici, c'est pas nécessaire d'avoir quelqu'un qui s'en occupe à plein temps. Si vous voulez qu'on y jette un coup d'œil chaque fois que vous êtes partie ou si vous préférez que quelqu'un se charge de son entretien et des abords, pas de problème : Sam et moi, on peut le faire. Depuis deux ans, on a récupéré à peu près toute la clientèle de Joe Nevers ; ça nous tient occupés, en hiver.

– Probablement. Pourquoi ne pas avoir installé d'écriteau sur votre portière, comme l'oncle Joe ?

– On attend que Walter prenne officiellement sa retraite, expliqua Reuben avec un haussement d'épaules. J' veux pas qu'on croie que j' lui fais concurrence.

– C'est gentil de votre part. J'ai le choix entre laisser ce champ en friche ou faire en sorte que quelqu'un s'en occupe. A moins que je ne passe mon été assise sur cette tondeuse à gazon et que je ne fasse rien d'autre...

– J' vous ferai passer mes tarifs. Merci pour le thé, le poulet et les p'tits pains de maïs de l'autre soir.

– Pas de problème...

Ils rirent ensemble.

– Bon, ben... bonsoir.

Après le départ de Reuben, elle resta assise à écouter les coassements des grenouilles en pensant à Sam et à sa désarmante timidité. Pearl n'était pas surprise d'apprendre que Reuben et son fils avaient récupéré la plupart des activités de l'oncle fantôme. Çà et là, elle avait entendu suffisamment de remarques pour comprendre que, aussi timides et discrets qu'ils fussent, Reuben Styles et son fils projetaient une ombre vaste et respectable sur la petite communauté. Sans le moindre problème.

3

Reuben fit un arrêt au restaurant le samedi suivant, aux environs de dix heures. N'eût été l'enseigne extérieure, l'établissement ressemblait à ce qu'il avait toujours été, à cette différence près qu'une fois à l'intérieur Reuben dut cligner des yeux tant l'endroit brillait de propreté. Les vieilles étagères avaient disparu, à présent empilées dans le grenier et recouvertes d'une bâche goudronnée ; le réfrigérateur à bières était parti, lui aussi, ce qui laissait plus de la moitié de la superficie du restaurant inoccupée. Le linoléum déchiré et crasseux était allé aux ordures, laissant réapparaître le plancher de pin que Reuben avait vu pour la dernière fois trente-cinq ans plus tôt, quand la bâtisse avait renoncé à sa vocation d'épicerie pour devenir Needham's Diner. Un des premiers emplois à temps partiel de Reuben avait été d'y étendre de l'huile usée pour éviter la poussière. Aujourd'hui, ce nouveau dérangement qu'on imposait au plancher de bois soulevait des remugles d'huile rance. Dans un coin, un rouleau de linoléum neuf attendait son heure.

Les composantes du menu avaient changé. Si les prix étaient à la hausse, ils demeuraient cependant dans des limites acceptables, particulièrement pour ceux qui, ayant déjà goûté à la cuisine de Roscoe Needham, découvraient aujourd'hui celle de Pearl. A cette heure-ci, peu de gens s'attardaient encore au comptoir. Parmi eux, à la grande surprise de Reuben, Walter McKenzie et sa fille Jean.

– Salut, Walter ! fit Reuben en tapotant gentiment l'épaule du vieil homme. Salut, Jean.

Jean rougit jusqu'aux oreilles. Ce n'était pas ce qui lui allait le mieux, mais ça lui arrivait souvent. Walter leva les yeux de ce qui devait être son premier vrai petit déjeuner depuis très longtemps et sourit à Reuben.

– Y a une fameuse bouffe, ici, s'enthousiasma-t-il.

– J' disais à p'pa, osa Jean, qu'on devrait prendre une pâtisserie. Tout le monde dit qu'elles sont très bonnes.

– Merci, fit Pearl en levant les yeux de son fourneau.

En voyant le sourire qu'elle lui adressait, Reuben se sentit la bouche sèche et souhaita ardemment ne pas être aussi rouge que Jean, même s'il sentait ses oreilles brûlantes. Karen sortit de la réserve, portant un carton rempli de boîtes de café. La jeune fille, dont l'adorable visage ne manifestait à son père depuis des mois qu'une violente animosité, semblait aujourd'hui rayonnante.

Le plaisir qui se lisait sur le visage de Reuben d'être si aimablement reçu par sa fille révéla à Pearl pourquoi Reuben n'était auparavant jamais venu au restaurant : il ne voulait pas que sa fille eût l'impression d'être épiée.

– C'est incroyable ! T'aurais dû voir la couleur du papier, après qu'on a nettoyé les vitres, p'pa ! Et les luminaires ! Il y avait une livre de chiures de mouches, dessus !

Pearl se mit à rire.

– C'est vrai ? demanda Reuben.

– Au moins, confirma-t-elle.

– Tu veux du thé, p'pa ?

Pearl leva un sourcil et accrocha le regard de Reuben qui plissait le nez d'un air intéressé.

– C'est pas une odeur de tarte à la rhubarbe, que j' sens ?

Pearl la lui présenta aussitôt.

– La recette de Ruby Parks. Je l'ai échangée contre ma recette de tarte au citron.

– Rhubab' ? J'y goûterais bien, moi aussi, intervint Walter.

– P'pa ! se récria Jean, tu sais bien que la rhubarbe te donne la diarrhée !

– M'en fous. J' veux goûter à c'te tarte à la rhubab', moi aussi.

– Comment ça va, Walter ? s'enquit Reuben.

– J'ai envie d' pisser.

– P'pa, protesta faiblement Jean.

– Sam attend que je lui ramène une douceur, annonça Reuben à Pearl. Ça vous ennuierait de m'en emballer deux morceaux ?

– Pas de problème.

La salle s'assombrit un peu, tandis que Reuben franchissait la porte. Un homme avec des lunettes noires fit un pas de côté pour céder le passage au géant.

– Salut, Reuben.

Reuben arrêta son élan et lui tendit la main.

– David, vieux salaud ! C'est bon de te r'voir !

– C'est bon de revenir aussi. T'as pas encore fini de grandir ?

Reuben se mit à rire.

– C'est parce que j' travaille dur et que j'ai une vie sans tache.

– J' veux bien t' croire, Reuben, mais charrie pas

trop : le monde est plein de pécheurs fainéants comme moi.

– C'est ce qui explique pourquoi c'est moi qui travaille comme une mule et toi qui es plein de fric.

Les deux hommes rirent de bon cœur. Mais ses occupations semblèrent brusquement ramener Reuben à la réalité. Après une tape sur l'épaule de son ami, il poursuivit son chemin.

Le nouvel arrivant entra dans le restaurant en troquant ses lunettes de soleil contre une paire de lunettes de vue à monture noire. Cela fait, il s'immobilisa brusquement.

– Seigneur ! s'exclama-t-il. Les services d'hygiène ont donc fini par surprendre Roscoe en train de pisser dans le café ?

Walter McKenzie s'esclaffa avec délices.

– David, mon cochon, comment t'as fait pour franchir les barrages de police qu'on a dressés pour t'empêcher de revenir ?

Le nommé David serra la main de McKenzie et prit place près de lui.

– J' connais des chemins que, même vous, vous avez oubliés.

Le vieil homme rit de plus belle.

– Karen, continua le jeune homme. Est-ce que tu brises toujours les cœurs et les fermetures des braguettes ?

– Faudra avoir un peu de tenue, David. Ce restaurant est un endroit convenable, maintenant. Laisse-moi te présenter la nouvelle propriétaire : Pearl Dickenson.

Pearl s'essuya la main sur son tablier et la tendit à David.

– C'est David Christopher, lui annonça Karen. Il

aime bien provoquer les gens ; mais vous en faites pas, il laisse de bons pourboires.

– Comment allez-vous ?

David Christopher garda la main de Pearl une fraction de seconde plus que nécessaire et se mit à scruter ouvertement son visage.

– De mieux en mieux. Quel vent vous amène dans ce trou perdu ? Ne répondez pas : je suis trop curieux. Avant la fin de la journée, quelqu'un se sera fait un plaisir de tout me raconter.

– Joe Nevers lui a laissé ses biens, expliqua Walter, et elle s'est arrangée pour sortir Roscoe Needham de cet endroit.

– P'pa !

– C'est vrai ? s'étonna David avec un sourire ravi.

Pour toute réponse, Pearl lui retourna son sourire et poussa une tasse de café dans sa direction.

– Merci.

– Que désirez-vous ?

– Un n° 3 avec un muffin au son.

Jean secoua son père par la manche.

– Faut y aller, p'pa.

La respiration pesante, Walter descendit péniblement de son tabouret.

– A la revoyure, David. Est-ce que je t'ai dit que j'avais pris ma retraite ? Faudra dorénavant t'adresser à Joe Nevers pour ta maison.

Jean adressa au jeune homme un coup d'œil navré par-dessus l'épaule de son père.

– Il veut dire « Reuben », corrigea-t-elle.

– Seigneur, Walter se ramollit, fit Karen, les coudes appuyés sur le comptoir.

– Il m'a paru diminué, acquiesça David.

– C'est p'pa qui a repris toute sa clientèle.

– Et Roscoe, qu'est-ce qu'il devient ?

– Il râle et passe son temps à emmerder le monde.

– Plus ça change, plus c'est pareil, philosopha David. Comment avez-vous nettoyé cet endroit ? A la lance à incendie ?

– A peu près. Tu sais pas quoi ? lança Karen, les yeux brillants.

– Non, quoi ?

– J' laisse tomber les études.

– C'est stupide. J' suis tellement révolté que j'ai envie de te fesser.

– Tu peux toujours courir... De toute façon, je travaillais pas et je m'ennuyais.

– T'es tombée sur la tête. Tu vas te retrouver divorcée avec deux enfants sur les bras avant d'avoir eu tes dix-neuf ans.

– Parle pour toi. Tu me prends peut-être pour une débile ?

– Oui. Si j'étais ton père, je te collerais une bonne volée.

– Mon père s'est chargé lui-même de foutre sa vie en l'air ; j'ai pas de conseils à recevoir de lui.

David Christopher regarda un instant la jeune fille fixement et frissonna.

– Dieu me garde de devenir père de famille.

– *Amen !*

Pearl lui servit son petit déjeuner.

– Karen, il faudrait vider la machine à laver la vaisselle.

David Christopher goûta ses œufs et manifesta son appréciation par un mouvement de sourcils. Après s'être versé une tasse de café, Pearl tira un tabouret de l'autre côté du comptoir.

– Cela fait longtemps que vous n'étiez pas revenu à Nodd's Ridge ?

– Une éternité. J'avais l'impression que je ne reviendrais jamais.

– Mais il y a toujours cette inévitable attirance...

– Peut-être.

Alors qu'il avalait son repas, Karen capta derechef le regard du jeune homme.

– Ma p'tite Karen, si tu te décides pas à porter un soutien-gorge, tu vas bientôt pouvoir passer tes nichons par-dessus tes épaules et les nouer dans ton dos.

Karen lui répondit par un tortillement de fesses provocateur.

– Ça doit venir de l'air, spécula David, ou de l'eau, j' sais pas. C'est pas des nichons qu'elles ont, les filles d'ici ; c'est des mamelles de vache.

– Je t'ai pas vu détourner les yeux.

Il lui fit une œillade.

– Réflexe conditionné, expliqua-t-il. Faut que je fasse attention de pas me faire crever un œil.

Son repas terminé, David essuya le fond de son assiette avec un morceau de pain grillé.

– Formidable. Je n'ai jamais fait un aussi bon repas de toute ma vie. Est-ce qu'on a fini par décider si la ville devrait porter votre nom ?

Pearl répondit par un sourire. Se penchant paresseusement en arrière, David Christopher se mit à la contempler de la même façon éhontée qu'il le faisait pour Karen.

– Refaites-le-moi.

– Quoi donc ?

– Votre rire.

Karen sortit de l'arrière-boutique.

– Quel baratin...

David compta ce qu'il devait et posa l'argent sur le comptoir.

– Tu devrais imiter la tenue de Mlle Dickenson, petite folle. C'est une femme adulte au charme subtil et exotique. Alors que toi... (il tendit le bras par-dessus le comptoir et prit la jeune fille par le menton) tu n'es qu'une jeune bombe sexuelle aux attraits un peu trop évidents.

– Beurk ! répondit Karen d'un air dégoûté.

Après un lumineux sourire, David s'en alla, laissant le restaurant soudain calme et silencieux, vide de tout client. Appuyée au comptoir, Karen le regarda partir.

– Est-ce que c'est pas le plus bel homme que vous ayez jamais vu ?

– Eh bien, maintenant que tu me le fais remarquer, c'est vrai.

– Vous savez pas ? C'est un poète !

– Non ! Pas possible !

– Il est beaucoup plus âgé que moi. Il a trente ans bien sonnés.

Pearl lui tourna le dos, retenant à grand-peine son fou rire.

4

Roscoe Needham gisait affalé sur son hamac percé. Reuben le secoua pour le réveiller un peu.

– Fous-moi la paix, grommela Roscoe.

– Si tu te réveilles pas, Roscoe, je vais te verser un seau d'eau froide sur la tête. De toute façon, t'en as bien besoin, avec toutes ces mouches qui te tournent autour.

Avec un grommellement, Roscoe se laissa tomber de son hamac. Reuben s'empressa de l'aider à se relever et le conduisit à l'intérieur de la maison sans tenir compte du flot ininterrompu de jurons que débitait le vieil homme.

La salle de bains puait autant que Roscoe lui-même. Il s'immobilisa en titubant devant la cuvette. D'une main affreusement tremblante, il ouvrit sa braguette et, de peine et de misère, sortit son pénis et aspergea copieusement ses chaussettes trouées.

– Ouf !

Reuben ouvrit la fenêtre et fit couler l'eau de la douche.

– Allons-y, Roscoe.

Alors que les dernières gouttes d'urine dégoulinaient encore sur son pantalon, Roscoe tenta de quitter la salle de bains. Reuben l'agrippa par le col et le poussa sous la douche tout habillé.

Roscoe laissa échapper une nouvelle flopée de jurons.

– Ote tes vêtements et fais-les-moi passer.

L'entreprise s'avéra très difficile. En quelques instants, à vouloir aider le vieil homme à défaire ses boutons, Reuben se retrouva trempé. Il dénicha dans un coin un sac-poubelle dans lequel il mit les haillons trempés pendant que Roscoe procédait à un simulacre de toilette.

– Tu ferais mieux d'avoir une bonne raison pour débarquer chez moi en me traitant de cette façon, menaça Roscoe en s'essuyant à l'aide d'une vieille serviette effrangée.

– Y a une guerre nucléaire et le Président attend que t'ailles le rejoindre dans son bunker.

– Va te faire mettre, tu me fais pas rire, fit le vieux en grelottant, pendant que Reuben lui tendait un caleçon propre.

– Sonny Lunt m'a dit que t'avais traité mam'selle

Dickenson de « putain de négresse » et qu'il a dû te sortir de son restaurant.

– *Son* restaurant ! hurla Roscoe.

– Parfaitement, *son* restaurant. Va falloir que tu t'excuses, Roscoe.

– Et pis quoi, encore...

– Et tu peux pas aller t'excuser avec l'odeur de porcherie que tu trimballes. Faut peut-être que je te boutonne moi-même ? soupira Reuben.

– Non. Passe-moi mes culottes.

Reuben le regarda se débattre avec son pantalon propre.

– Comme ça, Pearl Dickenson veut plus que tu mettes de la cendre de cigarette dans les œufs. Tu devrais t'estimer heureux d'avoir pu le faire aussi longtemps. On t'empêche pas de fumer. Tout ce qu'on te demande, c'est de te retenir pendant une heure et demie. Tu peux bien faire ça, non ? Toute la ville rigole sur ton dos, Roscoe. Si tu veux que ça s'arrête, va falloir que tu te conduises comme une personne adulte et que tu cesses de chialer.

Roscoe regarda Reuben dans les yeux.

– Ils ont qu'à rigoler, j'en ai rien à foutre.

Appuyé contre une vieille commode, Reuben croisa les bras et se mit à rire doucement.

– Ecoute-moi donc rigoler, vieux fou. Je rigole parce que tu te soûles à mort sous prétexte que Pearl Dickenson t'a vexé. Ça lui apprendra à se montrer aimable avec toi.

Le menton du vieil homme se mit à trembler. Il se laissa brusquement tomber sur son lit et se prit la tête entre les mains. Reuben retourna dans la salle de bains lui chercher deux comprimés d'aspirine.

– J' crois que j' me suis conduit comme un imbécile, Reuben. J'ai pas arrêté de boire. J'arrive plus à penser droit.

Reuben lui tapota l'épaule.

– Je sais. Depuis le temps qu'on se connaît, t'as toujours eu un caractère de chien. A vouloir jouer au méchant, tu gaspilles ton énergie pour rien, Roscoe.

Roscoe opina de la tête.

– Faut que j' m'excuse devant tout le monde ?

Reuben se mit à rire.

– T'as juste à lui téléphoner. C'est une gentille bonne femme ; tes excuses, elle les acceptera de n'importe quelle façon.

5

Le second dimanche de juin, rien de particulier ne se passa, sinon que ce fut une véritable ruée. Comme Pearl retournait sa pancarte de « FERMÉ » à « OUVERT », il apparut que le monde entier avait décidé de prendre son petit déjeuner et d'acheter son journal chez elle et à la même heure, par-dessus le marché. Quelque stimulant que fût le tintement de la clochette du tiroir-caisse, il y eut des moments où les plats semblèrent littéralement virevolter dans les airs. Au moment où elle put enfin s'accorder quelques instants de répit, il était déjà une heure passée. La porte-moustiquaire claqua derrière le dos du dernier client attardé.

Allumant sa première cigarette depuis les quatre-vingt-dix minutes réglementaires, Roscoe Needham commenta :

– Grâce à Dieu, ça va être comme ça tous les

dimanches jusqu'à la fête du Travail. Vous allez faire des affaires en or.

– J'ai apprécié votre collaboration, répondit Pearl. Je ne m'en serais jamais sortie toute seule.

Contournant le comptoir, Roscoe alla s'installer sur un tabouret et exposa son dentier jauni.

– J' crois que j'ai rien oublié du boulot.

Tirant un minuscule carnet de sa poche arrière, Pearl prit rapidement quelques notes.

– Les muffins ont bien marché. Je devrais en garder en réserve au congélateur.

Puis elle ouvrit le réfrigérateur et se pencha pour vérifier les quantités de jus d'orange qu'il restait dans les cruchons.

– Voilà notre « golden boy ».

Roscoe était en effet infiniment plus intéressé par l'arrivée du nouveau venu que par le nombre de muffins et la quantité de jus d'orange qu'il restait.

– Merde.

– C'est comme ça qu'on dit bonjour à un ancien camarade d'université ? plaisanta Roscoe.

Pearl referma la porte de son réfrigérateur et se tourna vers le nouvel arrivant.

– Bonjour, monsieur Christopher.

David s'avança de sa démarche féline jusqu'aux emballages de plastique en lambeaux qui avaient contenu le *Boston Globe* et le *Portland Sunday Telegrams.*

– Je vois que vous n'avez plus de journaux. Heureux temps d'été. J'avais oublié qu'ils partaient si vite.

Pearl glissa une main sous le comptoir et en sortit un exemplaire du journal de Portland qu'elle laissa tomber devant le jeune homme, sur le comptoir.

– Mieux que chez McDonald's, plaisanta-t-elle. Il

est un peu corné, mais Roscoe s'est arrangé pour en mettre un de côté.

– Merci beaucoup.

Selon son habitude, David changea de lunettes, puis déplia la une du quotidien.

– J'en aurai davantage la semaine prochaine, promit-elle. J'aurais pu en vendre deux douzaines de plus, ce matin.

– Est-ce que vous allez avoir le *New York Times* du dimanche ?

– Je crois que je devrais, des tas de gens me l'ont demandé. Souhaiteriez-vous en avoir un ?

– Non. J'aime juste voir les gens se battre.

Roscoe ricana, pendant que Pearl levait un sourcil interrogateur.

– C'est vrai, expliqua David. Les personnes les plus civilisées sont prêtes à s'étriper pour l'avoir. La plupart des magasins s'abstiennent d'en vendre uniquement pour cette raison.

Roscoe confirma les faits d'un mouvement de tête.

– C'est vrai. J'ai même vu des gens qui se connaissaient depuis vingt-cinq, trente-cinq ans ne plus s'adresser la parole à cause de ce putain de *New York Times*. On croirait qu'il y a une carte au trésor, dedans. Peut-être que cette engeance-là ferait mieux d'aller à l'église, au lieu de lire le journal. De toute façon, les journaux, ils racontent rien que des menteries.

– Là, tu parles comme le vrai chrétien que tu es, Roscoe, approuva David. Je sais qu'il y a un poème à faire sur cette guerre du *New York Times*, mais je n'arrive pas à le mettre en forme. Peut-être qu'une nouvelle bataille m'insufflera l'inspiration.

Roscoe tira une dernière fois sur sa cigarette avec

délectation avant de la laisser tomber dans sa tasse de café et de commencer à nettoyer le comptoir.

– Qu'est-ce qu'il fait ici ? voulut savoir David en montrant le vieil homme du menton. Ça me coupe l'appétit de le voir éteindre ses mégots dans la vaisselle sale ; quand je pense que j'étais persuadé qu'un nouveau grand chapitre de la gastronomie de Nodd's Ridge était commencé...

– Il travaille, répondit Pearl. Ça permet à Karen de prendre ses dimanches. Que désirez-vous ?

– Un petit déjeuner. Je n'ai pas besoin de travail, merci.

– Inutile de parler de travail à David, ricana Roscoe. Il sait pas ce que c'est.

– Pendant des années, les gens se sont efforcés de m'en tenir éloigné, dit David en confidence.

Roscoe se retira pour sortir les assiettes propres du lave-vaisselle. David se mit à touiller son café pendant que Pearl tournait adroitement les œufs sur son « piano ».

– C'est gentil à vous de laisser son dimanche à Karen. Mais les futures serveuses-de-cocktail-divorcées-mères-de-deux-enfants d'Amérique ne gâchent pas leurs dimanches matin à se rendre à la grand-messe. Ces précieux instants sont consacrés à un certain nombre d'interactions avec la personne sous laquelle elles se sont agitées toute la nuit. En d'autres mots, nous appelons cela la « grande bataille de la gueule de bois ».

– Je vous trouve assez perfide, ce matin, pour l'avoir vous-même.

– Oh non, pas lui ! Il boit jamais d'alcool ! (Roscoe fit bruyamment tinter une pile d'assiettes sales pour ponctuer ses dires.) Il peut passer toute la nuit au *Hair of the Dog* devant le même *ginger ale* éventé.

C'est le genre de client à vous faire tout un boniment sur l'*American Way of Life*.

– Tu sais bien que je suis un grand observateur de la nature humaine, Roscoe.

– C'est pour ça que t'as l'esprit tordu, rétorqua ce dernier.

– Tu dois en savoir quelque chose, fit le jeune homme en souriant.

– J'ai du mal à croire qu'il existe en ce bas monde quelque chose de plus inutile qu'un riche poète qui boit pas.

– Alors que, tel que vous le voyez, Roscoe vous guérit du cancer et prêche la paix sur Terre.

Le regard mauvais, Roscoe s'apprêtait à faire une réplique bien sentie quand Pearl s'interposa.

– Ce doit être la dame qui est intéressée à acheter vos étagères, dit-elle en montrant la camionnette bringuebalante qui entrait dans le parking.

Chez Roscoe, l'intérêt personnel avait toujours le pas sur les échanges mondains.

– Elle est en retard, bougonna-t-il en sortant malgré tout pour aller marchander.

Un bon moment s'écoula sans que David soufflât mot.

– J'ai aperçu Karen, hier soir, au *Dog* en compagnie du petit crétin qui profite de ses généreux avantages.

– Je vois, fit Pearl. Le *Dog* est en quelque sorte la boîte de nuit en vogue de la région.

David lui adressa un sourire séraphique.

– C'est la seule à vingt-cinq miles à la ronde. De temps à autre, il s'y produit un quelconque orchestre de garage quand ce n'est pas un débris alcoolo rescapé du temps glorieux du rock'n'roll échoué là on ne sait comment. C'est un endroit qui ne vaut guère plus que sa clientèle, en général des drogués. Pour tout vous dire, si j'y suis allé, c'est uniquement parce que je pensais que vous auriez eu la curiosité d'y jeter un coup d'œil vous-même.

Pearl ne quitta pas des yeux le café qu'elle voulait s'octroyer depuis déjà un bon moment.

– Vraiment ?

– Oui. Peut-être aurez-vous un jour l'envie de vous y rendre en compagnie de quelqu'un d'expérience qui connaît le langage du pays ?

– Peut-être, en effet. Mais j'ai beaucoup trop à faire pour le moment.

– Raison de plus pour vous accorder une soirée de détente. Que faites-vous de vos samedis soir, si je ne suis pas trop indiscret ?

– Vous ne l'êtes pas : je jardine.

– Doux Jésus ! Les mouches noires doivent vous dévorer. Croyez-vous que tous ces efforts en vaillent la peine ?

– Quels efforts ?

– Tenter de convaincre les gens d'ici que vous êtes une Yankee.

Pearl fronça les sourcils d'un air songeur.

– Arrêtez ce manège.

– Pardon ?

Elle s'empara d'un balai et, contournant le comptoir, se mit à nettoyer le coin où s'empilaient les journaux.

– Cessez de jouer ce petit jeu idiot. Continuez plutôt à me dire des banalités et gardez ce genre de réflexion pour vos copines qui souffrent d'insécurité.

David reposa délicatement sa fourchette dans son assiette.

– C'est ce que je faisais ?

Elle fit oui de la tête.

– Je suis désolé ; je vous ai mal jugée. Vous devez vous sentir offensée.

– Fermez les yeux.

– Pardon ?

– Allez-y, fermez les yeux.

Avec le sérieux d'un enfant entamant une partie de cache-cache, David obtempéra. Il sentit Pearl lui prendre la main et la déplacer sur le comptoir. Immédiatement, une sensation de chaleur lui indiqua qu'elle avait mis sa main dans un rayon de soleil, et il eut une exclamation de plaisir.

– Chut, restez tranquille.

Il resta donc assis, les yeux fermés, sentant le soleil chauffer sa main et son avant-bras. Dans la quiétude du restaurant, il entendit le frottement du balai, sentit les mouvements de Pearl près de lui. Puis elle s'approcha à nouveau, tout près de lui, libérant des odeurs de beurre et d'œufs frits, de bacon, de café et de crème, ainsi qu'un mariage de senteurs douces et poivrées. « Vanille, pensa-t-il. Vanille et cannelle. »

Près de son oreille, un bruit de papier froissé puis rapidement déchiré. Il se mit à rire.

– Gardez vos yeux bien fermés.

C'est alors que des morceaux de papier journal commencèrent à lentement pleuvoir sur ses cheveux, son visage, derrière la monture de ses lunettes, sur l'arête de son nez. Il ne bougea pas, apparemment indifférent.

– Vous pouvez ouvrir les yeux, à présent.

– Merci, dit-il. Merci beaucoup.

6

Roscoe Needham émergea de la réserve au moment où David quittait le restaurant. Pearl entreprit de balayer ses confettis.

– Elle a un peu rouspété, mais elle les a prises quand même, tes excuses.

– Bien.

Roscoe lui adressa un regard spéculateur.

– David boit pas à cause de sa mère. Elle était alcoolique.

– Ah... (Elle se redressa et se massa douloureusement les reins.) Ce sont des choses qui arrivent.

– Bien sûr que ça arrive. Y a des tas de femmes qui picolent. J'ai connu une vieille dame très bien qui améliorait son thé tous les après-midi avec de l'extrait de myrtille. Personne a jamais eu l'audace de dire à la vieille baptiste qu'elle était que son « médicament » était pire pour son cœur que la vodka qu'on achète au magasin vert.

– Magasin vert ?

– La Régie des alcools de l'Etat. Il y a des années, leurs façades étaient toutes peintes en vert.

– Ah ! Si je vous comprends bien, des enfants de parents alcooliques peuvent devenir parfaitement sobres.

– Mais il y en a aussi qui deviennent des poivrots. Vous saviez que c'est dans la maison de la mère de David que le vieux Joe est mort ?

Pearl faillit en lâcher son balai.

– Non.

Le fait d'être le premier à lui faire part de l'information fit rayonner Roscoe de bonheur.

– Ouais. Le vieux fou a fait une attaque en essayant de sortir la Cadillac de la dame d'un banc de neige dans lequel elle s'était encastrée alors qu'elle était ronde comme une queue de pelle, la dame. Mais, toute soûle qu'elle était, elle s'est quand même débrouillée pour conduire Joe dans la maison. C'est comme ça qu'il est mort : dans le lit de la vieille.

Les sourcils de Roscoe s'agitèrent comme des sémaphores pour souligner l'importance du détail. Afin d'éviter de pouffer de rire, Pearl se mit à astiquer son comptoir, qui n'en avait nul besoin.

– Elle est morte, bien sûr. Rongée par le cancer. David est le seul survivant de la famille. Elle avait un autre fils, Tommy, mais la guigne la poursuivait. C'est une balle de base-ball qui l'a tué, celui-là ; j'étais là quand c'est arrivé.

Pearl abandonna son torchon et s'installa confortablement avec sa tasse de café afin de consacrer toute son attention aux propos du vieil homme.

– Y avait une fille aussi, assassinée sur le lac, dans les années 65 ou 66, j' me rappelle plus. Votre oncle Joe et Reuben, ils ont tout vu. David aussi, d'ailleurs. C'était un gamin à l'époque. Je sais que, depuis, Reuben est plus jamais allé pêcher sur le lac.

Comme l'exigeait le rituel exprimant la duplicité de ce monde, Roscoe secoua lentement la tête.

– N'en doutez pas une minute : David, il a jamais eu la tête bien en place, depuis. C'est pas normal qu'il passe son temps avec une bande de lascars aussi riches que lui à écrire des poèmes au lieu de courir la gueuse. Le seul genre de poèmes que j'ai aimés, c'est ceux qui racontent une histoire, comme *Gunga Din* et *La ballade de Sam McGee* ; et j'ai pas honte de dire qu'il y en a des tas que je comprends pas sur la guerre nucléaire ou la mode des dames et le reste. Une fois, j'ai essayé de lire un poème de

David. C'est Joe qui me l'avait montré dans le *Maine Times* ; mais moi, je lis pas le *Maine Times*. Pourquoi je me casserais la tête à lire des journaux qui parlent de danse, de ballet et de trucs que je connais pas ? Ces danseuses de ballet, c'est rien que des sacs d'os et les danseurs, tous des pédérastes, à part un ou deux Russkoffs. J' sais qu'y en avait un qui vivait avec une actrice. Je suppose que c'était pour sa quéquette, mais c'est pas une raison pour porter des collants aussi serrés. Enfin... Le poème de David, il parlait de la cueillette des framboises et tout le monde pouvait comprendre. Y avait pas de rimes, mais il paraît que c'est comme ça qu'on écrit les poèmes, aujourd'hui. De toute façon, y a pas de danger qu'à Portland quelqu'un élève une statue à David Christopher comme pour Henry W. Longfellow. Ça, c'était un gars qui savait écrire en vers.

– « La vie est réelle ! La vie est grave ! Et la mort n'est pas son but », cita Pearl. Est-ce que c'est ça ?

– Seigneur, oui. Mais c'est pas mon vers préféré. J'aime celui qui dit que les pensées de la jeunesse sont de longues, longues pensées. C'est des conneries, bien sûr. Parce que les jeunes, ça pense pas beaucoup. C'est plutôt les vieux qui ont de longues pensées. Vous saviez que Rudyard Kipling a vécu dans le Vermont ?

– Non.

– Il a écrit cette histoire sur la mangouste, là-bas. J' l'ai lue dans le magazine *Yankee*.

– Rikki-tikki-tavi. Les miracles ne s'arrêtent jamais.

– Vous avez foutrement raison. Et ils s'arrêteront jamais non plus.

CHAPITRE SIX

1

C'est le lendemain, à cinq heures trente du matin, alors qu'elle descendait dans sa cuisine, que Pearl entendit dans son allée le plus abominable bruit de ferraille que l'on pût concevoir. Un rapide coup d'œil par la fenêtre lui confirma la présence d'une Plymouth Fury à la couleur innommable sortie tout droit d'une léproserie. Karen Styles s'extirpa, non sans quelque fierté, de derrière le volant. Poussant la moustiquaire, Pearl énonça en guise d'introduction :

– Si tu as payé cette poubelle plus de dix dollars, tu t'es fait avoir.

Le sourire de Karen se flétrit aussitôt.

– C'est la première fois que je vous entends parler si mal, Pearl.

Pearl fit silencieusement le tour de la voiture en hochant la tête.

– On ne peut pas s'exprimer autrement en voyant ce tas de ferraille.

– Je l'ai pas payée très cher. Et puis j'avais vraiment besoin d'une voiture.

– Je le pense aussi.

– Comme ça, j'aurai plus besoin de demander à Bri de m'accompagner au travail.

– Est-ce que ton père ne peut pas le faire ?
– C'est pas sur sa route, répondit la jeune fille en haussant les épaules.
C'était faux : Reuben passait tous les matins devant le restaurant pour se rendre à la station-service.
– De plus, poursuivit Karen, j'habite pas encore seule et je peux toujours demander à p'pa de me rendre service de temps en temps.
Pearl soupira.
– Veux-tu une tasse de café ? Il nous reste un quart d'heure...
– Sûr.
Cédant le passage à la jeune fille, Pearl jeta un dernier coup d'œil à la voiture et fit la grimace. Ah, bien sûr, c'était formidable de vouloir voler de ses propres ailes à seize ans... La gamine avait montré assez de bon sens pour continuer à observer la règle selon laquelle aucun petit ami ne devait franchir le seuil du restaurant. Pearl l'avait même entendue l'expliquer au téléphone à Bri en termes crus. Quand elle l'avait surprise, la jeune fille lui avait adressé un regard complice qui voulait dire : « Ecoutez donc comme je le traite, Pearl. » Cette règle, avait compris Pearl, permettait à la jeune fille de se mettre à l'abri de la possessivité tyrannique de son petit ami.
– Ecoute, ma chérie, commença Pearl en se dirigeant vers la cafetière électrique. Fais en sorte que cette voiture ne te coûte pas les yeux de la tête.
– P'pa a dit que c'était un gouffre à pognon. Je sais qu'il déteste cette voiture, mais lui et Sam vont quand même s'arranger pour la maintenir en état de marche.
C'était bien cela l'indépendance de la jeunesse. Mais ce n'était pas le rôle de Pearl de lui faire tou-

cher du doigt les contradictions de son comportement.

– A propos, j'ai découvert de nouvelles crottes de souris dans la réserve, hier soir.

– Zut ! Je croyais qu'on en était débarrassés.

– Faut croire que non. Ou alors, c'est une nouvelle famille qui est venue s'installer.

– J'espère que vous me demanderez pas de les tuer ; elles sont tellement petites...

– Je dirai à Roscoe de poser quelques pièges, cet après-midi. Tu feras attention de ne pas t'y prendre les doigts.

– Tant qu'il n'y a pas de souris prises dedans... fit Karen en frissonnant.

– Ce n'est pas plus dégoûtant que ce qu'il mange, ironisa Pearl. Je lui demanderai de nous débarrasser des souris mortes ; en y ajoutant deux moineaux, ça pourrait lui faire un bon repas...

Karen éclata de rire. Pearl contempla par la fenêtre la vieille Plymouth et souhaita que la jeune fille fît entendre son rire plus souvent.

2

Avec l'aide de Karen, Pearl réussit à récupérer les tables recouvertes de toiles d'araignée entreposées dans la cave. Une fois lavées et repeintes, elles en firent des tables de pique-nique acceptables qu'elles disposèrent sur un carré d'herbe à l'ombre de deux érables, dans un coin de l'aire de stationnement. On étendit le linoléum tout neuf, pendant que la grande enseigne extérieure était mise en place. Pearl n'avait toutefois pas encore trouvé les banquettes tellement recherchées, et la moitié du restaurant restait tristement inoccupée. En raison de la forte demande de couvreurs, les travaux de réfection de toiture demeurèrent en attente. Chaque jour, Pearl observait anxieusement le ciel, se disant que chaque journée de soleil était une journée perdue. Après avoir entreposé son matériel dans un coin, l'entrepreneur chargé du ravalement de la façade était, semble-t-il, parti à la pêche pour une quinzaine de jours.

Comme elle l'avait fait dès le début pour les gens du pays, Pearl commença à mémoriser les visages des vacanciers, distinguant ceux qui aimaient les muffins anglais de ceux qui préféraient du bacon avec une petite saucisse à côté. Comme ces derniers firent leur apparition plus tard que les autochtones, elle put même retenir quelques noms.

Nodd's Ridge n'offrant pas d'attraits particuliers, comme une grande plage ou un parc naturel, les « incursionnistes » y étaient peu nombreux. La plupart des visiteurs venaient y passer sinon l'été, du moins le mois. Le midi où une famille d'origine asiatique fit halte dans son restaurant, il apparut à Pearl qu'elle n'avait pas vu de visages de non-Blancs depuis des semaines, sauf sur l'écran de son téléviseur. Malgré son refus catégorique d'appartenir à une classe quelconque d'individus, elle se sentit mal à l'aise en prenant conscience qu'elle habitait dans un monde exclusivement blanc.

Roscoe connaissait des tas d'anecdotes plus ou moins authentiques à propos des gens du pays et même des vacanciers, mais Pearl n'avait guère le temps de les écouter. Derrière son comptoir, il lui arrivait de se demander, alors que le vieil homme passait des heures à siroter café sur café en débitant ses fadaises, lequel des deux avait vraiment fait une bonne affaire. Mais quand il remplaçait Karen, le dimanche, ou quand il passait derrière le comptoir à cause de l'affluence de la clientèle, elle pouvait constater que les services qu'il lui rendait valaient largement les repas qu'elle lui servait.

Un mardi matin, le ciel se referma et il se mit à pleuvoir à verse. Par-dessus le brouhaha, Pearl pouvait entendre l'eau infiltrée par les fissures du toit s'égoutter dans des récipients placés aux endroits stratégiques, alors que les clients traînassaient pour ne pas se faire mouiller. Parmi les équipes de construction, l'atmosphère devint morose, à cause d'une éventuelle perte d'argent due aux conditions climatiques. Les personnes âgées devinrent aussi chatouilleuses que leur arthrite.

A force d'entendre Roscoe débiter ses sornettes, Karen, les nerfs à vif, brisa involontairement quelques assiettes ; et quand Sonny Lunt, avec la subtilité qui le caractérisait, lui demanda si elle avait ses règles, la jeune fille faillit lui arracher les yeux.

De son côté, Pearl prodigua de gros efforts pour détendre l'atmosphère. A neuf heures trente, exception faite des ouvriers, tout le monde était reparti vaquer à ses occupations. Même Roscoe était finalement rentré chez lui. Alors qu'elle préparait du café frais, Pearl leva les yeux et vit entrer Reuben Styles.

– Comment ça va, Reuben ? demanda-t-elle sans chercher à cacher son plaisir.

– J'ai quelque chose pour vous, Pearl.

Reuben fouilla dans son ciré et exhiba un chat siamois grand comme la moitié de la main qui le tenait.

– Ô mon Dieu ! s'exclama-t-elle en tendant les deux mains vers l'animal.

Un grand sourire éclairait son visage. Les ouvriers

grommelèrent leur approbation, même si Pearl était parfaitement consciente que leur intérêt pour le chaton n'était qu'un prétexte pour se distraire de leur travail.

– Karen m'a dit que vous aviez encore des problèmes de souris.

– Merci, Karen ! cria Pearl.

La jeune fille sortit de l'arrière-boutique en s'essuyant les mains.

– Regarde un peu ce que ton père nous a apporté.

La jeune fille roucoula de plaisir et tendit la main vers l'animal.

– J' me suis souvenu que Mme Cobb avait des chatons à vendre. Comme je lui ai rendu service, nous nous sommes arrangés, expliqua Reuben.

– Je vous dois donc quelque chose.

– Ben...

Il plongea derechef la main dans son ciré.

– Je m' suis dit comme ça qu'il vous en faudrait un aussi pour la maison.

Un second chaton s'échappa de ses doigts et se mit à trottiner sur le comptoir. Pearl s'en saisit avec un grand éclat de rire.

– C'est vrai. Je vous suis donc doublement redevable.

– Y a quelqu'un qui pourrait me dire où je peux me procurer un chat ? lança un ouvrier.

Pearl et Reuben préférèrent ignorer les ricanements provoqués par ce fin trait d'esprit.

– Un garçon et une fille, ajouta Reuben. Prêts à être vaccinés.

– Il y a un vétérinaire à Greenspark, ajouta Karen. Il se trouve dans Main Street.

– Va donc au magasin général et ramène-nous de quoi préparer une litière pour chats.

– Inutile, intervint Reuben en sortant un sac de sciure de cinq livres de sous son ciré.

– Vous avez décidément pensé à tout.

– Pas de problème ; j'ai pensé que ça vous éviterait le déplacement.

Les ouvriers se donnèrent force coups de coude dans les côtes et leurs épaules tressautèrent, mais ils se gardèrent bien de faire le moindre commentaire à l'endroit de Reuben, bien que leur silence fût éminemment éloquent.

Ignorant superbement ses concitoyens, Reuben retira son ciré et s'installa au comptoir pour regarder les chatons en train de folâtrer sur le grand espace vide prévu pour les hypothétiques banquettes. Accroupie sur le sol, Karen se mit à les taquiner avec un morceau de ficelle. Au comptoir, quelques hommes pivotèrent sur leurs tabourets, soudainement très intéressés par les chatons. Même en admettant que la journée fût bien triste pour des ouvriers de chantier, il était difficile de croire qu'une paire de chatons pût les fasciner à ce point.

Karen portait un tee-shirt démesuré qui lui cachait non seulement les seins, mais aussi les fesses, néanmoins toujours moulées dans un jean trop serré. Une fois n'est pas coutume, il n'y avait absolument rien à contempler et, à jouer ainsi avec les chatons, la jeune fille paraissait avoir douze ans. Elle se redressa enfin, tira avec application sur l'ourlet de son tricot, regagna l'arrière-comptoir et se lava soigneusement les mains dans l'évier.

– Puis-je vous offrir quelque chose, Reuben ?

– Un thé fera l'affaire.

Pearl le servit aussitôt.

A l'autre bout du comptoir, un homme secoua sa tasse en direction de Karen qui, se saisissant aussitôt de la cafetière, s'empressa de servir du café à ceux qui en désiraient.

– Les couvreurs sont pas encore passés ? s'enquit Reuben.

Pearl secoua négativement la tête.

– Pas plus que les gens pour la façade.

Si peu concernés qu'ils fussent, les ouvriers, désœuvrés à cause du mauvais temps, s'immiscèrent dans la conversation.

– Curley a fait une crise d'appendicite, mam'selle Dickenson. Personne vous a prévenue ?

– Non. Est-ce qu'il va bien ?

– Ouais. Il reprend dès que le temps se remet au beau. J' crois qu'il a fait seulement une indigestion de palourdes frites.

Le téléphone sonna et, selon son habitude, Pearl alla décrocher dans la réserve. C'était le livreur de viande qui lui annonçait qu'il serait en retard à cause du mauvais temps, mais qu'il ne fallait surtout pas s'inquiéter parce que sa livraison serait quand même faite avant midi, promis, juré.

3

Quel que fût le temps, Pearl avait pensé consacrer son après-midi à faire des courses à Greenspark, laissant à Karen le soin de fermer boutique. Une fois le « coup de feu » de midi passé, elle prit ses chatons et sauta dans sa camionnette. Comme prévu, elle n'eut aucune difficulté à trouver le petit cabinet du vétérinaire.

Alors qu'elle franchissait le seuil de la salle d'attente déserte, une cloche tinta quelque part. Elle perçut aussitôt un bourdonnement de voix féminines et en conclut qu'elle venait d'interrompre les procédures précédant la fermeture du cabinet. Mais une très belle femme à l'âge certain apparut, affichant un sourire de bienvenue tout professionnel.

– Quel vilain temps ! commença-t-elle.

Pearl acquiesça.

La réceptionniste portait un élégant tailleur sur le revers duquel était épinglé un insigne portant son prénom : Belinda. Mince, le teint hâlé, déployant une crinière sombre extrêmement soignée, la femme se mit ouvertement à examiner Pearl de la tête aux pieds.

– Vous devez être Pearl Dickenson, dit-elle enfin, la main tendue.

A ce royal maintien venait s'ajouter une grande assurance.

– Je suis Belinda Conroy. Roscoe Needham est mon oncle, le mari de ma tante, pour être plus précise.

– Oh !

Pearl s'interrogea aussitôt sur les raisons qui poussaient cette femme à lui faire part de son lien de parenté – pourtant si ténu – avec Needham. Mme Conroy eut un rire léger.

– Roscoe a un caractère bien à lui, n'est-ce pas ? Ma mère n'a jamais pu le supporter, il est si rébarbatif. Je mourais d'envie de vous connaître. Je regrette que ma mère ne soit plus de ce monde, elle aurait été heureuse d'apprendre qu'il a enfin trouvé son maître.

– Vraiment ?

Pearl se sentit presque aussi offensée pour Roscoe que pour elle-même.

A la vue des chatons endormis, la femme se crut obligée de se répandre en effusions.

– Regardez-moi ça ! Ne sont-ils pas mignons !

– Je voudrais les faire vacciner.

La réceptionniste lui tendit quelques formulaires et l'informa du coût des vaccins.

– Voulez-vous les remplir pendant que je m'occupe d'eux ?

Pendant que la femme élégante disparaissait avec les chatons, Pearl s'empara d'un crayon à bille et remplit les formulaires, inscrivant « Garçon » et « Fille » à l'emplacement des prénoms. Quelques minutes plus tard, Belinda Conroy réapparaissait.

– C'est fait, dit-elle en prenant le billet que lui tendait Pearl.

Puis Belinda exposa à Pearl la date des vaccins de rappel et le moment où elle pourrait les faire stériliser, si elle le souhaitait.

Une fois sortie, Pearl respira profondément. Subitement, l'air du dehors lui parut d'une extrême pureté. Elle constata qu'elle était surmenée et d'humeur maussade, et essaya de se détendre. Elle s'octroya un somptueux cornet de glace à la vanille avant de rentrer chez elle.

4

Afin de pallier l'absence de leur mère, Pearl décida de ne pas séparer les chatons. Elle les laissa donc au restaurant pour qu'ils passent la nuit ensemble, et s'assura que Karen avait bien fermé boutique. En arrivant chez elle, la masse sombre des nuages commença à se lézarder pour laisser passer quelques rayons de soleil, produisant un clair-obscur des plus agréables tout en dissipant ses idées noires. Lorsqu'elle tira la porte arrière, une enveloppe voleta à ses pieds. C'était une enveloppe d'usage courant sur laquelle était dactylographié son nom. D'un rapide coup d'ongle, elle la décacheta pour en sortir un simple feuillet. C'était un poème.

Correspondance de guerre
du *New York Times* du dimanche

Mon Dieu, mon Dieu.
Nous avons mis ce journal en pièces,
déchiré chaque mot, séparé chaque lettre,
et jeté dans les airs pour flotter,
voleter au-dessus de nos têtes, avant de regagner le [sol.
Ainsi meurent sur nous les feuilles de l'hiver,
et sur Terre, à nos pieds,
les X nous montrent où quelqu'un est enterré.

Elle s'assit et prit le temps de relire le poème. Après une rapide recherche dans l'annuaire téléphonique, elle appela David Christopher.

– Merci.

Il resta un instant silencieux avant de répondre.

– Il n'y a pas de quoi. Vous n'avez pas besoin d'ajouter quoi que ce soit.

– De toute manière, je ne saurais que dire. Pas tout de suite.

– Ce n'est qu'un brouillon.

Il semblait plutôt embarrassé de s'être abandonné à cette pulsion qui l'avait conduit à accrocher un poème à la porte de Pearl. Histoire de le mettre à l'aise, elle lui proposa de partager une pizza au *Dog*. David sauta sur la proposition comme un chiot sur une balle. Le rendez-vous fut fixé pour dix-neuf heures.

Son répondeur émit une série de bips sans qu'on y eût cependant laissé l'ombre d'un message. Elle pensa immédiatement à son demi-frère Bobby, car ce dernier avait horreur de s'adresser à une machine, disait-il. Pearl se demanda ce qu'il pouvait bien devenir.

Elle venait juste de faire trempette et finissait de mettre des vêtements propres quand elle entendit arriver un véhicule. La porte-moustiquaire se rabattit violemment dans son cadre et la voix rocailleuse de Roscoe Needham se fit entendre de la cuisine.

– Pearl !

Elle descendit précipitamment l'escalier. Le vieil homme se tenait debout au beau milieu de la cuisine, la bouche grande ouverte, la pomme d'Adam s'agitant en signe de détresse.

– Que se passe-t-il, Roscoe ?

– C'est Jack, annonça-t-il. J' crois qu'il est en train d' mourir.

Pearl sauta dans ses bottes de caoutchouc et suivit Roscoe jusqu'à sa vieille camionnette. Jack était couché sur le siège du passager, à demi enveloppé dans une vieille couverture. Les yeux de l'animal étaient révulsés et il bavait. Les mouvements de son flanc témoignaient de sa difficulté à respirer. Pearl le caressa quelques instants.

– Vous feriez mieux de le conduire chez le vétérinaire, Roscoe.

Roscoe tremblait.

– Il est en train de mourir ; je sais qu'il est en train de mourir...

Elle posa une main sur l'épaule du vieil homme.

– C'est qu'il est très vieux...

Depuis le petit déjeuner, Roscoe semblait avoir pris dix ans. La main tremblante, les yeux hagards, il ne paraissait pas en mesure de conduire l'animal où que ce fût.

– Je vais téléphoner au vétérinaire.

Trois minutes plus tard, elle était de retour.

– Le docteur Beech nous attend à son cabinet. Allons-y. Vous vous occuperez du vieux Jack pendant que je conduirai.

Roscoe bredouilla quelque chose, mais fit ce qu'on lui disait.

Durant le parcours jusqu'à Greenspark, le colley fut agité de nombreuses convulsions. Néanmoins, peut-être parce que son maître se consacrait entièrement à lui, l'animal sembla reprendre quelques forces.

– Ça fait longtemps que Jack est malade. Je savais qu'il me lâcherait un jour ou l'autre. J' me suis montré trop négligent.

– On finit par s'attacher, c'est toujours dur de les voir partir.

– Quand j' l'ai eu, j'attendais rien de lui. Mais il est très vite devenu un fantastique chasseur de lapins. Une année, p' têt' bien en octobre 79...

Quand ils arrivèrent devant la porte du vétérinaire, il eut le temps de finir à voix basse :

– C'était le plus gros lapin...

Puis il sortit du véhicule.

Pearl n'était pas sûre qu'il aurait la force de porter le grand chien. Il y parvint cependant. Le vétérinaire les introduisit directement dans la salle de soins. C'était un jeune homme mince, à la peau criblée de taches de rousseur et dont les cheveux couleur sable commençaient à battre en retraite vers le sommet du crâne.

– Par ici, dit le médecin en désignant la table d'examen.

Pearl se présenta, et l'homme lui répondit en lui tendant aimablement la main. Puis il laissa ses mains courir sur le corps du pauvre animal dont le flanc se soulevait de plus en plus péniblement malgré l'absence de convulsions.

– Eh bien, monsieur Needham, Jack est vraiment mal en point.

Le vieil homme eut un mouvement de recul et se remit à trembler. Pearl posa sa main sur l'avant-bras de Roscoe.

– J'aurais dû l'achever, fit-il soudain d'une voix hachée.

Il se torcha sauvagement le nez d'un revers de la main.

– J'aurais dû l' faire avant qu'il soit dans cet état.

Pearl repéra une boîte de Kleenex et en passa quelques-uns au vieil homme qui se moucha aussitôt à grand bruit. Le vétérinaire s'approcha et lui tapota l'épaule.

– Monsieur Needham, je sais combien tout cela est difficile pour vous.

– J' sais qu'il est temps d'en finir...

Le praticien opina silencieusement de la tête.

– Voulez-vous rester seul un moment avec lui ?

Roscoe se raidit et secoua la tête.

– Non.

Puis il prit la tête de l'animal.

– Allez-y. Faut en finir. Cette histoire a déjà trop duré.

Le vétérinaire eut tôt fait de mettre un terme aux souffrances de l'animal. Pearl entoura les épaules du vieil homme de son bras.

– Il y aura peut-être un autre Jack, qui sait ?

Le vétérinaire administra une nouvelle tape sur l'épaule de Roscoe qui éclata en quelques brefs sanglots. Quelques minutes plus tard, il avait repris le contrôle de ses émotions et insistait pour emporter lui-même le corps de son chien jusqu'à la camionnette. Le temps que dura le retour jusqu'à Nodd's Ridge, Pearl et lui n'échangèrent pas un seul mot.

– Rentrez chez vous, Pearl. J' m'arrangerai tout seul avec Jack.

– Vous êtes sûr ? demanda-t-elle en s'assurant d'un coup d'œil que l'homme avait recouvré l'entière possession de ses moyens.

– J' voudrais êt' seul, maint'nant.

Il balbutia un remerciement alors qu'elle quittait la camionnette. La voix était tremblante, l'œil un peu humide, mais il tint bon.

– Vous êtes une gentille bonne femme, Pearl.

– Si vous avez besoin de quelque chose, vous n'avez qu'à téléphoner.

Elle le regarda s'éloigner, plié sur le volant comme s'il avait reçu un coup de poing dans l'estomac.

5

Le téléphone se mit à sonner au moment où elle entrait.

« David », se dit-elle *in petto* en sautant sur le combiné.

– Vous vous êtes perdue ?

– Non, non. Je suis navrée. Une obligation humanitaire qui m'est tombée dessus d'un seul coup.

– D'un seul coup, en effet. Inutile de me préciser de quoi il retourne.

– J'ai dû conduire Roscoe et son chien chez le vétérinaire.

– Oh !

– Je ne pouvais pas laisser Roscoe conduire, il était trop bouleversé.

– A cause de ce vieux colley ? Et que s'est-il passé ?

– Le chien est mort.

Il y eut un silence.

– C'est regrettable pour le vieux Needham. Je le pense sincèrement.

– Oui. C'est dur de vieillir.

– Vous rendez-vous compte – si je puis me permettre pareille indélicatesse – que vous m'avez laissé choir pour un vieux chien crevé ?

Pearl se mit à rire.

– Je vous ai dit que j'étais navrée. Ce n'est que partie remise...

– J'en prends note. Vous ne pouvez décidément pas vous empêcher de vous rendre utile.

– Merci encore pour le poème. Le dernier que l'on m'a dédié était un poème de troisième ordre.

– Et alors ?

– Et alors quoi ?

– Les poèmes de troisième ordre ne peuvent-ils être bons ?

– En l'occurrence, j'ai permis à son auteur de me reconduire chez moi sur le cadre de sa bicyclette. Le lendemain, il tombait follement amoureux d'une rouquine.

La façon dont il rit laissa présumer à Pearl qu'il lui pardonnait de lui avoir posé un lapin pour un chien crevé.

6

Le jour suivant, Karen arriva chez Pearl alors que celle-ci était en train de s'habiller. La jeune fille entra délibérément dans la maison et lança du bas des escaliers :

– 'Jour !

– J'arrive, cria Pearl en enfilant son jean.

Quand elle entra dans la cuisine, ce fut pour découvrir Karen devant une tasse de café en train de lire le poème que Pearl avait oublié sur la table de la cuisine.

« Flûte ! »

– Ouah ! s'extasia Karen. Personne m'a encore écrit de poème de ma vie.

– Ce n'est pas un poème d'amour, crut bon de préciser hâtivement Pearl. De toute manière, il ne m'est pas dédié. On me l'a donné à lire, sans plus.

– Je vois bien. Je comprends pas tout, mais je sais que c'est pas un poème d'amour.

– Peut-être as-tu abandonné tes études trop tôt, proposa Pearl, espérant ainsi détourner la conversation.

Karen laissa retomber le poème sur la table.

– J' crois pas que j'aurais compris beaucoup plus si j'étais restée à l'école.

– A vrai dire, je ne suis pas certaine de le comprendre entièrement moi-même.

Karen eut un petit rire idiot.

– Ben... Mais moi, j' trouve ça terriblement romantique de se faire écrire des poèmes. Mais dites-moi ? Qu'est-ce qui se passe, entre vous deux ? Est-ce que vous allez devenir amants ? Hier soir, j'ai croisé David au *Dog* et il m'a aussitôt demandé si je vous avais pas vue. J'ai dans l'idée qu'il vous attendait et que vous lui avez posé un lapin géant.

– Nous devions manger une pizza ensemble, rien de plus. Mais j'ai été contrainte de conduire Roscoe et son chien chez le vétérinaire. Jack est mort.

– Son vieux colley. D'aussi loin que je me rappelle, il l'a toujours eu, ce chien.

– Dommage... Le vétérinaire a l'air très gentil.

– Le docteur Beech ? c'est un amour !

– Je crois qu'il est temps d'y aller...

Pearl pressa un peu la jeune fille, soulagée d'avoir momentanément réussi à éviter que Karen ne mît son nez dans ses affaires. Au restaurant, Roscoe les attendait avec la tête de quelqu'un qui n'a pas fermé l'œil de la nuit. Karen le serra brièvement dans ses bras. En voyant la mine étonnée, presque burlesque, qu'il affichait, c'est à peine si Pearl put réprimer un sourire : leur vieil antagonisme n'avait pas dû souvent les conduire à de telles effusions.

– Désolée pour Jack, dit la jeune fille.

Roscoe répliqua par un haussement d'épaules.

– Il a vécu assez longtemps. Faut bien mourir un jour.

Les chatons étaient tout feu tout flamme, mais n'avaient pas pour autant attrapé le plus petit mulot.

– Ils sont encore si petits, se consola Pearl. Il est probable qu'une souris leur ferait peur.

– Croyez pas ça, corrigea Karen en riant. J'ai vu des chatons tuer des souris plus grosses qu'eux. Soyez sûre qu'on va trouver des souris mortes avant longtemps.

Si elle ne découvrait ni crottes ni cadavre de souris, se dit Pearl, peut-être cela signifierait-il que la présence des chatons suffisait à les écarter de sa cuisine. Auquel cas, rien ne lui ferait plus plaisir.

Comme à l'accoutumée, elle servit à Roscoe son petit déjeuner, mais c'est à peine s'il y goûta.

Les clients les plus matinaux commencèrent à occuper les tabourets. Les confidences que fit Karen à Sonny Lunt furent aussitôt transmises à voix basse au reste des clients. Emue, Pearl assistait aux témoignages de condoléances que l'on adressait au vieil homme, une main posée sur l'épaule. Tous ces gens-là savaient ce que perdre un chien veut dire. Roscoe n'avait le cœur ni à la plaisanterie ni aux larmoiements : il ne traîna pas longtemps au restaurant.

Reuben fit une brève apparition, demandant où se trouvait le vieil homme. Sonny avait fait une halte au garage pour l'informer de la mort du vieux Jack. Reuben prit tout de même le temps d'avaler une tasse de thé et de poser un œil critique sur les chatons, examinant leurs yeux, leurs oreilles et leurs dents comme s'il voulait en vérifier l'équilibrage ou le parallélisme. Puis il annonça qu'il devait retourner au travail, car il attendait une livraison d'essence, et Jonesy s'entendait mal avec le chauffeur-livreur. Il prit un café et un beignet pour son employé, et annonça qu'il téléphonerait plus tard à Roscoe pour prendre de ses nouvelles.

C'est seulement à l'heure de la fermeture que Pearl se rendit compte que David Christopher ne s'était pas montré de la journée. Il avait certes un côté amusant et il n'était pas désagréable à regarder non plus. Mais elle était trop mûre pour attendre quoi que ce fût d'un homme, fût-il question d'amitié ou d'autre chose. S'il souffrait d'une soudaine crise de timidité, il allait devoir s'en guérir tout seul. Mais, hélas, Karen fit la même observation qu'elle.

– Vous inquiétez pas, conseilla-t-elle à Pearl sans

qu'on lui ait rien demandé. Probable qu'il vous en veut un peu à cause de l'autre soir. Ça lui passera, vous cassez pas la tête...

– Mais... je ne m'inquiète absolument pas.

Karen était cependant trop bien partie pour s'arrêter en si bon chemin. Aussi fit-elle peu de cas des protestations de sa patronne.

– Vous savez quoi ? Si j'avais pas déjà mon homme, j' crois que je serais jalouse. David, c'est tout bonnement le plus bel homme que j'aie jamais vu. J' suis certaine que, dans vos rêves les plus dingues, vous avez jamais pensé rencontrer un gars comme ça, surtout dans ce trou perdu.

– En effet.

– Le problème, c'est qu'on sait pas comment le prendre.

En regardant Karen s'éloigner, Pearl ne parvenait pas à décider si elle devait être amusée ou irritée par le romantisme débridé de sa jeune employée.

7

Elle se rendit directement chez Roscoe pour découvrir que Reuben l'avait précédée. Il se tenait assis sous la véranda près d'un Roscoe aux yeux rougis et dans un état d'ébriété avancé, en train de lancer machinalement des cailloux dans la boue. Près du vieux lilas, un carré de terre fraîchement retourné indiquait qu'il avait enterré son chien à sa place préférée. Elle exhiba un sachet de papier brun.

– Je vous ai apporté votre dîner.

Reuben s'en empara aussitôt.

– Ça sent bon. Ça sent même très bon.

– Alors t'as qu'à le manger, fit Roscoe avant de

s'adresser à Pearl d'un air navré. Désolé, Pearl, mais j'ai pas faim. Merci quand même.

Pearl et Reuben se regardèrent.

– Je vais le mettre au frigo, dit ce dernier.

Pearl alla s'asseoir près de Roscoe.

– Vous voulez boire un coup ? proposa celui-ci.

– Ce n'est pas facile de se lever à cinq heures et demie du matin avec une gueule de bois, argua-t-elle, la main posée sur celle du vieil homme.

– Vous avez juste à pas y penser...

Reuben revint avec une canette de bière pour Pearl.

– Mais je vais quand même boire à la mémoire de Jack, annonça-t-elle en faisant sauter la capsule.

Solennellement, ils levèrent ensemble leur bière à la mémoire de Jack.

– Je me suis massacré l' dos à l'enterrer, se plaignit Roscoe. Encore une chance que j'ai d' la bière pour me réconforter.

– J' l'aurais volontiers fait à ta place, dit Reuben sur un ton de reproche. Pourquoi tu me l'as pas demandé ? Si tu prends pas soin de ton dos, tu risques de souffrir le martyre.

Roscoe posa un regard ensommeillé sur la sépulture de son chien.

– C'est pas parce que j'ai pas eu le courage de l'achever que j' suis pas capable de l'enterrer moi-même.

Reuben opina d'un sourire triste. La perte de son chien rendait Roscoe aussi irritable qu'un porc-épic. Il n'y avait rien d'autre à faire que de le supporter patiemment.

Une magnifique familiale vint silencieusement se garer derrière la camionnette de Pearl. Belinda Conroy en sortit et, après leur avoir adressé un signe, alla ouvrir la portière arrière. Quand elle se redressa, elle tenait dans ses bras un chiot labrador tout noir. Pearl et Reuben se regardèrent d'un air tout attendri. Roscoe eut un rire qui évoquait le crissement d'un morceau de craie sur un tableau noir.

– Oncle Roscoe, s'écria Belinda Conroy, regardez ce que je vous ai apporté !

Roscoe avala le fond de sa canette, l'écrasa dans sa main, puis la lança sur le sol par-dessus la balustrade.

– J'en veux pas. J' veux plus de ces saloperies de chiens.

Belinda Conroy poursuivit cependant son chemin, le chien niché au creux de son bras.

– Bonjour, Reuben.

D'un imperceptible mouvement de la tête vers l'arrière, elle écarta Pearl comme une intruse.

– Pearl, quelle surprise de vous voir ici !

Celle-ci envisagea un instant de lui dire que, pour elle, c'était « Mlle Dickenson », mais, déjà, la femme se détournait d'elle.

– Ecoutez, oncle Roscoe, Jack était très vieux. C'est mieux ainsi. Au moins, il ne souffre plus.

– Oh, Belinda, va donc voir ailleurs si j'y suis...

Pearl retint à peine un ricanement de plaisir alors que Belinda protestait, la bouche pincée.

– Je sais que vous êtes bouleversé, oncle Roscoe. Mais il vous faut un chiot. C'est comme remonter sur un cheval qui vous a fait tomber. Des tas de personnes âgées ne veulent plus avoir de chien quand le leur meurt parce qu'elles craignent que le nouveau ne leur survive et qu'il n'y ait personne pour s'en occuper. Mais cela ne doit pas vous inquiéter : il y aura toujours quelqu'un pour prendre soin de votre chien. (Un état de fait tellement hypothétique que Pearl ne put s'empêcher de grincer des dents.) Et puis il est très important qu'une personne âgée ne reste pas seule. Le petit chien que vous voyez là vient de la portée de Desdémone, ma chienne. Vous savez la bête extraordinaire que c'est. Habituellement, je vends ses chiots trois cents dollars pièce. Vous ne trouverez pas de chiot plus pur que celui-là dans tout le Maine.

– J' vais te dire une chose, fit Roscoe. J' vais te faire un chèque de trois cents dollars et tu ramènes ton putain de clébard là où tu l'as pris.

Belinda faisait manifestement de gros efforts pour contenir sa colère.

– Oh, oncle Reuben ! Ce que vous pouvez être borné ! Vous n'avez même pas la moindre idée de ce qui est bon pour vous !

Cela dit, elle déposa brutalement le chiot dans les bras de Reuben et déclara :

– Je sais qu'on ne peut rien apprendre à un vieux chien, mais il est encore temps pour vous d'apprendre à accepter un cadeau quand on vous en fait un.

Puis elle tourna brusquement les talons et regagna sa voiture, laissant Reuben un peu désemparé, avec le chiot sur les bras.

Roscoe tenta de se mettre sur ses pieds, le visage écarlate de colère.

– J'en veux pas de ton putain de chien ! cria-t-il. Tu m'entends, Belinda, j'en veux pas !

Mais la voiture amorçait déjà une marche arrière. Reuben adressa à Pearl un regard décontenancé. Elle lui répondit par un geste d'impuissance.

Roscoe regarda la voiture prendre le large dans un crissement de pneus. Tout en proférant une flopée de jurons, il se dirigea vers la balustrade comme s'il voulait se lancer à sa poursuite. Les pleurs se mirent à ruisseler dans les replis de son visage.

– La salope !... La putain de salope !...

Ensemble, Pearl et Reuben décidèrent de mettre Roscoe au lit. La bière aidant, le vieil homme s'endormit instantanément.

– Voulez-vous le dîner de Roscoe ? proposa Pearl.

– Faut bien que quelqu'un le mange... répondit laconiquement Reuben avant de sortir voir le chiot.

Quand il fut de retour, Reuben put constater que Pearl avait débarrassé un coin de table et dressé un couvert. Tout en se lavant les mains à l'évier, Reuben annonça :

– Le chiot a déjà commencé à faire un trou sur la tombe du vieux Jack. C'est une chienne. Je l'ai attachée de l'autre côté de la véranda. J'ai rarement vu un animal aussi stupide. Ce n'est pas par bonté d'âme que Belinda l'a apporté à Roscoe, c'est pour s'en débarrasser. Elle a accouplé la mère avec le fils, et la moitié de la portée est complètement dégénérée. Elle réclame trois cents dollars à cause de son pedigree, mais l'animal qui est là, dehors, ne vaut pas un clou.

Pearl lui servit les lasagnes qu'elle avait elle-même préparées pour Roscoe et vint s'asseoir près de lui.

– Croyez-vous que Roscoe va quand même la garder ?

– J'en sais rien, répondit Reuben en levant les épaules. Il est autant capable de lui coller un coup de fusil que d'aller la déposer devant la porte de Belinda.

– Eh bien...

– Si Roscoe a une tendance à l'avarice, dit évasivement Reuben, Belinda est pire que lui. Pourtant, c'est pas qu'ils soient du même sang : c'est son oncle par alliance. Mais feu sa femme, Rita, n'entretenait pas beaucoup de relations avec elle, non plus. Il y a peu de femmes qui l'apprécient, d'ailleurs.

– Est-ce que Roscoe a d'autres parents ?

– Non, seulement Belinda et ses enfants, qui sont adultes, et ont eux aussi des enfants. Par ailleurs, il s'est jamais inquiété de les connaître.

– Belinda fait une très jolie grand-mère.

Reuben leva les yeux de ses lasagnes, qu'il avait déjà bien entamées.

– La beauté, c'est juste au-dehors, dit-il en paraphrasant Roscoe. Belinda est déjà venue à bout de trois maris.

– Voulez-vous une autre bière ? proposa-t-elle en piochant deux canettes dans le réfrigérateur.

– Oui, merci.

Quand elle revint s'asseoir, il s'enquit :

– Et vous ? Qu'est-ce que vous comptez faire pour le dîner, à présent que j'ai mangé celui de Roscoe ?

– Je crois que je vais rentrer chez moi et jardiner un peu.

– J'ai remarqué que votre jardin devenait de plus en plus beau.

– L'oncle Joe y a mis de la très bonne terre, très agréable à travailler. (Elle se leva.) Croyez-vous que tout ira bien pour Roscoe ?

– Ça fait soixante-dix ans qu'il s'en tire très bien tout seul.

– Peut-être devrais-je emporter le chien. Croyez-vous vraiment qu'il va l'abattre ?

Reuben se mit à rire.

– Vous n'en voulez pas, de ce chien. Et puis, vous inquiétez donc pas : il a déjà abattu un chien et il en a été malade. Je pense pas qu'il ait le courage de recommencer. Au pis aller, il le laissera à Evvie Bonneau, la préposée de la fourrière municipale.

Il sortit en même temps qu'elle et lui ouvrit sa portière. Pendant une seconde, ils se regardèrent sans rien dire. Puis il lui sourit et referma la portière derrière elle.

– Bon, ben, fit-il. Vous avez pas besoin d'autre chat, pas vrai ?

Elle éclata de rire. Le pas qu'il fit en arrière sembla destiné à mieux l'apprécier. Elle s'éloigna, éblouie. En trois ans, elle n'avait pas connu un seul homme qui valût un repas décent et voilà qu'aujourd'hui elle avait l'embarras du choix. Un bonheur n'arrive jamais seul. Elle pouffa, et le léger coup de klaxon qu'elle lui adressa ressemblait à un petit rire.

CHAPITRE SEPT

1

La morne pluie qui tomba le lendemain matin sembla inhiber toutes les énergies. Affublé d'une mine bien pire qu'à l'ordinaire, Roscoe arriva un peu plus tard que d'habitude. Il se versa lui-même son café en revendiquant sèchement sa place.

Walter McKenzie entra à son tour, accompagné de Jean. Le vieux gardien prit le temps de s'asseoir et de retrouver son souffle avant d'amorcer la conversation.

– Désolé pour Jack, Roscoe.

Ayant eu son content de condoléances, Roscoe ignora celles-ci, ce que McKenzie ne sembla pas remarquer.

– Tous les matins, quand j' descends dans la cuisine, j' m'attends à trouver Fritzie raide morte. J'imagine que c'est à celui qui va mourir le premier...

– P'pa... fit Jean sur un ton de reproche en envoyant un coup de coude dans les côtes de son père.

– Arrête de m'emmerder, Jeannie... Enfin ! C'est un bon chien que t'avais là, Roscoe... (Puis, scrutant l'homme de près :) T'as vraiment une sale gueule, aujourd'hui.

Précédant la volée de jurons que Roscoe s'apprêtait à lâcher, Pearl posa une main conciliante sur l'épaule du vieil homme.

– Avec des journées comme celle-là, Dieu sait qu'on n'a pas très envie de rire.

Le temps, c'était en fait le meilleur coupable que l'on pût trouver. Tout le monde s'entendait à le dire. Sonny Lunt entra en tornade, portant le labrador que la mère Conroy avait offert à Roscoe.

– Regardez ce que j'ai trouvé, en plein milieu de Main Road.

Roscoe parut soudain très absorbé par la lecture du journal du matin. Les chatons qui s'ébattaient sur le plancher battirent aussitôt en retraite avec des feulements de colère pendant que le chiot se débattait pour échapper à Sonny. Celui-ci faillit plusieurs fois le laisser choir, mais réussit néanmoins à affermir sa prise. Les yeux de l'animal étincelaient comme deux éclats d'obsidienne.

– Z'auriez pas un bout de ficelle ? J' vais l'attacher dehors.

Karen alla dans la réserve et en rapporta une longueur.

– Je suppose qu'il appartient à Belinda Conroy, annonça Sonny quand il fut de retour. Il a l'air aussi con qu'un cornet à la vanille dans un bain de friture. Vous voulez bien appeler la fourrière, Pearl ?

– Roscoe, fit Pearl en retour. Voulez-vous appeler la fourrière ?

Roscoe froissa rageusement son journal.

– Je vais le faire, proposa Karen jusqu'à ce qu'un geste de Pearl l'en dissuadât.

– Voulez-vous que Karen s'en charge, Roscoe ?

– Faites ce que vous voulez, je m'en fous.

Dix minutes plus tard, l'animal était pris en

charge par Evangéline Bonneau, un bout de femme sèche et nerveuse d'âge indéterminé.

– Je suis navrée pour Jack, dit-elle.

Roscoe hocha la tête. Evvie Bonneau gesticula en direction de la porte.

– Cet animal est tellement stupide qu'il ne peut appartenir qu'à Belinda Conroy. Savez-vous comment il a pu se retrouver en plein milieu de Main Road ?

– Au diable, Evvie ! Cette bête est pas à moi, j'en veux pas.

Evvie eut un silence qu'elle mit à profit pour tambouriner nerveusement sur le dessus du comptoir. Puis elle eut un mouvement de tête entendu.

– J'imagine que Belinda vous l'a offert en remplacement de Jack sans vous demander votre avis. Mais cela ne vous autorise pas pour autant à l'abandonner. Je vous en empêcherai.

Les yeux rougis de Roscoe se remplirent de larmes.

– Vous pouvez le rapporter à Belinda. C'est elle que cela regarde.

Le silence s'était abattu sur le restaurant. Les clients écoutaient en échangeant des regards que Pearl ne comprenait qu'à moitié.

– Roscoe, dit calmement Evvie, vous savez bien que Belinda a obtenu une injonction judiciaire contre moi. Je ne peux avoir aucun contact avec elle.

– M'en fous, grommela Roscoe.

– Je vais remettre cet animal dans votre camionnette.

Après un mouvement de tête péremptoire, l'employée municipale prit congé.

– Evvie a tenté d'empêcher Belinda d'élever et de vendre des chiens, et Belinda a obtenu une injonction du tribunal la sommant de la laisser tranquille, expliqua Walter. Voyez-vous, Greenspark n'est pas sous sa juridiction et c'est là qu'habite Belinda, légalement. Elle fait rien d'illégal. Ça devrait l'être, mais ça l'est pas. Evvie, elle, s'y prend beaucoup mieux avec les bêtes qu'avec les gens.

– Faut dire, intervint Sonny, que, si elle devait choisir, je crois qu'elle sauverait un chat ou un chien d'une maison en feu plutôt qu'une personne ; mais elle est pas folle pour autant. Elle considère que, les animaux, c'est pas une marchandise et elle s'occupe aussi bien de gérer des élevages que de nourrir les chiens égarés.

– Pourquoi ne pas mettre un avis proposant de donner ce chien gratuitement ? suggéra Pearl.

– C'est ce que j' vais faire, fit Roscoe avec une soudaine lueur dans le regard.

– Quelqu'un sera probablement intéressé par cette bête, approuva Walter.

Cependant, plusieurs personnes présentes tinrent à préciser en marmonnant qu'elles n'étaient pas de celles-là. Dehors, les jappements se faisaient un peu plus insupportables chaque fois qu'un véhicule passait sur la route.

– Y a pas quelqu'un qui a un flingue ? fit Sonny. Je vais aller buter ce clébard tout de suite.

La plupart des gens trouvèrent l'idée amusante. Mais, si quelqu'un possédait une arme, personne ne la proposa. Roscoe se pencha sur le comptoir pour s'adresser à Sonny.

– Descends aussi Belinda et je te prête le mien.

– T'as juste à faire en sorte qu'elle reste un moment derrière la camionnette d'Evvie, ricana Sonny.

Cette réflexion provoqua chez l'auditoire un amusement embarrassé, tandis que la porte se refermait derrière Roscoe.

– Oh, s'exclama Jean McKenzie, effarouchée comme une poule poursuivie par un chien, j'en crois pas un mot !

Karen tira Pearl par la manche pour lui murmurer en aparté :

– On raconte qu'Evvie a reculé avec sa camionnette sur son conjoint et qu'elle l'a tué.

Incrédule, Pearl battit précipitamment des paupières.

– Pardon ?

– Ça remonte à quelques années, précisa Walter.

Pearl fut surprise de constater à quel point l'ouïe de Walter s'améliorait dès qu'il était question de ragots.

– Paraît que c'est la boîte de vitesses de la camionnette qui a cafouillé. N'empêche que personne a jamais rien réussi à prouver contre elle. De toute façon, c'était un fils de pute, alors...

– P'pa, gronda Jean, c'est juste des ragots.

Cela n'empêcha pas Walter de poursuivre.

– En tout cas, personne ne s'est empressé d'entamer des poursuites contre elle.

– Ça doit tenir à l'eau, murmura Pearl.

– Quoi ? fit Karen.

– Pearl veut dire que c'est quelque chose dans l'eau qui pousse les gens d'ici à agir de cette manière, expliqua Walter. Le fait est que les gens sont toujours en train d'épier ce que fait le voisin. Y a rien qui se passe à New York, à Boston ou chez le pape qui se passe pas ici. La différence, c'est que nous, on est tout de suite au courant, c'est tout.

– J' vais t' dire une chose, annonça Sonny Lunt. Encore un jour de pluie comme celui-là, et j'écrase avec mon camion tous les gens que je croise sur la route.

Pearl faillit l'embrasser.

« Et voilà ! songea-t-elle. C'est encore la faute du temps. »

2

Il était à peine cinq heures trente du matin, le lendemain, quand Pearl eut un visiteur. Elle sut immédiatement que ce n'était pas Karen, car c'est à peine si elle entendit la voiture rouler sur l'allée de gravillons. Un coup d'œil par la fenêtre lui permit de voir la petite Mercedes de David Christopher. Comme cela arrive souvent après plusieurs jours de pluie, le ciel était complètement dégagé et d'un bleu éclatant.

Changeant de lunettes comme il avait coutume de le faire, David sauta hors de sa voiture de sport et alla ouvrir la porte-moustiquaire.

– C'est ce qui s'appelle être matinal. Etes-vous chargé de faire lever le soleil ? demanda-t-elle en l'invitant à entrer.

– Comment avez-vous deviné ? fit-il en se laissant tomber sur une chaise. Je ne pouvais pas dormir. Ça m'arrive assez souvent. Puis j'ai pensé que vous deviez être debout, vous aussi.

– Je me lève toujours très tôt.

– Il fait très beau. Il va faire tellement chaud qu'on va pouvoir faire cuire un œuf au soleil. Ça vous dirait de faire un plongeon dans le lac et de dîner en plein air, ce soir, chez moi ?

Pearl lui plaça une tasse de café entre les mains.

– Eh bien, c'est très aimable à vous.

– J'ai pensé que c'était la seule façon de vous tirer des griffes de Roscoe et de Karen.

Elle sourit et alla s'installer près de lui.

– Je suis désolée, mais Karen a lu le poème. Ça lui a donné des idées dont je n'ai malheureusement pas réussi à la détourner.

– Bien, répliqua-t-il. Je suppose qu'elles sont semblables aux miennes. Je n'arrive pas encore à croire que je me suis comporté si maladroitement en vous laissant ce poème. Ce n'était qu'une ébauche et je crains qu'il ne devienne jamais quelque chose de très bon. Votre personnalité me fait perdre tous mes moyens, Pearl.

– Si c'est le cas, j'aimerais bien vous voir dans votre état normal.

– En dehors de chez moi, je ne suis bien qu'au milieu du lac, là où il est le plus profond. Il y fait si froid qu'on peut y mourir. Sauf la première semaine d'août, peut-être, à condition d'avoir eu un mois de juillet exceptionnel. Mais, en général, il pleut à verse durant cette semaine-là.

– Que voulez-vous que j'apporte pour ce pique-nique ?

– Votre maillot de bain, à condition qu'il soit minuscule.

– Etes-vous certain d'être une personne matinale ? demanda-t-elle en voyant David s'étirer comme un chat.

Quel que fût son plaisir à contempler David, un rapide coup d'œil à sa montre la fit sursauter.

– Je suis en retard.

Il la prit par le poignet.

– Avez-vous quelque chose contre ceux qui se lèvent tard ?

– Je dois aller travailler, annonça-t-elle en retirant sa main.

– Je sais à présent que vous êtes vraiment la petite-nièce de Joe Nevers.

– Ce qui signifie ?

Une autre voiture roulait sur l'allée de gravillons.

– C'est Karen, dit-il en attirant la jeune femme contre lui.

Pearl fut d'abord trop abasourdie pour tenter de lui résister quand il se mit à l'embrasser avec fougue et encore plus surprise par la soudaine attirance de son propre corps vers celui de David. Quelques longues secondes lui furent nécessaires pour reprendre le contrôle d'elle-même. Les yeux ronds, Karen les vit, au moment où, d'une volte-face, Pearl se libérait.

– Karen...

Pearl étouffa une violente flambée de colère. Cette initiative, elle la trouvait gauche, arrogante et d'autant plus détestable qu'elle y avait répondu avec une languissante passivité. Elle eût aimé souffleter le visage de David.

– Nous reparlerons de cela plus tard, décréta-t-elle, les dents serrées.

– Oui, m'dame.

Plein de retenue, David remit simplement ses lunettes de soleil et sortit. Bouche bée, Karen fit machinalement un pas de côté pour le laisser passer.

– Pas un mot, prévint Pearl avant que la jeune fille eût eu le temps de prononcer une syllabe.

3

Tant bien que mal, Karen se débrouilla pour rester coite pendant les deux ou trois minutes suivant leur arrivée au restaurant.

– Tout va bien ? demanda-t-elle en mettant la cafetière en marche.

– Regarde un peu ça !

Karen contourna le comptoir et poussa aussitôt un cri. Sur le plancher de la salle, les chatons s'amusaient avec plusieurs cadavres de souris.

– Gentils chatons...

Pearl se pencha vers eux et les prit dans ses bras.

– Voilà de bons petits chasseurs de souris.

– Est-ce que vous pourrez demander à Roscoe de nettoyer tout ça ?

– Je vais le faire. (Elle lui tendit les chatons.) Donne-leur une récompense, veux-tu ?

Les chatons semblaient avoir déniché une famille complète. Une des souris mortes était si petite que Pearl sentit monter en elle une bouffée de culpabilité. Avec un soupir, elle poussa les cadavres dans un journal. Puis elle alla remplir un seau d'eau afin d'effacer les traces du massacre.

En voyant le journal sur le dessus de la poubelle, Roscoe s'exclama :

– Ces chats font du bon travail, pas vrai ?

Pearl lui tendit une tasse de café.

– Et votre chien ? L'avez-vous rendu à Belinda ?

Cette réflexion empourpra le visage de Roscoe.

– Ce satané bestiau a presque déterré Jack, hier après-midi. J'ai voulu l'abattre, mais il a réussi à se détacher et s'est enfui. Avec un peu de chance, à l'heure qu'il est il a dû se faire écraser quelque part, sur la grand-route. Mais, si Evvie tombe dessus, c'est sûr qu'elle va me coller une amende.

– Quelle honte, Roscoe ! Pourquoi ne pas l'avoir plutôt ramené chez Belinda ?

– Et pourquoi diable faudrait-il que j'aille jusqu'à Greenspark pour rendre un animal que j'ai pas demandé ?

– Calmez-vous, Roscoe, fit Pearl en lui tapotant la main. Je suis de tout cœur avec vous.

Roscoe eut l'air complètement effondré quand il vit Sonny Lunt entrer dans le restaurant avec le chiot dans les bras.

– Roscoe, j'ai failli m'envoyer dans le décor à cause de ton satané clébard.

Roscoe adressa un bref regard à Sonny et au chien. Puis il leur tourna ostensiblement le dos et se prit la tête entre les mains.

– T'aurais pas un bout de corde ?

Karen était déjà allée en chercher un. Quand Sonny fut de retour, Pearl lui servit un café.

– Tenez, vous en avez probablement besoin.

– En effet, sourit-il. Ce corniaud est plus stupide qu'un poisson mort, Roscoe.

– Il est plus malin que toi, en tout cas, répondit le vieil homme du tac au tac. Tu t'es arrêté pour l'embarquer dans ton camion.

Sonny se mit à rire.

– Tu savais pas qu'un chien aussi stupide peut pas se faire écraser ? Y a un ange gardien pour les chiens idiots et les vieux ivrognes sales et avares. Des chiens comme ça, c'est plutôt eux qui tuent les automobilistes et pas le contraire.

Roscoe acquiesça d'un air morose. Pearl sourit en dedans, imaginant Sonny dans l'accoutrement d'un ange gardien pour chiens stupides.

– Est-ce que je dois téléphoner à Evvie pour qu'elle te fasse encore la leçon. J'adore la voir t'en faire baver.

Karen gloussa dans son coin.

– Vaut mieux pas avoir de discussion avec elle quand elle a un trousseau de clés de voiture à la main.

Retrouvant son sérieux, Sonny se pencha par-dessus le comptoir.

– J'ai connu Cross, le mari d'Evvie. On aurait dû décerner une médaille à cette femme. Elle a permis d'économiser l'argent du contribuable. Pour ce gars-là, la mort aura été la seule manière de lui éviter le chômage chronique.

Karen rit de plus belle. Dehors, les aboiements du chien se faisaient de plus en plus exaspérants. On aurait cru qu'il s'étranglait un peu plus avec sa corde chaque fois qu'un nouveau client arrivait.

– Sonny, demanda Pearl, voudriez-vous l'attacher un peu plus loin, avant qu'il ne morde quelqu'un et que je ne me retrouve avec un procès sur les bras ?

– Sûr. J'aurais dû y penser tout seul.

– Roscoe, interrogea alors Pearl, voulez-vous que je me charge de ramener cet animal à Belinda ?

– Non. Restez en dehors de tout ça. C'est une affaire entre elle et moi.

Avec un grand soupir, Pearl retourna à ses clients.

4

David Christopher fut un des derniers clients pour le petit déjeuner.

– Savez-vous qu'il y a un chien en train de s'étrangler, au coin du bâtiment ? demanda-t-il sans préambule.

Roscoe se leva, jura abondamment et quitta le restaurant.

– Désolé pour Jack, lâcha David quand il passa devant lui.

– Moi aussi, fit l'autre.

– Belinda Conroy lui a offert ce chien en remplacement, expliqua Karen. Elle le lui a collé sur les bras sans qu'il ait pu faire ouf ! Elle a dû se dire que ça le consolerait un peu.

– Je regrette de ne pas avoir été là. La scène a dû être passionnante.

– Roscoe était fin soûl. Sinon, je crois qu'elle serait repartie avec son cabot. On ne peut pas lui reprocher de ne pas en vouloir, ajouta Pearl d'un ton parfaitement neutre. Le prétexte est un peu faible pour imposer un animal à quelqu'un.

David lui adressa alors un regard aigu. Après s'être quelques instants mordillé la lèvre, il dit :

– Si je comprends bien, nous avons d'une part un chiot en train de s'étrangler au bout d'une corde et, de l'autre, l'ami Roscoe qui s'étrangle de colère contre Belinda.

– C'est cela même.

Karen semblait dans la lune, ce qui eut le don d'exaspérer Pearl.

– Va donc voir s'il y a quelque chose à faire.

La jeune fille disparut aussitôt dans la réserve en faisant la moue.

– C'est votre faute, fit Pearl en s'adressant à David. Vous passez votre temps à vous donner en spectacle.

– Excusez-moi, murmura David en plongeant son nez dans sa tasse.

Il fit semblant de s'intéresser aux chats qui, n'ayant apparemment plus rien à chasser, jouaient à se poursuivre à travers la pièce.

– Ils ont attrapé quelques souris, la nuit dernière.

– Merci, mais je me contenterai de deux œufs brouillés.

Pearl fut prise de fou rire au grand ravissement de David. Quand Karen revint de l'arrière-boutique avec une mine faussement effarouchée, Pearl était encore tellement hilare qu'elle ne la remarqua pas. Roscoe revint à son tour dans la salle.

– Pourquoi ne pas simplement l'abattre ? demanda David.

– J' devrais, fit Roscoe en posant avec humeur une fesse sur un tabouret. Si cet animal s'avise encore de creuser la tombe de Jack, j' le ferai, parole d'honneur. Et j' ferai payer Belinda pour la cartouche que ça m'aura coûté.

– Pourquoi ne pas carrément tirer sur Belinda ?

Il était intéressant de constater à quel point les gens se sentaient capables de tuer de sang-froid dès qu'il était question de Belinda Conroy. Cette idée de meurtre rendit très vite Roscoe d'humeur joyeuse.

– J'y ai pensé, mais je suis trop vieux pour un séjour à Shawshank. Un meurtre au premier degré, ça va chercher sept ans de pénitencier minimum et je suis trop vieux pour me permettre de gaspiller sept ans de ma vie, expliqua-t-il avec des accents de sincérité dans la voix.

– Dans ce cas, conclut David, il ne te reste plus qu'à espérer : il existe des tas de gens qui rêvent de faire un carton sur Belinda.

Roscoe se mit à rire. C'était la première fois qu'il le faisait de si bon cœur depuis la mort de Jack. Dehors, un bruit de sabots se fit entendre et l'on put voir par la grande baie deux jeunes filles sur deux magnifiques Appaloosa.

– C'est les filles d'Ansel, fit Roscoe. La plus âgée a un cul aussi gros que celui de sa jument.

David se mit à rire pendant que Pearl grondait gentiment Roscoe.

– Allons, Roscoe, ce sont deux très belles filles.

Nancy et Liz, filles d'Ansel Partridge, le fermier le plus prospère de la région, entrèrent en bavardant bruyamment. Etroitement fagotées dans des jeans et des tee-shirts, elles avaient précisément l'air de ce qu'elles étaient : deux filles de la campagne dans le feu de leur jeunesse. Avec leurs poitrines « bonnets ultra-grands » et leurs jambes démesurées, elles n'avaient que l'embarras du choix parmi les garçons du pays postulant au titre de chevalier servant. Rien de vulgaire n'avait apparemment atteint leurs mignonnes oreilles ornées de boucles d'oreilles argent et turquoise à la mode navajo comme aimaient en porter les gens de selle. Nancy avait les cheveux noués par-derrière alors que sa sœur exhibait une tête bouclée. Aucune d'elles ne portait le moindre maquillage.

Karen les regardait avec un mélange de respect et d'amusement, les considérant au fond d'elle-même comme d'irrécupérables péquenaudes tout en se demandant confusément ce que les garçons pouvaient trouver d'attrayant dans ces seins et ces cuisses dignes d'une déesse de la fécondité. En retour, elle mystifia les filles Partridge qui la trouvaient aussi belle qu'un mannequin de Seventeen ou une actrice de roman-feuilleton. Elles enviaient, bien sûr, sa silhouette mince, bien que sa réputation de fille émancipée les fît glousser sottement.

– J'espère qu'il reste quelques muffins aux myrtilles ! cria Nancy. J'ai tellement faim que je mangerais mon cheval !

David, qui avait terminé son déjeuner, fit pivoter son tabouret pour regarder par la baie vitrée.

5

C'était toujours à midi que les affaires tournaient au maximum.

Quand Reuben arriva pour prendre livraison d'une commande, ce fut pour apercevoir McKenzie et sa fille installés sur une table de pique-nique à l'ombre des grands arbres. Il décida de prendre le temps d'aller les saluer.

– Est-ce que ce n'est pas agréable ? commença Jean. Sans parler du poulet qui est absolument délicieux, n'est-ce pas, p'pa ?

Tout à son repas, Walter acquiesça d'un mouvement de tête.

– Mlle Dickenson est une excellente cuisinière, ajouta Jean. Je considère ses talents comme un apport appréciable à notre communauté.

– Karen n'arrête pas de dire du bien d'elle.

Puisqu'on parlait du loup, Karen sortit du restaurant, portant un pichet de thé glacé. En voyant son père, elle se dirigea directement vers la table des McKenzie.

– Salut, p'pa. Ta commande est prête... (Elle remplit les verres de Walter et de Jean.) Comment vous trouvez le poulet ?

– Excellent, répondit Jean.

– Karen, dit brusquement Walter. Ces jeans sont tellement serrés qu'on peut voir...

Mais la révélation de ce que Walter pouvait voir

exactement fut interrompue par la méchante tape que Jean venait d'administrer sur la main de son père.

– Mêle-toi donc de tes affaires, p'pa !

Ecarlate, Karen battit précipitamment en retraite.

– Faut que j'aille m'occuper des autres clients.

Reuben la regarda partir. Jean se pencha vers lui et lui tapota aimablement la main.

– C'est une gentille fille, Reuben. Elle traverse une période difficile, c'est tout.

Puis, se retournant vers son père qui boudait dans son coin, elle lui adressa un regard sévère.

– Je sais vraiment pas ce que je vais faire de toi, p'pa.

– Elle va finir par se mettre en colère, insista Walter, s'attirant à nouveau les foudres de sa fille.

Avec un geste apaisant à l'endroit de Jean, Reuben entra pour aller chercher sa commande. A l'intérieur, l'air était plus chaud qu'à l'extérieur, d'une moiteur saturée d'odeurs de friture. Pendant que Pearl empaquetait sa commande, Reuben se mit à l'observer à son insu. La jeune femme ne faisait aucun geste inutile. Elle le remercia, lui tendit son paquet, accompagné d'un sourire affable, même si son attitude laissait clairement entendre qu'elle n'avait guère de temps pour la conversation. Cependant, apercevant l'expression du regard que Reuben posait sur elle, le visage de Pearl s'éclaira et elle lui fit ce fameux sourire qui, chaque fois, incitait le géant à passer machinalement son index dans le col de sa chemise.

Reuben emporta aussi une pleine bouteille de thé glacé dont il se désaltéra dès qu'il fut au volant de sa camionnette, tout en repensant à Walter, à Jean, à Karen et à lui-même. Un de ces jours, il allait, sans s'en rendre compte, se retrouver aussi décati que le vieux Walter. Peut-être même beaucoup plus, avec un énorme tour de taille, une respiration sifflante et un esprit radoteur. Il se rappela Jean, dans sa jeunesse, quand elle était la meilleure amie de sa sœur Ilene. C'était alors une vraie beauté, et non pas la fleur triste et fanée qu'elle était aujourd'hui. Reuben se disait que le cours de son existence aux méandres inattendus avait emporté toute présomption de vie heureuse pour ses enfants. Les chances que Karen, sans conjoint ni enfant, revînt vivre au domicile paternel seraient encore intactes, une fois qu'elle aurait perdu toutes ses illusions, tous ses espoirs de jeunesse, une fois qu'elle serait modelée par la vie. A l'instar de Jean, peut-être le reprendrait-elle alors chaque fois qu'il ouvrirait la bouche pour dire quelque embarrassante vérité. Tout cela pouvait en effet très bien lui arriver, à lui aussi.

« Il faut que je me remarie », conclut-il aussitôt, tout en sachant pertinemment que la compagnie d'une femme ne le mettrait à l'abri de rien. Nuance. Ce dont il avait besoin, c'était d'une compagne. Il éclata de rire, la tête rejetée en arrière, fit quelques manœuvres habiles et s'éloigna.

6

La route qui conduisait chez les Christopher déroulait son tapis d'asphalte dans un climat de fraîcheur et de verdure. Au volant de son véhicule, Pearl se détendit et emplit ses poumons des parfums sylvestres auxquels se joignait la brise rafraîchissante venue du lac. Çà et là, les grands arbres laissaient entrevoir la surface de l'eau, éclairs fugaces et scintillant d'un bleu éclatant qui perçaient la masse vert sombre des épicéas et des grands pins et le vert plus tendre des arbres à feuilles caduques. Elle avait souhaité travailler durement et ses vœux avaient été exaucés. Aussi se sentait-elle lasse. Bien, mais lasse.

Au détour d'un virage, elle fut brusquement là, la maison au bord de l'eau, sous la palme protectrice des arbres centenaires, au bout d'un étroit chemin à pente abrupte. D'allure résolument moderne, elle semblait se prélasser au soleil comme les résidences pour millionnaires de Malibu, et Pearl en fut surprise. Parce qu'elle avait supposé que les Christopher possédaient cette résidence d'été depuis des générations, elle s'attendait à voir une demeure à caractère traditionnel. Après s'être garée derrière la voiture de David, elle s'empara du sac de plage posé près d'elle et alla frapper à la porte de derrière.

L'intérieur était tout en pénombre, à un point tel que, de l'extérieur, elle pouvait déjà en sentir la fraîcheur. Sorti elle ne sut d'où, David apparut, pieds nus, en short, la chemise déboutonnée, les manches jusqu'aux coudes. En dépit de la semi-obscurité intérieure, il portait ses lunettes de soleil.

– Bonjour et bienvenue.

D'un geste solennel, il poussa la porte toute grande et la retint doucement pour éviter qu'elle ne se rabattît sur les mollets de Pearl. Puis, traversant le hall d'entrée obscur, il lui fit franchir une grande cuisine.

La demeure s'ouvrait sur un salon aux proportions de cathédrale, avec un grand mur de verre orienté vers le lac.

Les yeux levés, Pearl fit lentement un tour complet sur elle-même. Un grand escalier ouvert se déployait en direction d'une galerie, avant de poursuivre sa montée vers les étages supérieurs. Sur certains murs étaient accrochées des toiles ressemblant à des puzzles colorés, un autre se creusait en une quantité de niches manifestement conçues pour y exposer des objets de collection. Un coup d'œil suffit à Pearl pour se rendre compte que ces objets n'avaient rien de commun entre eux. Dans une niche, on distinguait une vieille balle de base-ball ; dans une autre, une coupe remplie de billes de marbre, un nœud vermillon et un morceau de quartz noir dans une troisième. Le plus surprenant de tous était peut-être la poupée de chiffon « Raggedy Ann » recroquevillée dans la position du fœtus.

– Ce sont comme des marques à la croisée des chemins, expliqua David. Ma mère exposait des vieux ossements et des poteries anciennes dans ces alvéoles. C'étaient des tas de vieilles cochonneries, tellement vieilles que certaines sentaient mauvais. J'en ai fait don à l'université de Harvard. A présent, je ne sais plus trop quoi mettre. Comme elles n'aiment pas être vides, j'y fourre les premiers objets qui me tombent sous la main. Quelquefois, elles apprécient, quelquefois pas...

Comme elle ne savait que dire, Pearl ne fit aucun commentaire. De son côté, David semblait n'en attendre aucun, préférant plutôt la prendre par la main pour la conduire sur la terrasse, qui n'était en fait que le prolongement du séjour. La chaise longue que David venait d'abandonner pour aller lui ouvrir avait été placée à l'ombre d'un auvent. Journaux et magazines jonchaient le sol, sur lequel on pouvait aussi voir un Walkman et un verre d'eau recouvert de buée.

– Vous sentez le poulet frit, dit-il.

– Merci. J'ai pourtant pris une douche.

Il laissa familièrement tomber un bras sur les épaules de Pearl.

– Ne vous offusquez pas : vous m'ouvrez l'appétit.

– Ah ! Est-ce votre résidence d'été ? demanda-t-elle avec un regard panoramique. (Comme il acquiesçait, elle dit encore :) J'aimerais bien connaître votre résidence d'hiver.

– Ce n'est qu'un appartement tout bête. Puis-je vous offrir un rafraîchissement ?

– Un verre d'eau suffira. J'ai bu du thé glacé toute la journée et je me sens la bouche râpeuse à cause du citron.

– Prenez donc autre chose... Une bière, un verre de vin ? A moins que vous ne préfériez quelque chose de plus corsé.

Pearl fit non de la tête.

– Je prendrais peut-être un verre de vin plus tard.

Ils se retrouvèrent dans la cuisine d'une extrême propreté.

– Le lac a attendu votre venue toute la journée.

– J'y ai, moi aussi, pensé toute la journée. J'aimerais bien aller me baigner.

– Il y a près du hall d'entrée une chambre dans laquelle vous pourrez vous changer.

A voir le grand lit d'acajou dont les coins s'ornaient de colonnes aux lignes dépouillées, il apparut à Pearl qu'il s'agissait de la chambre principale. Malgré les fenêtres ouvertes, le soleil qui se glissait par le puits de lumière dispensait une chaleur oppressante, entrecoupée de temps à autre par la brise venue du lac. Aucun système d'air conditionné n'était visible, pas plus que de tentures aux fenêtres. Cependant, trois côtés du lit étaient tendus de voiles faisant office de moustiquaire, seule concession faite à l'intimité à laquelle on devait s'attendre dans une chambre à coucher. David Christopher devait être quelqu'un d'une chasteté irréprochable, à moins qu'il ne fût d'un exhibitionnisme débridé. A moins encore qu'il n'utilisât une autre chambre, ce qui ne devait pas manquer dans une demeure comme celle-là. Peut-être aussi les occupait-il à tour de rôle. Pearl sourit en elle-même de son esprit tortueux.

Quand elle réapparut, David était adossé à la balustrade de la terrasse. Il avait gardé la même tenue et son regard restait caché derrière ses lunettes de soleil. L'estomac un peu serré, Pearl souhaita ne pas avoir à faire face à quelque déclaration d'adolescent attardé.

– Vous n'allez pas vous baigner ?

– Non, je n'en ai pas envie.

C'est à peine s'il la regardait. Le visage fermé, il tapotait doucement la main courante avec ses lunettes de vue. Peut-être affrontait-il ses propres doutes ; peut-être tentait-il de rassembler son courage.

– Ah ! s'exclama-t-elle dans une tentative de lui communiquer sa bonne humeur.

Il se tourna alors vers elle et lui adressa un petit sourire qui sembla quelque peu dissiper la tension de son corps.

– Désolé, mais j'ai du mal à me baigner. D'une manière générale, je règle le problème en n'invitant personne.

Sous le coup d'une impulsion subite, elle couvrit de ses mains celles de David.

– Vous m'en voyez flattée.

Caché derrière ses lunettes, il la regardait, tendu, inintelligible. Il parut ensuite sortir de son état de transe et lui tapota affectueusement les fesses.

– Allez donc vous baigner.

Elle traversa la bande de pelouse qui la séparait de la petite plage d'un pas volontairement assuré, consciente que David ne la quittait pas des yeux. Quand elle plongea, un froid saisissant la paralysa un court instant. Elle creva la surface avec un grand cri et entendit David éclater de rire.

Quelques brasses réchauffèrent un peu son épiderme, et ses jointures figées par le froid semblèrent retrouver leur souplesse. Les battements de son cœur se calmèrent alors que sa peau s'accoutumait à la brûlante morsure du froid. Au moment où elle sortait de l'eau, un fort tremblement s'empara d'elle. Après s'être enveloppée dans une serviette-éponge, elle regagna la terrasse en titubant.

– Combien de glaçons mettez-vous dans votre lac ? demanda-t-elle.

– Deux casiers, répliqua-t-il en lui tendant une tasse de thé.

– De ma vie, je ne me suis jamais baignée dans une eau aussi froide, commenta-t-elle en claquant des dents.

– L'eau est en effet assez froide pour provoquer une hypothermie. Mais, si on se noie, on a plus de chance d'être ranimé ; surtout si l'on est un enfant.

– Vraiment ?

– Oui... (Derrière ses lunettes noires, il semblait contempler le lac.) Je songe souvent aux personnes que l'on a réussi à arracher à la mort. C'est comme un retour, une seconde chance ; comme un chat qui a sept vies.

Soudain fascinée, elle écoutait.

– Il m'arrive quelquefois de rêver que je regarde le lac, appuyé sur cette balustrade, et que, brusquement, je vois ma sœur flotter sur ses eaux. Je nage vers elle et la ramène sur le rivage. Elle est bleue de froid, mais elle n'est pas morte. Elle est seulement en état d'hypothermie. C'est toujours une petite fille et elle porte toujours la robe blanche qu'elle portait ce jour-là. Un hélicoptère arrive et la conduit vers un grand hôpital où elle est finalement sauvée.

Pearl se rendit compte qu'elle retenait son souffle. Elle soupira longuement et tendit la main pour la poser sur David.

– David.

Mais il se raidit brusquement et se détacha d'elle en tressaillant.

– Désolé, Pearl, mon attitude est inexcusable.

– Mais non, pas du tout...

Malgré de louables efforts pour se ressaisir, David semblait incapable de renoncer à son évocation.

– Ce jour-là, votre oncle Joe se trouvait sur la faîtière avec Reuben qui était alors un grand garçon dégingandé. Saviez-vous que ma mère et lui avaient une liaison ?

Pearl s'agita sur sa chaise. Elle souhaitait ne pas en apprendre davantage, car la détresse de David suscitait en elle une douleur toute nouvelle, qui risquait de la plonger dans un profond désarroi. Comprenant que David tentait d'extirper peu ou prou l'amertume engendrée par la tragique disparition de sa sœur, elle crut néanmoins bon de lui tendre la perche pour le distraire de ses pensées. Elle fit un signe négatif de la tête.

– Roscoe m'a seulement dit que Joe était mort ici. Cela aurait dû me mettre la puce à l'oreille, mais connaissant Roscoe... Et puis oncle Joe était très vieux, et votre mère très malade.

David se mit à rire dans sa barbe.

– Non, c'est ridicule, en effet. Joe était plutôt

comme un père pour ma mère. C'est à Reuben que je faisais allusion.

– Ah ? s'étonna Pearl, les yeux écarquillés.

– Ma mère était une très belle femme mais seule, cependant, même avant la mort de mon père. Voyez-vous, elle était alcoolique et, quand elle était ivre, il lui arrivait quelquefois d'accepter dans son lit des personnes dont elle n'aurait jamais voulu entendre parler quand elle était sobre. Je suis pourtant persuadé que c'est elle qui voulait que cela se passe ainsi. A l'époque, Reuben était si timide qu'il n'osait même pas inviter une fille à danser. Je ne les juge pas : si cette liaison a eu quelques effets bénéfiques sur eux deux, tant mieux. Car, après le mariage désastreux de Reuben, ma mère n'a jamais plus connu un seul instant de bonheur.

Pearl sirota son thé.

– Comment saviez-vous qu'ils avaient une aventure ?

– Je les ai surpris, un jour, dans les bois, sourit David.

Au fur et à mesure qu'ils parlaient, Pearl le sentait se détendre. En ce qui concernait la mort de sa sœur, le sujet avait été écarté.

– C'est peut-être un préjugé d'enfant, mais, dans mon esprit, Reuben Styles a toujours fait figure de bouseux nanti.

Pearl faillit s'étouffer avec son thé. La main levée pour marquer une pause, elle se mit à rire doucement.

– Ne me dites plus de choses pareilles ou je ne pourrai plus le servir sans éclater de rire.

– Et pourquoi croyez-vous que je porte mes lunettes de soleil sitôt que je le vois ?

– S'il en est ainsi, je crois que, désormais, je vais pouffer chaque fois que vous les porterez.

David commença à s'affairer autour de son barbecue.

– La femme de Reuben l'a quitté pour un prêcheur fondamentaliste. Cela s'est passé il y a cinq ans, juste au moment de la puberté de Karen. Laissez-moi vous dire que ce fut un drôle de désastre. Karen ne s'en est jamais remise et Reuben semble complètement déboussolé.

– Je sais. Roscoe ne m'en a pas dit le plus grand bien, sinon que je peux compter davantage sur Karen que sur lui.

– Roscoe est presque mais cependant pas totalement dénué de sensibilité, fit remarquer David.

Il poussa un grognement de satisfaction en voyant le charbon de bois s'embraser.

– Voilà, fit-il, quand je réussis à la deuxième allumette, c'est toujours bon signe. La seule raison qui incite Roscoe à ne pas parler de Karen s'appelle Reuben Styles. Roscoe est peut-être le dernier des malotrus mais il reste des nôtres, aussi sûr que le révérend Elmer Gantry n'en est pas.

Pearl sourit.

– Elmer Gantry ?

David se laissa tomber sur sa chaise longue.

– Ou, si vous préférez, le révérend Dimmesdale. Je voulais vous demander : est-ce que votre mère vous a appelée Pearl en référence à la fille de Hester Prynne dans le roman *La Lettre écarlate* ?

– Je l'ignore. Un temps, je me suis aussi posé la question. Il est évident qu'elle a lu Hawthorne et qu'elle possédait un sens de l'humour bien à elle. Ça lui ressemblerait, en tout cas.

L'idée semblait considérablement séduire David.

– Quoi qu'il en soit, tous ces prêcheurs devraient imaginer autre chose que le péché originel pour alimenter leurs sermons, ne croyez-vous pas ? Ils semblent tous obsédés par la sexualité. Ils ne tarissent pas sur le sujet. Cependant, quand il s'agit de percevoir des fonds, ils ne cherchent pas à savoir d'où vient l'argent. En fait, le mot « con » semble avoir été inventé spécialement pour ce lascar-là. Il a une gueule de salaud, du genre ancien condamné en qui Jésus s'est révélé pendant qu'il fumait un « joint » et qui s'est soudain découvert la vocation de semer la discorde parmi les campagnards les plus ignorants. Ça s'est passé pendant l'hiver. Je n'étais pas ici, mais tout le monde s'entend pour dire que le révérend Richard Smart a fichu froidement en l'air la famille Styles. Il était prêcheur dans une petite église de Grant, une ville industrielle voisine, réputée pour son aspect sinistre. Il a commencé à recruter des adeptes en manifestant un prosélytisme éhonté pour finalement mettre la main sur Laura, la femme de Reuben. Celle-ci a ensuite exigé que Reuben et les enfants acceptent Jésus comme leur sauveur personnel et le révérend Richard Smart comme leur directeur de conscience. Reuben a décliné l'offre poliment. Quand il apparut sans ambiguïté que la femme se préparait à choisir le pasteur plutôt que sa famille, les enfants prirent tous le parti de Reuben. Sitôt les positions définitivement prises, Laura en a appelé à la justice des hommes pour finalement se faire dire que les enfants resteraient avec leur père. Dans un élan héroïque, le pasteur a alors chassé sa femme légitime, une personne de cœur, soit dit en passant, afin de légaliser sa situation. Laura pouvait alors revendiquer la garde de ses enfants. C'est à partir de cet instant que les choses se sont envenimées.

« Il semble que les Styles ne soient pas la seule famille que le révérend Smart aurait saccagée. Bon nombre de fermiers et de bûcherons ayant eu maille à partir avec lui auraient de sérieux griefs contre lui. Quelques éléments mâles de la famille de la femme légitime auraient même été offensés au point d'aller lui rendre visite avec des chaînes et des fusils. C'est ainsi qu'il y eut sur la place publique de nombreux incidents, au cours desquels on échangea horions et injures et au centre desquels se trouvait toujours le révérend Smart. Le policier intervint pour restaurer l'ordre et un grand nombre de citoyens, y compris le prêcheur, passèrent de brefs séjours dans la prison du comté pour avoir semé le trouble sur la voie publique. Au crédit de Reuben, il faut noter que, durant tous ces désordres, ce dernier est resté très digne.

« Puis les événements tournèrent au comique. Laura vivait sous le toit du révérend et de sa légitime épouse « comme une sœur ». On chuchotait autre chose, sans pour autant avancer de preuve. Jusqu'à ce qu'une autre femme, ancien membre de la congrégation, dont le mari faisait partie des émeutiers incarcérés à la prison du comté, accusât formellement le révérend de pratiquer le « droit de cuissage ». Cela vous est sans doute égal, mais je doute que le révérend puisse faire un jour partie de votre clientèle. Aussi laissez-moi ajouter ceci : les gens prétendent que le révérend est loin d'être aussi impressionnant que Reuben. « Dick-la-poule-mouillée », c'est ainsi que l'appellent les gens d'ici. Peut-être a-t-il d'autres qualités. Sa congrégation a fini par le museler, pour avoir refusé de rendre « sœur »

Laura à sa famille. Depuis, le révérend et sa clique ont déménagé vers une plus grande ville à une cinquantaine de miles d'ici, où les pigeons à plumer sont plus gras. Quant à Laura, elle est devenue une sorte de diaconesse ou de « diacresse », allez donc savoir.

« Toute cette histoire puait tellement que Reuben a obtenu la garde totale de ses enfants, même si, entre-temps, le mal était fait, du moins en ce qui concerne Karen. Elle hait avec la même ferveur sa mère et le révérend. Je soupçonne que le révérend a, comme on dit ici, « farfouillé dans ses culottes ». Une chose est cependant sûre : Reuben n'en a pas eu vent parce que, dans le cas contraire, je ne crois pas que le révérend serait encore de ce monde.

– Je vous en prie, arrêtez, demanda Pearl, agitée par le fou rire. Pauvre Karen, pauvre Reuben, pauvre Sam. Moi qui pensais avoir connu une vie de famille abominable.

David roula sur le côté pour vérifier ses braises.

– Vous n'aurez qu'à me dire à quel moment je devrai mettre le poisson à cuire, dit-il.

CHAPITRE HUIT

1

La journée avait été assez chaude pour que la fraîcheur crépusculaire ne pût en dissiper la moiteur. Le maillot de Pearl avait séché sur elle alors que sa lèvre supérieure luisait de sueur. Couchée sur sa chaise longue, elle savourait son bien-être et l'ineffable plaisir d'avoir les pieds en l'air.

Le verre de chablis que David lui glissa entre les mains lui parut singulièrement froid, au point de lui donner la chair de poule pendant une seconde ou deux. Le vin avait, lui semblait-il, un arrière-goût d'huile et de métal, un peu comme celui d'une olive. Levant le verre à la lumière, elle voulut en admirer la couleur et la trouva un peu trop pâle.

– Réserve spéciale du supermarché, fit-elle, avec l'air d'apprécier. Etonnant de votre part.

– Je n'achète que du vin au rabais, expliqua David qui lui présentait un plat contenant deux darnes de saumon baignant dans une marinade.

– Du *saumon* ! s'écria-t-elle en français. Du saumon mariné dans une mixture secrète et grillé sur un lit de braises ! Ce plat a une valeur inestimable. Surtout quand on le pare d'un lys et d'un poireau effeuillé !

– Je vous en prie, *mademoiselle* ! s'insurgea ironiquement David. Epargnez-moi donc vos sarcasmes. Ceci n'est pas de la cuisine mais de la *nouvelle cuisine* !

– Désolée, mais il me faut toujours une sauce en accompagnement. Ce n'est pas du sang qui coule dans mes veines mais du *roux*.

Il se retourna vers elle.

– Du rue ?

– Non, du *roux*, R.O.U.X. La rue est une plante qui sent très mauvais.

D'un geste vif, David se saisit d'un bloc-notes posé parmi les livres épars au pied de sa chaise longue.

– Attendez que je prenne des notes... (Quand elle se mit à rire, il fit semblant de faire la moue.) Je vous en prie, je suis un poète, ne l'oubliez pas. Les mots, c'est toute ma vie.

– Racontez-moi ça...

Il laissa tomber son bloc-notes au profit de la spatule.

– Non, c'est à vous de me raconter.

– Quoi donc ?

– Votre abominable vie de famille.

– Oh, ça... fit-elle, évasive, avec des gestes que le chablis rendait de plus en plus amples et fréquents. Il n'y a pas de quoi faire un discours. Ma vie n'a vraiment rien d'extraordinaire, croyez-moi.

– Je me suis montré très courtois envers vous. La moindre des politesses serait de m'apprendre comment une nièce de Joe Nevers a pu avoir un enfant noir.

– Premièrement, je ne suis pas noire, mais d'un très joli teint acajou. Deuxièmement, j'ai été conçue de la manière la plus ordinaire qui soit : par l'accouplement d'un homme et d'une femme, même si, de nos jours, des tas d'enfants sont conçus en laboratoire. Troisièmement, je dois vous préciser que ma naissance n'a fait l'objet d'aucun article dans la presse... (Elle fit une pause.) C'est Walter et Roscoe qui sont chargés de propager la rumeur publique. Postuleriez-vous pour cet emploi ?

– Petite futée ! Vous avez bien votre histoire, vous aussi, n'est-ce pas ?

2

Quand elle était enfant, le monde de Pearl était peuplé de personnes de couleur aux nuances infinies. De noir bleuté à café noir, de chocolat foncé à café au lait, de cannelle à ambre, d'ivoire à bistre. Parmi ses camarades de classe, nombreux étaient ceux qui n'avaient pas la même couleur de peau que leurs parents. Quelquefois, ils différaient du père, quelquefois de la mère, quelquefois des deux. Il arrivait même souvent qu'ils eussent un teint radicalement différent de celui de leurs frères et sœurs. Dans ce cas, pourquoi s'étonner que la petite Pearl n'eût pas le teint de sa mère ? Le temps où elle comprendrait que sa couleur de peau allait grandement lui compliquer l'existence restait encore à venir.

Elle se rappelait un grand espace vert dont elle sentait délicieusement la fraîcheur entre ses orteils nus. Elle se rappelait aussi les couleurs et les formes des fleurs, comme les gueules-de-loup pansues aux nuances veloutées, les ancolies en forme d'araignées gracieusement encapuchonnées, les pensées et leurs ailes de papillon, sans oublier les « cœurs saignants » se balançant au bout de leurs tiges recourbées. Elle se rappelait encore les bras et le sein de sa mère, la douceur soyeuse de son chemisier aux manches en pétale et la couleur rose de ses joues contre le grand bouquet de pivoines qu'elle tenait dans ses bras, comme deux fleurs extasiées respirant mutuellement leurs odeurs. Ce n'était pas leur jardin, à moins que ce ne fût un endroit où elles avaient vécu quand elle était toute petite, car l'exiguïté de leur maison de Key West ne permettait pas qu'on y fît un jardin. Le seul agrément végétal dont elle se souvenait était un énorme figuier banian, idéal pour se faire un perchoir. Mais, malgré leur immense véranda et les fenêtres fleuries, c'est à l'intérieur de la maison que se trouvait leur jardin, comme si on voulait pallier la vétusté du mobilier et la pauvreté de la décoration. C'est dans cette sorte de jardin « quatre-saisons » que Pearl avait appris l'abc du jardinage. Elle avait eu beau parcourir Key West dans tous les sens, jamais elle n'avait retrouvé la grande pelouse bordée de pivoines. Elle avait ainsi peu à peu acquis la conviction que ce jardin se trouvait ailleurs, peut-être sur le continent ; conviction d'autre part corroborée par la prise de conscience que ni pivoine ni aucune autre fleur qu'elle avait vues dans ce jardin ne pouvaient survivre dans le sol, tantôt détrempé tantôt asséché, des Keys. Ces fleurs-là ne poussaient que dans le Nord. C'est dans le Nord que se trouvait ce merveilleux jardin.

Quand elle eut sept ans, au cours de sa seconde année d'études primaires, on lui inculqua les éléments de base de la hiérarchie des couleurs. Dans toute situation, la notion primordiale était de définir de quelle couleur était la personne en question. Ainsi, elle put constater qu'on appelait « de couleur » ou « négresses » ses camarades de classe et elle-même, alors que sa mère était qualifiée de « blanche ». Classifier les légères nuances des « non-Blancs » afin de les différencier des vrais « Blancs » était chose facile, puisque cette différence résidait aussi dans l'attitude. Les gens de couleur agissaient d'une façon, les Blancs d'une autre. Le Blanc était une fleur rare dans son monde restreint. Ainsi, dans leur voisinage, c'est sa mère qui était la plus belle fleur.

Elle vivait sur une petite île qu'on appelait « key » (clé) et qui était reliée à une pléiade d'autres « keys » par un long cordon d'autoroutes qui les rattachait au continent que l'on nommait la Floride ou Miami. C'est en troisième année qu'elle comprit que Miami était en Floride et non le contraire. Ce fut pour elle une grande joie d'apprendre que ce qui servait à verrouiller la porte de leur petite maison s'appelait aussi des clés. Jusqu'à l'âge adulte, Pearl entretint ainsi la métaphore selon laquelle les îles étaient des clés et que l'autoroute était l'anneau qui les reliait entre elles.

A la fin de cette année-là, elle prit cependant conscience que Key West n'avait pas la forme d'une clé. C'est au bord du rivage, les pieds dans l'eau tiède, que ses camarades et elle avaient choisi de grandir, plutôt que dans les ruelles étroites et poussiéreuses qui frôlaient les portes de leurs maisons. Certains d'entre eux le firent même sur des bateaux. Ceux-là étaient en général fils de pêcheurs ou membres d'un quelconque équipage. Leurs jeux se limitaient essentiellement à des parties de pêche au crabe ou à la cueillette de palourdes, ce qui permettait dans le même temps d'améliorer l'ordinaire familial. Certes, il existait aussi des petits Blancs qui vivaient de la même façon. Ils avaient le cheveu hirsute de ceux qui ne connaissent d'autre coiffeur que leurs parents et, sur le dos, des vêtements aussi élimés que les siens. Comme eux aussi, ils allaient nu-pieds ; leurs cannes à pêche et leurs filets, ils les avaient bricolés eux-mêmes. Et pourtant les deux groupes ne se mélangeaient jamais, même s'ils étaient à quelques pas l'un de l'autre, même s'ils avaient la même activité. Quelquefois, les jeunes Blancs leur donnaient l'impression de ne pas les voir, aussi proches et bronzés fussent-ils. Très vite aussi, Pearl apprit à céder le pas et la meilleure place aux jeunes Blancs. Silencieusement, sans poser de question, elle se contenta de laisser le champ libre.

Jusqu'au jour où sa meilleure amie Lila lui apprit qu'elle était une petite bâtarde.

« Pas du tout, avait rétorqué Pearl. Nous ne fréquentons pas aucune église. »

Si sa mère l'avait entendue, elle se serait immédiatement empressée de corriger cette double négation, et Pearl aurait répondu : « Oui, m'dame », et aurait recommencé quelques minutes plus tard, parce que c'est de cette façon que s'exprimaient ses camarades.

Perchée tout en haut du figuier banian, Lila avait éclaté d'un rire cruel.

« Ce que j' voulais dire, avait ricané Lila avec son accent traînant, c'est que t'as pas d' père. »

Pearl n'avait su que répondre. Elle avait remarqué, bien sûr, que la plupart des autres enfants avaient un père. Mais d'autres n'en avaient pas, et elle faisait partie de ceux-là. Jusque-là, cela ne lui avait pas paru vraiment notable, mais elle eut tôt fait de trouver la riposte appropriée à l'attaque de Lila.

« Et alors ? avait-elle lancé, le menton en avant.

– Alors, avait rétorqué Lila avec une implacable logique, ta mère est une putain. »

Ça, c'était un mot totalement inconnu pour elle.

« Je te l'ai dit : on ne fréquente pas aucune église. »

Lila avait mis dans son rire une raucité que Pearl n'avait pas manqué d'associer au nouveau mot qu'elle venait d'apprendre.

« Tu sais pas ce que c'est qu'une putain ?

– Ben... s'était hasardée Pearl, si ça veut parler de l'endroit d'où elle vient, ma mère c'est comme une Yankee. Elle vivait dans un endroit où il neige beaucoup.

– C'est vrai ? s'était étonnée Lila, momentanément distraite. Est-ce qu'elle a déjà fait des bonshommes de neige ?

– Y avait tellement de neige qu'elle montait plus haut que sa tête et qu'elle pouvait se construire des châteaux forts et faire des batailles de boules de neige avec.

– Quelle chance ! » s'était exclamée Lila.

Pearl avait gardé la tête haute. Elle venait de trouver, lui semblait-il, une nouvelle échappatoire aux attaques de ses camarades à qui elle dirait désormais : « Ma maman a construit des châteaux forts dans la neige. Des châteaux forts tellement grands qu'elle pouvait entrer dedans. »

« C'est quoi, une putain ? avait-elle prudemment demandé à Lila.

– Une putain, c'est une femme qui se fait payer pour dormir avec les hommes.

– Ma maman, elle dort avec aucun homme ! » avait précipitamment répondu Pearl.

Lila y avait songé longuement.

« Mais elle l'a fait. Sinon, tu serais pas née. Une femme blanche qui a dormi avec un homme de couleur, ça s'appelle aussi une putain.

– Mais ma maman est serveuse. On la paie seulement pour servir aux tables.

– Elle est serveuse dans un restaurant pour les gens de couleur, avait corrigé Lila. Et une femme blanche qui a un enfant noir, ça s'appelle une putain. Les Blancs interdisent aux femmes blanches qui ont des enfants noirs d'aller habiter dans leurs quartiers ; c'est pour ça que tu habites dans notre rue.

– T'es rien qu'une menteuse », avait calmement rétorqué Pearl en donnant un coup de poing sur la bouche de Lila.

De la bataille qui avait suivi, Lila était sortie avec la lèvre supérieure fendue et quelques égratignures. Pearl s'était écorché des phalanges sur les dents de Lila et elle porta des traces de morsure pendant un bon moment sur son avant-bras. A la suite de cette dispute, sa mère avait dû faire des excuses à Lila ainsi qu'à ses parents, qui les avaient acceptées d'un air lugubre en interdisant à leur fille de jouer avec Pearl pendant tout un mois.

Le premier jour de l'interdiction, Pearl avait pris sa boîte de crayons de couleur et s'était installée sur la table de la cuisine, silencieuse et concentrée. A l'aide de son crayon de couleur noir, puis avec le brun, elle avait couvert des feuilles de papier de graffitis qu'elle avait ensuite essayé d'effacer. Très vite, elle s'était rendu compte que c'était impossible, que la couleur était plus forte que le blanc, qu'elle éclipsait le blanc. Et pourtant, loin d'être éclipsé, le blanc dominait le monde. Cela, à ses yeux, était inexplicable. Il devait y avoir dans cette logique un grand mystère que seuls les adultes devaient être en mesure de comprendre.

3

La mère de Pearl n'avait pas toujours travaillé dans ce restaurant-ci. Elle avait été serveuse dans une foule d'autres établissements. Mais, à plus ou moins court terme, les propriétaires de ces bars, grills, restaurants et le reste avaient fini par découvrir l'existence de Pearl. Après quoi sa mère avait longuement pleuré, le visage entre les mains, au-dessus de son livre de comptes et de la maigre liasse de billets qui devaient lui permettre de payer quelques factures. Il y avait eu d'autres moments encore plus affreux quand sa mère avait contracté une pneumonie et que Pearl avait cru qu'elle allait mourir. Mais, au lieu de cela, sa mère s'était rétablie et, peu de temps après, avait trouvé un emploi au restaurant où elle travaillait aujourd'hui.

Ce restaurant, le *All-Night-Diner* parce que ouvert jour et nuit, appartenait à un homme d'affaires de couleur prospère, originaire des Keys, mais qui vivait à La Nouvelle-Orléans d'où sa femme était native. Ses nombreuses petites affaires étaient tenues au jour le jour par des gens de confiance de ses amis, mais le restaurant faisait exception. En été, qui était la morte-saison, c'était le gérant de nuit qui s'en occupait ; alors qu'en hiver le *All-Night* était dirigé par un cuisinier nommé Dick Halloran. C'est lui qui avait embauché la mère de Pearl. Au bout de quelques semaines, il lui avait demandé de prendre en charge la gérance de nuit.

Un soir, Pearl s'était rendu compte que sa mère avait oublié son parapluie alors qu'il pleuvait à seaux. Que se passerait-il si sa mère attrapait froid ? Le froid, ça vous prend tout de suite à la poitrine. Aussi, après avoir mis la seule veste qu'elle possédait, Pearl avait décroché le parapluie et pris le chemin du *All-Night*. Arrivée devant l'entrée, elle avait hésité, sachant qu'il lui était strictement défendu de rendre visite à sa mère sur son lieu de travail. Par la baie vitrée, elle avait pu voir qu'il n'y avait que très peu de clients dans la salle de restaurant. Elle avait aussi aperçu sa mère et le cuisinier, qui devait être celui qu'elle appelait Dick Halloran, en train de rire. Pearl savait bien qu'elle serait punie pour être sortie sans autorisation et pour être venue au restaurant. Mais il fallait absolument qu'elle apporte ce parapluie à sa mère, sans quoi celle-ci risquait de refaire une pneumonie et d'en mourir pour de bon, cette fois. Elle avait donc décidé de glisser le parapluie à l'intérieur et de l'appuyer contre le mur, près de l'entrée. De soulagement, elle avait fermé les yeux quand, après avoir mis son projet à exécution, elle commençait à retirer son bras. Mais elle avait brusquement senti qu'on l'attrapait par le poignet. Avec un hoquet de stupeur, elle avait ouvert les yeux sur la main qui la retenait, n'osant les lever tant elle était terrifiée. Dick Halloran avait alors ouvert la porte toute grande et l'avait prise dans ses bras.

« Est-ce que ta mère sait où tu te trouves, jeune fille ? »

Pearl avait fait signe que non de la tête.

« Oui qu'elle le sait », était intervenue sa mère en contournant le comptoir.

Dick Halloran avait paru surpris, mais pas bien longtemps. Il avait reposé Pearl sur le sol.

« Tu as oublié ton parapluie, avait timidement expliqué la petite fille.

– Merci », avait répondu sa maman, ébranlée.

Pearl était à l'agonie. Elle comprenait qu'elle venait de faire là une terrible chose. Mais sa mère avait laissé tomber ses mains sur ses épaules de petite fille.

« Dick, avait-elle dit d'une voix forte, voici Pearl, ma fille. Pearl, je te présente M. Halloran. »

Dick lui avait pris la main et l'avait gentiment serrée dans la sienne.

« Heureux de te connaître. Maintenant que tu es ici, tu vas avaler quelque chose de chaud. Que dirais-tu d'un cacao ? »

Elle s'était tordu le cou pour regarder sa mère dont les mains lui paraissaient à présent moins crispées sur ses épaules.

« Très bien, je vais l'emmener dans la cuisine.

– Pas du tout. Qu'elle s'installe sur un tabouret. Un cacao, ça a bien meilleur goût quand on le boit en faisant tourner son tabouret. »

Pearl avait trouvé l'idée d'autant plus épatante qu'elle s'était révélée exacte. Dick connaissait tout un tas de blagues drôles. Finalement, elle était tombée endormie sur une banquette. Aux petites heures du matin, sa mère l'avait réveillée et elles étaient rentrées ensemble, en se tenant par la main. De punition, il n'y en avait pas eu. Elle ne s'était pas même fait gronder. Deux ou trois jours plus tard, Dick avait annoncé qu'elle pourrait revenir aussi souvent qu'elle voudrait, pour autant que sa mère était d'accord, et qu'il lui laisserait même débarrasser les tables. Sa mère avait accepté, mais seulement après l'école et les week-ends, jamais la nuit. Très vite, Pearl s'était retrouvée au restaurant plus souvent qu'à la maison. Puisque Dick Halloran se conduisait comme si elle faisait partie du personnel, Pearl en conclut qu'elle se comporterait comme telle.

Le départ de Dick avait laissé un grand vide. Mais, en compensation, sa mère avait gagné beaucoup plus d'argent. Dick leur avait écrit et ses lettres leur avaient fait presque autant de bien que sa présence. A elle, il avait envoyé des cartes postales des Rocheuses accompagnées de quelques clichés de lui-même dans la cuisine de l'hôtel où il travaillait pendant la saison estivale.

Par une belle soirée d'été, un homme de haute taille au teint café au lait et au crâne chauve comme un œuf avait fait une entrée tapageuse dans le restaurant en riant aux éclats. Il s'était présenté comme étant Norris Dickenson, le propriétaire des lieux. Il fleurait bon l'eau de toilette qui, comme Pearl devait l'apprendre plus tard, n'était en fait que la lotion après-rasage Old Spice, et portait un costume qui eût davantage convenu à un représentant de commerce ou à un prêcheur. Pearl avait remarqué que sa présence angoissait sa mère. Aussi avait-elle décidé de se faire aussi petite et discrète que possible sans pour autant abandonner la place, à plus forte raison lorsqu'elle avait senti que l'homme ne la quittait pas des yeux. Il revenait s'installer à Key West après le décès de sa femme, qui, semble-t-il, était survenu quelques mois plus tôt. M. Dickenson avait décidé de retrouver ses racines. Il avait amassé un pécule appréciable et pensait pouvoir s'enrichir davantage, tout en veillant sur ses vieux parents et en renouant des liens avec ses frères et sœurs. Il avait fallu de nombreuses années à Pearl pour répertorier tous les membres de la famille de M. Dickenson ; mais sa proche famille incluait un fils marié dont la femme était enceinte de son premier enfant, deux filles adolescentes, June et May, ainsi qu'un benjamin de dix ans prénommé Bobby. La mère de Pearl l'avait courageusement prévenue que, si M. Dickenson avait l'intention de la garder comme gérante de nuit, il fallait s'attendre à ce que certains changements s'opérassent dans l'établissement.

M. Dickenson s'était mis à téléphoner régulièrement et Pearl avait pu constater que ce grand monsieur plaisait énormément à sa maman. Puis, l'automne suivant, on lui avait dit qu'il allait devenir son beau-père. Les noces s'étaient déroulées dans la petite chapelle catholique romaine, qui lui avait alors paru sombre et dense et pleine de senteurs de cire d'abeille, d'huile, d'encens, et dont les murs étaient décorés de tableaux aux couleurs sombres, illustrant des scènes pleines de mystères. Plus visible était la statue de la mère de Jésus tenant son enfant dans ses bras. C'était une femme blanche dans une robe blanc et bleu et son enfant, blanc lui aussi, était presque nu. Plus tard, dans la grande demeure de M. Dickenson, une garden-party avait été donnée. Dick Halloran était parmi les invités. Il avait semblé à Pearl que toute la ville se trouvait là, alors qu'en fait il s'agissait seulement de la partie réservée aux gens de couleur. Sur la pelouse, qui était cent fois plus grande que la maison où Pearl et sa mère habitaient, un orchestre avait joué des danses cajuns et du blues de La Nouvelle-Orléans. La danse s'était poursuivie bien longtemps après que Pearl fut tombée de sommeil dans son lit tout neuf. Plusieurs fois au cours de la nuit, elle s'était éveillée, assez pour entendre les bruits de la fête, la musique et les éclats de rire, qui, d'une certaine façon, s'entremêlaient à ses rêves.

Pearl avait cru alors que M. Dickenson était Dieu. Elle lui avait voué une adoration qu'il lui rendait bien. Pour lui, elle n'était pas trop grande pour se faire porter sur les épaules, ses longues jambes croisées sur son large torse, poussant des cris de plaisir quand elle devait se baisser pour franchir une porte. La poche de poitrine de son costume recelait des trésors destinés rien qu'à elle seule : des boîtes de bonbons à la menthe, de longs rubans bouclés et colorés pour ses cheveux, des billes, des coquillages, de doux galets...

Dans cette immense maison, Pearl avait eu, sous les toits, sa chambre bien à elle, qui, en son temps, avait été une nursery. Pour la première fois de sa vie, on lui avait acheté trois robes neuves d'un seul coup, une blanche, ornée d'une écharpe bleue, une bleue, avec des chevaux bruns qui galopaient sur le bord de l'ourlet, et une rouge à pois blancs, toutes trois accrochées dans la penderie de sa chambre. Elle possédait également une paire de souliers noirs vernis pour les jours de sortie et une paire de bottines à lacets pour les jours d'école, plus une paire d'espadrilles pour aller jouer. Pour se rendre à l'église, elle mettait son chapeau de paille orné d'un large ruban bleu qui lui chatouillait le cou. C'est qu'à présent ils se rendaient à l'église tous les dimanches et, assise entre Bobby et sa mère, elle écoutait religieusement la voix de baryton de M. Dickenson qui chantait des cantiques, entouré de ses deux filles.

Tous les vendredis soir, M. Dickenson lui disait de fermer les yeux et de tendre les deux mains qu'il refermait lui-même après y avoir posé deux pièces de dix *cents* froides et brillantes. Quand venait le samedi matin, elle se rendait alors chez l'épicier du coin, à deux pâtés de maisons de là, pour s'acheter une bouteille de Coca-Cola. Elle allait ensuite se nicher dans le feuillage du grand figuier banian pour aller boire le liquide froid. Souvent, le dimanche, M. Dickenson emmenait toute la famille à la plage. Il la portait dans ses bras et la jetait dans l'océan. Puis il la poursuivait dans les vagues jusqu'à épuisement, pendant que sa mère, assise sur le sable, lui lançait des encouragements.

A l'exemple de feu leur mère, June et May mettaient du rouge à lèvres et portaient bas de nylon et porte-jarretelles. Dans la petite pharmacie de la salle de bains, elles tenaient cachées ces boîtes de doux petits rectangles cotonneux couleur de neige qui jouaient un rôle si important dans les mystérieuses *menstruations* féminines. Mais du contenu de cette pharmacie, Pearl était tenue de ne rien savoir. Si, par mégarde, elle les surprenait en train d'ouvrir le meuble pour y placer une boîte neuve, les deux sœurs échangeaient alors rires et clins d'œil et laissaient tomber vers elle des remarques teintées d'ironie qu'elle ne comprenait pas toujours.

June avait un petit ami et un flacon de « Soir de Paris », posé sur son chiffonnier. May, elle, avait deux petits amis. Elle possédait également une mallette dure recouverte de faux cuir qui contenait un tourne-disque et, quelquefois, derrière la porte de leur chambre fermée à double tour, les deux sœurs dansaient le be-bop sur la musique des disques enregistrés sous le label *Chess and Dot and'Gator*. Pearl pouvait les entendre faire chorus avec le disque en pouffant de rire. Qu'importait si, à l'occasion, elle se faisait traiter de gamine ignorante ; June et May étaient si belles qu'elle avait l'impression de vivre dans le sillage de vedettes de cinéma. Il lui suffisait de voir les chaînes d'or qu'elles portaient aux chevilles et les immenses jupons à crinoline sous leurs robes de taffetas pour qu'elle se sentît aussitôt transportée de bonheur.

Même Bobby, qui l'avait observée pendant un certain temps en gardant ses distances, la traitait aujourd'hui comme une jeune sœur.

Pearl avait été pressentie pour aider May à faire un peu de ménage et de cuisine chez les parents de M. Dickenson, le papy étant cloué au lit et la mamy bien trop frêle. Ainsi, Pearl avait appris à donner au papy ses flocons d'avoine en lui essuyant le menton après chaque cuillerée, à aider June à laver les cheveux de la mamy dans une grande bassine. Assise sur une chaise rembourrée avec du crin de cheval qui lui donnait des démangeaisons, elle leur lisait la Bible ; et, quand elle le faisait correctement, la mamy lui déposait alors une pièce de monnaie dans le creux de la main.

M. Dickenson lui avait offert un cochonnet dans lequel elle avait accumulé assez d'argent pour s'offrir une bicyclette d'occasion à la peinture écaillée et sur laquelle Bobby lui avait appris à se tenir. Il l'avait même aidée à la peindre en rouge et lui avait montré comment coincer de vieilles cartes à jouer dans les rayons pour produire un son amusant. A l'occasion de son anniversaire, Bobby lui avait également offert une dynamo et un phare. A compter de cet instant, Pearl s'était sentie la fille à part entière de M. Dickenson.

4

June, May et Bobby grandirent. Harry et sa femme eurent d'autres enfants. Tour à tour, la mamy et le papy s'en allèrent. Les affaires de M. Dickenson prospérèrent, et la mère de Pearl semblait vivre un mariage idyllique.

Pearl allait au collège. Quand, à l'occasion des vacances, elle revenait à la maison, elle travaillait au restaurant. Par un soir d'été, après la douche qui avait suivi une journée de travail éreintante, elle avait entendu sa mère l'appeler en poussant un grand cri. Elle l'avait découverte gisant sur le gazon, en proie à une attaque. Ses yeux étaient révulsés et de la bave coulait à la commissure de ses lèvres tandis qu'elle émettait une sorte de caquètement syncopé. Une forte odeur d'urine s'était répandue dans la tiédeur du soir.

« Anévrisme, avait diagnostiqué le médecin, assis dans le bureau de Norris Dickenson. Inopérable. Il n'y a rien que nous puissions faire. »

Le jour suivant, sa mère avait émergé de son lit d'hôpital, aussi pâle que les draps qui la bordaient, le blanc d'un de ses yeux injecté de sang.

« Mon nom de jeune fille, c'est Madden, avait-elle annoncé. Je suis originaire d'une petite ville du Maine appelée Nodd's Ridge. Je voudrais que tu écrives à ma mère et que tu lui dises. Que tu lui expliques que je voudrais la voir. »

Mais, convaincue qu'il était trop tard pour écrire, Pearl avait préféré téléphoner. Une femme avait répondu et Pearl avait demandé à parler à Mme Madden.

« Soi-même.

– Je m'appelle Pearl Dickenson. Je suis votre petite-fille. »

Il y avait eu un instant de silence avant que Mme Madden s'exclame :

« Ô mon Dieu ! Est-ce qu'Elizabeth va bien ?

– Non, répondit Pearl. En fait, pas du tout. »

Le cri de la vieille dame avait été si déchirant que Pearl avait éclaté en sanglots.

Tard dans la matinée du lendemain, Pearl et Norris Dickenson étaient allés accueillir Gussie à l'aéroport. La douleur qui se lisait dans le regard de la vieille dame était presque insupportable, mais Pearl avait déjà tari la source de ses larmes. C'est à peine si elle avait pu lui parler, tellement elle avait la gorge serrée, l'estomac noué de colère. Peut-être, en effet, était-ce sa faute si la mère de Pearl n'avait pu lui dire la vérité sur les affreux moments qu'elle avait vécus pendant sa grossesse. Cette idée lui paraissait tellement intolérable qu'elle n'avait pu la souffrir très longtemps.

« Aurais-tu oublié que je t'aime ? » avait alors dit Gussie à sa fille.

C'est ainsi que Pearl avait fini par comprendre qu'au nom de l'amour on pouvait commettre d'aussi graves péchés que ceux commis au nom de la haine. Le prix de cette révélation avait été très lourd, mais néanmoins accompagné d'un don d'amour tout neuf et inaliénable : celui de Gussie. En substance, il était apparu à Pearl que la mort, l'oubli ou la rancœur ne pouvaient jamais totalement annihiler l'amour, mais seulement le transformer. Rien de plus.

5

De cela, Pearl ne dit rien à David Christopher, sinon ceci :

– Comment savoir où commence une histoire et où elle se termine ? Je sais bien des choses sur ma mère et sur Gussie, dont certaines sont très importantes, du moins pour moi. Mais il en existe tellement que j'ignore, que je ne peux savoir. Quand on dit qu'on ne voit que l'apparence des choses, cela ne signifie pas seulement que nous ignorons la volonté de Dieu, mais également que nous sommes à peine conscients de la valeur profonde de nos actes, envers nous-mêmes comme envers notre prochain. Ce qui m'autorise seulement à vous dire que ma mère s'est enfuie de chez ses parents à l'âge de dix-sept ans et qu'elle en a beaucoup souffert. Je suis l'enfant naturelle d'Elizabeth Madden, une bâtarde, comme on dit. Elizabeth a épousé Norris Dickenson et est décédée à Key West en 1973 d'une rupture d'anévrisme. Peut-être ces faits ne sont-ils pas d'une si grande importance ni même tout à fait vrais. Car je suis aussi la fille de Norris Dickenson dans tous les sens du terme, sauf biologiquement parlant. Ma mère est morte mais pas dans mon esprit. Elle est morte sans me dire qui était mon vrai père, pourquoi elle ne l'a pas épousé ou si elle l'a seulement jamais aimé. Elle a, comme on dit, « emporté son secret dans la tombe ». Il me faut donc accepter ma naissance comme un mystère que je n'éluciderai jamais. Je doute sincèrement que cela ait une grande importance. Ce dont je suis certaine, c'est que la couleur de ma peau m'importe peu, car elle n'est qu'une enveloppe.

David l'écouta sans l'interrompre. Il se pencha vers elle et lui toucha le poignet en souriant.

– Quelle belle musique que celle de la peau !

– C'est presque un vers, ce que vous dites là.

– Il n'est pas de moi mais de Roethke.

– Je pensais bien avoir lu ça quelque part. Peu importe que ce ne soit pas un vers.

– L'important, c'est que son auteur ait senti ce qu'il écrivait.

Elle lui sourit aimablement, lui tapota la main et entra dans la maison pour changer de vêtements. Quand elle fut de retour, David avait monté le volume sonore de sa chaîne stéréophonique, décidant qu'ils dîneraient sur la musique de *Graceland* de Paul Simon. Une salade de pommes de terre, du saumon grillé et des petits pois récemment cueillis, le tout arrosé de vin blanc frais, constituèrent l'essentiel de ce repas en plein air.

Une légère ivresse s'était emparée de Pearl. Quand David voulut remplir son verre, elle l'arrêta d'un geste.

– Non, merci. Il faut que je sois en état de conduire pour rentrer chez moi.

– Je vous y emmènerai. Vous possédez deux voitures ; rien ne vous empêche donc de vous rendre à votre travail, demain matin.

– Tenteriez-vous de m'enivrer ?

– Ma mère ne jurait que par cela, répliqua gravement David avant de pouffer de rire. Allons, venez danser.

Faisant fi des protestations de Pearl (faibles, il est vrai), il la hissa sur ses pieds. Après un bref remue-ménage dans ses cassettes, il en choisit une, qu'il se garda bien, cependant, de montrer à Pearl.

« *Oh, Sue* », se mit à susurrer Michael Douchet ;

et les accords déchirants du violon cajun la ramenèrent aussitôt à la grande soirée donnée pour les noces de sa mère.

– Oh ! comment saviez-vous ? demanda-t-elle, consciente d'avoir bu un verre de trop.

– Savais quoi ? demanda David en l'attirant vers lui pour la prendre dans ses bras alors qu'elle titubait dangereusement.

Elle avait vraiment trop bu, se dit-elle encore. Qu'importait si les puritains considéraient la danse comme un péché ; au moins avait-elle agréablement dîné. Et un estomac plein, n'était-ce pas un prélude à l'ivresse et à la luxure...

« *Oh, Sue,* fredonnèrent-ils ensemble en français, *baigne pas dans le bayou* » – elle bascula vers l'arrière, les reins appuyés sur l'avant-bras de David – « *cocodil va te manger tout cru...* ». Il l'amena à se cambrer comme une canne de pêcheur qui s'arc-boute sous l'effet d'une grosse prise. Puis il l'attira vers lui tout près, trop près, grâce à son bras qui avait pris le contrôle de ce corps abandonné. Ils se regardèrent avec, au fond des yeux, une sorte de défi qui les fit éclater de rire. Il avait l'air de tellement s'amuser qu'elle l'embrassa, tout en pensant : « Idiote, tu as trop bu. »

Ils plongèrent ensemble dans une longue étreinte passionnée, effarante de volupté. Quand ils refirent surface pour respirer, la musique s'était tue.

– Restons-en là, annonça-t-elle.

Il la relâcha, avec des coups d'œil furtifs, empreints de timidité sous ses paupières baissées. Sans mot dire, il lui tendit un verre qu'elle refusa d'un mouvement de tête.

– Non mais, regardez-moi, lâcha-t-elle avec un sourire amer.

– C'est ce que je fais.

Il alla vers le réfrigérateur et lui versa un grand verre de thé glacé. Elle découvrit aussitôt qu'elle avait très soif.

Elle sortit sur la terrasse, le verre à la main. Il y faisait plus sombre et plus frais. Elle alla s'appuyer sur la balustrade et se mit à contempler les nuages floconneux que le soleil couchant éclairait à contre-jour. Peu à peu, les couleurs semblaient disparaître dans le ciel. Les forêts et les montagnes n'étaient plus que des masses obscures sur fond de rouge, d'or et de violet.

Quelques instants plus tard, David était près d'elle. Elle se retourna et, lui passant une main autour de la taille, David se pencha vers elle et l'embrassa de nouveau, mais doucement, cette fois. A sa manière, ce baiser lui parut plus difficile à contenir.

– Merci, dit-elle, ce fut une agréable soirée.

Au moment où elle récupérait son sac de plage, il la prit par la main.

– Jamais à la première rencontre, expliqua-t-elle.

– Et le coup de foudre, alors ? soupira-t-il.

Elle se mit à rire et reposa son sac. Sans lui lâcher la main, elle se laissa tomber sur une chaise longue et, d'un tapotement, l'invita à s'asseoir près d'elle. Cependant, il préféra s'installer sur la chaise voisine.

– Je ne suis pas prête, David.

– Oh !... (Il resta un moment songeur.) Et pourquoi ?

– Parce que le fait que nous ayons dîné et dansé ensemble ne signifie pas que je doive automatiquement coucher avec vous. D'autre part, ce n'est pas nécessairement à moi de prendre les précautions indispensables.

Il lui adressa un sourire qui lui fit aussitôt penser

qu'elle serait folle de laisser passer une si belle occasion.

– Evidemment...

Il lui déposa un baiser dans le creux de la main.

– Cessez, protesta-t-elle en le repoussant doucement. Vous n'êtes qu'un poète en rut.

– Les poètes ont le droit de l'être aussi. Plus encore, probablement, que le commun des mortels.

Pearl se dit que, si elle n'y prenait garde, elle allait se retrouver dans son lit sans même s'en rendre compte. Restait à savoir ce qu'elle voulait exactement.

– C'est ce que prétendent les coqs de village.

– A cette différence près que, moi, je vous respecterai toujours, répliqua-t-il avec un fin sourire.

– Cela fait dix-huit mois et six jours que je n'ai pas connu d'homme, je crois que vous abusez de la situation.

– Allons donc. Ma situation est bien plus désespérée que la vôtre. Je n'ai pas eu de relation sexuelle avec une femme depuis trois ans et treize jours.

Cette sorte de surenchère les fit rire aux larmes.

– David, hoqueta-t-elle enfin, ce que j'aimerais savoir c'est...

Elle s'interrompit pour s'abandonner à une nouvelle crise de fou rire.

– Quoi ?

– C'est depuis combien de temps vous n'avez pas couché avec un homme.

Leur bonne humeur se dissipa d'un seul coup. Un long silence s'installa entre eux, puis il avoua, le regard méfiant :

– Trois ans et dix jours.

Cela ne fit rire personne. La première, elle fit un pas en avant.

– David...

Il la repoussa un peu brusquement.

– Je sais ce que vous redoutez.

Le début de colère qu'il éprouvait contre elle était une manière de la détourner de lui-même et des aléas de l'existence contre lesquels ni lui ni elle ne pouvaient rien. Pearl se demandait pourquoi l'on voulait toujours que les choses fussent simples alors qu'elles ne l'étaient qu'en de rares occasions. Elle émit un long soupir.

– Il y a bien des choses que je redoute, David.

– Que vous importe s'il m'arrive d'être attiré autant par un homme que par une femme ? lança-t-il en posant sur elle un regard perçant.

– Rien, dans la mesure où je serais uniquement intéressée par la sexualité. Figurez-vous que j'éprouve une très forte attirance pour les hommes, moi aussi.

– Mon homosexualité est-elle aussi visible que cela ? s'enquit-il encore avec un sourire.

Elle n'avait nullement l'intention de lui révéler quand et où il s'était trahi. C'était un ensemble de petits éléments qui, pris indépendamment, ne voulaient pas dire grand-chose, mais qui, rassemblés, faisaient clairement état de sa sexualité. C'était, pensait-elle, le genre de révélation qu'à coup sûr il n'aimerait pas entendre.

– Pas de manière tangible, David. Seulement, je suis plus âgée que vous et j'ai un peu roulé ma bosse. Je me suis fabriqué des antennes qu'une femme dans la trentaine a tout intérêt à posséder dans la mesure où elle ne veut pas perdre son temps à se commettre dans de pénibles situations. Ecoutez, j'ignore les raisons qui vous poussent à éprouver une telle gêne. Croyez-vous que cela ait vraiment de l'importance, à cet instant précis ? Ne pouvez-vous pas vous montrer tel que vous êtes ? Est-ce une raison suffisante pour vous sentir obligé de quitter la ville ?

– Non. Peu m'importe ce que les gens d'ici pensent. Cette maison m'appartient et personne ne vient ici.

– Mais vous m'avez invitée.

– Soyez-en flattée.

– Mais je le suis.

Il tendit les bras vers elle, mais elle le repoussa avec un frisson.

– Non. Je suis trop âgée pour coucher avec quelqu'un sous prétexte que j'ai trop bu et que je suis en mal d'affection. Pour parler franc, je me moque que vous ne me respectiez plus le lendemain ; l'important, c'est que je continue à éprouver du respect pour moi-même, quelle que puisse être l'attirance que j'éprouve pour vous.

– C'est bien ce que je craignais, dit-il avec un sourire qui laissa entendre à Pearl qu'ils restaient néanmoins amis.

Il porta son sac jusqu'à la camionnette. Passant ses bras autour du cou de David, elle leva le visage pour l'embrasser chaleureusement et découvrit aussitôt qu'il n'avait rien perdu de sa fougue. Une main passée au creux des reins de Pearl, il la serra intensément contre lui.

– David, protesta-t-elle faiblement quoique parfaitement consciente que, cette fois-ci, ils ne s'arrêteraient pas en chemin.

– Taisez-vous, commanda-t-il dans un souffle.

6

La chambre à coucher était grande ouverte à l'air de la nuit, d'où s'exhalaient des effluves lacustres et des senteurs d'aiguilles de pin. C'était comme s'ils se retrouvaient sur un lit posé au milieu d'une clairière, sans que cette absence de rideaux parût à présent incongrue ou indécente. Le voile léger de la moustiquaire semblait suffire à préserver leur intimité. Comme dématérialisés, ils n'étaient plus que sensations. Puis la violence et l'intensité de son orgasme la frappèrent de stupeur. Après quoi, elle entendit une suite de sonorités sauvages, du ululement sourd au long craquement de bois brisé, qui l'incitèrent à se redresser brutalement en pressant son drap contre sa poitrine.

– Mon Dieu !

– Les huards ! s'exclama-t-il avec un grand éclat de rire.

Ensemble, ils prêtèrent l'oreille à la musique de la forêt.

– Que se disent-ils ? voulut-elle savoir.

– Ils parlent du dernier feuilleton à la télévision.

Il parut incroyable à Pearl que l'on pût faire l'amour en disant de telles sottises. Mais elle-même ne se découvrait-elle pas des instincts mystérieux et sauvages, ignorés jusqu'ici ?

– « Elle m'a pris, puis elle m'a laissé, au plus profond de nous, nous nous sommes abandonnés... », cita David.

– N'allez pas plus loin. Que vous restera-t-il quand vous aurez fini de citer Roethke ?

– Ceci.

Et il la caressa.

Finalement, entre torpeur et terreur, elle s'en alla,

insistant sur le fait qu'elle devait prendre un peu de repos avant de se rendre à son travail. Ce qui était vrai, mais pas tout à fait, car ce départ ressemblait plutôt à une fuite. Sur le chemin du retour, elle prit exactement conscience du prix de son abstinence, abasourdie d'avoir pu rester chaste durant une aussi longue période. C'était un peu comme si, ignorant les pots d'épices bien alignés sur ses étagères, elle s'était confectionné des plats faits de sciure et de boue.

7

Dans la nuit, la silhouette sombre de la maison sans lumière ressemblait à un refuge oublié. Ayant absorbé la chaleur accumulée au cours de la journée par la toiture, les chambres à coucher devaient être suffocantes. Evoquant la chambre ouverte aux quatre vents de David, Pearl alla s'installer sur le divan de la véranda.

Cependant, alors qu'elle montait les quelques marches du perron, un fort parfum de fraises lui frappa les narines. La porte-moustiquaire était calée par un petit cageot d'osier débordant de minuscules baies au merveilleux arôme. Instinctivement, elle jeta un coup d'œil sur la porte. Elle n'y vit aucune note épinglée mais ne douta cependant pas un instant de l'auteur de cette délicate attention. Un obscur sentiment de culpabilité l'envahit, la conduisant aussitôt à se refuser à prendre en considération les réactions de Reuben, au cas où il apprendrait son aventure avec David. Reuben ne s'était exprimé que par de petites attentions. De ce fait, elle ne lui devait rien, se dit-elle en réprimant un frisson coupable.

Malgré les chatons, les crosses de fougères et à présent les fraises. Mais alors, dans ce cas, pourquoi espérait-elle ardemment que Reuben ne sût rien de tout ce qui venait de se passer ? Tentait-elle de se persuader qu'elle pouvait prolonger une aventure sentimentale avec son poète tout en se ménageant les attentions – de quelque ordre qu'elles fussent – de Reuben ? Qu'il aille au diable ! En dépit de toutes ses délicatesses, tout ce qu'il pourrait obtenir d'elle, c'est une soirée à bâiller au clair de lune.

Elle ramassa le cageot de fraises et en mit une dans sa bouche avec délectation. Après un gros soupir, elle abandonna le cageot sur la table de la cuisine et monta dans sa chambre où elle troqua ses vêtements contre une chemise de nuit légère. Tout en se brossant les dents, elle envisagea de prendre une longue douche. Finalement, elle conclut qu'elle était bien trop lasse et que cela pouvait attendre le lendemain. Demain matin, il ferait plus frais et elle apprécierait davantage l'eau brûlante sur son corps, se dit-elle.

C'est avec un grognement de plaisir presque animal qu'elle se laissa tomber sur le divan de la véranda, non sans avoir préalablement récupéré le panier de fraises afin d'apaiser une faim subite. Elles étaient vraiment succulentes. Chacune d'elles éclatait contre son palais, libérant une palette de goûts qui ne ressemblaient en rien à celui des fraises achetées au supermarché. Elle alluma la petite lampe près d'elle afin de les examiner. Les baies étaient minuscules et libéraient un jus rouge qui maculait les doigts.

Indéniablement, elle venait de vivre une journée particulière. Elle refusait de penser aux risques encourus (et qu'elle encourait encore). Dans la mesure où elle se mettrait à envisager les causes et les conséquences possibles de son aventure, elle ne pourrait que se fustiger. Toutefois, en la circonstance, elle se sentait non seulement bien trop lasse, mais aussi trop comblée pour oser en éprouver quelque regret hypocrite. L'aura de félicité qui l'entourait l'empêchait de se heurter aux murailles de sa propre conscience dont l'omniprésence se faisait néanmoins sentir, marmonnant du tréfonds de son cerveau comme à travers la cloison d'une chambre d'hôtel bon marché.

« Et si tu tombais enceinte ? Et s'il t'avait repassé une quelconque maladie ? Qu'est-ce que tu dirais de ça ? Que dirais-tu si ce petit jeu te tuait ? »

« La ferme », grommela-t-elle en éteignant la lumière. Elle ferma les yeux, le panier de fraises posé sur le ventre, mais un bruit de moteur et un crissement de pneus sur les gravillons l'incitèrent à les rouvrir. Puis un faisceau de phares balaya brièvement la véranda, avant que le véhicule ne vînt s'arrêter sur le chemin.

Elle ralluma la lampe et, dans un geste de pudeur instinctif, ramena sur elle la couverture du divan, regrettant de ne pas avoir descendu sa robe de chambre. Elle n'éprouva aucune surprise, cependant, quant à l'identité de son tardif visiteur ; elle eut seulement la sensation d'une étoile montant à une vitesse fulgurante dans le ciel de sa vie.

Quand Reuben ouvrit la portière de sa camionnette, quelque chose tomba par terre et se mit à rouler sur les graviers du chemin. Pearl le regarda extirper son corps immense de la cabine et, alors qu'il se dirigeait vers la véranda, elle put constater qu'elle n'était pas la seule à avoir trop bu. Poliment, il frappa contre le cadre de la porte-moustiquaire.

– Entrez, Reuben, c'est ouvert.

– Vous ne dormez pas encore, fit-il en lui adressant un sourire un peu niais agrémenté d'une forte odeur de malt.

– Vous non plus. Excusez ma tenue et merci pour les fraises.

– Il fait tellement chaud que j'arrivais pas à dormir, expliqua-t-il, avant d'ajouter timidement : A vrai dire, ce sont vos fraises. Je les ai cueillies dans votre champ.

– Asseyez-vous et racontez-moi ça.

S'emparant d'une chaise, il s'y assit à califourchon, les bras appuyés sur le dossier. Elle lui tendit le panier de fraises et il en prit quelques-unes qu'il enfourna avec délectation.

– Je devrais pas, fit-il. J'en ai mangé des tas en les cueillant.

– Ça me rappelle mon enfance, ajouta-t-elle en riant.

Elle se mit à observer son sourire et la façon un peu moqueuse qu'il avait de relever les coins de la bouche. Oubliant les fraises, elle voulut s'asseoir et répandit ce qu'il en restait sur le sol. Ensemble, ils se penchèrent pour les ramasser et, fatalement, leurs mains se rencontrèrent. « Oh, l'homme ! pensa-t-elle. Pourquoi n'attends-tu pas l'automne, quand les poètes se dessèchent sur leurs branches et qu'ils s'en retournent, emportés par le vent, vers la grande ville ? » Elle sentit son estomac se nouer, un peu par panique mais aussi à cause de l'excitation presque douloureuse qu'elle commençait à ressentir, comme si, tout compte fait, loin de la satisfaire pleinement, David n'avait fait qu'éveiller en elle la conscience de ce qui lui manquait le plus.

La vision qu'elle avait de l'homme, pleine de

colère et de joie en même temps, l'effrayait un peu. Il contourna sa chaise et alla la prendre dans ses bras. Il la tint un instant contre lui, puis ils roulèrent ensemble sur le sofa. Les fraises s'écrasèrent sur la couverture et contre sa chemise de nuit, embellissant la nuit de leurs derniers parfums.

Quelle différence cela faisait-il si elle n'avait encore pris aucune disposition contraceptive ? Parmi le tumulte de ses émotions, Pearl l'écervelée se voulut sarcastique. « Jette donc un foulard rouge sur ta lampe de chevet, Messaline, et fais donc ton prix. Après tout, qui s'inquiète de savoir si tu es une folle hystérique ou une vieille fille desséchée ? »

Elle était totalement ouverte à l'homme, et une douce moiteur lui recouvrait le corps. Si ce n'avait été leur première étreinte et sans l'état de légère ébriété dans lequel il se trouvait, il aurait probablement été surpris de la précipitation, de la violence de sa réaction. Mais peut-être présumait-il qu'elle venait à lui comme il venait à elle, c'est-à-dire non point à cause d'une longue abstinence mais en raison d'une douleur profonde, tous deux guidés non par leurs sens mais par un inavouable sentiment d'échec. Elle qui se croyait épuisée réalisait à présent que cette grande fatigue participait de son plaisir. Elle s'y abandonna avec ferveur, inexplicablement soumise à l'homme, à l'amour et à cette chaude nuit d'été.

CHAPITRE NEUF

1

Le halètement asthmatique de la Plymouth la tira brutalement de son sommeil. Elle se dressa brusquement en maugréant un juron incompréhensible. Sa chemise de nuit étant hors de vue, elle s'empara brutalement de la couverture et s'en recouvrit.

Alors qu'au pas de course elle regagnait sa cuisine, la porte-moustiquaire émit son claquement caractéristique derrière Karen qui, en la voyant, suspendit son « bonjour » pour attraper au vol le trousseau de clés que Pearl venait de lui lancer.

– J'ai oublié de me réveiller. Occupe-toi d'ouvrir, je te rejoins dans quelques minutes.

Tout en se dirigeant vers l'escalier, elle se félicitait déjà d'avoir sauvé les quelques lambeaux restants de sa dignité quand, se prenant les pieds dans sa couverture, elle faillit s'étaler de tout son long, découvrant dans le même temps le côté pile de son anatomie.

– Merde ! fit-elle, ignorant le gloussement de Karen dans son dos.

Une douche bouillante puis glaciale finit de la tirer de sa léthargie. Au moment où elle en sortit, elle était aussi en alerte qu'un chien sur le point de surprendre un cambrioleur. Ses membres semblaient se mouvoir et agir sans elle ; prouesse qu'ils devraient exécuter un bon moment avant qu'elle n'eût à nouveau l'occasion de prendre un peu de repos. Elle ouvrit largement ses tiroirs pour y pêcher des sous-vêtements dans lesquels elle entra à cloche-pied. Un élégant pantalon de coton blanc la tenta un instant. Mais elle le repoussa au profit d'un pantalon de mousseline façon « harem » qui, se dit-elle, la tiendrait plus au frais tout en la laissant beaucoup plus libre de ses mouvements. Et puis qui pouvait bien s'intéresser à ce qu'elle portait sous son tablier ?

La maison fut verrouillée sans que Pearl eût mis un semblant d'ordre dans ce qu'elle jugea un « foutoir », abandonnant sur place serviettes mouillées, sofa dévasté et vêtements souillés. Au train où allaient les choses, se dit-elle ironiquement, toute la gent masculine de Nodd's Ridge allait sous peu lui téléphoner pour obtenir ses faveurs.

Au restaurant, Karen avait déjà mis le café en route pendant que Roscoe défaisait les paquets de journaux et que Sonny Lunt installait son énorme masse sur un tabouret.

Se déplaçant assez vite afin, espérait-elle, de déjouer le regard intrigué de Karen, Pearl alla dans la minuscule pièce qui lui servait de bureau pour y déposer son sac et récupérer son tablier. Comme elle passait près de la jeune fille, celle-ci ne put s'empêcher de lui murmurer :

– Ç'a dû être une sacrée soirée...

– Sers plutôt son café à Sonny ; il attend.

Réplique inappropriée dans la mesure où le café commençait seulement à s'écouler goutte à goutte dans la cafetière. Karen comprit cependant que le moment était mal choisi et que mieux valait ne pas insister. L'effet de la douche dissipé, Pearl avait maintenant l'impression d'avoir passé la nuit à faire des poids et haltères. Le travail aidant, ses courbatures furent toutefois vite oubliées. En plein « coup de feu » matinal, elle tenta de suivre la conversation de deux femmes installées au bout du comptoir.

– Je l'aime bien, disait l'une, mais elle conduit comme si elle avait toujours un train à prendre. Elle a déboulé de Pigeon Hill à fond de train et a complètement amoché le devant de ma Subaru.

La porte s'ouvrit pour livrer le passage à Evvie Bonneau tenant le chiot labrador au bout d'une corde, et brandissant vers Roscoe un index menaçant. Ce dernier poussa un juron, mais se retourna quand même pour affronter l'adversaire. Si le chiot semblait être sous le contrôle de la fonctionnaire, sa langue pendante et l'éclat stupide de ses yeux reflétaient le plus grand égarement. Evvie tendit la corde à Roscoe.

– Je l'ai trouvée sur la route 5 en train de poursuivre les camions. A la prochaine infraction, je verbalise. Et surtout n'oubliez pas de la faire enregistrer et de la faire vacciner contre la rage dès qu'elle aura six mois.

La fonctionnaire avait tourné les talons et quitté les lieux, que les clients s'envoyaient encore force coups de coude dans les côtes en ricanant de l'air chagrin de Roscoe. De son côté, la jeune chienne tirait désespérément sur sa corde pour rejoindre la femme.

– Seigneur Jésus !

On ne savait trop si Roscoe priait pour la rédemption de son âme ou simplement par désespoir. Cependant, il rassembla ce qui lui restait de patience et sortit attacher l'animal. De retour, il confia tristement à Pearl :

– C'te saloperie de corniaud a redéterré Jack. J'ai fait un trou plus profond et j'ai versé de l'ammoniaque dans la terre. J'aurais dû être tranquille, mais non. Cet animal s'est encore détaché en emportant l'anneau et un morceau de mur avec. J' sais plus quoi faire pour qu'elle se tienne tranquille.

– Peut-être devriez-vous la rendre à votre nièce...

Roscoe parut sérieusement réfléchir à cette éventualité en prenant la pose qu'il affectionnait le plus : les mains sur les hanches et la tête légèrement inclinée sur le côté. Finalement, il secoua négativement la tête et retourna à ses occupations.

Vers dix heures, l'apparition de David provoqua chez Pearl une montée d'adrénaline qui la mit en nage. Elle sentait les antennes de Karen pointées sur elle. La jeune fille semblait les traquer tour à tour du regard, alors que Pearl lui envoyait désespérément des messages télépathiques : « Pas un mot. Pas un mot ou je t'assomme. »

L'extrême retenue dont faisait preuve David la porta à croire que c'était lui qui recevait ses messages. Il exécuta parfaitement la petite cérémonie consistant à changer de lunettes, choisir un journal, s'installer sur un tabouret et dire bonjour d'un air absent, juste ce qu'il fallait.

Le ton avec lequel elle répondit parut à Pearl étrangement bas quoique aussi impersonnel que lorsqu'elle s'adressait à n'importe lequel de ses clients les plus familiers.

Les lunettes descendues sur le nez, il lui lança un regard d'oiseau de nuit.

– Comment allez-vous ?

– On ne se plaint pas.

Elle prit sa commande aussi brusquement qu'il l'énonça, le bénit tacitement pour sa discrétion et retourna vaquer à ses occupations, pleine d'un sentiment de triomphe presque sauvage à l'égard de Karen et de sa curiosité. Un peu honteuse, elle se souvint ensuite que Karen n'était qu'une enfant et qu'à ce titre elle méritait une certaine indulgence.

Un peu plus tard, Pearl était dans l'arrière-boutique en train de corriger une commande téléphonique quand, abandonnant furtivement son tabouret, David contourna le comptoir et alla la rejoindre avec une telle rapidité que c'est à peine si quelques clients le remarquèrent. Absorbée par son travail, Pearl avait presque oublié sa présence. Elle fut tellement abasourdie de le revoir qu'elle faillit pousser un cri. Mais, très vite, il la fit taire en lui plaquant la main sur la bouche.

Pour toute réponse, elle le mordit méchamment.

– Aïe ! fit-il en suçant sa main comme un enfant. Vous n'étiez pas obligée de faire ça.

– Regagnez immédiatement votre place.

Il opina lentement de la tête, puis l'embrassa passionnément pendant qu'elle le repoussait en lui martelant la poitrine avec son téléphone. Il la relâcha sans insister davantage, lui pinça les fesses au passage et se glissa hors de la pièce aussi vite qu'il y était entré.

Reprenant son souffle, Pearl prononça un rapide « excusez-moi » au livreur de viande et regagna son comptoir. Mais le regard entendu que lui adressait Karen lui inspira aussitôt une profonde fureur. L'espoir que personne d'autre n'ait remarqué l'incursion de David s'envola quand elle vit la petite étincelle dans l'œil de Roscoe, qui continua cependant à siroter bruyamment son café sans dire un mot.

Alors que Pearl « faisait » sa caisse, Karen s'approcha timidement d'elle. Les yeux baissés, la jeune fille semblait préoccupée par l'état de ses ongles.

– J'aurais besoin de travailler le dimanche, Pearl. Je peux pas me permettre de prendre un jour de congé.

– Si tu penses pouvoir travailler sept jours sur sept, j'accepte volontiers. Dimanche dernier, Roscoe et moi avons fini la journée sur les genoux.

– Très bien, dit Karen en faisant volte-face.

Pearl la regarda quitter le parking dans un panache de fumée noire. La jeune fille affichait un grand sourire victorieux. Apparemment, elle venait de régler un problème pécuniaire qui lui tenait à cœur. Il est vrai qu'ici, dans le Nord, l'hiver était long, et que l'argent devait se cueillir au moment où il vous tombait tout mûr dans le creux de la main.

Le rideau tiré, Pearl se traîna d'un pas nonchalant jusqu'à sa camionnette en dénombrant les bienfaits que le Ciel faisait pleuvoir sur sa tête. Car, de toute évidence, il se passait quelque chose, même si, grâce à Dieu, Reuben avait su jouer l'homme invisible. Elle se rappelait confusément l'avoir poussé de son divan aux petites heures du matin, la bouche pâteuse, inquiète de l'arrivée de Karen.

Quel que fût son désir de rentrer chez elle et de se mettre au lit, elle ne le fit point. Au lieu de cela, elle emprunta la direction opposée, celle qui menait à Greenspark.

2

Les routes étaient à peu près désertes et le fait de parcourir des miles sans rencontrer âme qui vive l'émerveillait, mis à part les camions dont le flot incessant lui rappelait l'époque où elle vivait au Colorado. Elle suivait la route à deux voies, quelquefois criblée de nids-de-poule, quelquefois lisse comme un boulevard, passant à travers bois, devant des fermes, franchissant la *Pondicherry Causeway*, autoroute constamment menacée par une hypothétique montée des eaux, puisqu'elle n'était séparée du lac que par une simple ligne de rochers rose et blanc. La radio lui donna un tel mal de tête que Pearl l'éteignit aussitôt et décida de conduire en silence.

Manière de compenser la confusion de ses pensées de la veille, elle décida de réfléchir. Car, furieuse contre elle-même, l'idée de s'être adonnée à un acte aussi grave sans en peser les conséquences la rendait dépressive. Jamais au grand jamais, elle ne s'était sexuellement conduite de façon aussi peu responsable. Sa conscience la taraudait : « Pauvre conne, est-ce que tu as l'intention de t'apitoyer sur ton sort, par-dessus le marché ? », pendant que chaque fibre de son corps frémissait encore de ce plaisir dont elle avait à peine souvenance. Car son corps ne lui parlait pas : il ronronnait. Mais sa tension nerveuse prit brutalement le dessus. Frappant sur son volant à grands coups, elle éclata d'un long rire hystérique.

Et comprit aussitôt pourquoi.

L'été de sa dernière année de collège, alors qu'elle travaillait à temps partiel au restaurant de son beau-père, elle avait décidé de prendre un congé de huit semaines qu'elle mettrait à profit pour aller cuisiner dans un camp de jeunes filles situé dans les Blue Ridge Mountains. Un soir, après que l'ensemble du camp se fut passablement enivré de vin doux, tout le monde avait, avec un bel ensemble, décidé d'aller prendre un bain de minuit dans le lac, sachant pertinemment que, sur l'autre rive, le camp des garçons avait organisé un grand feu. Pearl se rappelait le sentiment de puissance et de liberté qu'elle avait éprouvé quand, depuis l'autre rive, s'étaient fait entendre les sifflements et les appels au loup des garçons, pendant que les filles nues se glissaient délicieusement, mais aussi en frissonnant, dans les eaux noires. Elle se rappelait ces bustes frémissants, ces éclats de rire, cette course éperdue à travers bois pour échapper à leurs poursuivants et les retrouvailles sous la tente, alors que, grelottant sous les couvertures, on faisait circuler une bouteille de « je ne sais plus quoi » pour se réchauffer. Depuis, elle s'était toujours demandé jusqu'à quel point cette aventure n'avait pas frôlé la bacchanale.

Cela l'avait conduite à penser qu'elle quittait un état d'esprit mal défini, consciente cependant de n'être plus une simple collégienne qui cherchait à « faire comme tout le monde ». Elle avait alors compris qu'elle ne serait pas une de ces femmes vertueuses qui se contentent de faire des enfants et de payer leurs impôts, sagement installées de neuf à cinq dans leur petit emploi. Elle serait une... rebelle. Quelqu'un qui *voit* par-delà l'hypocrisie et le vernis des conventions.

Dès lors, Pearl avait eu bon nombre de besoins urgents. Pour commencer, elle devait faire une de ces choses que les autres prétendaient interdites. Mais ces choses-là, il y en avait beaucoup, et chacune d'elles avait son prix. Il suffisait de voir l'acteur John Belushi qui, à vouloir trop vivre, avait trouvé la mort. C'est qu'il avait dû se payer un sacré bon temps, le bougre, pour finir par en mourir. La vérité vraie, c'est qu'on n'échappe jamais à rien. On joue, on paie. Il n'y a pas de partie gratuite.

Les éclats de rire de Pearl se transformèrent en crise de larmes. Arrêtée sur l'accotement, elle s'essuya les yeux, dénicha dans sa boîte à gants quelques artifices pour réparer les dégâts et se moucha vigoureusement. Voilà. Elle se laissa un instant aller contre le dossier de son siège. Elle se sentait très lasse.

3

Au moment où elle entra dans le grand parking attenant au centre commercial de Greenspark, Pearl reconnut la voiture de Reuben, mais trop tard. L'homme sortait de la pharmacie et se dirigeait droit sur elle. Elle lui sourit distraitement et se félicita d'avoir mis ses lunettes de soleil. Le sourire embarrassé qu'il lui adressa en retour lui rappela les longues dents que sa langue avaient touchées, provoquant en elle un triste et consternant flux de luxure dans son pauvre corps fatigué. Au moment où elle mit, avec mille précautions semblait-il, pied à terre, il tendit la main vers elle.

– Salut, fit-elle en se mordant la lèvre.

Elle se sentait totalement folle, un peu comme dans son adolescence, trop intimidée, trop abrutie d'amour pour mettre intelligiblement deux mots à la suite l'un de l'autre.

Ceux de Reuben lui parurent préparés.

– J' voudrais m'excuser pour vous avoir sauté dessus comme ça. Vous méritez mieux.

Elle était étonnée. Quelque chose bougea dans son estomac et des larmes apparurent, qu'elle refoula d'un battement de paupières. La condescendance amusée qu'elle voulait afficher en réponse à ces termes courtois l'embarrassait au plus haut point. Bien plus que maladroite, elle s'était montrée malhonnête. C'est lui, à vrai dire, qui méritait mieux.

– J'ai épousé la seule femme à qui j'ai osé faire la cour, poursuivit-il. Et ça remonte à pas mal de temps. Mais le manque d'expérience n'est pas nécessairement une excuse. Je vous demande pardon, Pearl.

– Il n'y a pas de raison, répondit-elle posément.

– J'aimerais tout reprendre à zéro et faire les choses comme il faut. Aimeriez-vous que nous allions aux fraises, un peu plus tard ?

Elle inspira profondément.

– Impossible, pas aujourd'hui.

– Dans ce cas, que diriez-vous d'un dîner et d'un bon film ?

– Mon Dieu... Je suis navrée, mais j'ai tant à faire...

La situation devenait difficile. Pearl sentit Reuben faire machine arrière.

– J'ai besoin d'une nuit de sommeil, bredouilla-t-elle.

Il lui sourit. Très lentement.

– Ben... je crois que je devrais en faire autant, moi aussi. (Il lui tapota affectueusement le bout du nez.) Vous... (Comme il ne trouvait pas ses mots, il enchaîna avec la première pensée qui lui passa par la tête.) Le temps se maintient. Voulez-vous qu'on aille aux fraises, demain ?

– Oui, fit-elle, soulagée.

D'ici là, elle aurait récupéré son énergie et remis de l'ordre dans ses idées. Elle voulait se montrer honnête envers lui. Peut-être lui donnerait-il une seconde chance ? Elle voulait l'espérer. Il hésita.

– Autre chose. Je voulais vous parler de Karen et

de Sam. Quand on est jeune, il arrive que les parents prennent en aversion la personne qu'on fréquente simplement parce que, au même âge, ils ne fréquentaient personne. Mais, lorsqu'on a grandi, il se peut que ce soit nous qui prenions en aversion les fréquentations de nos parents.

Pearl se mordillait la lèvre inférieure pour s'empêcher de rire.

– Je comprends que vous teniez à une certaine discrétion.

– Refaites-le encore ou bien laissez-moi le faire à votre place.

– Quoi donc ? s'enquit-elle, étonnée.

– Vous mordre la lèvre.

Elle mit une main devant sa bouche.

– On se retrouve dans le verger derrière votre maison. A quatre heures, d'accord ?

Elle acquiesça. Elle le laissa lui tapoter de nouveau le bout du nez, puis s'éloigna rapidement. Consciente de son regard sur elle, Pearl s'efforça de marcher sans trop de gêne, comme l'exigeait son extrême sensibilité quintessenciée par de longues heures passées à tenter de la dissimuler. Un coup d'œil en arrière l'avertit qu'il la regardait toujours. Elle le vit lui adresser un signe de la main, puis l'expression de son visage changea et lui fit comprendre qu'elle allait buter contre quelque chose ou quelqu'un. Arrivée à la porte de la pharmacie, elle faillit à nouveau entrer en collision avec une femme. Cette dernière leva un bras protecteur devant son visage et, derrière ses lunettes de soleil, Pearl découvrit le regard sombre et froid de Belinda Conroy.

– Excusez-moi, grommela-t-elle en contournant précipitamment Belinda.

Fort heureusement (en partie à cause des lunettes

de soleil qu'elle avait gardées, histoire de camoufler les larges cernes de ses yeux), la pharmacie baignait dans une agréable pénombre. Sur les étagères s'empilaient très haut toutes les marchandises susceptibles d'être vendues dans une pharmacie américaine avec, en plus, toute une variété de produits nécessaires aux vacanciers venus dans leurs caravanes en territoire inconnu. S'emparant d'un panier métallique, Pearl se fondit avec plaisir dans la masse anonyme des clients.

Belinda Conroy entra dans la pharmacie juste après elle et se dirigea tout droit vers le fond du magasin, au comptoir des médicaments prescrits sur ordonnance. « Tant mieux, se dit Pearl. Peut-être prend-elle quelque médicament occasionnant des effets secondaires. »

Elle se déplaça rapidement, espérant finir ses emplettes sans tomber nez à nez avec Belinda Conroy. Elle mit dans son panier une boîte de bicarbonate de soude en prévision du long bain qu'elle avait prévu, un pot de vaseline, une mousse contraceptive en atomiseur, un tube de désinfectant pour le diaphragme qu'elle comptait déballer aussitôt rentrée chez elle et porter en permanence jusqu'à la fin de ses jours, sans oublier, dans l'éventualité où Dieu lui pardonnerait ses folies de la veille, une boîte de serviettes hygiéniques. Finalement, ôtant ses lunettes, elle regarda furtivement à droite et à gauche. Personne en vue. Elle s'empara promptement de plusieurs boîtes de préservatifs. Comme son mal de tête se faisait de plus en plus lancinant, elle prit aussi un grand flacon d'analgésiques et se dirigea à grands pas vers la caisse. Belinda Conroy était toujours invisible et Pearl émit un long soupir de soulagement. La salope était sans doute partie avec la dose d'excitants qui la faisait se tenir raide comme un manche à balai.

Alors qu'elle posait son panier sur le comptoir près de la caisse enregistreuse, la caissière se mit brusquement à renifler. Pearl leva les yeux sur le visage émacié d'une femme entre deux âges qui portait ses lunettes attachées à un cordon, de crainte de les perdre, sans doute. En identifiant les différents produits, elle eut un mouvement de recul, comme si on avait déversé un tas d'immondices sur son comptoir.

Par-dessus l'épaule de Pearl, Belinda Conroy s'exclama, d'un ton mordant et ironique :

– Je vois qu'on mène rondement ses affaires !...

Elle avait dans son panier une lotion capillaire et un petit sachet qui devait contenir son médicament. Pearl lui adressa un regard qui disait son envie de lui retourner une paire de gifles. Cependant, elle préféra éclater de rire et jouer les hypocrites.

– Pas du tout, fit-elle avec une douceur excessive. Je donne un gala au profit des personnes atteintes du sida. Voudriez-vous faire un don ?

Le rire métallique de Belinda Conroy lui écorcha les nerfs. La caissière s'empressa de taper la facture de Pearl en jetant d'un geste vif les répugnants produits dans un grand sac.

– Vous devez nous trouver affreusement provinciales, fit encore Belinda avec un rire qui lui secouait la poitrine.

Pearl jeta quelques billets sur le comptoir.

– Absolument pas, répliqua-t-elle, nonchalante. Ce sont surtout vos belles manières qui me frappent le plus.

Les deux femmes se montrèrent une dernière fois les dents. Alors que la porte se refermait derrière elle, Pearl entendit la caissière s'exclamer, suffoquée :

– Ça, par exemple !

– En effet, ma belle, murmura Pearl en plongeant dans sa camionnette comme dans sa tanière.

4

En voyant Pearl sur le point de heurter la mère Conroy, Reuben avait fait un pas en avant, mais une intervention de sa part eût été des plus malvenues. Pourtant il put constater que, malgré son état de grande fatigue et sa démarche titubante, Pearl s'en tirait très bien toute seule. L'inviter à dîner pour le soir même avait dénoté de sa part un manque d'égards qu'il regrettait profondément. D'autant plus qu'il admirait la rude travailleuse qu'était Pearl.

Il grimpa dans son camion en se disant qu'une nuit de sommeil ne lui ferait pas de mal non plus. Il était prêt à se soumettre à cette bonne résolution. Cependant, cela n'enlevait rien au fait qu'il se sentît aujourd'hui d'humeur résolument lubrique, un peu comme s'il sortait d'une longue hibernation dans un état de rut intense. Si cet état était imputable aux vestiges de son ébriété de la veille, il devait tout de même admettre qu'il n'avait plus dix-neuf ans, même si, à son corps défendant, le souvenir de sa nuit avec Pearl continuait de l'obséder.

En effet, tout au long de la journée, il n'avait cessé de penser à l'opportunité d'annoncer la nouvelle à ses enfants. Il repoussa son envie de ne rien avouer, car, même s'il avait un souci aigu de l'intimité, de la sienne comme de celle d'autrui, il répugnait à s'adonner à la moindre supercherie, trop bouleversé encore par la cuisante humiliation que lui avait infligée la mère de ses enfants. Aujourd'hui, il se sentait libre et responsable, et ne voyait rien dans ses agissements qui pût lui inspirer un quelconque sentiment de honte. A fortiori s'il était amoureux. Ainsi, tout en lui le poussait à annoncer la grande nouvelle, à faire état à la fois de sa conquête et de ses engagements. S'il avait été pénible, quoique nécessaire, de cacher la colère, la douleur et l'abattement engendrés par l'échec de son mariage, prétendre qu'il n'était pas heureux comme un cochon dans sa bauge s'avérerait difficile. Le temps lui avait appris à se méfier des colères de Karen, qui semblait jalouse du moindre geste de son père. Quant à Sam, il était tout le contraire de sa sœur.

Quand il revint à la station-service, il renvoya Jonesy pour la journée et demanda à Sam de rentrer afin de préparer le dîner. Lui-même avait l'intention de fermer dans les plus brefs délais, non sans avoir préalablement vérifié de visu le diagnostic de Sam concernant le joint universel de la Plymouth Valiant de Ruby Parks. Avant d'annoncer à ce dernier que sa voiture était bonne pour la ferraille, il tenait personnellement à s'assurer qu'aucune réparation ne pouvait être faite.

Une Cadillac vint s'arrêter non pas devant la pompe à essence, mais en plein devant l'entrée de l'atelier de réparations. Une femme en sortit et, de là où il était, il aurait reconnu ces chevilles entre mille. Non pas qu'elles fussent les plus fines mais plutôt les mieux tournées qu'il eût jamais vues. Quand elles vinrent dans sa direction, il poussa un grand soupir et s'extirpa de sous la voiture.

Les bras croisés, Laura le regardait d'un air sévère

qui dédoublait la ligne de son menton, constata-t-il non sans plaisir.

– J'ai toujours eu horreur de la graisse, commença-t-elle.

Elle portait une robe sans manches, de bonne coupe, d'un blanc immaculé, mais étrangement asexuée. Elle avait toujours eu une silhouette enfantine qui, l'âge aidant, avait, à la grande joie de Reuben, perdu de sa sveltesse. Cette robe semblait vouloir mettre en valeur la petitesse de ses seins et la ligne anguleuse de ses hanches. Visiblement, Karen avait hérité de tous les attraits de sa grand-mère paternelle et aucun de sa mère si jamais elle en eut. La maturité fragile de Laura faisait aujourd'hui aux yeux de Reuben un contraste saisissant avec la luxuriante et sombre beauté de Pearl. Pour trouver à son ex-femme quelque chose qui lui fût comparable, Reuben dut reporter son attention sur les chevilles. Mais, là encore, Laura fut perdante.

Il se redressa de toute sa hauteur et attrapa un chiffon sur l'établi.

– Dans ce cas, inutile que je te tende la main.

– Je ne l'aurais pas serrée, de toute façon.

– Comme tu voudras, lâcha-t-il, indifférent.

Puis il lui tourna le dos et se dirigea vers son bureau où il entreprit de compter la recette de la journée. Derrière lui, la femme fit entendre le claquement sec de ses talons hauts sur la dalle de ciment.

– Karen vit dans une caravane. Tu t'es bien gardé de me faire savoir qu'elle avait quitté la maison.

– C'était à elle à te l'annoncer. De toute façon, tu t'es quand même arrangée pour le savoir, alors...

Laura était si furieuse qu'elle semblait prête à battre son ex-mari. Il fut un temps où il n'aurait eu aucun mal à être aussi furieux qu'elle.

– C'est une violation de nos accords.

– Que voulais-tu que je fasse ? Que je l'attache au pied de son lit ?

Le menton (les, corrigea-t-il avec délectation) agité de tressautements, Laura se fit menaçante.

– Je sais ce que je vais faire, moi : je vais te traîner en justice.

– Très bien, fit-il calmement. Maintenant, fous-moi le camp d'ici. C'est fermé.

En sortant du bureau, Laura fit de son mieux pour briser la vitre de la porte, mais sans succès. Reuben ne prit même pas la peine de lever les yeux. Simplement, le sourire aux lèvres, tel un mélomane éclairé, il écouta béatement les merveilleux craquements de la boîte de vitesses maltraitée de la Cadillac du révérend. Laura ne s'était jamais souciée des voitures. Après ce qu'elle avait infligé aux enfants, cela faisait un bail que Reuben n'éprouvait plus que mépris à son égard. Mais, chose étrange, pour la toute première fois, Reuben était heureux que sa femme l'eût quitté. Brusquement, pour la toute première fois aussi, il se sentait totalement libre.

5

Devant sa porte, on avait déposé une boîte de fleuriste. Pearl en sortit deux douzaines de roses blanches qu'elle dispersa sur la table de la cuisine.

– Mon Dieu, murmurait-elle en respirant leur parfum avec extase. Mon Dieu...

Sur la petite carte, on avait écrit seulement « Pearl ». Mais dans la boîte se trouvait une seconde enveloppe, avec à l'intérieur un simple feuillet sur lequel elle put lire, dans une élégante calligraphie :

La perle que je tiens est faite de chair
Bien plus que d'eau soyeuse
Ou de fines peluches de saules nains.
Tiède et brillante pierre au creux d'une huître
Magique.
Friable concrétion,
Fragile tissu,
Comme les mots des poèmes.
Plus douce que la chair naissante,
La blessure devient congénitale quand,
Ouvrant le corps à la douleur du sexe,
Elle est le chant de l'huître
Au goût de mer éternelle.

Du coup, elle en oublia son mal de tête. Dénichant un vase, elle y disposa fébrilement, presque aveuglément, ses roses.

« Dans quel pétrin me suis-je fourrée ? grommela-t-elle, la larme à l'œil. Bon, ça suffit comme ça », décréta-t-elle enfin en s'essuyant avec son mouchoir.

Ses emplettes pharmaceutiques lui parurent comme autant de preuves accablantes de son manque de discernement de la veille.

Tout en parcourant son répertoire téléphonique, elle décrocha le combiné. Cependant, le temps lui manqua pour composer son numéro, car, après un seul déclic, elle trouva David au bout de la ligne.

– Pearl, murmura-t-il d'un ton qui laissait croire qu'il s'attendait à la trouver au bout du fil.

– David, j'allais justement vous appeler. Merci pour le poème et aussi pour les fleurs. Je ne sais trop que dire.

– Je veux venir vous voir. Tout de suite, annonça-t-il péremptoirement. Je veux vous jeter sur votre lit et vous faire crier jusqu'à ce que vous imploriez grâce.

– Oh, David !

– Si vous ne deviez pas travailler, c'est l'amour que vous devriez faire toute la journée.

– J'ai plutôt besoin de sommeil, répliqua-t-elle avec un rire las.

– Accordez-moi cette nuit. Je veux peupler tous vos rêves, décida-t-il.

Et il raccrocha.

Elle devait admettre qu'une aventure avec un poète, ce n'était pas banal. C'est qu'il s'y entendait pour jouer les romantiques, le bougre. Lequel, parmi les hommes qu'elle avait connus, lui avait jamais offert des fleurs et des poèmes ?

Il est vrai que Pearl n'avait pas eu beaucoup d'amants et, en dépit de son attitude de la veille, ce n'était pas une femme légère, tant s'en fallait. Jamais elle n'avait connu d'aventure « d'un soir », et elle avait toujours pris grand soin d'éviter de tomber enceinte ou de contracter une quelconque maladie vénérienne. C'était la raison pour laquelle elle se sentait si désemparée aujourd'hui. Elle qui se croyait pourtant sexuellement épanouie, pourquoi ces caprices aussi soudains qu'inexplicables ? Quels que fussent ses motifs, la sagesse lui dictait, malgré la confusion de ses sens et de ses pensées, de garder son sang-froid et de reprendre ses esprits. Ce garçon, de cinq ou six ans plus jeune qu'elle, bisexuel par surcroît, n'avait pas sa place dans l'existence qu'elle s'était tracée. Elle n'avait que faire d'un poète riche, paresseux et probablement névrosé, car, pour joliment tourné que fût le poème et si romantiques que fussent les roses, la vie, elle, n'avait rien d'une romance. Ce qu'elle recherchait, plutôt, c'était un monogame, sans histoires ni complications, et dont la présence à ses côtés ne comporterait que peu de risques. Qu'elle se consacre donc à Reuben ! Il ne s'intéressait pas aux hommes, lui ; et il partageait avec elle une foule d'affinités. Comme elle, c'était quelqu'un qui travaillait dur, un homme au tempérament modéré, convenable et attentionné, et non pas une espèce de lord Byron de pacotille qui voudrait vivre à la ville en hiver, qui voudrait – du moins le temps que durerait sa passion – l'entretenir en lui demandant d'abandonner tout ce qu'elle avait bâti par et pour elle-même, et qui l'installerait dans un palais entouré de murs de ronces. Qu'elle en finisse donc avec David. Si elle faisait preuve d'honnêteté et lui disait adieu, il n'en mourrait pas. Il suffirait de lui expliquer qu'elle s'était trompée, qu'il s'agissait d'un malentendu, et tout serait dit. Ce ne serait ni la première ni la dernière fois qu'il tomberait amoureux, c'était certain.

La lumière rouge du répondeur était allumée, mais on n'avait pas laissé de message. « Bon sang, Bobby, dis-moi ce que tu veux. »

En remettant de l'ordre sur son divan, elle retrouva sa chemise de nuit. Quelques instants plus tard, elle avait ramassé son linge sale et ses serviettes mouillées et avait jeté le tout dans la machine à laver. Bien que la chaleur fût trop intense pour dormir sous les toits, elle mit en marche le vieux ventilateur sur pied posé dans un coin de la chambre à coucher et se laissa tomber comme une masse sur son lit.

Elle fut réveillée par la sonnerie du téléphone. Il faisait noir depuis longtemps.

– Oui.

– Comment fais-tu pour dormir ? Il n'est que neuf heures et demie...

– Figure-toi que certaines personnes doivent travailler pour gagner leur vie, Bobby.

– J'ai appelé hier soir, mais tu n'étais pas là. Tu devais encore t'envoyer en l'air. Je parie que tu t'es déjà déniché un petit copain.

– Où es-tu, Bobby ?

– Tu voulais sans doute dire : « Est-ce que tu es ennuyé, Bobby ? » Non, je vais très bien, merci.

– Vas-tu cesser de faire les demandes et les réponses ?

– Ah ! On est vexée, fillette ?

– Je voudrais savoir où tu es. *Ennuyé,* je sais que tu l'es déjà.

– J'avais oublié que tu as fait des études et qu'il est donc inutile de chercher à avoir le dernier mot avec toi. Qu'est-ce qu'une belle fille dans ton genre peut bien faire chez ces « nuques raides » de nordistes ? Tout porte à croire que c'est toi qui dois t'ennuyer.

– Epargne-moi tes sarcasmes, Bobby. Je croyais que nous étions d'accord pour que tu vives ta vie et moi la mienne.

– C'est vrai. Tu n'as pas besoin de moi pour t'envoyer en l'air, aussi sûr que je n'ai pas besoin de toi non plus.

– Bobby, reprenons tout depuis le début.

Il y eut un instant de silence.

– Bobby ?

– Et merde ! J'aurais dû me douter que tu cherchais à jouer les femmes blanches comme ta mère, acheva-t-il en raccrochant.

– Va te faire voir, Bobby, dit-elle en s'adressant au combiné avant de le reposer violemment.

Les genoux serrés contre la poitrine, elle pleura longuement. Puis, ses larmes taries, elle alla se rafraîchir le visage et se rendit compte qu'elle avait très faim. Un morceau de poulet accompagné d'une salade de pommes de terre et arrosé de grandes lampées de thé glacé fit parfaitement l'affaire. Après avoir rangé son assiette dans le lave-vaisselle, elle remonta dans sa chambre où elle sombra immédiatement dans un profond sommeil.

6

Elle s'éveilla en pensant : « C'est la fête des Pères. »

Ce jour-là, Norris serait très matinal. Assis près du téléphone, il prendrait très lentement sa tasse de café-chicorée accompagnée de deux toasts de pain de seigle. Puis il irait à pied à la messe, s'arrêterait au magasin du coin pour acheter ses journaux. Il passerait le reste de la journée à lire, à écouter son émission de télévision favorite et à faire un peu de jardinage. Il décrocha à la première sonnerie.

– Comment ça va, Pearl ?

– Comment savais-tu que c'était moi, p'pa ?

– De toutes mes doudous, t'es la seule qui traîne pas dans la paillote. Tu tiens ça de moi.

Elle se mit à rire. L'élocution n'avait jamais été le fort de Norris. Si l'argot était une mode, la sorte de créole anglicisé qu'il employait n'était acceptable et même compréhensible que lorsqu'il s'adressait aux siens. Pour Pearl, c'était un peu comme un signe de reconnaissance. Elle lui souhaita une joyeuse fête des Pères.

– C'est gentil, répondit-il. Ça me fait très plaisir, même si ça vient de très loin, ma doudou.

– Oh, p'pa ! Je t'ai donné bien du souci.

– Mais non. J'ai pas à m' plaindre, au contraire. J'ai toujours été fier de toi.

Elle fut surprise de sentir sa gorge se nouer. « Franchement, Pearl, tu commences à devenir une vraie chiffe molle. »

– T'as des nouvelles de Bobby ? demanda-t-il.

Pearl sentit son cœur vaciller. Bobby causait encore beaucoup d'inquiétude à son père.

– Je lui ai envoyé une carte avec mon nouveau numéro de téléphone, à l'hôpital de Philadelphie, dit-elle d'un ton qu'elle voulait désinvolte. J'attends de ses nouvelles d'un moment à l'autre. Mais tu sais combien Bobby déteste écrire...

Bobby avait d'excellentes raisons de détester écrire : tout ce qui restait de son bras gauche, c'était un moignon. On lui avait bien posé à la place une prothèse, ainsi qu'une autre pour sa jambe droite aux frais du contribuable, mais, dans un moment de colère, il s'était soûlé et avait jeté son bras artificiel à la mer. Sa jambe, elle, faisait l'objet de toutes sortes de plaisanteries amères. (Toutes les plaisanteries de Bobby étaient teintées du même humour vitriolé.) Le contribuable lui avait également offert une vessie toute neuve, un bon morceau d'intestin, et une paire de testicules qui, à cause d'une rupture de stock, n'avaient pas la même origine. A l'heure qu'il était, il se trouvait à l'hôpital pour vétérans de Philadelphie. Ce n'était ni le premier ni le dernier établissement hospitalier qu'il fréquenterait.

Ce n'était pas tant d'avoir sauté sur une mine qui

irritait Bobby, que d'être devenu esclave de la drogue après trois aller et retour au Vietnam. Sa plaisanterie favorite était : « Regardez ce que ce pays fait aux méchants Noirs. »

Pearl fit de gros efforts pour changer de sujet de conversation. Elle demanda des nouvelles de ses demi-sœurs, et Norris lui en donna, avant de s'informer de la bonne marche du restaurant.

Elle lui raconta alors l'histoire de Roscoe et du chiot. Norris rit de bon cœur et elle s'en félicita. C'est dans un climat de bonne humeur qu'ils se quittèrent, après que Pearl l'eut persuadé de venir lui rendre visite le 4-Juillet, jour de la fête nationale.

Mais peut-être était-ce une erreur, se dit-elle, imaginant le branle-bas de combat dans lequel se trouverait le restaurant ce jour-là. Cependant, elle restait convaincue que Norris aimerait l'endroit, la maison, le village, ses habitants. Il serait sûrement heureux de constater qu'elle avait enfin trouvé sa place. Elle formula secrètement le vœu que, durant son séjour, elle pourrait le persuader de rester près d'elle pour de bon. Non pas qu'elle se sentît une dette envers lui : elle aimait sincèrement son père adoptif. Mais il lui manquait, d'autant plus que c'était le seul parent qu'il lui restait ; elle aurait voulu s'occuper de lui comme il s'était occupé d'elle. Ses demi-frères et sœurs ne lui en feraient pas grief, puisqu'ils diraient, avec le cynisme propre aux enfants légitimes envers leurs demi-frères et sœurs, « qu'elle lui devait bien ça surtout après tout ce qu'il avait fait pour elle ». Mais il se pouvait aussi que Norris ne fût pas du tout tenté de quitter les Keys, ou qu'il en fût incapable, surtout si l'on considérait que c'était aux Keys que vivaient ses enfants et ses petits-enfants. En fait, elle se demandait si elle avait seulement le droit de lui proposer de s'installer à Nodd's Ridge. Que se passerait-il s'il acceptait en pensant uniquement qu'elle avait besoin de lui ? Etait-ce convenable de demander à un père adoptif de renoncer à ses racines, à l'endroit où il se trouvait le mieux, pour venir s'installer dans une région qui, en plus d'être une terre étrangère, imposerait au vieil homme qu'il était des conditions climatiques très difficilement supportables ?

7

Selon son habitude, Karen arriva dans un grincement de ferraille et un nuage de fumée noire. Elle examina Pearl, qui avait déjà mis son café en train, de la tête aux pieds.

– C'est mieux.

– J'en suis heureuse. Tu veux du café ?

La jeune fille s'empara de la tasse qu'on lui tendait avec un petit rire.

– Pourquoi vous vous installez pas chez David ? Vous êtes libres, tous les deux. Vous avez pas besoin de vous cacher.

Les sourcils froncés, Pearl leva les yeux de sa tasse.

– Tout cela ne te concerne pas, Karen, c'est compris ?

– Ben... commença la jeune fille en baissant la tête d'un air mortifié, on vit dans une petite ville. Autant vous habituer tout de suite à ce que les gens fourrent leur nez dans vos affaires. C'est ce qu'on fait avec moi depuis que je suis bébé.

– Dans ce cas, tu devrais comprendre qu'on puisse vouloir préserver sa vie privée.

Karen opina timidement de la tête.

– Vraiment, Pearl, je suis très contente pour vous et pour David. Il est arrivé des tas de sales trucs dans sa vie... (Elle se pencha en avant et annonça, sur le ton de la confidence :) Et il est riche à crever, en plus.

– J'ai assez d'argent pour me passer de celui des autres, ma chérie ! s'esclaffa Pearl qui comprenait qu'un long chemin restait à faire avant que la jeune fille ne s'occupât réellement de ses affaires.

A Dieu vat.

CHAPITRE DIX

1

La chaleur s'était accumulée sous la véranda, exaltant le parfum voluptueux des roses épanouies. Tout en finissant d'enfiler ses vêtements de travail, Pearl mit en marche le répondeur pour prendre connaissance des éventuels messages.

Quelques déclics muets : Bobby. Puis, plus loin, la voix de David : « Jolie Pearl, je garde le lac au frais pour vous. »

Au diable Bobby ! Elle composa le numéro de téléphone de David.

– Pearl, fit-il avant qu'elle eût le temps de s'annoncer.

– Etes-vous obsédé ou suis-je la seule personne à vous téléphoner ?

– Les deux. Que diriez-vous d'une baignade et d'un dîner ?

Elle ferma les yeux. Ce serait une façon comme une autre de tuer le temps. Le regarder droit dans les yeux en lui annonçant que tout était fini entre eux avait été un instant qu'elle n'oublierait pas de sitôt. Cependant, elle était heureuse de l'avoir fait et qu'ils fussent restés bons amis. Ce n'était pas comme si elle l'avait écarté d'un revers de main en lui disant qu'ils étaient « à peine » amis.

– Sept heures, ça va ?

– Oui, ce sera une agréable façon de finir la journée.

Le verger était plein des senteurs des arbres passant de la fleur au fruit. Au pied d'un pommier, Pearl dénicha un coussinet d'herbe tendre et s'y laissa tomber en fermant les yeux. De subtiles odeurs de pétales fanés qu'apportait une brise légère lui chatouillèrent doucement les narines. Ses cheveux lui frôlaient la joue avec tant de légèreté qu'elle se serait crue dans un rêve. Une mèche lui caressa les lèvres et s'y attarda, comme si l'arbre abaissait sa palme sur elle pour lui voler un baiser. Lorsqu'elle sentit la caresse contre sa poitrine, elle s'éveilla pour découvrir que l'arbre s'appelait Reuben.

– C'est vous...

– J'ai pas pu attendre les cent années réglementaires, dit-il simplement en lui tendant la main.

Elle dut s'ébrouer un peu pour comprendre ce que Reuben voulait dire, et finalement comprit qu'il faisait allusion à la Belle au bois dormant. Tout en se débarrassant des pétales répandus sur ses vêtements et ses cheveux, elle tint à le rassurer :

– Aucune importance. D'une part, je ne suis pas princesse, de l'autre, une bonne sieste vaut largement cent ans de sommeil.

Il lui fit traverser le verger pour la conduire de l'autre côté de la propriété, dans les bois, à l'ombre desquels il avait discrètement garé sa camionnette. L'endroit était sombre et frais, parsemé çà et là de trouées et de clairières que la chaleur de l'après-midi s'empressait d'envahir. Main dans la main, ils cheminèrent le long du sentier, savourant leur bien-être au fur et à mesure qu'ils s'enfonçaient plus profondément dans le sous-bois.

– Regardez cet arbre, lança-t-elle, les yeux levés vers les branches qui culminaient à plus de cent pieds au-dessus de sa tête, pendant que sa main caressait l'écorce d'un énorme tronc gris.

– C'est un « baume de Gilead ». On n'en voit plus guère d'aussi grands par ici, lui expliqua-t-il. Tenez, là-bas, c'est un saule nain.

Elle se pencha vers le monticule enchevêtré que faisait l'arbuste.

– Mon Dieu, mon Dieu, Reuben, je n'en avais jamais vu auparavant !

– C'est un arbre particulier. Les racines sont en l'air alors que le tronc et les branches poussent dans le sol. Ce que vous voyez, ce sont des racines aériennes.

– Il est à l'envers.

– Qu'on le plante à l'endroit ou à l'envers, ça ne fait guère de différence.

La gravité du ton commença à éveiller en elle quelques soupçons. En fait, il avait carrément l'air de se payer sa tête.

– Vous me faites marcher ?

– Un peu.

Elle fit mine de lui assener un grand coup.

– Bof !

– Dans ce petit bois, on trouve encore des tas de choses qu'on ne voit plus ailleurs. Joe ne parlait jamais de ses activités, mais je crois qu'il avait décidé de préserver certaines variétés dans lesquelles on effectue des coupes rases depuis des années. Ce bois, il le tenait de son père, et son père de son grand-père. Il l'entretenait comme un palace.

C'était en ces mêmes termes que s'était exprimé Walter à propos de la maison. Brusquement, Pearl regretta farouchement de n'avoir pas connu le vieil oncle fantôme.

– Merci pour la promenade. J'avais l'intention de visiter ce bosquet depuis mon arrivée, mais je n'en ai jamais eu le temps. J'ai été très vite débordée.

– Pas de quoi. C'est moi qui vous dois quelque chose pour toutes les fraises que je vous ai volées.

Ils atteignirent une trouée d'où s'exhalait fort à propos un enivrant parfum de fraises sauvages. Il y en avait à chaque pas. Pearl se laissa tomber à genoux et, d'un geste lent et délicat, découvrit de petites fraises, modestement cachées dans l'ombre verte de leurs feuilles, accrochées à leurs tiges comme des gouttes de sang.

La bouche pleine, elle en offrit une à Reuben qui était venu s'accroupir près d'elle. Découvrant ses incisives, ce dernier prit le fruit avec ses dents. Un regard lascif, un sourire enfantin, et ils roulaient ensemble sur le parterre de verdure. Ils voulurent s'embrasser, mais leurs tentatives se changèrent chaque fois en petits fous rires.

– Tant pis pour les fraises.

– Je ne m'étais plus roulé dans l'herbe depuis l'âge de vingt ans, avoua-t-il.

– Moi non plus.

Appuyée sur un coude, elle lui tendit une autre fraise ; il se fit plus sérieux.

– J'étais sincère quand je disais vouloir bien faire les choses.

– Vous ne savez pas grand-chose à mon sujet, Reuben.

Il lui scella les lèvres en lui posant deux doigts sur la bouche.

– Je sais tout ce qu'il y a à savoir.

Elle se mit à le regarder entre les cils, la gorge

serrée à cause du jeu immoral (car c'était bien de cela qu'il s'agissait après tout) qu'elle jouait et de la crainte de se voir démasquée. Pearl comprenait brusquement toute l'importance que revêtirait la perte de la considération qu'avait pour elle Reuben Styles. Ce dernier retira sa main et eut l'air de se détendre.

– On n'est plus des jeunes gens. On a chacun sa propre histoire. Vous savez que j'ai déjà été marié ; peut-être que vous l'avez été, vous aussi.

– En effet, acquiesça-t-elle.

– Ça n'a pas d'importance pour moi, approuva-t-il, dans la mesure où vous êtes libre aujourd'hui. Moi, je le suis, et j'ai l'impression que rien ne peut se mettre entre vous et moi.

C'était comme s'ils voguaient sur d'étranges eaux et que la phrase « dans la mesure où vous êtes libre aujourd'hui » se dressât comme un écueil. Dans le cœur de Pearl résonna un cognement sourd qu'elle refusa précipitamment d'écouter. Cependant, aussi désagréable fût-elle, cette petite phrase n'enlevait rien à la générosité et à la sensibilité de l'homme. Sous le coup d'une impulsion brutale, elle lui prit la main et se mit à lui embrasser les doigts un à un.

– On ne fait pas de bons cueilleurs de fraises, vous et moi, souffla-t-il en l'attirant contre lui. Et si on allait chez vous, plutôt ?

– Ce lit-ci me convient très bien.

La réponse sembla le satisfaire, mais il prit soudain un air embarrassé.

– J'avais oublié de vous demander. Ça ne m'a pas traversé l'esprit, la dernière fois ; faut dire que j'étais un peu bourré. Mais, comme vous n'avez rien dit, j'ai supposé que vous preniez la pilule...

Elle se mordilla la lèvre. Ce n'était pas la seule question qu'il avait omis de soulever.

– Eh bien... à vrai dire, non.

Ils avaient tous les deux le feu aux joues.

– Seigneur, on a pris un risque terrible, vous ne croyez pas ?

Le timide mouvement de tête qu'elle adressa à Reuben incita ce dernier à lui prendre la main et à la serrer tendrement.

– Je regrette vraiment. De nous deux, c'est moi le plus fautif, dans cette histoire... (Il lui souleva le menton pour la forcer à le regarder dans les yeux.) Quels sont les risques ?

– Les risques habituels, lâcha-t-elle avec un haussement d'épaules.

– Eh bien ! s'esclaffa-t-il. A mon âge, un mariage précipité serait plutôt embarrassant, mais je crois n'avoir que ce que je mérite. Je préférerais ne pas connaître ce genre de complication, pourtant, en ce qui vous concerne, Pearl, je sais exactement à quoi m'en tenir. Vous vous en doutez bien, n'est-ce pas ?

Pearl préféra éluder cette dernière question. Bien sûr qu'elle s'en doutait, et cela la réjouissait et l'effrayait à la fois. Elle n'était pas venue à Nodd's Ridge pour trouver un mari et encore moins pour devenir mère de famille. Il était cependant étonnant de constater à quelle vitesse la première idée faisait son chemin, nonobstant l'éventualité de la seconde.

– Vous n'êtes pas le seul concerné.

Reuben se redressa pour répliquer, les lèvres pincées :

– Je croyais l'être au moins pour moitié. Même si je ne peux pas vous en empêcher, vous ne décideriez pas de vous faire avorter sans m'en parler, n'est-ce pas ?

La détresse qu'elle perçut dans ces paroles provoqua aussitôt un durcissement de tout son être. Comment avait-elle pu se commettre dans une situation aussi ridicule ? Furieuse envers elle-même, elle répliqua d'un ton cinglant :

– Bon Dieu, Reuben. Moi aussi, je suis une bâtarde, ma mère a donc bien choisi de ne pas se faire avorter.

– C'est drôle, d'une certaine façon, murmura-t-il en l'attirant contre lui.

Il fallut à Pearl une bonne minute avant de retrouver sa bonne humeur et d'admettre in petto avec un sourire que, vue sous un autre éclairage, la situation était plutôt comique, en effet.

– Inutile d'en faire toute une histoire. A présent que le cheval s'est échappé de l'écurie...

– J'ai mis un diaphragme.

Reuben, quant à lui, plongeait la main dans sa poche de poitrine pour en sortir un préservatif.

– Moi aussi, je suis passé à la pharmacie. Il n'y a pas que vous qui vous inquiétiez.

Ils éclatèrent de rire.

– C'est très délicat de votre part, dit-elle en exhibant à son tour un préservatif.

– Mais je croyais avoir compris que tomber enceinte ne... commença Reuben, un peu confus.

– Ce genre de précaution sert aussi à se protéger de bien d'autres choses...

La réponse parut le rasséréner.

– Les choses ont bien changé depuis la dernière fois que j'ai fait la cour à une femme.

Elle se blottit contre lui et passa son bras autour de son cou.

– Pour autant que je sache, vous n'avez aucune raison de vous inquiéter.

Du bout de l'index, il se mit à suivre le contour de la lèvre supérieure de Pearl. Elle lui prit la main et l'écarta doucement vers sa joue.

– Je voulais vous dire ceci, murmura-t-elle en se serrant plus fort contre son torse. J'aime vous sentir en moi. Je ne tiens pas à me servir de ces choses-là.

Il resta un moment immobile pour mieux y penser.

– Je peux me faire faire une prise de sang, si vous voulez. Mais, si je suis porteur du sida, je serai le premier à l'avoir attrapé par contact manuel.

Elle se répandit un instant en petits gloussements amusés. Un peu essoufflée, elle s'arrangea pour dire enfin :

– Mais je peux très bien l'avoir, moi aussi.

Ils restèrent un long moment à se regarder sans rien dire. Avec un soupir, il l'attira enfin contre lui et tint la tête de la jeune femme appuyée contre son torse, jusqu'au moment où, lui levant son menton, il se mit à l'embrasser passionnément. C'est le goût des fraises sauvages qu'elle savoura de prime abord. Un goût intense et sucré. Elle lui grignota quelques instants la bouche, téta brièvement sa lèvre inférieure, puis descendit du bout de la langue le long de son cou, sur sa poitrine, jusqu'à la boucle dure du ceinturon. Il la força à lever le visage vers lui, et l'éclat intense et lubrique de son regard la frappa.

– Pearl, murmura-t-il avec étonnement.

Elle lui répondit en lui soufflant un baiser. La manière dont il retint sa respiration quand elle le prit dans sa bouche lui signala sans erreur possible son ignorance en la matière.

Quand Pearl fit jaillir son plaisir, Reuben poussa un hurlement. Puis, la levant brusquement par les aisselles, il l'installa sur lui et lui dévora le visage, jusqu'à ce que, exténués, ils retombassent ensemble sur le côté, hébétés de chaleur.

– Reuben... commença-t-elle en roulant sur le ventre comme pour entamer une conversation sérieuse.

Sans geste brusque, Reuben repoussa les coudes sur lesquels elle était appuyée et la contraignit à se mettre sur le dos. Elle sentit son souffle la parcourir.

2

Plus tard, quand il lui proposa de dîner avec lui ou quelque chose d'approchant, elle vrilla son regard dans le sien et annonça :

– J'ai rendez-vous avec David Christopher. Il m'a proposé une baignade et un dîner.

Reuben garda un moment le silence. Puis, adressant à Pearl un regard prudent, il hasarda :

– Tu aimes bien David.

– Oui, oui. Bien sûr.

Manifestement, Reuben prenait le temps de bien peser ses mots.

– Futée comme tu l'es, je crois pas t'apprendre grand-chose en te disant que David ne sait pas trop s'il marche à voile ou à vapeur. Vous autres, les gens des villes, vous avez l'habitude de reconnaître cette engeance-là au premier coup d'œil.

Pearl se retint de rire. Pas question pour ce cher David de se faire passer pour ce qu'il n'était pas et inversement. Pour Reuben, comme pour toute la ville, la bisexualité reconnue de David était parfaitement admise sans qu'il fût nécessaire d'en faire un secret d'Etat. Et la candeur avec laquelle il en parlait incita Pearl à se demander si, une seule fois dans sa vie, cet homme avait menti ou même avait seulement tenté de le faire.

– Tu es au courant de ce qui s'est passé dans sa famille, la disparition de sa jeune sœur. Cette nuit-là, quand nous avons abandonné les recherches, je l'ai tenu dans mes bras et il hurlait que, si personne n'était capable de retrouver le corps de sa sœur, lui le retrouverait. Le docteur McAvoy n'a pas osé lui injecter une deuxième dose de tranquillisant. C'est que le pauvre David ne pesait pas plus de quatre-vingts livres, à l'époque. Je ne peux pas m'empêcher de m'inquiéter pour lui. Qu'il fasse la chèvre ou le bouc, ça n'a pas d'importance pour moi. Une chose est sûre, pourtant : ce gars-là est trop seul. Il lui faudrait un vrai ami et une femme dans ton genre, avec la tête sur les épaules. Fais bien attention à toi, Pearl.

Puis il l'embrassa, de ce baiser précautionneux qu'elle commençait à lui connaître, avant de poursuivre :

– De toute façon, Sam doit rentrer tôt. Il est allé chez son copain Josh pour travailler sur sa voiture, une vieille Maverick qu'ils essaient de remettre en état. Vendredi soir, ils sont allés ensemble à un bal de l'école, à Greenspark, et Sam a dormi chez Josh. C'est que Josh l'oblige à sortir un peu et à inviter les filles à danser. Je serais bien curieux de voir ça.

Pearl décela une authentique mélancolie dans le son de sa voix qui sous-entendait une forme de relation parentale que Pearl n'avait jusqu'alors jamais soupçonnée.

– Ils ne veulent pas que les gens de Nodd's Ridge les voient se faire les dents, conclut-il.

C'était plus que Reuben n'en avait jamais raconté, et Pearl fut surprise de constater la manière dont il établissait une sorte de parallèle entre David et son jeune fils.

– C'est gentil de la part de Josh, dit-elle.

– Je te téléphonerai demain. On pourra peut-être prendre un vrai rendez-vous.

Elle fut heureuse de l'embrasser une dernière fois alors qu'il était installé au volant de sa camionnette. Elle fut aussi heureuse de n'avoir pas eu à l'inviter à entrer. Si, par mégarde, elle l'avait fait, elle aurait dû, à coup sûr, expliquer la présence du bouquet de roses blanches qu'elle avait placé dans sa chambre pour éviter le regard fouineur et les commentaires de Karen. Le poème que David lui avait adressé avait trouvé sa place au fond de son coffret à bijoux. Reuben semblait s'inquiéter de la solitude de David, et elle jugeait inutile de l'inquiéter de surcroît avec cette complicité amoureuse. Que ce dernier éprouvât quelque sentiment pour elle pouvait paraître naturel, sans que Reuben en prît ombrage, trop plein encore de sa fatuité nouvelle pour se sentir menacé dans sa conquête. A peine cette notion avait-elle germé dans sa tête que Pearl la repoussait déjà : non, plus simplement l'homme était bien trop honnête pour seulement oser soupçonner qu'elle pût courir deux lièvres à la fois.

Mais les roses étaient là, répandant dans la chambre un parfum de reproche. Et, en même temps, les volutes invisibles de la senteur douceâtre des roses semblaient donner naissance à quelque méchant troll venu se jucher sur son épaule pour lui murmurer à l'oreille : « Tu n'es pas mariée à cet homme. Tu n'as aucun compte à lui rendre et il est donc inutile qu'il sache que David t'a fait les honneurs de sa couche. C'est arrivé une fois, par tous les diables, juste une fois et avant même que tu aies pu faire ouf ! Que représente cette aventure en regard de tes fornications passées ? Trois fois rien. Pour autant que tu saches, tu n'as signé aucun contrat d'exclusivité avec cet homme, même si vous avez tous deux connu un intermède formidablement agréable dont il importe peu qu'il prenne ou non un tour sentimental. Alors, pourquoi te mettre les chaînes aux pieds alors que tu n'as pas même d'anneau de fiançailles ? »

« En voilà assez », songea-t-elle en se défaisant de ses vêtements mouchetés de fraises écrasées. Faisant un paquet de son linge sale et de ses pensées, elle alla jeter le tout au fond de sa corbeille, en rabattant violemment le couvercle pour empêcher le troll de resurgir.

Elle ne se sentit propre qu'après la seconde douche. Revêtue de linge frais, elle s'attarda quelques instants sur ses livres de comptes puis, fermement résolue à faire les choses proprement, elle prit le chemin de la demeure de David.

3

Semblables à un bruit de tôle froissée, les accords de Z.Z. TOP annoncèrent à Reuben que Sam était rentré. Malgré le vacarme et le bruit de la douche, le jeune homme entendit son père frapper à la porte de la salle de bains.

– Entrez ! cria-t-il.

– Content de te revoir ! hurla Reuben en retour, avant de poursuivre son chemin jusqu'à sa chambre.

Le bruit s'interrompit brusquement et Sam, tout excité, apparut dans le couloir.

– Josh va faire les foins des Partridge. Je suppose que ça va lui rapporter un bon paquet de fric.

– En somme, le foin pour les chevaux des Partridge va lui permettre d'alimenter ceux de son moteur ?

Sam se mit à rire.

– C'est ça. T'es allé aux fraises ?

Reuben se concentra soudain sur la fermeture Eclair de sa braguette.

– Où est-ce que tu t'es égratigné comme ça ? voulut encore savoir Sam. T'as de sacrées éraflures dans le dos.

– Je sais, ça m'a un peu brûlé quand j'ai pris ma douche.

– Tu veux pas les désinfecter ? proposa Sam qui ouvrait déjà la porte de la pharmacie.

Reuben alla s'appuyer sur l'allège de fenêtre. Dans le potager, les épinards commençaient à grossir. On allait devoir aller les cueillir. Il sentit le froid suivi de la brûlure de l'alcool dont son fils lui tamponnait le dos.

– C'est des branches qui m'ont fouetté. J'ai zigué au lieu de zaguer, mentit-il en espérant que Sam prît la rougeur de son visage pour de l'embarras. Du coup, j'ai laissé tomber toutes les fraises.

– Le carré qui est sous les bouleaux doit être mûr à point. J'irai en cueillir demain. Ça nous fera une bonne tarte aux fraises, annonça Sam, imperturbable.

– Ce serait chouette, fit Reuben en grimaçant de douleur.

4

Pearl arriva plus tard que la fois précédente sans que le soleil l'eût attendue. Etonnamment, la paix des lieux la frappa immédiatement. C'était comme un havre caché au milieu d'un dédale de végétation isolé du reste du monde. Une fois encore, à peine eut-elle frappé à la porte que David émergea de la pénombre. Il l'étreignit avec un enthousiasme qui la souleva du sol.

– Hé ! lâcha-t-elle avec un petit cri aigu.

Mais, le visage enfoui entre les seins de Pearl, il la serrait avec tant de force qu'elle pouvait à peine respirer. Elle lui frappa les épaules jusqu'à ce qu'il se décidât à la reposer par terre.

– Garde ton calme, Pearl, conseilla-t-il d'un ton sévère en la conduisant dans la cuisine.

Puis, la prenant par la taille, il l'installa sur le comptoir, près du réfrigérateur.

Outre ses lunettes de soleil, il portait un short et une chemise ouverte qui mettaient en relief son long corps un peu dégingandé. Tirant à lui la porte du réfrigérateur, il sortit un pichet de thé glacé et d'un signe en proposa à Pearl. Elle acquiesça et il lui en servit un grand verre dans lequel il laissa tomber une tranche de citron.

– C'est bon, apprécia-t-elle après avoir bu une longue rasade.

– Une vieille recette de famille : versez de l'eau bouillante sur du thé ; laissez infuser, et mettez au réfrigérateur. Au moment de servir, ajoutez une rondelle de citron.

Elle se mit à rire.

– On dirait une recette de « nouvelle cuisine ».

Il secoua négativement la tête.

– Pour la recette « nouvelle cuisine » rectifia-t-il, utilisez plutôt du Lapsang Souchong et garnissez de fruits aux consonances bizarres importés de Nouvelle-Zélande.

– Oh, je vois !

Il tira ses lunettes vers le bout de son nez et la couvrit d'un regard lascif.

– On baise ?

Elle faillit s'étrangler avec son thé.

– Pas étonnant que tu aies été incapable de t'envoyer en l'air pendant trois ans.

– Pas incapable : en difficulté, corrigea-t-il. Mais peu importe. Je suppose que tu vas m'expliquer encore une fois quelle terrible erreur nous avons faite et que nous ferions mieux de rester bons amis ; est-ce que je me trompe ?

Elle se laissa glisser en bas du comptoir, sans qu'il fît le moindre pas de côté pour lui livrer le passage. Elle se retrouva étroitement coincée de part et d'autre par les bras de David.

– Recule, ordonna-t-elle en tentant de le repousser.

– Je préfère rester comme ça, répliqua-t-il, le visage impassible, tout en ayant l'air de s'amuser comme un petit fou.

– La dernière fois qu'on a essayé de me faire ce coup-là, avertit Pearl, c'était dans le métro, à Washington.

– C'est ça : raconte-moi. Tu t'es bien amusée ?

– Le malheureux portait des tennis, sourit Pearl, et moi des talons aiguilles de trois pouces. Je lui ai appuyé mon talon sur le pied. Au moment où le gugusse s'est mis à crier, je lui ai balancé mon coude sur la pomme d'Adam.

– Ô mon Dieu, arrête ! Je crois que je vais jouir !

Elle glissa sous son bras et se retrouva libre sans qu'il fît rien, sinon pousser un long soupir résigné.

– Gentil garçon. Maintenant, dis-moi pourquoi je suis censée te répéter que nous ferions mieux de rester bons amis.

– Viens t'asseoir sur la terrasse, la convia-t-il en simulant une érection démesurée.

Elle s'empara d'un gros livre avec lequel elle lui administra une grande claque sur les fesses.

– C'est bon ! Encore, encore ! gémit-il.

Le lac était d'une quiétude extrême, à peine troublée par de rares embarcations. Le soleil qui plongeait derrière les montagnes abandonnait sur les eaux quelques flaques de lumière au cœur d'une obscurité sans fond, pendant que se dissolvaient les vestiges d'un monde palpable.

– Aussi agréable qu'un bain de bébé, dit David avec un large geste en direction de l'étendue d'eau. Ça me donne envie de faire trempette.

– Moi aussi.

Elle détourna les yeux du lac pour lui faire face et il en fit autant. Une fois encore, la beauté de l'homme la subjugua avec autant de force que ces eaux qui, étrangement, forment toujours une sorte de seconde peau à l'être humain qui s'y plonge.

– Tu as peur, dit-il. Tu as la sensibilité d'une femme habituée à ne compter que sur soi.

Le qualificatif « habituée à ne compter que sur soi » et tout ce que cela pouvait sous-entendre lui mirent le feu aux joues.

– Et tu penses que des amants potentiels devraient commencer par mieux se connaître, poursuivit-il.

Elle acquiesça.

– Eh bien, il se pourrait que tu aies raison : c'est

plus prudent. Et puis le temps joue en ta faveur, Pearl.

– David... commença-t-elle sans trop savoir quoi dire.

– Tout ce que tu voudras. Tu porteras la responsabilité d'une multitude de séances d'onanisme, mais si c'est ce que tu veux...

Elle tendit la main vers son épaule, mais il fit aussitôt un pas en arrière.

– Tu ferais mieux d'aller te baigner. Je me contenterai de te regarder. Le mâle se doit de réagir aux stimuli de la femme, n'est-ce pas ? Je t'en serai tellement reconnaissant.

– Je n'ai pas apporté de maillot de bain.

– Que demande le peuple ?

Elle éclata de rire et cela eut le don de le dérider.

– Il y en a plusieurs dans le tiroir de la commode de la chambre à coucher. Ils sont un peu démodés, mais j'ai toujours fait une fixation sur ma mère. Ça ne fera qu'exacerber un peu plus mes fantasmes.

Toutes ces louables attentions la laissaient presque sans voix. Deux hommes bien élevés pour une seule existence, c'était beaucoup trop ; plus qu'un simple corps de femme ne pouvait en recevoir. L'ambiguïté de sa situation lui arracha un sourire.

Les maillots de bain qu'elle trouva en ouvrant le dernier tiroir de la commode étaient effectivement d'une autre époque. Sans doute par souci de modestie, ils ne requéraient aucun rasage pubien et étaient conçus pour contenir de vrais seins et non pas les « œufs sur le plat » de quelque mannequin anorexique. Elle pourrait, somme toute, en porter un sans décevoir son public ; surtout le lamé or, décida-t-elle en se regardant dans le miroir, qui était particulièrement aguichant avec ses festons de dentelle façon courtisane début du siècle.

En la voyant, David tomba à genoux.

– Ah ! Que ne ferais-je pour un regard de vous !

D'un pas léger, elle passa devant lui avec un rire moqueur. L'air du soir était frais et moite. Elle en remplit ses poumons et plongea résolument dans le lac avec une étourdissante sensation de libération. Si le contact avec l'eau froide la saisit autant qu'à sa première visite, le plaisir qu'elle ressentit fut si intense qu'elle décida de s'éloigner du rivage, puis de plonger dans les eaux profondes. Le manque de souffle l'obligea à refaire surface. Elle barbota encore un peu et ces quelques secondes d'inertie suffirent à la faire frissonner. Malgré la froideur de l'eau, elle sentit sur son visage la moiteur de l'air. Au loin, un éclair de chaleur stria brièvement le ciel. Il faisait presque nuit maintenant. La lune restait cachée et les seules lumières visibles étaient celles des cottages environnants.

David fit mine d'admirer sa chair de poule.

– Mais tu es une authentique maso !

Au moment où elle s'affalait sur une chaise longue, elle se rendit compte que, malgré la moiteur ambiante à laquelle elle était loin de s'attendre dans un endroit comme le Maine, elle serrait les mâchoires afin de contenir une terrible envie de claquer des dents. La chaleur de la main que David posa sur son avant-bras la surprit.

– Seigneur ! Tu es gelée. Je crois que tu es restée un peu trop longtemps dans l'eau.

Sans crier gare, il abandonna sa chaise longue pour venir s'installer sur celle de Pearl. D'un petit coup de coude, il la força à lui faire un peu de place et vint coller son corps contre celui de la jeune femme.

– David...

– C'est un vieux truc esquimau, expliqua-t-il.

Comme elle souriait, il se lova contre elle, qui le sentit aussitôt violemment frissonner, comme si elle avait provoqué une décharge électrique par simple contact. Elle se mit à observer David avec curiosité en découvrant que ce contact semblait le galvaniser et réciproquement.

Il se déplaça de sorte à être presque allongé sur elle.

– Je vais te faire une proposition : soyons « juste amis » demain, d'accord ?

Pour elle-même elle bredouilla :

– Je ne peux pas croire que je laisse une telle chose arriver.

– Tu ne la laisses pas arriver. Je la fais arriver.

– Attends un instant : pas sans précaution, cher ami.

– J'avais presque oublié. Mais, pas de problème : je suis passé à la pharmacie.

Elle rit sans expliquer pourquoi et il ne le lui demanda pas, attendu qu'il avait des idées plus pressantes en tête. Deux matelas rapidement jetés à terre firent office de couche sommaire à travers laquelle elle sentit malgré tout les inégalités du sol de la terrasse. Elle s'abandonna dans les senteurs de plastique chauffé au soleil et le claquement sec étonnamment clair des insectes foudroyés par la lampe à arc.

Plus tard, après un monstrueux repas avalé à la hâte, ils se remirent au lit, au cœur d'une nuit de plus en plus chaude et insolite. Pendant plus d'une heure, le dieu de la pluie fit rouler ses tonneaux avant de les déverser à pleins seaux au-dessus de leurs têtes. Pearl écouta en silence le crépitement sur la terrasse, semblable à du pop-corn qui éclate, avant que la fraîcheur ambiante lui permît enfin de s'endormir. Etrange situation que de se faire câliner par David pendant que le déluge tombait sur le reste du monde, se dit-elle, dans un demi-sommeil. Elle roula sur le côté et son regard vint accrocher le visage de David.

Les paupières de l'homme étaient sombres et meurtries, comme si la pénombre pesait lourdement sur elles. A sa respiration régulière, Pearl comprit qu'il dormait profondément et même, s'il fallait en juger par l'imperceptible battement de ses paupières, qu'il rêvait déjà. Elle se mit sur le dos afin de s'abandonner au sommeil, quand elle sentit les mains de David se crisper sur elle. Le corps de l'homme commença alors à tressauter jusqu'à presque en tomber du lit. Un faible gémissement s'échappa de ses lèvres et il se mit à murmurer des mots inintelligibles, mais exprimant une grande frayeur. David évoluait en plein cauchemar. Pareilles à celles d'un naufragé au milieu de l'océan, ses mains tendues semblaient chercher une bouée à laquelle s'accrocher. En voyant qu'il pleurait, Pearl voulut le prendre dans ses bras, mais, semblable à un enfant, il commença à se débattre avec violence comme s'il cherchait à lui échapper. Finalement, le visage ruisselant de sueur et de larmes, un filet de bave au coin des lèvres, David se calma. Elle léchait ses larmes quand les lèvres de David s'entrouvrirent et vinrent se souder convulsivement aux siennes. Il l'empoigna alors brusquement et son corps vint se plaquer sur elle avec une telle violence qu'elle en eut le souffle coupé. Pleinement, douloureusement consciente, elle avait la sensation qu'il voulait se noyer en elle. Il était extrêmement dur et elle hoquetait à chacun de ses mouvements. Sans le moindre sentiment de viol, son corps se livrait non pas à l'amour, mais à une véritable bataille à laquelle elle participait malgré elle. Une grande vague l'emporta. Elle serra les dents pour lutter contre un orgasme, ressemblant à un récif contre lequel allait se fracasser son corps. Pantelante, elle se retrouva sur le rivage, saisie d'une acuité de son corps qu'elle ne se connaissait pas. Et pourtant, même si chacun de ses muscles était vidé de son énergie, même si elle avait mal jusqu'à la racine des cheveux, elle se sentait électrifiée comme une ligne à haute tension.

La prenant dans ses bras, David lui murmura, d'un ton caressant :

– Tout cela est terrible, pas sain du tout.

Elle s'assit brusquement.

– Tu n'avais rien mis !

– J'ai oublié, répondit-il laconiquement en la forçant à se recoucher, pas le moins du monde troublé. De toute façon, j'espère bien que tu tomberas enceinte.

Elle se rassit. Abasourdie, tremblante de colère, elle se mit à le fixer.

– Je ne te crois pas. Mais si tu as quelque chose à prouver, un fantasme à réaliser, tu ferais mieux de chercher quelqu'un d'autre.

– Je suis désolé, bégaya-t-il, choqué. C'était stupide de ma part. Je ne pensais pas du tout ce que je disais. En fait, c'est tout autre chose que je voulais dire.

Pearl se leva et entreprit de s'habiller.

– Quoi qu'il en soit, peu importe : je porte un diaphragme.

– C'est vrai ? demanda-t-il après un moment.

– Foutrement, oui.

– Je suis confus.

– Pas autant que moi.

– Dans ce cas, c'était quoi, ce « restons bons amis » ? Un jeu ?

Elle mourait d'envie de lui crier « non ! » au visage, car elle était alors parfaitement résolue à ne plus avoir de relation sexuelle avec lui. Elle s'était crue assez sûre d'elle pour croire qu'il en serait ainsi. Quant au diaphragme, elle avait simplement oublié de l'enlever. Une envie sauvage de lui parler de Reuben la submergea, mais quelque chose en elle – sa couardise, sans doute – l'en empêcha.

– Peut-être n'étais-je pas tout à fait sûre de mes intentions.

Ses cheveux dégringolèrent brusquement sur ses épaules comme s'ils voulaient l'abandonner. Cette nouvelle péripétie amoureuse n'aurait pas dû arriver. David administra un grand coup de poing à son oreiller et, les mains derrière la nuque, la regarda s'habiller.

– Tu n'es pas obligée de partir.

– Il le faut. Accorde-moi un peu de temps. Il faut que je réfléchisse à un certain nombre de choses.

Il se jeta en avant et alla lui poser un baiser sur le bout du nez.

– Appelle-moi quand tu seras prête.

5

Le verre explosa contre la cloison recouverte de faux lambris, répandant des éclats à travers la chambre à coucher. Dans un réflexe de défense, Karen, nue, prit la position du fœtus. La fraîcheur de la pluie n'avait pas suffi à dissiper la chaleur accablante de la minuscule chambre à coucher pauvrement éclairée de sa caravane. Les mains sur le visage que cachaient déjà ses longs cheveux pendants, Karen se mit à sangloter. Au milieu du crépitement métallique de la pluie, elle distingua nettement le bruit sec et rageur de la fermeture Eclair de Bri.

– T'es qu'une conne stupide. T'as pas plus de cervelle que le bâtard de Roscoe.

Il empoigna la jeune fille par une touffe de cheveux et lui rejeta la tête en arrière. Toutes griffes dehors, elle se mit à hurler et il ne put que la repousser violemment sur le lit. Puis, la mine dégoûtée, l'homme se pencha pour ramasser un sachet qui traînait sur le sol. La cocaïne qui s'y trouvait ressemblait à de la pâte dentifrice.

– J' peux pas croire qu'il existe quelqu'un d'assez con pour garder trois grammes de cocaïne dans une boîte en ferraille en plein soleil. J' suis pas un de ces putains de chimistes, et j'ai pas idée de ce qu'on peut faire avec de la coke fondue. T'as une idée, toi, espèce de connasse tarée ?

Karen frissonna et se cacha à nouveau le visage.

Bri décida brusquement de déchirer le sachet et fit tomber son contenu dans le creux de sa paume. Puis, sautant sur le lit, il s'assit à cheval sur Karen et lui tira de nouveau les cheveux en arrière. La jeune fille gesticula désespérément pendant qu'il lui plaquait la paume de la main contre la bouche.

– Tiens, bouffe, salope ! hurla-t-il.

Elle tenta de recracher la drogue, mais il la contraignit à fermer la bouche, tout en lui pinçant les narines. Toussant, s'étranglant à moitié, Karen s'effondra contre Bri. Ce dernier la contempla froidement pendant quelques instants puis, relâchant le nez de la jeune fille, lança sa main en arrière pour venir la frapper au plexus solaire. La poitrine de Karen émit un long sifflement et il put presque voir la cocaïne descendre dans la gorge de la jeune fille qui déglutit convulsivement. Ses yeux fixèrent quelques instants le vide, puis se révulsèrent. Karen s'était évanouie.

Avec un grognement de satisfaction, le jeune homme libéra sa victime. Puis il la retourna sur le ventre et, histoire de faire bonne mesure, lui administra un méchant gauche-droite dans le creux des reins.

Brisée de douleur, Karen entendit dans le tumulte de son cerveau la porte s'ouvrir, puis claquer violemment plusieurs fois au vent. La tête et l'estomac chavirés, l'esprit nébuleux, elle se laissa glisser hors du lit et se traîna en rampant jusqu'aux toilettes où elle hoqueta douloureusement, vomissant de longs filets de bile sanguinolente. Puis, la tête penchée au-dessus de la cuvette, elle perdit à nouveau connaissance.

CHAPITRE ONZE

1

Une fois installée au volant de sa camionnette, Pearl se sentit étrangement sereine. Au moment où elle atteignit la route, elle avait recouvré son calme et le contrôle de ses pensées.

Une bruine légère tombait. L'air, à peine plus frais que la veille, ne laissait cependant espérer qu'une journée de grisaille humide et déprimante. Mais Pearl appréciait les effets bienfaisants de la pluie balayant son visage et ses bras. L'endroit était vert, d'un vert dense et profond, plus vert que tous les lieux qu'elle avait pu visiter. Ici, les arbres semblaient pousser comme des pissenlits. Les bois délimitaient la route en un étroit corridor se perdant Dieu sait où avec, çà et là, des trouées semblables aux pièces manquantes d'un puzzle, laissant entrevoir un fragment de cottage, un coin de lac, un pan de montagne. Pearl avait la sensation que cette route boueuse et cahoteuse se dissociait du réseau routier et l'isolait du reste du monde. Quand elle rejoignit la route 5, elle eut l'impression d'avoir réussi une évasion.

Malgré l'abattement et l'angoisse, elle devait cependant admettre qu'elle avait atteint un degré de jouissance physique qu'elle n'aurait jamais osé imaginer. Elle sentait sourdre en elle ce que Dick Halloran avait coutume d'appeler « un sourire de chatte assouvie » qui justifiait presque la confusion d'esprit et les sentiments de culpabilité qu'elle pouvait en retirer. C'était à se demander si elle avait jamais été sexuellement non point comblée, mais seulement satisfaite ; si, jusqu'à ce jour, elle ne s'était pas jeté de la poudre aux yeux.

La ligne de conduite la plus sage eût été d'avouer à chacun des deux hommes qu'elle couchait – qu'elle *dormait* – avec l'autre, et de leur dire que, s'ils jugeaient la situation inacceptable, c'était un problème qui ne concernait qu'eux seuls. C'était cela : elle n'avait qu'à les laisser décider ; c'était la meilleure façon de trancher le dilemme.

Accrochée à son volant, elle se sentait comme un zombi, même si son âge lui permettait de comprendre les signaux que lui envoyait son corps. Ce corps qui, après tout, n'était peut-être pas fait pour devenir celui d'une épouse, à moins que tous ces débordements ne fussent imputables à « quelque chose » contenu dans l'eau. Cette pensée lui arracha un sourire empreint de lassitude.

2

Au moment où elle émergea de sa douche, le téléphone se mit à sonner. La voix rauque, Karen annonça sans ambages qu'elle ne se sentait pas bien – la grippe probablement – et qu'elle ne pourrait pas venir travailler. Avant que Pearl eût le temps de prononcer un mot, la jeune fille avait déjà raccroché.

Pearl fixa un instant le combiné. La grippe ?

Voire. Karen semblait avoir pleuré toutes les larmes de son corps, plutôt. Un coup d'œil à la pendule lui indiqua qu'elle n'avait pas le temps de lui rendre visite avant l'ouverture du restaurant. « Après », se promit-elle.

A nouveau assise au volant de sa camionnette, Pearl ne pouvait détourner ses pensées du problème qui la tenaillait. Si elle parvenait à composer avec l'erreur d'avoir couché avec David, elle avait néanmoins la conscience aiguë qu'il lui était impossible de limiter sa sexualité au périmètre d'une chambre à coucher. Le souvenir de Johnny Caswell ne fit que la conforter dans son impression.

Ils s'étaient rencontrés sur un vol entre Chicago et l'Angleterre où elle devait assister à une conférence internationale traitant de l'informatisation des bibliothèques. Un homme, le *Wall Street Journal* sous le bras, avait jeté un coup d'œil à sa carte d'embarquement, puis au siège libre près d'elle, et avait enfin cessé de tripoter la porte du casier à bagages afin de tenter d'y ranger sa mallette. Pour Pearl, le sentiment de répulsion avait été immédiat. Les vêtements qu'il portait semblaient coûteux, trop coûteux pour voyager en classe touriste. Probablement était-ce une réservation de dernière minute et, par conséquent, la seule place disponible. Depuis sa coupe de cheveux jusqu'à ses chaussures, il avait l'air résolument sportif. Le nuage d'eau de toilette coûteuse qui l'enveloppait assura à Pearl qu'elle voyagerait en compagnie de quelqu'un de raffiné. Elle retint un sourire en le voyant manipuler les serrures à combinaison de sa mallette, car, selon elle, en rien son contenu ne devait justifier une telle précaution. Cette mallette ne recelait vraisemblablement que le dernier numéro de *Playboy*.

Elle n'avait pas aimé son visage sombre, à cause sans doute de son menton trop grand, avec un côté grassouillet qui mettait exagérément en valeur une profonde fossette. D'ailleurs, des fossettes, il en avait un peu partout, encadrant une grande bouche aux lèvres minces et dures. Les yeux étaient trop petits, trop écartés. Des yeux bruns au regard sensuel surmontés de longs cils recourbés. De grandes narines largement ourlées complétaient un nez à la racine longue et étroite. Apparemment, une bonne part de sang blanc devait couler dans les veines de l'homme. Il y avait dans son attitude une assurance qui sous-entendait à quel point elle avait de la chance de voyager en compagnie d'un aussi bel homme.

Il était évident que le beau monsieur était un paon, un coq de basse-cour imbu de sa personne dont la proximité irritait infailliblement la femme indépendante qu'elle était. Elle avait figé un sourire de circonstance sur son visage et lui avait précautionneusement serré la main du bout des doigts quand il s'était présenté, en se disant que si, par malheur, pendant les six heures à venir, il se hasardait à lui débiter tous les enseignements qu'il avait tirés de son dernier divorce plutôt que de la laisser tranquillement lire, elle vomirait sur son beau costume en prétextant le mal de l'air.

One Fearful Yellow Eye était posé sur ses genoux, l'index marquant la première page, mais il avait dit :

– Il est excellent. Je l'ai lu à sa sortie. (Puis il avait brandi *The Green Ripper* qu'il avait coincé dans le *Wall Street Journal*.) Vous aimez Travis McGee ?

Sans attendre sa réponse, il avait ri. D'un rire clair et séduisant.

– Laissez-moi vous dire quelque chose : je suis une épouvantable voyageuse. J'ai le mal de mer rien qu'en regardant le poisson rouge de mon dentiste dans son bocal. Mais je peux lire Travis McGee sur un bateau-lavoir et j'envisage de me lancer dans la pêche au gros, façon Hemingway, vous saisissez ?

Trois semaines plus tard, elle découvrait avec amusement à quel point Johnny Caswell était devenu séduisant à ses yeux, tout en sachant qu'il ne s'agissait que d'une attirance physique, strictement physique. Une sorte d'alchimie, un langage du corps. Il lui restait encore beaucoup à apprendre.

Trois mois plus tard, ils étaient mariés et s'étaient installés dans un pavillon de banlieue. D'un commun accord, ils avaient décidé que l'enfant viendrait plus tard. Ils étaient encore jeunes et devaient d'abord mettre un peu d'argent de côté.

Quelle n'avait pas été sa surprise quand elle s'était rendu compte que le jean seyait aussi peu à Johnny que l'habit de soirée à la plupart des hommes de couleur. A vrai dire, jusqu'au moment où il avait fait la connaissance de Pearl, il n'en avait jamais possédé. Mais son nouveau rôle de propriétaire terrien marié à une femme passionnée de jardinage le lui imposait. De plus, Johnny croyait fermement que l'habit fait le moine. Il se mit donc à porter des jeans de coupe parfaite, sans leur laisser acquérir cette patine que leur confèrent les mouvements du corps, d'abord soucieux qu'on ne le prît pas pour un vulgaire jardinier.

De nombreuses années passèrent durant lesquelles la venue d'un enfant resta à l'état de projet. La distance qui commençait à les séparer entraîna l'inévitable découverte de leurs défauts respectifs. La lune de miel tirait à sa fin.

Johnny n'avait jamais fait preuve de suffisamment d'originalité pour abandonner certaines habitudes.

Il fallut un certain temps à Pearl pour se rendre compte que les chaussures de sport avaient été reléguées au fond d'un placard au profit du petit miroir et de la lame de rasoir. Quand, peu après leur cinquième anniversaire de mariage, elle lui avait reproché d'inhaler de la cocaïne, il avait répondu qu'il ne le faisait qu'occasionnellement et seulement dans un esprit de convivialité. Le ton sifflant, elle l'avait alors menacé de le quitter et c'est de mauvaise grâce qu'il avait promis de ne plus recommencer. Peut-être avait-il tenu promesse, du moins pour un temps. Mais les choses n'allaient plus être comme avant. Désormais, leurs vies n'allaient être que silences et cachotteries. Toute notion de maternité et de paternité fut abandonnée. Pour Johnny, la drogue était devenue en quelque sorte sa tasse de thé du matin, accompagnée de réprimandes envers l'intransigeance de Pearl, son exigence, son absence de... etc.

Et puis merde. Le jour vint enfin où il lui fallut choisir entre elle et la coke. Après qu'il l'eut traitée de pute, la situation devint nettement plus claire. Tout compte fait, rétrospectivement parlant, il n'était même pas séduisant. Ce n'était qu'une sorte de dandy portant les stigmates dominateurs spécifiques à ses ancêtres blancs.

Sept années de mariage soufflées comme une ligne de cocaïne et voilà qu'elle se sentait comme une idiote. Avec le goût de bile qu'elle trimbalait dans la bouche, sa présence auprès de Gussie lui avait fait le plus grand bien.

Roscoe entra au moment où elle allumait son gril. La flamme bleue lui tira un grognement de plaisir.

– J'aurais besoin de vous, Karen est malade.

Roscoe répondit par un sourire et contourna aussitôt le comptoir pour mettre son tablier. Il aimait cela quand elle lui faisait sentir qu'il pouvait encore être utile, ça le mettait tout de suite d'attaque.

– Vous avez pas l'air très en forme vous non plus.

Trop occupée par son fourneau et sa cafetière, elle préféra laisser tomber :

– La chaleur.

– Bien d'accord, fit-il en l'épiant par-dessus la porte du réfrigérateur.

Sonny Lunt entra, avec sa démarche de bûcheron, et Pearl lui en fut reconnaissante.

– Bonjour, Sonny.

– 'Jour, Pearl. Encore que j' sais pas ce qu'y a de bon dans une journée comme celle-là.

– Y a pas de neige, c'est d'jà ça, intervint Roscoe.

– Ha ! Roscoe, tu travailles trop, taquina Sonny.

– Qu'est-ce que tu connais au travail ! rétorqua Roscoe en faisant mine de lui administrer une claque.

3

Il continua à pleuvoter pendant toute la matinée, et l'humidité devint oppressante. Trop de gens étaient là à ne rien faire d'autre qu'avaler café sur café, et à se plaindre de brûlures d'estomac et du mauvais temps. D'habitude, cela ne déplaisait pas à Pearl. Plutôt encline à tirer la quintessence de tout ce qui passait à sa portée, elle ne détestait cependant pas écouter les gens parler de leurs petits malheurs et de tous les enseignements qu'ils en retiraient chaque fois. Les gens se révélaient sans cesse, presque inconsciemment, souvent piteusement, quelquefois hypocritement et cela la surprenait et l'émerveillait.

C'était un des à-côtés du boulot. Mais, aujourd'hui, tout lui semblait fade et lassant.

David entra sur le tard et toucha à peine à son déjeuner. En dépit de la grisaille, il portait ses lunettes noires comme une femme qui veut cacher ses cernes ou un œil au beurre noir. Pearl se dit qu'il avait sans doute oublié d'en changer, si sombre que pût être la journée.

– Il ne fait pas si mauvais, murmura-t-elle en remplissant sa tasse.

Les lunettes de David glissèrent sur le bout de son nez. Il arbora un regard empreint de gravité.

– Tu n'es pas poète. Tu ne connais pas les affres de la désillusion. Le ciel est couvert de nuages, mais c'est nous qui pleurons.

Au moment de quitter les lieux, David croisa Walter McKenzie et sa fille. David prit le temps de serrer la main du vieil homme.

– C'est vous qui avez commandé ce temps, Walter ? Vous avez décidé de me faire quitter la ville ou quoi ?

– Pas du tout, sourit Walter. C'est toi qui as oublié de fermer le robinet de ta baignoire.

– Ce n'est pas possible, je ne prends jamais de bain.

– Toi non plus ? Je croyais être le seul !

Les deux hommes échangèrent un sourire, puis se quittèrent. Jean tira son père par la manche.

– Viens t'asseoir, p'pa.

Walter se hissa sur son tabouret en soufflant, puis resta un long moment à scruter chacun des clients comme s'ils portaient un masque et qu'il tentait de les reconnaître l'un après l'autre. D'une main tremblante, il s'empara ensuite d'un menu et se mit à l'examiner comme s'il le consultait pour la première fois.

– P'pa, demanda Jean, impatiente, qu'est-ce que tu veux prendre ? Pearl attend.

– Oh, ferme-la et fiche-moi la paix, répliqua-t-il d'une voix chevrotante. Tu vois pas que j'ai même pas eu le temps de lire le menu ?

Le visage de Jean devint écarlate et ses yeux s'embuèrent de larmes. Elle fouilla un instant dans son sac et en tira un mouchoir avec lequel elle se tamponna les yeux.

– Prenez votre temps, fit Pearl avec une feinte cordialité, en tapotant la main de Walter, puis celle de Jean.

– Je représente rien pour lui, hasarda celle-ci entre deux reniflements.

Walter se mit alors à regarder sa fille comme s'il n'était pas sûr de l'identité de la femme entre deux âges passablement décatie qui se trouvait à ses côtés.

– Non mais, qu'est-ce qui se passe ici ?

4

A midi, le restaurant était presque vide. Avec un temps pareil, personne n'irait à la plage, aujourd'hui. Sam entra en coup de vent avec Josh en remorque.

– Où est Karen ?

– Elle a téléphoné pour dire qu'elle était grippée, expliqua Pearl. J'avais l'intention de lui rendre visite plus tard.

Sam ne réagit pas. En revanche, l'estomac de Josh émit un gargouillement caractéristique. Les deux jeunes gens étaient morts de faim.

– On ferait p'têt' mieux d'aller voir Karen ? proposa Sam.

– Si ton père voit pas d'inconvénient à ce qu'on arrive en retard, pas de problème, répliqua Josh avec un haussement d'épaules. Mais si vous devez vous engueuler, pas la peine que je t'accompagne.

– Qu'est-ce que tu racontes ? J' peux bien discuter avec ma sœur, quand même ?

– Ah ouais ? C'est encore jamais arrivé.

– Fais pas le con.

Rouge de confusion, Sam avait murmuré ce mot comme s'il le prononçait pour la première fois de sa vie. Il se mit à examiner ses mains avec l'expression de celui qui se rend soudain compte qu'elles sont couvertes de verrues et qu'il possède six doigts au lieu de cinq.

Les deux garçons sortirent en se couvrant aimablement d'injures.

La journée s'acheva enfin et, une fois son établissement fermé, Pearl prit le chemin de la caravane de Karen. La vue de la vieille Plymouth et de la caravane cabossée suffit à confirmer ses craintes. Arrivée sur le seuil, elle laissa la pluie lui picoter le cou, quand, à sa grande surprise, Sam jaillit brusquement de la caravane. Ses cheveux ébouriffés étaient ceux de quelqu'un qui a tenté de se les arracher. Comme pour donner raison à Pearl, il se mit à les ratisser d'un air désemparé.

– Grâce à Dieu, c'est vous. Elle est dans la chambre à coucher et elle refuse de me parler. Mais je suis sûr que ce fils de pute lui a fait quelque chose.

Pearl entra précipitamment sur ses talons et se dirigea vers la petite chambre à coucher.

– Où est Josh ?

– Il a dû rentrer. P'pa a laissé Jonesy tout seul à

la station-service. Je ne sais pas où il est, j'arrive pas à le joindre. Mais je lui ai laissé un message.

Après qu'il lui eut cédé le passage, Pearl vit Karen qui, recroquevillée sous son drap, tentait de se cacher. Elle avait le visage exsangue et tenait une main crispée contre son estomac.

– Elle a vomi tripes et boyaux. Ça pue dans la salle de bains.

Pearl se pencha sur le front de Karen. Il était froid et moite.

– Que se passe-t-il, Karen ? Est-ce que Bri t'a maltraitée ?

Des larmes coulèrent lentement sur la joue de la jeune fille.

– S'il vous plaît, je veux pas que vous en parliez à mon père.

– Merde ! explosa Sam. C'est un peu tard pour dire ce que tu veux.

Pearl le poussa gentiment hors de la chambre à coucher et fit coulisser la porte derrière lui. C'est à peine s'il y avait assez de place pour deux personnes dans cette minuscule chambre. Elle s'assit sur le lit et, tenant Karen dans ses bras, la laissa donner libre cours à ses sanglots.

– C'est ma faute ! cria Karen entre deux soubresauts.

En l'entendant, Sam se mit à tambouriner violemment contre la porte.

– Et puis quoi encore ! hurla-t-il.

Le garçon se mit à faire les cent pas dans la caravane en administrant de grands coups de pied à droite et à gauche. Pearl quitta la chambre et referma soigneusement la porte derrière elle.

– Qui est votre médecin de famille ?

– Le docteur Hennessey, à Greenspark.

– Où se trouve le téléphone ?

Sam le lui montra du doigt.

– Et l'annuaire ?

Il le lui trouva.

– Peux-tu sortir un instant ? J'aimerais lui parler en privé.

Sam s'exécuta, mais à contrecœur. Quelques minutes plus tard, Pearl apparaissait sur le pas de la porte et l'invitait à entrer.

– J'ai parlé au médecin. J'emmène Karen à Greenspark. Tu m'accompagnes ?

En d'autres circonstances, Sam n'aurait jamais osé. Il appela Jonesy et laissa un message à l'intention de son père. Puis il prit Karen dans ses bras et l'installa dans la camionnette de Pearl.

5

Au cabinet du docteur Hennessey, ils retrouvèrent Reuben.

– Tu me laisses parler, d'accord, Sam ? murmura Pearl avant de l'intercepter sur le seuil. Allons dehors.

– Que se passe-t-il ?

– Karen m'a téléphoné ce matin en prétextant une grippe... (Elle posa une main apaisante sur l'avant-bras du géant.) Tu restes calme.

Trop tard, il était déjà tendu comme un ressort.

– Brian l'a un peu tabassée.

Elle le vit changer de visage et sentit son cœur chavirer.

– J' vais le tuer, annonça-t-il simplement.

Elle s'appuya sur Reuben d'un air las.

– Non. Colle-lui une bonne raclée, si ça te fait plaisir, mais ne le tue pas.

Quelque chose en Reuben sembla se détendre un peu. Il pencha la tête de côté, comme pour lui faire comprendre qu'elle avait gagné. Elle reprit, hésitante :

– Tout ça parce qu'elle a laissé une pincée de coke fondre en plein soleil.

Pearl vit le visage de Reuben se tordre de colère, et ses poings, lourds comme des marteaux de cantonnier, se refermer lentement. Elle prit une longue inspiration.

– Et il la lui a fait avaler.

Le géant sembla soudain vaciller, au point qu'il dut faire un pas en arrière pour ne pas perdre l'équilibre. Elle tendit la main pour le rattraper, mais elle avait oublié la masse qu'il représentait. Cela ne fit qu'aggraver son sentiment de fragilité et d'impuissance. Très vite, cependant, Reuben retrouva le contrôle de ses réactions. Il pencha la tête vers le visage de Pearl.

– Est-ce qu'elle va bien ?

– Je ne sais pas. Je n'ai pas parlé de la coke à Sam.

– Tu es bien sûre qu'il faut pas que je le tue ? demanda-t-il ironiquement, mais avec des larmes au coin des yeux.

– S'il ne tenait qu'à moi, je te donnerais un coup de main avec plaisir.

L'ombre d'un sourire se dessina sur le visage de Reuben. Puis il s'approcha d'elle, la prit sous le bras, et l'entraîna vers la salle d'attente où ils retrouvèrent Sam en train d'arpenter la pièce de long en large. Reuben donna une brève accolade à son fils. Ces timides effusions parurent apporter aux deux hommes un semblant d'apaisement.

A peine avaient-ils eu le temps de s'asseoir que le docteur Hennessey, un barbu dans la quarantaine affichant cet air de lassitude permanente propre aux médecins, interpellait Reuben. D'un regard, celui-ci interrogea Pearl pour savoir si elle désirait l'accompagner, mais elle lui fit un signe négatif de la main, préférant rester auprès de Sam.

Sam se remit à faire les cent pas. Pearl se leva et se mit à arpenter la pièce avec lui. Brusquement, le jeune homme s'immobilisa.

– On va finir par trouer la moquette.

– Et si on changeait de parcours ? proposa Pearl avec un sourire.

Il fit non de la tête. Ses lèvres esquissèrent une grimace et Pearl ne trouva rien d'autre à faire que de lancer ses bras autour du cou du jeune garçon.

– Oh, Sam...

Il la tint fermement contre lui pendant qu'elle éclatait en sanglots, épuisée. D'une main tremblante, trop grande, aussi grande que celle de son père, il lui caressa les cheveux. Ils tanguèrent un instant en refoulant leurs larmes. Puis se séparèrent doucement.

Le visage défait, Reuben réapparut en poussant sa fille dans un fauteuil roulant. Pâle, chancelante, la jeune fille semblait plus morte que vive.

– Le docteur a décidé de mettre Karen en observation à l'hôpital. Je l'emmène tout de suite.

Arrivés dehors, Reuben prit sa fille dans ses bras et l'installa dans sa camionnette.

– Tu as de la chance, lui dit-il. Si Sam n'était pas venu te voir, tu aurais pu mourir.

Pour toute réponse, la jeune fille détourna le

visage. Pendant que Sam s'installait près de sa sœur, Reuben accompagna Pearl jusqu'à son véhicule.

– Merci, dit-il. Ce coup qu'elle a reçu à l'estomac lui a sauvé la vie. Ça lui a fait recracher presque tout le poison. De ce côté-là, elle ne risque rien. Mais elle a une hémorragie à l'estomac et aux reins – il l'a frappée là aussi. On va lui faire des analyses qui risquent de la rendre encore plus malade. En fait, il s'en est fallu d'un cheveu qu'elle y passe.

– Qu'est-ce que tu comptes faire à propos de Brian ?

– Je sais qu'il passe le plus clair de son temps au *Dog*, mais je sais aussi où il travaille et à quelle heure.

– Oh non... !

– Si je ne le fais pas, c'est Sam qui va s'en charger et il risque d'être blessé.

Cette éventualité-là, elle ne l'avait pas envisagée.

– Dans ce cas, je t'accompagne.

– Non. Rentre chez toi. Tu as l'air crevée. Va te reposer.

6

En ce triste lundi soir, le *Dog* n'existait que pour son commerce – désabusé – de pizzas à emporter et pour éviter aux alcooliques une nouvelle crise de delirium tremens. Quelques clients venus prendre une bière après une rude journée de travail traînaient çà et là, sans grand espoir d'assister à quelque chose d'intéressant.

Dans le parking, Reuben reconnut le camion de Sonny Lunt garé juste à côté du débris qui servait d'ambulance à son colocataire, un homme au visage en pain de sucre, Melvin Mullins de son vrai nom, mais connu sous le sobriquet de Lurch depuis les bancs d'école. Tout comme Sonny, Lurch Mullins était divorcé et seul, et déjà en bon chemin pour le titre d'ivrogne patenté. Il y avait aussi d'autres véhicules qu'il reconnut d'instinct, la grosse familiale de Belinda Conroy pour n'en citer qu'une. Probablement était-elle là pour prendre livraison d'une pizza qu'elle avait commandée : ce n'était pas une soirée pour draguer. A l'extrémité du parking, parmi ce qui semblait être un enchevêtrement de ferraille, il reconnut la Honda « Shadow » de Brian Spearin. Manifestement, ce dernier était en compagnie de lascars de son acabit.

La pénombre qui régnait à l'intérieur ne rafraîchissait pas pour autant l'atmosphère. La seule notion d'air conditionné connue du propriétaire consistait à ouvrir les portes de secours afin que l'air extérieur pût entrer librement. Et quand il n'entrait pas, libre aux consommateurs de suer tout leur soûl, car plus on sue, plus on boit, c'est bien connu. L'endroit exhalait un mélange douceâtre de bière, de sueur et de pizza. Reuben en eut l'estomac chaviré, à moins que ce ne fût à cause de la colère froide qui lui vrillait les tripes.

Sonny leva les yeux du bar et poussa un mugissement, pendant que Lurch se joignait à lui et grommelait un salut inintelligible.

– Reuben ! J' te paie une bière, vieux cheval !

Du côté de la table où s'étaient regroupés les motocyclistes, il y eut une vague agitation.

Reuben alla se planter devant Brian Spearin. Déjà debout, ce dernier manifestait quelques velléités combatives, mais une ombre de panique pouvait se lire sur sa belle gueule de voyou. Malgré sa haute taille et le fait qu'il pratiquât les poids et haltères, il restait conscient de son handicap face à la masse impressionnante de chair et d'os que représentait Reuben Styles. De son côté, Sonny n'était pas encore assez parti pour ne pas comprendre ce qui se passait.

– Putain de bordel de merde ! s'exclama-t-il en administrant un coup de coude dans les côtes de Lurch.

Reuben tendit le bras et empoigna Brian par le collet alors que ce dernier tentait de s'éclipser. Le voyou tenta de se débattre, mais Reuben se contenta de le secouer, juste une fois, comme on secoue un oreiller après une nuit de sommeil. Puis il le laissa retomber sur ses pieds et, tandis que celui-ci s'efforçait de retrouver son équilibre, le géant lui administra un aller et retour en plein visage.

Derrière son comptoir, le propriétaire se mit à crier :

– Allez régler vos comptes dehors, les gars !

Sonny Lunt alla ouvrir la porte à Reuben qui, désinvolte, propulsa le voyou vers le parking. Ce dernier ouvrit la bouche pour crier des obscénités, mais il se retrouva aussitôt le visage enfoncé dans la boue.

Le parking fut très vite envahi par les clients. Les amis de Brian semblaient décidés à se tenir à l'écart, du moins aussi longtemps que le jeune homme n'aurait pas le dessus.

– Tu veux un coup de main ? proposa Sonny.

Il n'était pas le seul. Lurch et certains clients semblaient désireux de mettre eux aussi la main à la pâte, ayant eu peu ou prou maille à partir avec le voyou. Quant aux autres, ils voyaient là une bonne occasion de rigoler un peu, tout en rendant service à la communauté.

Reuben secoua négativement la tête et remit Bri sur ses pieds en le débarrassant de la boue et des gravillons collés sur son visage.

– C'est quelque chose que j'aurais dû faire depuis longtemps, dit-il d'un ton neutre en lui envoyant un violent coup de genou dans l'aine.

Le regard de Bri se voila et un étrange petit cri s'échappa de sa gorge. Il avait perdu connaissance. Reuben le tint quelques instants par le col de son blouson en le regardant d'un air songeur, puis il desserra sa prise. Bri s'effondra sur le sol, secoué de haut-le-cœur.

Sur le seuil de l'établissement, le propriétaire assistait lui aussi au spectacle. Tout comme son proche voisin, une bonne bagarre n'était pas pour lui déplaire. Mais la scène à laquelle il assistait prenait à ses yeux une tout autre tournure. Il s'épongea nerveusement le front avec un coin de son tablier.

– Sonny, murmura-t-il, ça commence à sentir mauvais.

– Qu'est-ce que t'en as à foutre, Fudgy, rigola Sonny, le spectacle est gratuit.

Sonny jeta un coup d'œil à la clientèle qui avait à présent entièrement déserté le bar. Tout le monde semblait bien s'amuser. En fait, certaines personnes semblaient même *trop* bien s'amuser.

– Regarde un peu Belinda, fit Sonny à Lurch, elle en mouille ses culottes.

De fait, à en juger par son regard, Belinda Conroy semblait prendre un plaisir intense au spectacle.

Reuben se pencha en avant et releva le voyou dont le corps évoquait celui d'un sac de son. Il se demandait, avec une froideur de chirurgien, si sa victime était en état de choc. Etat qui peut vous tuer un homme, et Reuben n'avait nullement l'intention de se retrouver en prison à cause d'une ordure. D'autre part, cette petite gouape l'avait bien cherché et Reuben se disait qu'il en avait fini avec lui. Enfin... presque. Il traîna Brian jusqu'au camion de Sonny et laissa retomber sa victime contre la calandre. Là, il ouvrit le lourd capot et son énorme battoir remit Brian sur ses pieds. Les deux mains que le voyou tenait toujours crispées sur son bas-ventre furent posées sans ménagement sur la pièce de métal où le capot vient se rabattre et, sans lui laisser le temps de les retirer, Reuben referma violemment. Brian Spearin poussa un hurlement d'agonie et tomba à genoux devant la calandre du camion.

– Nom de Dieu de nom de Dieu ! s'exclama le propriétaire en se précipitant vers le téléphone.

Reuben souleva de nouveau le capot. Quand Brian s'effondra sur le sol, il le laissa simplement retomber et, sans un regard pour le voyou, s'éloigna.

Un grand silence s'était abattu sur la foule. Sonny et Lurch regardaient fixement Belinda Conroy qui, pour sa part, semblait fascinée par Reuben, alors que ce dernier s'installait calmement au volant de sa camionnette. Les deux hommes semblaient tellement époustouflés qu'ils s'étaient accrochés l'un à l'autre et poussaient des gloussements de plaisir.

– J' crois que j' ferais mieux de dire à Reuben de revenir. Il doit être tellement furax qu'il est capable de s'envoyer Belinda, dit Sonny.

– Moi d'abord, ricana Lurch. J'en ai plus besoin que lui.

– Laisse tomber, pas avec elle, conseilla Sonny. Tu sais qu'on appelle Reuben « queue de cheval » alors que, toi, t'as qu'un bout de crayon à offrir. De plus, j'ai entendu dire que, quand elle en avait fini avec un homme, il ne lui restait plus grand-chose.

D'un pas chancelant, les deux hommes se mêlèrent à la troupe des clients qui se dirigeaient vers le bar.

– J'avais pas vu une chose pareille depuis la raclée que Parrish a collée à Laimbeer. J'avais jamais vu ça de ma vie. Laimbeer arrêtait pas de cracher ses dents.

Le regard brumeux, les deux hommes se perdirent dans le souvenir de la rencontre entre le centre des Celtiques et le gardien des Pistons. La jouissance de Belinda Conroy n'était rien comparée à ce grand moment de l'histoire du basket professionnel.

– Ouais, Parrish est arrivé devant Laimbeer et lui a collé une baffe en travers de la gueule. Combien tu crois qu'elles mesuraient, ses mains ? Un pied ?

– Au moins, acquiesça Lurch. Rien que les bras, ils faisaient quatre bons pieds de long.

– J' dirais même cinq, fit Sonny en éclusant sa chope de bière. Paf ! paf ! paf ! Et tout a été réglé.

Dehors, près de sa voiture, le visage ruisselant de sueur, la Conroy regardait fixement la camionnette de Reuben. Finalement, après une longue inspiration saccadée, elle se décida à traverser le parking. En la voyant arriver, Reuben leva les yeux au ciel. Belinda Conroy se passa un bout de langue sur la lèvre inférieure et s'adressa à lui avec un petit sourire embarrassé.

– Beau travail, fit-elle d'une voix rauque.

– Allez-vous-en, Belinda. J'ai pas besoin d'une folle hystérique comme vous.

Elle répliqua par un soufflet en plein visage et rebroussa chemin. Reuben essuya le filet de sang qui coulait au coin de ses lèvres, puis, la tête renversée, éclata d'un grand rire.

Un quart d'heure plus tard, une ambulance arrivait sur les lieux. Même si le poste de secours se trouvait à deux pâtés de maisons de là, il avait fallu dix bonnes minutes avant que le personnel requis fût rassemblé. Deux shérifs adjoints se présentèrent au moment où l'ambulance prenait la route de l'hôpital. Reuben reconnut l'un d'eux comme étant un vieux camarade d'école. L'autre, Jeff Deluca, était beaucoup plus jeune. Reuben se souvint avoir une fois dépanné sa voiture de patrouille.

Le géant attendit patiemment que le propriétaire du *Dog* eût terminé son exposé haut en couleur qui, bien sûr, tout en le dégageant de toute responsabilité, faisait état de ses mérites.

Les policiers écoutèrent, puis, non sans une certaine répugnance, se dirigèrent vers Reuben. Les voyant arriver, ce dernier sortit de son véhicule.

– Salut, Reuben, dit Tom Clark, son ancien camarade de classe. Le vieux Fudgy raconte que tu as agressé ce taré de Spearin.

– Tom... Jeff... (Reuben regardait ses mains pendant que le jeune policier semblait en proie à une profonde agitation.) C'est vrai.

Tom Clark éclata de rire.

– Probable que l'Etat devrait te décerner une médaille. Mais y a pas de justice, vois-tu...

Jeff Deluca se racla la gorge et son index alla triturer son baudrier.

– Si tu nous racontais tout ça ?

– Il a battu ma fille et j'ai décidé que ça se reproduirait plus...

Tom Clark sortit son paquet de cigarettes et en offrit une à Reuben. Celui-ci le remercia d'un geste.

– Et c'est pourquoi t'as décidé de lui faire éclater les couilles et les poignets. Tu n'y es jamais allé par quatre chemins, mon salaud... (Le policier produisit un rire bref.) J' te blâme pas, mais t'as pas à te mêler des chamailleries de tes gosses, Reuben. Ta fille aurait dû nous appeler et porter plainte. Au moins on aurait pu l'inculper de quelque chose et c'est *lui* qu'on aurait mis en taule. La manière dont ça se passe avec la loi, Reuben, c'est que t'as pas le droit de faire justice toi-même. Tu le sais bien.

– Elle a pas encore dix-sept ans, argua Reuben après avoir acquiescé de la tête. Et ce salaud baise ma fille depuis presque deux ans.

Le geste de Clark pour allumer sa cigarette resta un moment en suspens. Il ne parvenait pas à se rappeler la dernière fois où il avait entendu Reuben prononcer le mot « baise ». Même en remontant jusqu'à l'école communale, même quand sa femme s'envoyait en l'air avec son prêcheur.

– C'est du viol caractérisé, un de ses trucs préférés. Cette petite frappe aime bien traîner à la sortie des écoles, intervint Deluca.

Clark tira longuement sur sa cigarette.

– Ta fille est prête à porter plainte pour viol et voie de fait ?

– Je crois. Pour voie de fait, en tout cas. Si ça peut m'éviter la taule...

– Très bien, conclut Clark. Faut que je note quelques noms de témoins et que je fasse mon rapport. Rentre chez toi. J'appellerai demain pour parler à ta fille. Est-ce qu'elle a vu un médecin ?

– Elle est à l'hôpital.

– Parfait, un rapport médical ne nuira pas à notre affaire. Nous allons faire un marché, Reuben. Je te mets pas en taule, je m'arrange pour que ce gibier de potence n'approche plus ta fille. (Tom Clark laissa tomber son mégot.) Bon Dieu, j' peux pas me passer de ces trucs et pourtant c'est un vrai poison...

Et toi, de ton côté, tu te mêles plus des affaires de la police.

Reuben lui tendit la main.

– Merci.

– Rentre chez toi, maintenant.

7

Quand Pearl revint chez elle, la maison lui parut encore plus vide que la première fois qu'elle en avait franchi le seuil. Il faisait presque nuit. De nouveau, le soleil s'était couché sans qu'elle s'en aperçût. La lumière de son répondeur clignotait.

« Pearl, disait David d'un ton suppliant, je crois que j'attends un enfant. Je t'en prie, téléphone-moi. »

Elle se mit à rire et décrocha le téléphone.

– Il n'est pas de moi, fit-elle après qu'il eut répondu. Je sais bien que tu n'es qu'un être dévergondé.

– C'était une fausse alerte. Tu travailles trop. J'ai envie de toi, mais tu as besoin de sommeil, j'imagine.

– En effet. Quelle délicate attention de ta part...

– Au contraire, c'est très égoïste. Il faut que je laisse ma peau se cicatriser de toutes les lacérations que tu y as faites.

– Pauvre enfant. Le temps te rend encore maussade ?

– Je n'en mourrai pas. Ce n'est pas le temps qu'il fait qui me désespère, c'est toi. A vrai dire, je ne déteste pas les jours tristes et sombres ; ils écartent les gens du lac et me permettent d'entendre les huards.

– Et de quoi parlent-ils, aujourd'hui ?

– De Howard le canard. Ils ne l'aiment pas. Il y

en a même un qui dit que c'est un très mauvais rôle. C'est Danny DeVito qui aurait dû l'interpréter. Et l'autre répond : « Tête d'œuf, DeVito est trop italien pour ça. »

– Retourne écouter tes huards, répondit-elle en riant. Je t'appellerai demain.

Sur le répondeur, il n'y avait pas d'autre message hormis les silences de Bobby.

8

Alors qu'il roulait sur Pondicherry Causeway, Reuben décida d'arrêter son véhicule sur un accotement et de faire quelques pas jusqu'à la berge du lac. Il n'y avait pas grand-chose à voir. Les nuages semblaient aspirer le moindre reflet provenant des cottages disséminés le long de ses rives. Les eaux noires et profondes étaient calmes et plus énigmatiques que jamais ; car c'était ainsi qu'il les avait toujours connues. Il avait grandi avec ce mystère et avait même appris à en retirer un certain réconfort.

Quand il rentra chez lui, il retrouva Sam, qui regardait la télé.

– Tu l'as eu ?

Reuben se limita à un hochement de tête.

– Va te coucher, Sam. On en reparlera demain matin.

Sam était trop heureux pour regimber. Son allure de taureau prêt à charger due à la tension de la journée disparut tout à coup, et c'est d'un pas léger qu'il se dirigea vers sa chambre à coucher.

Pearl avait somnolé en attendant l'arrivée de Reuben. Elle n'aurait pas dû. Le divan grinça sous elle et, en nage, elle émergea d'un rêve confus. Reuben était assis près d'elle.

– Salut, fit-elle d'une voix ensommeillée. Ça va ?

– Non.

Elle lui tendit les bras.

Un peu plus tard, après être allé chercher deux bières au réfrigérateur, il lui raconta ce qui s'était passé.

– Alors, tu t'es bien défoulé ?

– Je ne suis pas très fier de moi, si c'est ce que tu veux savoir.

– Alors, pourquoi l'avoir fait ?

– D'une part, pour empêcher Sam de le faire et, de l'autre, pour que Brian laisse Karen tranquille. Si la leçon a porté, c'en valait la peine. C'est une chose que j'aurais dû faire depuis longtemps, dès que j'ai découvert qu'il s'était installé chez elle.

– Chez elle ? Je savais que ce garçon la fréquentait, mais Karen...

– Karen a beau avoir un corps de femme, elle reste une enfant. Je sais que je ne suis pas très paternel avec elle. J'aurais dû veiller un peu mieux sur elle.

– Et qu'aurais-tu fait de plus ? Tu ne pouvais quand même pas la séquestrer.

– J'aurais dû m'occuper de ce voyou dès le départ.

– C'est ça. Et qu'aurait fait Karen, selon toi ?

Reuben n'avait pas envie d'y penser. Il soupira.

– Elle en aurait pris son parti, c'est sûr. C'est moi qui aurais été le salaud et lui le martyr.

– Exact. De toute manière, les meilleurs parents du monde n'ont aucun ascendant sur leurs enfants, de nos jours. Crois-tu qu'elle va vouloir encore de lui ?

– Je crois qu'elle en est guérie. De celui-là, tout

au moins. Mais je serais étonné que cette histoire s'arrête là.

– J'aimerais pouvoir te dire le contraire.

Reuben attira Pearl contre lui.

– Si tu n'étais pas là, je ne sais pas ce que je ferais.

– Probablement la même chose.

Il lui sourit, ébouriffa ses cheveux et se pencha au-dessus d'elle pour éteindre la lampe.

Elle dormit d'un sommeil si profond qu'elle ne se rendit pas compte de son départ. Quand elle s'éveilla, il pleuvait toujours. « Complications » fut le premier mot qui lui vint à l'esprit. Elle n'était pas plus avancée que la veille.

CHAPITRE DOUZE

1

Le radio-réveil de Sam se mit à beugler si fort que tout individu normalement constitué l'aurait fait taire à grands coups de poing. Si le son n'était pas tout à fait apte à réveiller un mort, il aurait tout au moins incité n'importe qui à tâtonner fébrilement vers le bouton d'arrêt. Et pourtant, ce radio-réveil fut incapable de tirer Sam de son profond sommeil.

Reuben alla frapper à sa porte, sans toutefois se faire trop d'illusions. Poussant le vantail, il hasarda un œil dans la chambre plongée dans une obscurité sépulcrale. Semblable à un insecte géant écartelé, Sam était étendu sur son lit. Reuben atteignit l'appareil au moment où son fils posait la main dessus.

– Désolé, grommela aveuglément Sam.

– Va sous la douche, on déjeune dans dix minutes.

Brillant comme un sou neuf, Sam entra dans la cuisine, se laissa nonchalamment tomber sur une chaise et tendit machinalement la main vers une tranche de pain grillé.

– Alors ? Qu'est-ce que tu lui as fait, à ce salaud ? demanda-t-il d'emblée en mordant à belles dents dans sa tartine.

Reuben déploya son journal.

– Je l'ai expédié à l'hôpital.

Le garçon se leva brusquement avec un cri de joie. Reuben le regarda gravement par-dessus son journal.

– Mets une sourdine, Sam. Y a pas de quoi pavoiser.

Un peu embarrassé, Sam se rassit. Reuben soupira. Décidément, Sam était mal à l'aise pour un oui ou pour un non.

– Je dois faire face à une accusation de voie de fait, annonça calmement Reuben. Je ne veux pas que ça t'arrive à toi aussi.

Sam eut tout à coup l'air effondré. Il regardait ses œufs brouillés comme si la poule venait de les pondre directement dans son assiette.

– Bri a agressé Karen. Si elle porte plainte contre lui et si j'ai de la chance, nous pourrons faire un marché et passer l'éponge, du moins aux yeux de la loi.

Le garçon acquiesça sans rien dire.

– Donc, plus d'histoires, poursuivit Reuben. Quand Karen rentrera, je veux que tu restes auprès d'elle, que tu gardes un œil sur elle au cas où elle nous ferait une rechute. Surveille aussi les environs, il se peut qu'un des frères Spearin vienne rôder par ici. Josh pourrait peut-être te tenir compagnie, mais pas question de laisser Karen toute seule.

– Sûr. On va s'occuper d'elle, répondit Sam en redressant le torse.

– Tu dois te limiter à t'assurer qu'elle se repose et que personne ne la harcèle.

– D'accord.

Sam se replongea dans son petit déjeuner avec un appétit tout neuf.

En vérité, Reuben était persuadé que Karen ne ferait l'objet d'aucune agression, du moins ouvertement. Mais ses recommandations avaient surtout pour but de pallier la frustration de Sam pour ne pas s'être chargé personnellement de Brian Spearin.

2

Après avoir déposé Jonesy à la station-service, Reuben se rendit directement à l'hôpital de Greenspark. Le docteur Hennessey, qui effectuait sa tournée matinale, lui consacra quelques instants pour lui donner des nouvelles de Karen : tout allait bien, elle pourrait quitter l'hôpital quand elle le désirerait. Reuben entra dans la chambre de Karen et alla directement s'asseoir à son chevet.

La jeune fille s'agita et tourna ses paupières alourdies de sommeil vers son père. Puis, se dressant sur un coude, elle mit une main en visière afin de protéger ses yeux de la lumière du jour.

– Bonjour, comment ça va ?

– Bien, fit-elle d'une voix enrouée.

Reuben lui tendit un verre d'eau qu'elle accepta volontiers.

– Le docteur Hennessey dit que tu peux quitter l'hôpital. J'ai demandé à Sam de prendre soin de toi, jusqu'à ce que tu sois complètement rétablie.

D'un mouvement de tête, Karen exprima son accord.

– Hier soir, j'ai flanqué une correction à Bri, avoua Reuben, hésitant.

La jeune fille fixa son père un instant, puis s'effondra sur son lit avec un gémissement de détresse.

– Qu'est-ce que tu lui as fait ? demanda-t-elle, maussade.

– Je lui ai brisé les poignets, fendu la lèvre, et je

pense qu'il a dû se réveiller avec une méchante douleur aux parties.

– Oh non !...

Il y avait quelque chose d'étrange à être assis au chevet de sa fille et à discuter avec elle de l'état des parties génitales de son amant ; mais, tout aussi étrangement, Reuben ne se sentait pas aussi embarrassé qu'il aurait dû l'être. Peut-être était-ce là la première discussion d'adultes qu'il avait avec sa fille. Pearl n'aurait sûrement pas manqué d'apprécier l'ironie de la situation.

– J'ai des problèmes, ajouta-t-il.

Karen se redressa sur ses coudes.

– Il se peut qu'il porte plainte pour agression et voie de fait. La seule façon de m'en sortir – et encore ce n'est pas sûr – c'est de déposer à ton tour une plainte contre lui.

Karen regarda fixement son père pendant un long moment avant de s'enfoncer dans son lit en chien de fusil en lui tournant le dos.

– Tout ce que tu voudras. Maintenant, je voudrais que tu sortes, que je puisse m'habiller.

3

– Pif ! paf ! répétait Sonny pour la dixième fois au moins depuis qu'il avait posé les fesses sur son tabouret. C'était comme avec Parrish et Laimbeer, j' vous l' dis !

Roscoe ricana méchamment.

– J' sais pas c' que j'aurais donné pour voir ça.

Pour la seconde journée d'affilée, Pearl s'occupait de ses affaires avec un peu plus d'attention qu'il n'était nécessaire. Au moment où Roscoe réussit à capter son regard, elle comprit qu'elle s'était complètement fourvoyée quant à l'attitude à adopter vis-à-vis du vieil homme. En effet, pour mieux donner le change, elle aurait dû porter davantage attention aux propos de Sonny, prendre un air étonné, poser des questions, et non pas avoir l'attitude détachée de celle qui sait, avant même que Sonny eût ouvert la bouche. En guise de consolation, elle se dit que, de toute façon, face au rabâchage incessant de Sonny, il n'y avait guère mieux à faire qu'écouter.

Du coup, trop heureux d'avoir un nouveau sujet de conversation à se mettre sous la dent, personne ne parlait plus du temps calamiteux qu'il faisait. La nouvelle sembla même insuffler une nouvelle vie à Walter McKenzie. Sa confusion d'esprit, ses absences de mémoire et son irritabilité semblaient s'être envolées, un peu comme si son esprit avait repris le bon cap.

– Bon Dieu, qu'est-ce que j'aurais aimé êt' là ! Ça fait longtemps qu'il aurait dû faire ça, le Reuben. J'arrêtais pas d' lui répéter.

Ce qui, en quelques mots, résumait l'opinion de chacun.

– Fudgy a regretté de pas vendre de billets pour le spectacle, annonça Lurch Mullins.

– Quel spectacle ? voulut savoir David qui entrait.

– Comment, tu sais pas ? s'exclama Walter, ébahi.

– Il y a bien des choses que je sais, et davantage que je ne sais pas. Vous pourriez peut-être m'éclairer un peu.

Walter entreprit aussitôt de faire une narration vivante des événements de la veille. De temps à autre, il se tournait vers Lurch et cherchait une confirmation à ses dires en remuant de haut en bas ses sourcils broussailleux.

– C'est bien ça, hein, Lurch, c'est bien ça ?

Et, avec beaucoup de doigté, Lurch hasardait une rectification ou deux.

David était si captivé par le récit qu'il absorba le petit déjeuner que Pearl avait posé devant lui sans même s'en rendre compte.

– Oh... excuse-moi, Pearl, je ne t'ai même pas dit bonjour.

– ... Pas de quoi.

– Ben voilà, conclut Walter. Je crois que Karen a fini de fréquenter ce vaurien. A toi de tenter ta chance, David.

La surprise de Walter quand tout le monde, excepté David, éclata de rire indiquait clairement que le vieil homme ne plaisantait pas du tout.

– Désolé, Walter, mais même l'adorable Karen ne vaut pas le risque de perdre l'usage de ses roupettes et de ses mains. Désolé, Jean.

Jean McKenzie rougit jusqu'aux oreilles en riant bêtement comme elle l'avait déjà fait plusieurs fois. Il était évident que la situation l'amusait beaucoup.

Walter rit jaune, mais ne capitula pas pour autant.

– Suffit que tu donnes pas l'occasion à son père de te les amocher. Dieu bénisse tes parents, tu as reçu une bonne éducation, toi. Tu f'rais pas de mal à une femme même si elle te le demandait.

– Eh bien, merci. Je suis flatté.

– Le sois pas, fallait qu' je l' dise...

Puis Walter quitta le restaurant.

Roscoe se servit une tasse de café et s'installa sur un tabouret en face de David.

– C'est une vraie bonne femme, ce Walter. Faut toujours qu'il cherche à marier quelqu'un. J' suis étonné qu'il ait pas essayé de te refiler sa fille. L'autre jour, il a fait tout ce qu'il a pu pour que je m'intéresse à Jean, ricana-t-il dédaigneusement.

David replia son journal pour laisser tomber, froidement :

– C'est qu'elle en a de la chance, la Jean !

Ignorant le sarcasme, Roscoe poursuivit :

– Si Reuben avait commencé à mater sa fille y a cinq ou six ans, rien serait arrivé. Faut avoir de la poigne avec les jeunes, sinon y vous marchent sur la tête.

– Tu as eu combien d'enfants, Roscoe ? ironisa David.

– Bon Dieu, c'est pas la peine d'être italien pour savoir cuire des spaghettis ! s'exclama le vieil homme. Y a qu'à te r'garder. Tu passes ton temps à traîner, à écrire des poésies et à forniquer. Pourquoi ? Parce que t'as eu la vie trop facile ! Voilà pourquoi. Si t'avais à travailler pour gagner ta vie, tu penserais p'têt' un peu moins à ta quéquette.

Lurch jugea bon d'intervenir, alors que David s'escrimait à retrouver son souffle, à cause d'une gorgée de café restée en travers de son gosier.

– Je savais pas ça. J' crois que j' vais arrêter de travailler.

– Faudrait d'abord que tu trouves une folle qui veuille de toi, rétorqua Roscoe. En ce qui me concerne, le sexe, c'est rien que des emmerdes depuis qu'Adam et Eve se sont fait virer du Jardin à coups de pied dans le train.

David replia posément son journal.

– *Amen*, mon frère.

On pouvait imaginer ce qu'avait pu être le couple Needham : une rigolade à se rouler par terre. Pearl fut tentée de lui demander si sa femme l'avait précédé dans la mort par frustration ou par ennui. Mais elle préféra plutôt se mordre la langue et remplir la machine à laver la vaisselle.

4

Ayant jugé que les deux chatons étaient assez grands pour être séparés, Pearl arriva chez elle portant dans ses bras la femelle, ainsi qu'un panier contenant un dîner pour Reuben et sa famille. En ouvrant, elle se rendit compte qu'on avait glissé une enveloppe sous la porte. Celle-ci contenait deux feuilles manuscrites que, une fois installée à la table de la cuisine, elle se mit à lire avidement.

Reliquaire

Parmi les objets récupérés dans le navire pirate Whydah, *dont l'épave fut récemment découverte sur la côte du Massachusetts, on trouva une petite bottine de femme contenant encore les os du pied qui l'avait portée.*

La perle sur ma langue
m'entraîne vers les profondeurs
d'un océan de peau,
où les bouées soudaines du souvenir
de la tombe profanée du Whydah
apportent à mes pensées,
pareille à un butin, une botte enfantine
recelant encore, comme une main de pirate,
les restes délicats des os d'un pied de femme,
douce fiancée de quelque méchant pirate,
parfois couverte de baisers,

parfois par sa barbe chatouillée,
pendant qu'à bout de souffle elle chevauche et rue,
le talon pressant son dos de griffes lacéré,
le pied écrasant son épaule,
tandis qu'il plonge en elle, profonde, pressante,
à la recherche de la perle au goût de sel
cachée dans la grotte marine aux mille et une [marées
où ses os lentement viennent se noyer.
Un X
marque l'endroit
où l'amour est enterré.
Quiconque a voulu savoir
ce qu'était se noyer
accroché au cou de l'autre
et se laisser sombrer
les os entremêlés,
le corps éparpillé
comme une grande épave,
en tombant sur son lit
comme on touche le fond.
Suis-je romance, rêve ou prophétie ?
J'ai la vérité sur le bout de la langue.

– Seigneur, murmura Pearl.

Le menton sur les genoux, elle posa les feuillets sur la table et, l'œil absent, les contempla longuement. Après qu'elle les eut lus une seconde fois, le téléphone sonna.

– Pearl, dit David d'une voix tranquille. Ça vous a plu ?

Elle ferma les yeux.

– Je ne sais pas ; je n'entends pas grand-chose à la poésie.

– Il n'est pas seulement question de poésie.

Elle ferma quelques instants les yeux.

– J'avais compris.

– Bien. C'était important que vous le sachiez.

Que dire de plus ? Quelques secondes plus tard, elle entendit un déclic lui signalant que David venait de raccrocher.

5

Une fois ses provisions rangées dans le réfrigérateur, Pearl monta dans sa chambre et, après quelques instants d'hésitation passés à triturer nerveusement son poème, elle décida de le ranger dans son coffret à bijoux en refermant brusquement le couvercle comme pour ne plus jamais le revoir.

Quelques heures plus tard, propre, sereine, heureuse d'avoir mis ses comptes à jour, elle prit le chemin de la maison des Styles.

Sam et Josh étaient installés devant l'évier de la cuisine en train d'équeuter des fraises. L'excès d'enthousiasme avec lequel ils la reçurent témoignait de la tension qu'ils avaient connue durant la journée, appréhendant un incident qui, Dieu merci, n'était pas arrivé.

– Comment va Karen ?

– Allez donc juger par vous-même, invita Sam en pointant de l'index la pièce où se trouvait sa sœur.

Karen lisait. En la voyant, elle laissa tomber son livre et tendit les bras vers Pearl.

– Pearl !

Pearl la serra un instant dans ses bras, puis l'examina d'un œil critique. Bien qu'encore pâlotte, la jeune fille allait beaucoup mieux.

– Vous êtes au courant de ce que p'pa a fait ? demanda-t-elle à voix basse.

– Qu'en penses-tu ? s'enquit Pearl après un bref acquiescement du menton.

Karen tira jusqu'au menton la couette qui lui couvrait les jambes.

– Je sais pas... (Elle semblait désemparée.) Je sais pas ce que je ressens pour Bri, mais je crois que je l'aime toujours.

Pearl eut un soupir exaspéré.

– Il t'a battue ; il t'a presque tuée en te forçant à avaler cette cochonnerie et tu me dis : « Je crois que je l'aime toujours » ?

– Je vous en prie, Pearl, ne soyez pas fâchée contre moi ! pleurnicha Karen en se cachant le visage.

– Je ne suis pas fâchée contre toi... En fait, oui, je le suis. Comment peux-tu aimer quelqu'un qui te fait tant de mal ?

– Vous n'avez jamais aimé quelqu'un qui vous a fait du mal, vous ?

Pearl prit les mains de la jeune fille et les pressa dans les siennes.

– Si, Karen. Mais j'ai cessé de l'aimer aussitôt. Cela s'appelle l'« instinct de conservation ».

– Mais vous êtes si forte, vous...

Pearl ne se sentait pas forte, pas le moins du monde. La belle assurance dont elle se targuait en partant de chez elle s'envolait à tire-d'aile. Il lui semblait même l'entendre hennir, un peu comme les chevaux dont on a maladroitement lâché la bride. Cette enfant la bouleversait. Littéralement.

– Pas du tout. Je me suis comportée avec les hommes aussi stupidement que n'importe quelle autre femme.

Cette confession, peut-être à cause de son caractère imprévu, parut revigorer Karen.

– Et vous n'avez jamais eu envie de vous marier ?

Pearl hocha la tête d'un air las.

– Je l'ai été. Sept ans.

– Oh ! s'exclama la jeune fille, de plus en plus étonnée. Et ça n'a pas marché, c'est ça ? Pensez-vous vous marier avec David, un jour ?

– Pardon ?

Pearl tombait des nues et, en même temps, elle en avait les bras coupés. Une grande faiblesse, un désarroi infini l'envahirent soudain.

– Je crois, expliqua Karen en confidence, que vous êtes très amoureux l'un de l'autre. J'ai bien vu, allez, la manière que vous avez de vous regarder. Et puis aussi vous avez changé, Pearl. On dirait que vous rayonnez de bonheur. N'importe qui peut voir que vous êtes une femme heureuse.

– Tu vois beaucoup trop de choses, petite fille. Je crois que tu ne sais pas faire la différence entre une femme satisfaite de son sort et une femme amoureuse.

Il était évident qu'elle éludait par ce biais une grande partie du problème. Pearl se demanda si cette pirouette n'était pas davantage destinée à se convaincre elle-même plutôt qu'à mystifier Karen.

– Peut-être que je devrais tenter ma chance avec lui, glissa insidieusement Karen.

– Tu devrais plutôt retourner à l'école et t'intéresser un peu plus à la grammaire et un peu moins à la bagatelle.

La jeune fille éclata d'un rire rauque.

– Ça fait longtemps que vous avez quitté l'école. Ça se passe autrement, aujourd'hui.

– C'est ce qu'on m'a laissé entendre. Mais je vais

te dire une chose : plus on vieillit, plus on prend conscience de son ignorance.

– Vous savez, annonça Karen, vous êtes la seule personne à me traiter comme une adulte. P'pa, il semble pas comprendre que je suis plus une petite fille.

– Karen, fit Pearl en se levant pour arpenter nerveusement la chambre, si tu persistes à croire que les adultes doivent raisonner comme toi, comment veux-tu qu'ils te traitent comme telle, alors que tu te comportes comme une enfant ? Ne te cantonnes-tu pas à faire de simples suppositions sur ce qu'ils peuvent penser et ressentir à ton égard, sans chercher à savoir si ces suppositions sont fondées ou pas ?

– J'avais jamais vu les choses de cette façon, répondit Karen d'une petite voix, après un moment de silence.

Pearl se pencha à nouveau vers elle et la serra dans ses bras. Reuben arriva juste au moment où elle allait partir. Il vint garer son véhicule entre celui de Pearl et la maison, puis, se déplaçant sur la banquette, descendit côté passager.

– Pearl, dit-il, alors qu'à l'abri des regards elle lui dérobait un baiser.

C'était comme un baiser furtif entre deux voitures, un soir de carnaval ou dans le corridor obscur de l'école. Elle se demanda si, de la maison, on pouvait les voir. Probablement pas, sinon Reuben n'aurait jamais osé. Les choses semblaient s'arranger ; ses inquiétudes semblaient s'être un peu dissipées. Sa tension nerveuse l'avait quitté et elle retrouvait le grand homme un peu joueur qu'elle affectionnait.

– J'étais venue voir ta fille et j'en ai profité pour apporter le dîner. Karen semble aller beaucoup mieux.

– Merci. (Il se détacha d'elle et s'adossa à la camionnette.) Tu te souviens du policier dont je t'ai parlé l'autre soir, Tom Clark ? Il est passé me voir au garage pour me dire qu'il était allé interroger Brian Spearin à l'hôpital. Il semblerait que ce voyou ait drôlement accusé le coup quand Clark lui a annoncé que Karen avait l'intention de porter plainte contre lui. Clark affirme aussi qu'il est prêt à renoncer à me poursuivre si Karen en fait autant de son côté. Pour reprendre les paroles de Clark, conclut Reuben avec un fin sourire, Brian Spearin, c'est comme un putois qui a pissé un peu partout. Le juge du comté le repère rien qu'à l'odeur.

Pearl exprima son contentement par un sourire et monta dans sa camionnette, pendant que Reuben refermait doucement la portière derrière elle.

– J'aimerais bien te voir ce soir, mais tu dois être crevée.

– En effet. J'ai besoin d'une bonne nuit de sommeil.

Et ils en restèrent là.

Dans la chambre à coucher saturée d'effluves de roses séchées, le lit lui parut vide – phénomène normal dans un contexte doublement amoureux – mais néanmoins merveilleusement douillet. N'empêche qu'à bien y penser son lit était très encombré. Il lui en faudrait un plus grand, avec des pantoufles et un chausse-pied pour trois personnes.

6

– Comme ça, on ferme pour le 4-Juillet ? voulut savoir Roscoe le matin suivant.

– Exactement, répliqua Pearl qui, au-dessus de

son piano, cassait ses œufs avec enthousiasme, tellement elle se sentait ravigotée, tellement une bonne nuit de sommeil peut faire toute la différence. Même les esclaves ne travaillent pas un 4-Juillet.

– Qu'est-ce que vous comptez faire ?

– Biner mon jardin. Avec toute cette pluie, on se croirait en pleine jungle.

– Elle devrait s'arrêter aujourd'hui.

– Y s'rait temps, grommela Sonny.

– Ainsi soit-il, acquiesça Pearl.

Le téléphone sonna dans l'arrière-boutique. Pearl s'empressa d'aller décrocher.

– Pearl, annonça Reuben accompagné d'un bruit de journal froissé, je crois que j'ai trouvé tes banquettes. C'est un copain de North Conway qui prend sa retraite. Si je me rappelle bien l'endroit, elles sont très confortables et c'est un gars qui prenait grand soin de son matériel. Que dirais-tu d'aller y jeter un coup d'œil, cet après-midi ?

– Merci... Oui, bien sûr.

– Pas d' problème. Je passe te prendre à trois heures au restaurant ?

– Parfait. A tout à l'heure.

Elle raccrocha et regarda quelques instants l'espace où elle allait les mettre. Rien que d'y penser, elle en avait la chair de poule. Quand tout serait aménagé, ce serait agréable de s'installer dans un coin et de discuter en tête à tête avec Reuben. La perspective de ces négociations futures la ramena sur terre.

Une accalmie amena David qui, sans crier gare, contourna le comptoir et entra directement dans l'arrière-boutique. Pearl se précipita derrière lui et, quand David fit brusquement volte-face, elle alla buter contre son torse avec un petit cri de surprise.

Il ne resta plus alors à David qu'à passer ses bras autour du cou de Pearl et à la retenir prisonnière. C'était étrange cette façon qu'il avait de prévoir les réactions de la jeune femme, un peu comme s'ils esquissaient ensemble quelques pas de danse improvisés. Il la scruta par-dessus ses verres fumés.

– Salut.

– Il m'avait pourtant bien semblé t'avoir dit de ne pas entrer ici. Tu ne sais pas lire ? Il est bien écrit : « Réservé au personnel » sur la porte.

– Tu n'as qu'à m'embaucher...

– Très bien. Mais tu es renvoyé. Dehors ! commanda-t-elle en se libérant de l'emprise de David.

Ce dernier s'adossa à une pile de caisses et croisa les bras sur sa poitrine.

– N'aimerais-tu pas sortir avec moi ce soir ? Allons, tu vas mettre ta plus belle robe et nous irons au restaurant, puis au cinéma. Je t'emmènerais bien danser, mais nous sommes mardi et les discothèques ne diffusent que de la musique en conserve.

– J'aimerais bien, mais c'est impossible. Il faut que j'aille à North Conway pour des banquettes.

David se redressa et rajusta ses lunettes.

– Bon Dieu, la première fois c'était à cause d'un chien crevé et aujourd'hui à cause de foutues banquettes. J'ai fait quelque chose de mal ou quoi ?

Pearl lui écrasa le pied du bout de sa chaussure.

– Pour commencer, je te signale que tu te trouves dans un endroit où tu ne devrais pas être et que tu m'empêches de travailler.

– Roscoe peut encore remplir trois tasses de café sans nous faire de crise cardiaque.

– Quoi qu'il en soit... commença-t-elle, avant de

corriger avec un sourire : Après tout, tu as bien raison.

Puis, refermant la porte d'un petit coup de talon, elle étendit la main afin de pousser le loquet. David lui rendit son sourire et l'attira contre lui.

C'est lui qui sortit le premier. Tout en remettant ses lunettes, il alla s'installer au comptoir pour se plonger dans la lecture de son journal. Les trois clients présents à son arrivée étaient partis.

Roscoe poussa sans ménagement une tasse de café devant lui en laissant une longue traînée brunâtre sur le comptoir.

– Bonjour à toi, Roscoe, fit David sans lever les yeux de son journal.

Pearl sortit à son tour et, s'emparant d'un torchon, se mit à nettoyer le dessus du comptoir.

– Que désires-tu, David ? demanda-t-elle.

– *Toi*, articula-t-il.

Pearl promena rêveusement sa langue sur sa lèvre supérieure, puis, dans un éclair de conscience, se détourna brusquement. Roscoe se pencha vers David pour lui murmurer :

– J' crois que t'as déjà eu ce que tu voulais, David...

– Et comment va ton bâtard, Roscoe ? répliqua David comme s'il n'avait rien entendu.

Rouge de colère, le vieil homme jugea néanmoins bon de battre en retraite et sortit. Pearl le regarda s'éloigner. Elle adressa un rapide coup d'œil à David, qui lui répondit par un haussement d'épaules.

Roscoe garda son air renfrogné pour le restant de la journée. Malgré ses efforts pour l'ignorer, Pearl commençait à trouver le temps long et la situation insupportable. L'attitude de Roscoe la mettait de mauvaise humeur. Il gâchait le plaisir hâtivement pris dans son arrière-boutique et, bien sûr, éveillait en elle toutes sortes de sentiments de culpabilité.

– Qu'est-ce qui vous chagrine, Roscoe ? demanda-t-elle au moment où elle fermait boutique.

– Vous le savez foutrement bien ! explosa-t-il. Vous vous enfermez dans la réserve avec ce putain de bellâtre dégénéré. Vous croyez que j'ai rien vu, peut-être ?

Pearl le laissa quelques instants répandre sa bile, avant de répondre, d'un ton qu'elle voulut le plus neutre possible :

– Je crois surtout que tout ça n'est pas votre affaire, Roscoe.

– Parlant d'affaire, c'est plutôt pas *votre* affaire. La vôtre, c'est de cuisiner et de faire marcher ce restaurant. Si vous voulez faire des pompiers aux jean-foutre pleins de fric, c'est au bord des routes qu'il faut vous installer.

Pearl sentit le sang lui monter à la tête, à la fois furieuse et honteuse envers Roscoe, aux yeux duquel elle éprouvait malgré tout le besoin de se justifier.

« Je suis désolée » fut la seule réponse qu'elle trouva.

– Encore une chance que je m'en sois aperçu et que je ne sois pas entré. Mais qu'est-ce qui se passe, bon Dieu ? Ne répondez pas, je sais, moi, ce qui se passe : il fait son petit numéro avec des bonnes femmes qu'ont rien dans la tête et qui attendent que quelqu'un la leur fasse tourner.

– Inutile de jeter le blâme sur David ; je suis aussi coupable que lui. Nous nous sommes un peu emballés, c'est tout.

– J'en ai rien à foutre, renâcla Roscoe. C'est votre vie privée, pas la mienne. Mais, au moins, faites pas ça devant moi. Ayez la décence de faire votre boulot et d'attendre d'être dans votre putain de chambre à coucher. Seigneur Jésus ! J'aurais pu m'attendre à ce genre de chose de la part de la fille de Reuben, mais jamais de vous. Je pensais que vous aviez un peu plus de plomb dans la tête.

Sur ces mots, d'une démarche raide d'homme outragé, Roscoe regagna sa camionnette.

7

C'est à cet instant que Reuben arriva. Roscoe le regarda, puis lança un regard furtif en direction de Pearl. L'expression de son visage reflétait à la fois l'incrédulité et une profonde consternation. Pearl s'empressa de rejoindre Reuben dans la camionnette.

– Salut, fit-elle d'une voix râpeuse.

– Que se passe-t-il ? demanda Reuben en scrutant le visage de Pearl.

– Un accrochage avec Roscoe... (Elle referma sèchement sa portière.) C'est ma faute, mais il n'y a pas le feu dans la maison.

Reuben lui caressa le genou.

– Pas d' problème : c'est moi, le chef des pompiers.

Pearl fut brusquement prise d'une violente quinte de toux. Reuben abandonna le genou pour lui tapoter gentiment le dos.

– Ça va, dit-elle enfin en le repoussant doucement.

– C'est sûr ?

Elle fit signe que oui du menton.

– Attache ta ceinture.

– Ah oui, c'est vrai. Excuse-moi, j'avais l'esprit ailleurs.

– La 302 est embouteillée par les voitures de touristes. C'est la raison pour laquelle nous devons passer par le New Hampshire. Et encore, je te dis pas ce qui se passe là-bas : on a construit une voie centrale pour permettre aux voitures des deux sens de tourner à gauche. Ce qui fait qu'on en voit souvent nez à nez en train d'essayer de tourner chacune de son côté. Sans parler des touristes venus du Massachusetts qui l'empruntent pour doubler et de ceux qui la prennent pour trottoir.

– Comment va Karen ?

– Bien. Elle m'a annoncé qu'elle allait regagner sa caravane.

– Oh ! En voyant la voiture qu'elle s'est offerte, je me suis rendu compte que je ne voudrais plus jamais avoir son âge.

– Elle croit que je n'ai jamais été jeune. Alors qu'en fait j'ai passé mes trois dernières années d'études dans l'écurie parce que mon père m'avait fichu dehors.

Pearl applaudit en riant.

– Y avait-il une raison particulière à cela ?

– Il détestait la musique. Avec mes économies, je m'étais offert un tourne-disque et une vieille Gibson d'occasion. Je connaissais tout le répertoire de Creedence par cœur, à l'endroit et à l'envers, expliqua Reuben avec un sourire nostalgique.

– Vraiment ?

– Tout à fait. Le vieux ne m'a pas laissé le choix. Il se disait que je n'aurais pas froid et que je ne pourrais plus jouer de la guitare parce qu'à part une ampoule au plafond il n'y avait pas d'électricité dans l'écurie. Ce qu'il ne savait pas, c'est que j'étais capable de monter moi-même l'installation électrique, et c'est ce que j'ai fait. Mais laisse-moi te dire que cette écurie était plus froide que le sein d'une sorcière.

– Le sein d'une sorcière ? s'esclaffa Pearl. Et c'est froid comment ?

– Ça donne des engelures, paraît-il. Je questionnerai quelqu'un qui a touché ceux de Belinda Conroy et je te ferai savoir ce qu'il en pense.

– Trois ans ? répéta Pearl, un peu incrédule.

– Mon père était un homme très buté.

– Ton père aussi ? Décidément, c'est le trait de caractère dominant de la famille.

– C'est vrai. Je suis issu d'une longue lignée de têtes de cochon d'Irlandais.

– Est-ce que tu as encore de la famille ?

Les yeux de Reuben fixèrent la route, mais son regard semblait voir tout autre chose.

– Non. Mon père a été tué dans un accident de chasse : il s'est débrouillé pour se mettre le canon de sa winchester dans la bouche et se faire sauter la cervelle.

Pearl tombait des nues.

– Oh, Reuben...

– Ça s'est passé il y a longtemps, poursuivit Reuben. Ma mère m'a expliqué qu'il avait le cancer des os et qu'il n'a pas voulu que la famille soit réduite à la mendicité à cause des frais médicaux que ses soins auraient occasionnés. C'est ce qu'elle a dû se dire pour elle aussi, parce qu'elle est morte d'une crise cardiaque, il y a quatre ans.

– Je suis navrée de l'apprendre, dit Pearl en effleurant le bras de Reuben. Norris, mon père, doit venir me rendre visite, un de ces jours. Je crois qu'il te plaira.

– J'ai un faible pour les pères aimés de leurs enfants. Il faudra que je lui demande son secret.

– Norris est un père merveilleux pour moi. Mais mon frère Bobby et lui n'ont jamais réussi à s'entendre.

Brusquement, une énorme masse brune apparut dans leur champ de vision. Reuben écrasa la pédale de frein avec tant de force que Pearl sentit sa ceinture de sécurité lui comprimer douloureusement la poitrine. Médusée, elle reconnut un jeune élan. L'animal frôla le capot de la camionnette et poursuivit paisiblement son chemin pour disparaître dans les bois. Il avait la taille d'un cheval de trait. Mais Pearl put remarquer la finesse des jarrets, comparables à ceux d'un pur-sang arabe. A ses trousses, elle reconnut le corniaud de Roscoe.

– Belinda s'est de nouveau échappée, constata Pearl.

– Roscoe va encore être de mauvaise humeur, acquiesça Reuben en hochant la tête.

Trente-cinq minutes plus tard, ils se garaient dans le parking d'un petit restaurant qui avait fermé ses portes, situé à l'ouest de North Conway. Reuben coupa le contact, sortit du véhicule et alla ouvrir la portière de Pearl, qui semblait figée sur son siège.

– Dis donc, Pearl, tu as l'air toute pâle.

Elle lui répondit par un faible sourire et se laissa glisser de la banquette, laissant le soin à Reuben de la déposer sur le sol.

– Ne m'emmène plus jamais ici, d'accord ?

– La route n'est pourtant pas si mauvaise.

Les banquettes valaient le déplacement, même si celui-ci lui avait causé un affreux mal de cœur, car elles correspondaient exactement à ce qu'elle recherchait. Elle les paya un peu plus cher que ce qu'elles valaient, mais elle les avait attendues assez longtemps pour se rendre compte que leur absence avait représenté un manque à gagner assez substantiel pour qu'elle ne marchandât pas. Quand l'affaire fut conclue, Reuben se mit alors à observer le mobilier d'un air satisfait.

– Je pourrais tout au plus charger une ou deux banquettes dans ma camionnette. Faudrait faire au moins une demi-douzaine d'aller et retour pour tout emporter. Tu veux louer un camion ?

– Pardon ?

– Un camion pour ne faire qu'un voyage.

Evidemment, Reuben connaissait quelqu'un. Cinq minutes plus tard, tout était arrangé.

– Voilà, c'est fait.

Une fois dehors, après avoir serré la main du vendeur, Pearl se sentit inexplicablement déçue. Reuben prit le chemin du retour.

– Merci beaucoup, dit-elle.

Il lui tapota le genou.

– Je vais te permettre de m'offrir une bière.

– Avec plaisir.

Mais il ne le permit pas. Arrivé à la frontière de l'Etat, Reuben fit une halte dans un magasin et revint avec un sac contenant un pack de six bières. Entre-temps, il s'était arrêté à une cabine pour un bref coup de téléphone.

– J'ai appelé à la maison. Tout va bien.

Pearl ouvrit son sac afin d'en sortir quelques billets, mais la grande main de Reuben vint se refermer sur la sienne.

– C'est mon tour, insista-t-elle.

– Je plaisantais, expliqua Reuben en secouant la tête. Hier soir, tu as apporté le dîner pour toute la famille.

Elle se laissa donc aller contre le dossier de son siège en faisant rouler sa tête contre l'appui-tête, et sentit la douloureuse raideur de sa nuque et de ses épaules. Pour ses fameuses banquettes tant désirées, tout s'était déroulé comme elle l'avait espéré. Elle émit un petit rire de gorge.

– Tu veux bien m'ouvrir une bière, s'il te plaît ? demanda Reuben.

– Tu sais bien que c'est illégal.

– Je suis aussi sobre qu'un juge, mais j'ai très soif. Et puis on est encore dans le New Hampshire, Pearl.

Elle éclata de rire et lui tendit la bière qu'il demandait.

– Prends-en une aussi, tu l'as bien méritée.

Il attendit qu'elle eût décapsulé la sienne pour trinquer, canette contre canette.

– En souhaitant qu'elles soient toujours bien rembourrées...

– Non mais, écoutez-le...

Un peu plus tard, Pearl déclara :

– Nous avons à parler, Reuben.

Les yeux de l'homme quittèrent un instant la route pour se poser sur elle. Puis il vida le contenu de sa canette et la lui tendit.

– Tu trouves que je vais un peu trop vite, c'est ça ?

Il ne faisait pas allusion à sa façon de conduire. Elle prit une profonde inspiration et garda le regard fixé sur les bois que longeait la route. Chaque maison, chaque ferme faisait comme une enclave au milieu des arbres.

– Oui.

– Passe-moi une autre bière, veux-tu ?

Elle s'exécuta sans un mot.

– J'aimerais t'emmener quelque part, annonça-t-il.

– Où ça ?

– C'est un secret.

Elle rit.

– Comment résister. Tout de suite ?

– J'ai prévenu les enfants que j'arriverais un peu plus tard.

Elle décida qu'une seconde bière l'aiderait à refréner son impatience. A un moment donné, ils quittèrent la grand-route et empruntèrent une sorte de chemin vicinal, puis une petite route mal pavée, et quelquefois pas pavée du tout, comme elle n'en avait jamais connu auparavant. Très vite, elle n'eut plus la moindre notion de l'endroit où elle se trouvait. Entrevoyant des fragments de lac, quelques cottages et des terrains de camping, elle comprit qu'ils suivaient un chemin calciné. Ils prirent un dernier tournant, quittèrent le chemin et descendirent vers une berge ouverte au beau milieu d'une clairière. Les poutres noircies d'une maison incendiée se désarticulaient parmi les grands pins dont les plus proches portaient encore les cicatrices du sinistre. Près des fondations, un lilas semblait reprendre vie.

– Où sommes-nous ? voulut-elle savoir.

– A Nodd's Ridge.

Elle lui lança un coup de hanche pour bien lui montrer qu'elle n'en croyait pas un mot.

– Nous sommes à l'ancienne propriété des Russell.

– Un de tes clients ?

– Non, de Walter. J'étais déjà chef des pompiers quand l'incendie a eu lieu. On n'a rien pu faire. Au moment où le camion est arrivé, ça brûlait comme une torche. Ça s'est passé en hiver, au cours d'une terrible tempête.

– La maison était donc vide. Y a-t-il eu des blessés ?

– Liv Russell et son fils étaient là. Elle a été blessée et trois autres personnes ont été tuées : le fils et les deux beaux-fils de Jeannie McKenzie. Je te raconterai tout ça une autre fois, quand tu seras prête à entendre une sale histoire. Pour le moment, je crois que je ferais mieux de me taire.

Il mit son bras autour des épaules de Pearl et l'entraîna à pas lents vers le bord du lac sur lequel on ne voyait âme qui vive. La masse des nuages bas étendait prématurément sur la campagne une lumière crépusculaire. Les eaux étaient couleur ardoise avec, par-ci par-là, quelques reflets métalliques. Sans crier gare, Reuben se mit à déboutonner sa chemise. Leurs regards se croisèrent, et ils éclatèrent de rire.

– Il n'y a personne, ici. Allez, viens.

Rapidement, ils se déshabillèrent et plongèrent dans le lac. Comme elle s'y attendait, l'eau était fraîche, probablement à cause de toute la pluie tombée ces derniers jours. Cependant, Pearl la trouva merveilleusement agréable. Reuben vint se placer derrière elle et la prit par la taille. Pearl s'abandonna contre son torse quand, les mains en coupe sur ses seins, il fit rouler ses mamelons du bout de l'index.

– Pourquoi est-ce qu'ils sont durs comme ça ?

Elle lui lança un petit coup de coude, et la bouche de l'homme s'attaqua à la ligne tendre du cou. Puis, la prenant à nouveau par la taille, il l'entraîna sous l'eau. Elle se laissa faire avec un rire qui se changea en une sorte de gargouillement. Ensemble, ils sombrèrent, bougeant à peine, laissant à leurs yeux le temps de s'accoutumer à la pénombre aquatique. Les longs cheveux noirs de Pearl flottaient autour de son visage, et Reuben prit une mèche avec sa bouche, la tint ainsi quelques secondes, avant de lui faire un signe en direction de la surface. Ensemble, leurs corps brisèrent le sombre miroir des eaux pour aspirer de longues goulées d'air. Puis ils se dirigèrent en titubant vers la grève où il la fit se coucher. La nuit qui était tombée leur procura le sentiment d'être parfaitement invisibles.

Reuben se pencha vers le visage de Pearl et lui donna un long et profond baiser. Les ongles de Pearl s'enfoncèrent dans l'épaule de l'homme quand elle sentit son érection contre sa cuisse.

– Tu es aussi chaude que le lac est froid. Quand je te touche, je te sens aussi fluide que le lac et pourtant aussi dense. Tu te donnes et tu repousses en même temps, tout comme lui, souffla-t-il en la pénétrant.

Pearl en était tout ébaubie. Voilà que Reuben se découvrait une âme de poète. Aurait-il pris des leçons auprès de David ? Comme quoi il ne faut jamais rien tenir pour acquis. Mais d'autres préoccupations plus pressantes l'empêchèrent de creuser le sujet.

– Vas-y, rame, murmura-t-elle.

Leurs rires se mêlèrent et il commença à se mouvoir en elle comme s'il voguait sur le lac.

CHAPITRE TREIZE

1

Pearl se fit couler un bain parfumé dans lequel elle se prélassa longuement. Apparemment lassée de sa solitude, la chatte la suivit dans la salle de bains. Pearl lui lança une éponge et l'animal se mit aussitôt à folâtrer en tous sens. Dans le silence, Pearl percevait clairement le crissement des griffes de l'animal sur l'antique céramique.

Comment dire à un homme que l'on fréquente (non, rectification : avec qui on s'envoie joyeusement en l'air) que l'on fricote avec quelqu'un d'autre, alors qu'il vient de vous annoncer que son père s'est suicidé et qu'il en est encore bouleversé ? Un tel aveu a-t-il jamais soulagé les souffrances de qui que ce soit ? Elle-même, ne souffrait-elle pas encore de la perte de sa mère ? A son avis, c'eût été faire preuve de la dernière cruauté. Sans compter que c'eût été là une drôle de façon de le remercier de lui avoir déniché les banquettes qui lui tenaient tant à cœur.

Bien que cette petite mêlée sous la pluie fût une façon un peu excessive de lui témoigner sa gratitude, Pearl ne s'y était pas livrée dans cette intention : elle commençait en effet à ressentir une sorte de fléchissement de sa volonté, l'impression même qu'elle perdait plus encore la maîtrise de son comportement que celle de ses émotions. Pourquoi l'un ou l'autre, David ou Reuben, ne se comportait-il pas envers elle de façon ignoble, ne fût-ce qu'une seule fois ? Cela rendrait peut-être les choses plus faciles. Tout cela était bien navrant.

Fort heureusement, l'acquisition de ces banquettes lui donnait à présent la sensation d'avoir recouvré ses esprits. Plutôt que de battre la campagne, ses pensées la ramenaient à ses préoccupations quotidiennes. De petites questions d'ordre pratique l'interpellaient et exigeaient d'elle toute sa concentration d'esprit. Ces banquettes pourraient-elles passer l'été avec leur rembourrage actuel ou devrait-elle se lancer dans de folles dépenses en procédant à leur remise à neuf ? Surtout que cela lui coûterait les yeux de la tête puisque, dans son esprit, seul un revêtement de cuir aux incomparables qualités était envisageable.

Elle eut un petit rire fatigué en prenant conscience qu'il lui faudrait quelqu'un pour assurer le service aux tables. Ce n'était certes ni elle ni Karen et encore moins Roscoe qui pourraient s'en charger. Il lui fallait quelqu'un d'autre, à moins que Roscoe n'acceptât de travailler tous les jours à temps partiel. Et puis non, en y repensant bien, ce serait une erreur : Roscoe était quelqu'un à ne prendre qu'avec des pincettes surtout depuis leur dernière altercation à cause de ses grosses bourdes qu'elle s'efforçait d'oublier. La chaleur qu'allaient procurer à son restaurant le cuir, le laiton et le bois de ses banquettes était une bien plus agréable évocation.

A présent, la chatte se lançait à la poursuite de l'éponge jusque dans le corridor. L'eau de son bain était devenue tiède et avait viré au gris. Pearl ôta le bouchon de la baignoire et attrapa une serviette. De son lit, elle appela David, le téléphone coincé dans la cassure du cou, pendant que ses mains se livraient à une séance de pédicurie. Il ne répondit qu'après plusieurs sonneries.

– C'est moi, fit-elle.

– Et ces banquettes ?

– C'est fait. On me les livre demain.

Il y eut un bref silence.

– Tu vas être drôlement occupée.

– Un peu plus un peu moins...

– Très bien. Et moi, quand pourrai-je m'occuper de toi ?

– J'adore quand tu te montres grossier... Pas demain, en tout cas. On annonce du beau temps et mon jardin attend impatiemment que je m'en occupe.

Il lui proposa donc de l'emmener au cinéma le vendredi soir suivant et elle accepta.

Revêtue de sa sortie de bain, elle descendit sous la véranda et se laissa tomber sur le divan. Voilà plusieurs jours que la pluie l'empêchait de regarder le soleil se coucher. Mais, ce soir, les nuages déchiquetés laissaient percer quelques rayons.

La chatte sauta sur ses genoux et s'y recroquevilla. De partout, ça sentait la verdure et la pluie, alors que, dans son jardin, les herbes folles semaient la pagaille dans ses plantations. « Demain », se promit-elle. Le téléphone se mit à grésiller. Avec un soupir, elle alla décrocher.

– Qu'est-ce que tu fous chez toi, ce soir ? Tes copains blancs t'ont donné quartier libre pour la nuit ?

Elle écouta quelques instants le rire grinçant de Bobby, puis raccrocha.

Il rappela.

– Je n'ai pas besoin de tes sarcasmes, pour ce soir, Bobby, mais merci quand même.

– Ça va, je vais essayer d'être gentil, concéda-t-il en riant sous cape.

– C'est ça, essaie.

– Chaque fois que j'appelle, c'est pour tomber sur ta saleté de répondeur. Tu n'es jamais chez toi.

– Tu n'as qu'à laisser un message, je te rappellerai.

– Je ne parle pas à une machine.

– Si c'est ce que tu as décidé, libre à toi. En attendant, épargne-moi tes sarcasmes concernant la couleur de notre peau.

– Pourquoi ne viens-tu pas me voir à Philadelphie ? J'aimerais voir ton visage ; je saurais alors que tout va bien.

– Pour le moment, c'est impossible, mais je vais très bien, Bobby. Tu pourrais venir me voir, toi aussi.

– Tu disais que tout allait bien quand tu étais mariée, aussi...

– Ça allait, la plupart du temps.

– Naturellement...

– Je prends bien soin de moi, Bobby.

– Bien sûr : en te tuant au travail.

– Bobby...

– Je m'inquiète pour toi, c'est tout.

– Moi aussi. Et tu n'aimes pas ça, n'est-ce pas ?

– Faut toujours que tu aies le dernier mot.

– Téléphone donc à Norris, ça ne te tuera pas et il sera content.

– N'en sois pas si sûre. Aucune chance pour que ça change entre nous. Porte-toi bien, petite sœur.

2

Un nouveau jour. Un nouvel air, clair, agréablement frais. Pearl se sentait plus reposée. Les banquettes seraient installées avant le 4-Juillet. Il ne lui restait plus qu'à embaucher quelqu'un.

Roscoe l'attendait.

– J' crois que j' me suis un peu emporté, Pearl.

– Vous aviez raison. S'il s'était agi d'un de mes employés, je l'aurais mis à la porte avec perte et fracas.

Roscoe sortit une cigarette de sa poche, la vissa au coin de ses lèvres et opina de la tête au-dessus de son allumette, d'un air grave et entendu. Ils virent la voiture de Karen se ranger dans le parking.

– Que viens-tu faire ici ? lui demanda Pearl.

– Travailler. Le docteur a dit que je pouvais.

– C'est sûr ?

Elle en était certaine. L'entêtement était un des traits de caractère dominants des Styles, se souvint Pearl.

A trois heures et demie, quand les banquettes arrivèrent, Pearl afficha « Fermé ». En voyant son père et son frère, venus pour aider au déchargement, le sourire de Karen s'effaça.

– Vous avez plus besoin de moi ? demanda-t-elle dans un murmure.

Pearl fit signe que non et la jeune fille s'éclipsa sans tarder par la porte arrière pendant que Reuben et Sam entraient par celle de devant.

Les deux hommes la virent partir, mais ne prononcèrent pas un mot, se contentant d'échanger un regard avant d'aller aider le camionneur venu du New Hampshire. Ils se mirent à l'ouvrage sous les conseils de Roscoe à qui personne n'avait rien demandé.

Il était passé dix-sept heures et quart quand l'installation fut enfin achevée selon les desiderata de la propriétaire des lieux. Pour arroser l'événement, Pearl offrit une tournée de bières. Puis le camionneur serra des mains et accepta le pourboire que Pearl lui avait discrètement glissé dans la main.

Au moment où le camion-remorque quittait l'aire de stationnement, une Lincoln arriva, dont le gris bien particulier dévoilait de longues années passées à suivre des enterrements. Aussi imposante fût-elle, la voiture sembla pousser un soupir de soulagement quand son énorme chauffeur en descendit. Ce dernier portait une cravate et un costume noirs, ainsi que des lunettes de vue à monture invisible. Le seul fait de quitter son véhicule sembla exiger de l'homme un effort considérable car, depuis son crâne, sur lequel quelques rares mèches de cheveux trop longs s'efforçaient de dissimuler un méchant coup de soleil, jusqu'à ses mains épaisses aux doigts courts et potelés, il transpirait abondamment.

Pearl prit conscience du silence qui venait de s'installer. Assis sur leurs tabourets, Reuben, Sam et Roscoe observaient l'approche laborieuse de l'homme, avec la concentration absolue des personnes parfaitement au courant de la suite des événements.

Le gros homme leur adressa un geste mou et escalada les quelques marches qui menaient à l'entrée. Tout dans son comportement trahissait l'huissier. En le voyant plonger la main dans la poche de son veston, Pearl se dit que, depuis toujours, sa vocation avait été celle de porteur de mauvaises nouvelles.

– Jonesy m'a dit que je te trouverais ici, Reuben, dit l'homme d'un ton plat.

Reuben tendit prudemment la main vers l'enveloppe qu'on lui tendait. Puis le gros homme tourna les talons et ressortit comme il était entré.

« Un vrai professionnel », songea Pearl. Pas de temps perdu en salamalecs ou en mondanités. Une fois sa tâche accomplie, il lui suffisait de remuer son gros cul, de regagner sa Lincoln et de disparaître avant que quelqu'un ne passât sa rancœur sur lui

L'air dégoûté, Reuben regarda l'enveloppe qu'il tenait d'une main indécise. Puis il la fit claquer sur sa paume et la décacheta. Sur le comptoir, les bouteilles étaient vides. Pearl se fendit d'une autre tournée.

Sans dire un mot, Reuben tendit les documents à Sam. Le garçon reposa sa bouteille, regarda son père, puis les papiers. Comme pour lui donner du courage, Reuben passa son bras autour des épaules de son fils pour une brève accolade. Finalement, le garçon déplia le document. Après en avoir lu quelques lignes, il le froissa brusquement dans sa main et le laissa tomber sur le sol.

– C'est pas vrai ! On va pas recommencer avec toute cette merde ! Pas moi en tout cas ! (Il se mit à fixer durement son père avant de poursuivre, le souffle court, des trémolos dans la voix :) Un de ces jours, putain de bordel de merde ! faudra que tu m'expliques ce que tu lui as fait pour qu'elle nous haïsse à ce point !

Puis il sortit, son père sur ses talons.

Roscoe ramassa les papiers, y jeta un rapide coup d'œil et les tendit à Pearl. Laura faisait un nouveau procès à Reuben pour obtenir la garde des enfants.

Pearl replia du mieux qu'elle put le document et le glissa dans son enveloppe.

Reuben et Sam étaient dans le parking. Ils n'avaient pas élevé la voix, mais l'attitude de leurs corps en disait long. Les poings serrés, Sam se tenait le corps tendu en face de son père qui, les mains posées sur les épaules de son fils, tentait de le calmer. Confronté à son incapacité de s'en prendre à sa mère ou à sa sœur, Sam semblait prêt à frapper son père, se dit Pearl. Brusquement, ne pouvant plus se contenir, Sam repoussa brutalement les bras de son père. Quand le poing partit, Reuben l'esquiva facilement. Puis il empoigna à nouveau son fils par les épaules et lui cloua le dos contre la portière de la camionnette. Sam se débattit violemment pour capituler brusquement l'instant suivant. Reuben fit un pas en arrière et le lâcha, l'abandonnant sur place avant de regagner le restaurant.

Pearl lui rendit son enveloppe.

– Je suis navrée pour toi.

– Faut que j' te parle, répondit-il en désignant l'arrière-boutique.

– Excusez-moi, dit-elle à Roscoe avant de suivre docilement Reuben.

Elle se blottit spontanément dans ses bras et Reuben la tint quelques instants serrée contre lui. Ils ne s'attardèrent pas. Quelques instants plus tard, elle le regardait partir en compagnie de son fils. Roscoe finissait la bière que Reuben avait abandonnée.

– Faut pas gaspiller...

Il en avait déjà sifflé quelques-unes, alors que les autres mettaient les banquettes en place, et ça commençait à se voir. Pearl se sentait la gorge dure et sèche, une bonne lampée de bière y remédia.

Roscoe décida d'inaugurer une banquette en annonçant :

– Tu baises avec lui aussi.

Comme ce n'était pas une question, Pearl ne répondit rien, se contentant de finir sa bière avant de ranger la bouteille vide dans un casier. Roscoe caqueta encore :

– Bon Dieu, Pearl, tu pourrais pas un peu le lâcher, ce bonhomme. Tu trouves pas qu'il a assez d'emmerdes comme ça ?

– Fais bien attention où tu mets les pieds, Roscoe...

– Oh, t'inquiète pas pour mes pieds, va ! C'est toi qui danses dans la merde en talons aiguilles, en ce moment !

– Rentre chez toi, Roscoe.

– Ah, merde ! Dis-moi, j' pourrais pas rester voir qui va être le prochain à rentrer dans ton arrière-boutique ? Allez, pour me faire plaisir...

Pearl se dirigea vers la porte d'entrée, tira le verrou et l'ouvrit toute grande devant Roscoe.

Ce dernier se laissa glisser de sa banquette, récupéra une brassée de bouteilles entamées et sortit en titubant, sans interrompre son caquetage. Pearl s'installa sur un tabouret et se mit à contempler la salle. Le grand espace vide s'était envolé, pour faire place aux banquettes qui doublaient à présent le nombre de sièges. Elle aimait l'odeur toute nouvelle de vieux cuir qui s'était répandue dans le restaurant. Cependant, l'endroit semblait à présent trop petit, trop plein, un peu comme la vie qu'elle s'était imaginée, mais pas à ce point quand même. La réalité et la réalisation de ses rêves prenaient un tour inattendu dont il était impossible d'imaginer les conséquences. Ce trop-plein débordait sur un grand vide.

Elle aurait dû se sentir heureuse et, au lieu de cela, elle se sentait lasse, l'esprit troublé. Elle jeta un dernier coup d'œil, histoire de se souvenir des détails, quand elle annoncerait la nouvelle à Norris.

3

Les mauvaises herbes avaient envahi le jardin. Décidée à lui donner un semblant de forme civilisée avant la tombée de la nuit, elle s'attaqua au désherbage et découvrit que ce travail dissipait sa mauvaise humeur. Enivrée par l'air extérieur, la chatte gambadait autour d'elle, chassant papillons et libellules et même quelquefois les mottes de mauvaises herbes que Pearl lançait sur le côté. De temps à autre, la jeune femme se redressait pour avaler une gorgée de thé glacé de son Thermos ou pour vérifier si la chatte n'allait pas disparaître sur la route ou dans les bois. Le soir tombait. Une brise fraîche et légère se leva. Pearl s'étira douloureusement, avala une nouvelle gorgée de thé et admira les progrès de son travail.

Un peu plus loin, la chatte grattait un petit monticule de terre, quand une boule noire surgie du cimetière se précipita sur elle. La chatte poussa un feulement de terreur pendant que son poil se hérissait sur son dos. Pearl tenta de l'attraper, mais déjà la chatte disparaissait dans les buissons en la faisant piquer du nez dans le carré de petits pois. Le labrador s'arrêta brusquement et se tint à quelque distance de Pearl en jappant furieusement. Avec un grommellement de colère, Pearl roula sur le dos pour se lever, mais, dans un réflexe de défense, elle se mit en boule quand, lui sautant sur le dos, la jeune chienne la mordit en plusieurs endroits.

– Et merde ! cria-t-elle, de la terre plein la bouche.

Le labrador repartait à la poursuite du chaton en direction des bois. Pearl recracha la terre et se mit sur son séant. Puis elle se leva et commença à s'épousseter quand, entendant un froissement d'herbe derrière elle, elle aperçut Evvie Bonneau qui sortait du cimetière.

– Tout va bien ? demanda cette dernière.

Pearl acquiesça et remarqua aussitôt, accroché à la hanche de la femme, l'étui qui contenait un énorme pistolet à barillet. Pearl ne savait à peu près rien des armes, sinon que ça crache du plomb et que ça fait très mal. Mais elle eut le sentiment que cette arme devait tirer des projectiles tranquillisants. La petite femme secoua tristement la tête en direction de l'endroit où les deux animaux avaient disparu. Puis, elle s'approcha de Pearl et la scruta quelques instants. Elle parut satisfaite en constatant qu'il y avait plus de peur que de mal.

– Vous avez vu ? demanda Pearl. Cette chienne s'est lancée à la poursuite de ma chatte jusque dans les bois.

– Pendant que je regardais votre chatte, ce corniaud en a encore profité pour m'échapper. Votre chatte n'aura aucun mal à retrouver son chemin, mais, si je l'aperçois, je ne manquerai pas de vous la rapporter.

– Merci, dit Pearl. (Puis, remarquant l'état d'épuisement de la femme en sueur, elle proposa :) Puis-je vous offrir quelque chose ? Un thé glacé, une bière, peut-être ?

– Bien volontiers. A la vitesse où il a détalé, ce

n'est certainement pas ce soir que je rattraperai cet animal, répondit Evvie en souriant.

– Entrons dans la maison, dans ce cas.

Pearl alla à l'évier se rincer la bouche, puis piocha deux bières dans son réfrigérateur. Elles se mirent à boire à même le goulot.

– C'est bon comme le péché, fit Evvie.

– *Amen*, répliqua Pearl en levant sa bouteille.

– Voulez-vous que je mette un peu d'eau oxygénée sur vos égratignures ? proposa Evvie.

Pearl regarda ses bras sur lesquels les griffes et les dents de la chienne avaient laissé de profondes striures.

– Ce serait plus prudent.

Si l'eau savonneuse fut à peu près supportable, il n'en fut pas de même pour l'eau oxygénée, et Pearl ne put retenir un gémissement.

– Merde...

Evvie restait imperturbable, exprimant une sorte de grommellement incompréhensible, tandis qu'elle badigeonnait les bras de Pearl.

– Otez votre chemise. Vous avez une sérieuse estafilade à l'omoplate.

– Je la sens.

A petites touches légères, Evvie désinfecta deux longues et profondes entailles qui passaient sous l'aisselle et se terminaient sous le sein gauche de Pearl.

– Vous allez avoir mal, demain en vous levant.

– Je sais, acquiesça Pearl avec une grimace.

Evvie fit un pas en arrière pour admirer son œuvre.

– Surveillez bien celles-là. Elles peuvent s'infecter et vous causer de sérieux problèmes.

Evvie reprit sa bière.

– Je l'aurai, tôt ou tard. Ce sera moi ou la montagne. Je vais l'abattre, ça réglera définitivement le problème.

Pearl faillit en lâcher sa bière.

– L'abattre ? Est-ce vraiment indispensable ?

– Elle a égorgé un agneau des Partridge. Une fois qu'un chien a pris cette habitude, il ne peut plus la perdre.

– Oh, fit Pearl en invitant d'un signe la femme à s'asseoir. Je suis navrée de l'apprendre.

– Je le suis aussi, rétorqua Evvie en étirant ses jambes devant elle. Mais ça fait aussi partie de mon travail. Je n'aime pas ça, mais il vaut mieux que ce soit moi qui le fasse.

– Pensez-vous que cette chienne peut blesser ma chatte ?

– A l'heure qu'il est, sourit la femme, votre chatte est perchée sur un arbre. Probablement que vous ne la reverrez pas avant demain matin.

– C'est qu'elle n'a pas l'habitude de sortir...

– Les chats savent toujours comment s'en tirer, ne vous inquiétez pas... (Evvie se mit à examiner la cuisine.) C'est très joli, ici. Votre jardin est magnifique également. Avec toute cette pluie, les mauvaises herbes ont poussé à une allure folle. Moi, je ne cultive plus que des tomates et des petits pois. Et un peu de mari... (Elle contempla l'intérieur de sa bouteille de bière.) Je suis contente d'avoir eu l'occasion de vous parler. Je tenais à vous assurer de ma discrétion : je ne soufflerai mot sur ce que j'ai vu l'autre jour.

– Merci, dit Pearl avec un rire bref.

Evvie haussa les épaules, puis vrilla son regard dans celui de Pearl.

– Je n'y entends pas grand-chose aux hommes,

mais je peux vous dire que Reuben est du genre correct. J'aime bien les hommes en général et Reuben en particulier, et je trouve que, en ce qui le concerne, être resté hors circuit pendant si longtemps, c'est un véritable crime. Je sais que je n'ai aucune chance avec lui. Le sort que j'ai infligé à mon ancien mari rend les hommes assez méfiants à mon égard. Mais je suis contente qu'il ait trouvé quelqu'un qui puisse le rendre heureux et qui lui fasse oublier ses années passées avec la triste salope qu'était sa femme.

Pearl se rendit soudain compte qu'elle avait la bouche ouverte et qu'elle salivait abondamment. La chair de poule qui parcourait son corps la fit brusquement frissonner.

Evvie finit sa bouteille et se mit à rire.

– Est-ce que mes paroles vous choquent ?

– Disons que je n'avais jamais entendu ce genre de confession, auparavant, lâcha-t-elle avec un haussement d'épaules.

– C'est que c'est la première fois que je fais part à quelqu'un de mes sentiments, chère amie. Je vis un enfer depuis déjà de longues années, et j'y brûlerai encore après ma mort. Mais ne vous leurrez pas : je ne suis pas la seule ici à avoir commis un assassinat et à courir en liberté. Dans la région, il y a des tas de meurtriers qui échappent à la prison.

– Une autre bière ? proposa Pearl.

– Pourquoi pas ? Il a fallu que j'aille souvent chez Roscoe à cause de cette satanée chienne, poursuivit-elle après avoir décapsulé sa bière.

– C'est sans doute pour ça qu'il est de si bonne humeur, ces derniers temps.

– Peut-être bien. Je lui ai dressé un procès-verbal

une fois, mais c'est tout. Avec cette histoire d'agneau égorgé, l'affaire ne le concerne plus.

– Êtes-vous sûre que c'est vraiment cette chienne qui en est responsable ? J'ai entendu dire qu'il y avait des coyotes, par ici.

– Ansel Partridge l'a vue en train de manger le cadavre. Même si ce n'est pas elle qui a effectivement tué l'agneau, maintenant qu'elle y a goûté, on ne peut plus faire machine arrière.

– Oh...

– De toute manière, Roscoe boit trop pour s'occuper d'un chien. (Evvie chassa l'air d'un geste de la main.) Il a toujours trop bu. Ça ne l'a jamais empêché de faire son travail. C'est toujours comme ça que réagissent ces vieux fous une fois que leur femme est morte ou les a quittés. Je trouve que, depuis quelque temps, son état n'a fait qu'empirer.

– Je n'avais pas remarqué. Il me semble tout à fait normal.

– C'est peut-être la mort de Jack qui l'a un peu secoué. Ça lui passera très vite... (Evvie finit rapidement sa bière et se leva.) Merci pour tout. Si jamais vous voulez un chiot...

– Merci, mais je ne veux pas de chien. Je n'aime pas les voir attachés au bout de leur chaîne.

Le visage d'Evvie s'empourpra d'admiration.

– Il existe peu de gens comme vous, chère amie. La plupart ne peuvent pas résister à l'envie ou bien de les prendre dans leurs bras, ou bien de les attacher à un piquet. Bonne chance à vous et encore merci pour les bières.

Appuyée contre le cadre de la porte, Pearl regarda s'éloigner l'étrange petite femme dans son uniforme. Elle avait la sensation d'avoir trinqué avec une meurtrière, tout en éprouvant un sentiment de sécurité comme elle en avait peu connu. Evvie l'avait bien dit : il y avait bien plus d'une personne bizarre à Nodd's Ridge. D'elles deux, restait à savoir laquelle l'était le plus : Evvie, meurtrière de son mari, ou elle-même qui se prenait d'affection pour cette employée municipale, meurtrière de son mari.

Pearl retourna à son jardin et finit son travail de sarclage, tout en fouillant les environs du regard pour tenter d'apercevoir sa chatte, mais en vain.

4

Elle s'était presque assoupie dans son bain quand un raclement contre la porte arrière la fit sursauter.

– Pearl ! appela Reuben du bas des escaliers.

Elle tendit un bras vers sa serviette-éponge.

– Je suis dans mon bain.

Reuben grimpa les marches deux à deux et glissa sa tête par la porte entrebâillée.

– Fallait que j' te voie.

A son air un peu hébété et à sa manière de trébucher sur les mots, Pearl put se rendre compte que Reuben était un peu éméché. Elle aima l'odeur de bière qui parvenait jusqu'à elle.

– Tu me reluques ?

– J'aime ça.

Il lui prit la serviette des mains et, l'ouvrant devant elle, l'invita à s'y emmitoufler. Elle s'exécuta volontiers et se laissa soulever dans les airs avec délectation.

Elle était redevenue la petite fille dans les bras de son père, à cette différence près que son père ne l'avait jamais soulevée ainsi dans ses bras au sortir du bain. Quand sa mère avait épousé Norris, Pearl était déjà trop âgée. Elle ferma les yeux et se blottit étroitement contre Reuben pendant qu'il la portait jusque dans la chambre à coucher. Installée sur le lit, toute frissonnante, elle se laissa langoureusement sécher les cheveux. Reuben lui prit le bras.

– Qu'est-ce qu'il s'est passé ?

– C'est la chienne de Roscoe. En poursuivant la chatte, elle m'a sauté dessus dans le jardin.

– La sale bête. Tu as réussi à te désinfecter ?

– Evvie Bonneau s'en est chargée. Elle était à sa poursuite. Apparemment, la chienne aurait mangé les restes d'un agneau égorgé par un coyote.

– Va falloir qu'elle l'abatte, acquiesça Reuben en suivant du bout du doigt la cicatrice de l'épaule. Ça te fait mal ?

– Et toi ?

– Pardon ?

– Est-ce que ça te fait mal ?

Il ôta ses chaussures et vint la rejoindre sur le lit.

– C'est insupportable, fit-il en se rapprochant d'elle.

Quelques instants plus tard, il roulait sur le côté.

– Excuse-moi, je crois que je suis un peu pompette, mais j'avais vraiment envie de toi.

Cela dit, il quitta la pièce pour revenir quelques instants plus tard avec deux bières. Il lui en tendit une, qu'elle refusa d'un signe de tête.

– Je n'ai réussi à protéger Karen que le temps nécessaire aux os de Spearin pour se ressouder. C'était trop peu et trop tard. Je n'ai fait qu'apporter un peu plus d'eau au moulin de Laura.

– Puisque Spearin n'a pas porté plainte, peut-être que le tribunal ne retiendra pas cet incident contre toi pour décider si tu dois ou non avoir la garde de tes enfants ?

– Je ne sais pas. On ne peut jamais prévoir la décision d'un juge. Ce qu'il y a de plus drôle dans un divorce, c'est qu'on découvre que les enfants n'appartiennent pas à leur père. A leur mère, aux juges, mais pas à leur père.

– Mais peut-on dire que nos enfants nous appartiennent ?

– Bien sûr que non, fit-il en l'embrassant dans le creux du cou. Ce que je veux dire, c'est qu'on n'imagine pas à quel point tout un tas de gens ont un droit de regard sur notre vie, dès qu'on a des enfants.

– Mais pour quelle raison les réclame-t-elle ?

– Elle ne le sait pas elle-même. Ça lui permet sans doute de marquer des points. Quoi qu'il en soit, elle ne les aura pas. Mon avocat me dit que je peux émanciper Karen, dire qu'elle est indépendante et autonome ; de toute manière, ça fait longtemps qu'elle est perdue pour moi. Quant à Sam, elle peut toujours en obtenir la garde, mais, au moment où le verdict sera rendu, il sera parti. Sam est grand pour son âge, on lui donne facilement dix-huit ans. Un garçon fort comme lui peut se débrouiller tout seul. Il s'en sortira toujours.

Pearl se retourna pour plonger son regard dans celui de Reuben.

– Comment le sais-tu ?

– C'est son copain qui me l'a dit. Ils vont partir ensemble.

– Et tu ne vas pas les en empêcher ?

– Comment ? Je suis déjà heureux que Sam ait un bon ami. Josh est plus âgé d'un an et il a son permis de conduire. Quelques années passées sur les routes peuvent leur procurer des joies extraordinaires ; et, quand ils reviendront, ils seront peut-être prêts à retourner au collège.

– Et toi, dans toute cette histoire ?

– Il me manquera bougrement... (Il glissa un bras sous la poitrine de Pearl et l'attira contre lui.) De toute façon, mes enfants sont perdus pour moi. Tu as vu Sam, ce matin : il est persuadé que je fais tout pour entretenir la guerre entre sa mère et moi.

– Reuben, pourquoi ne pas lui dire que sa mère... (elle tenta de retrouver les termes d'Evvie Bonneau) n'est qu'une triste salope qui n'a rien dans la tête ?

– Je n'ai pas envie de commencer à dénigrer la mère de mes enfants devant eux. Nos trois enfants, nous les avons faits ensemble, dans le même lit, sous le même toit, et je n'ai pas l'intention de lui laisser tous les torts. Si j'avais été le mari qu'elle espérait, elle ne m'aurait peut-être pas laissé tomber.

– Décidément, dans la famille, vous êtes tous très durs envers vous-mêmes.

– Ça te dérangerait si je suis dur envers et contre toi ? dit-il en se pressant contre elle.

Pour toute réponse, Pearl éclata de rire et se blottit dans les bras de Reuben.

5

– Réveillez-vous, Pearl, vous avez assez dormi ! chanta Karen en la secouant.

Pearl s'assit en sursaut. Reuben était parti, mais de nombreuses canettes de bière traînaient çà et là. Elle sauta de son lit.

– Je vais faire l'ouverture, annonça la jeune fille.

– Les clés sont sur la table de la cuisine.

Karen lui adressa un sourire d'intelligence, puis disparut dans la cage d'escalier.

Après une douche rondement menée, Pearl enfila

le linge propre qui lui tombait sous la main, plus une paire de sandales. Pendant qu'elle s'aspergeait de quelques gouttes de parfum, le miroir de sa coiffeuse lui renvoya le reflet de deux oreillers portant l'empreinte très visible de deux têtes. Vraisemblablement, Reuben n'était pas assez soûl pour oublier que sa fille pouvait le surprendre le lendemain matin et avait préféré prendre le large avant l'arrivée de celle-ci. Quant à savoir l'heure à laquelle il s'était éclipsé, impossible de s'en souvenir.

Une fois son petit déjeuner avalé à la hâte, Roscoe mit son tablier. Il travaillerait à plein temps, jusqu'à ce que Pearl trouvât une nouvelle employée, pendant que Karen s'occuperait des tables. A la première accalmie, Pearl accrocha à la porte un écriteau d'offre d'emploi. A présent, l'endroit était pratiquement déserté, seuls restaient Sonny, qui tentait de dissiper sa gueule de bois, et les McKenzie père et fille.

– Je te rejoins, p'pa, annonça Jean, fermement agrippée à son sac à main.

Elle attendit que son père fût sorti, puis se pencha par-dessus le comptoir pour murmurer à l'intention de Pearl :

– L'emploi m'intéresse, Pearl.

Celle-ci faillit lâcher la pile d'assiettes qu'elle tendait à Karen. Jean se dandina quelques instants en rougissant violemment.

– J'ai pas beaucoup d'expérience mais... (Elle tripota nerveusement l'anse de son sac.) J' peux apprendre.

Jean fit un gros effort pour regarder Pearl dans les yeux. Le rouge violent qu'elle s'était mis sur les lèvres débordait largement en lui faisant une sorte de bouche de cupidon. Elle s'était aussi entièrement épilé les sourcils pour en dessiner de tout neufs beaucoup plus haut sur le front, sous forme de petits arcs très minces et très surprenants. Cependant, l'expression résolue, presque bornée, de son visage témoignait de l'entêtement qu'elle mettait à postuler pour l'emploi, lui conférant ainsi un air de dignité qu'on ne lui connaissait pas.

– J' suis une dure travailleuse, Pearl.

Pearl opina de la tête en s'essuyant les mains sur son tablier.

– Je vois. Ne pourrais-tu pas revenir à trois heures et demie ? Nous en discuterons calmement.

Cette réponse parut exciter Jean au plus haut point. Déjà, elle pédalait en marche arrière en direction de la sortie.

– Oh oui, bien sûr, bien sûr...

Roscoe la regarda s'éloigner un moment, puis leva les yeux au ciel d'un air navré.

– Jésus Marie, une débile en pleine ménopause...

Sonny Lunt ricana.

– C'est ta dernière chance, Roscoe.

Pearl adressa à Sonny un regard si sévère que ce dernier reprit aussitôt son sérieux, comme un enfant réprimandé par son maître d'école.

– C'est plutôt la tienne, Sonny. Je te la laisse avec tout le bataclan.

– Vous êtes méchants, intervint Karen. Jean, elle a connu une très mauvaise passe.

– Comme tout le monde, rétorqua énigmatiquement Roscoe. Maintenant que j'y pense, ce s'rait une bénédiction d'avoir une vieille chatte opérée par ici.

– Tu peux parler, Roscoe ! lança Sonny, sarcastique. T'as dû devenir pédé. Si j'étais à ta place derrière ce comptoir, je rouspéterais pas comme tu l' fais, laisse-moi te dire. J' pourrais pas laisser Pearl et Karen se débrouiller toutes seules sous prétexte d'avoir mal aux jambes. J' crois plutôt que j' ferais le plus d'heures supplémentaires possible.

– Si c'est un compliment, dit sobrement Pearl, merci, Sonny.

Karen lui tira la langue.

– Ô Seigneur ! murmura Sonny. Fais-le-moi encore, Karen.

Puis il éclata d'un rire énorme et se dirigea en tanguant vers la porte.

Dehors, on entendit un crissement de freins, puis l'aboiement de la chienne de Roscoe devant la porte du restaurant.

– Quand on parle de chienne en chaleur...

– Quand vas-tu enfin fermer ta grande bouche ! tança Pearl en lançant son torchon au visage de Roscoe.

– Compte tenu de ce qui rentre dans la tienne, t'as rien à dire de ce qui sort de la mienne ! vociféra Roscoe.

Sur le pas de la porte, Sonny marqua un arrêt. L'air hébété, il se mit à regarder tour à tour Pearl et Roscoe. Karen faillit laisser tomber la pile d'assiettes propres qu'elle était en train de ranger.

Fou de rage, les traits tordus de haine, Roscoe fulminait et continuait à cracher ses jurons. Pearl attrapa une tasse de café froid qui traînait sur le comptoir et la lui lança à la tête. Elle regarda un instant le liquide brunâtre dégouliner sur le visage du vieil homme. Prise d'un soudain remords, elle se précipita et l'entoura de ses bras.

– Mon Dieu, Roscoe, je suis désolée.

Mais le vieil homme la repoussa sans ménagement.

– Va te faire foutre. T'es rien qu'une traînée.

Puis il s'essuya le visage et sortit devant Sonny éberlué.

Ce dernier hésita un instant, avant de se diriger vers Pearl. A l'aide d'un grand mouchoir sorti on ne sait d'où, il entreprit d'essuyer les larmes de la jeune femme.

– Vous laissez pas faire par ce vieux salaud, Pearl. Il peut pas s'empêcher de cracher sa bile sur les gens.

Pearl éternua. Sa poitrine fut secouée d'un rire triste.

– Non, Sonny, c'est moi, la salope.

Sonny ne comprit pas ce qu'elle trouvait de drôle à cela, mais cela ne l'empêcha pas de rire quand même à l'unisson. Pearl alla se rincer le visage. Quand elle revint, Karen se trouvait devant la machine à laver la vaisselle.

– Je vous ai jamais vue aussi en colère. Qu'est-ce qu'il a voulu dire ?

– Aucune importance. Désolée d'avoir perdu mon sang-froid.

– Reposez-vous. Roscoe a toujours eu un caractère de cochon et une langue de vipère. Vous devriez le renvoyer pour vous avoir parlé comme il l'a fait.

Pearl fit signe que non et se mit à nettoyer le plancher maculé de café.

– J' vais vous dire autre chose, ajouta la jeune fille. Cette espèce de vieux fou me pique mes pourboires.

6

Quand l'heure de la fermeture arriva enfin, Pearl avait embauché Jean McKenzie en lui précisant qu'elle commencerait dès le lendemain matin. Malgré cela, il lui fallait encore quelqu'un. Elle avait l'intention de rendre visite à Roscoe, mais, avant cela, elle voulait passer chez elle pour prendre une douche, se changer et jeter un coup d'œil à son courrier.

La chatte l'attendait sur les marches du perron, une patte ouverte jusqu'à l'os. Il n'y avait pas un pouce de son pelage qui ne fût recouvert de bardane.

– Pauvre bébé, murmura Pearl en prenant délicatement l'animal dans ses bras.

Après avoir installé la bête dans une serviette, elle prit sans tarder la route de Greenspark.

Bien que désert, le cabinet du vétérinaire était encore ouvert, sans que Belinda Conroy fût visible. Une autre femme, LeeAnn, s'il fallait en juger à son insigne, l'introduisit dans la salle d'examen. Le docteur Beech arriva peu après.

– Voudriez-vous refermer la porte derrière vous, je vous prie ? ordonna-t-il à la femme. (Puis, s'adressant à Pearl :) Nous allions fermer. Voyons voir cette blessure... Quel gâchis ! Que lui est-il arrivé ?

– Un chien l'a pourchassée.

– Pauvre bête, murmura le vétérinaire.

L'homme alla ouvrir une armoire, de laquelle il tira un rasoir électrique.

– C'est moins grave que c'en a l'air. Elle ne va pas aimer ça, mais ça repoussera.

Quelques minutes plus tard, l'animal n'avait plus un poil sur le dos et sa blessure avait été soigneusement recousue.

– Et voilà. Elle aura une jolie cicatrice.

– Merci, docteur.

– Je vous enverrai ma facture, mademoiselle Dickenson, annonça Beech en se lavant les mains.

Durant tout le chemin du retour, la chatte dormit sur la banquette. Pearl la portait à l'intérieur quand elle se souvint qu'elle était censée accompagner David au cinéma. Sur le répondeur, quelques mots laconiques de Reuben lui demandaient de le rappeler.

Il ne pouvait pas la voir, ce soir. Il avait passé l'après-midi dans le bureau de son avocat et une voiture qu'il avait promise pour le lendemain l'attendait sur le treuil. Sans compter toute sa comptabilité qu'il devait mettre à jour...

– Pas de problème, j'irai au cinéma.

– Amuse-toi bien. Je t'appellerai demain. On pourra peut-être faire quelque chose ensemble...

– Bien sûr.

Elle monta se changer, sans cesser de se demander de quelle manière elle allait pouvoir faire marcher son restaurant sans l'aide de Roscoe. Eh bien, elle se débrouillerait. Nécessité fait loi. Nécessité, voilà un joli nom pour sa chatte. Il ne lui restait plus qu'à en trouver un pour son frère. Une manière comme une autre de se distraire les idées. Voilà, il suffit de ne pas forcer les choses pour qu'elles se résolvent d'elles-mêmes. Le mâle s'appellerait Distraction. Elle sourit en se sentant tout à coup étrangement libérée de tout souci. Elle ôta ses vêtements et entra dans la douche.

CHAPITRE QUATORZE

1

Quand elle quitta la maison, Nécessité faisait sa toilette, et Pearl tenta de penser au déroulement de sa soirée. Ce serait certes agréable de s'asseoir dans l'obscurité d'une salle et de regarder un bon film sans penser à rien d'autre. Cette idée suffit à la calmer.

Au moment où elle garait sa voiture, elle se souvint de sa résolution de parler à David de Reuben, assurée que le jeune homme ferait preuve de compréhension, puisqu'il ne semblait manifester aucune velléité de possession. Probablement même la nouvelle l'amuserait-elle. A la limite, Pearl se sentait un peu stupide de ne pas lui en avoir parlé plus tôt.

Il lui refit le coup de l'apparition soudaine. Revêtu seulement d'une culotte de course, son corps luisait de sueur. Il l'empoigna à bras-le-corps pour l'embrasser avec une telle vigueur qu'elle en fut estomaquée.

– Voilà une bien belle robe blanche, murmura-t-il en suivant de l'index la ligne de l'encolure. Qui t'a fait toutes ces égratignures ?

– Cette affreuse chienne. Elle a aussi blessé ma chatte à un point tel que j'ai dû la conduire chez le vétérinaire pour la faire recoudre. La pauvre bête était tellement couverte de bardane qu'il a fallu la tondre complètement.

– Un chat tondu ? Quoi de plus outrageant ? s'écria David, enjoué. Je veux la photographier.

Débordant décidément d'énergie, il la prit par la main et l'entraîna à l'intérieur de la maison jusqu'à la terrasse, tout en expliquant :

– Je n'ai pas vu le temps passer. J'ai travaillé plus longtemps que prévu et j'ai encore besoin d'une dizaine de minutes pour finir ce que j'ai commencé. Allons, viens.

Tant pis s'il s'était laissé absorber par son travail. Pearl se demanda s'il s'agissait d'écrire une œuvre poétique ou tout simplement de fendre du bois. Sur la terrasse, pareil à un énorme insecte de métal, un cyclorameur lui renvoya ses sombres reflets chromés.

– C'est donc ça, ton *travail*.

David s'installa sur son engin.

– Je ne peux pas m'en passer. C'est une véritable drogue.

Pearl s'assit pour le regarder. La fluidité de ses mouvements conjuguée à cette étrange association cybernétique homme-machine la jeta dans un trouble profond, sans qu'elle pût cependant en détourner les yeux.

– Je n'avais jamais remarqué cet appareil.

– Je m'efforce de le ranger tous les jours après m'en être servi. Je me moque de ce que les autres pensent, mais si je le cache, c'est de moi-même, et je crois que cette aberration en vaut la peine.

– Ça me paraît tout à fait sain, quant à moi.

– Crois-tu ? Un des plus beaux lacs au monde se trouve à quelques pas de ma porte et le corps de ma sœur s'y trouve, quelque part, et pourtant je reste là, à le regarder.

Pearl s'adossa à sa chaise longue et étira ses jambes. Comme c'était agréable de s'asseoir au soleil et de sentir sa chaleur... Les paupières mi-closes, elle se mit à observer David. Peu à peu, son rythme ralentissait. Il bougeait moins qu'il ne glissait d'une position à une autre. Elle se surprit à envier la machine.

– Je ramais déjà au collège, continua-t-il. Je nageais, aussi. D'ailleurs, je continue à le faire en hiver, à mon club. Il n'y a qu'en été que je ne nage pas... (Il fixa le lac d'un œil vide, dénué de toute expression.) A cause de cet endroit, en fait.

– Pourquoi y revenir, alors ?

Comme à regret, son regard se détacha lentement de la surface miroitante. Il leva brièvement les épaules.

– C'est plus fort que moi. Je crois que, si je ne revenais pas, j'aurais le sentiment que cet endroit aurait gagné la bataille. C'est le seul que je connaisse où je me sens presque vivant. Chaque fois que je reviens, j'ai le sentiment d'avoir tout oublié et, brusquement, je me souviens et je me demande comment j'aurais pu oublier, mais je comprends que je m'efforce d'oublier sans jamais y parvenir. Cet endroit a un secret et le fait d'y revenir me permet de me le rappeler. India se trouve quelque part dans ce lac, sans que je puisse la trouver. Où qu'elle soit, elle est hors de portée. Au fond de mon cœur, je sais que si je lui fais confiance, si je reviens sur les lieux de mon enfance, le lac me la rendra. Elle apparaîtra soudainement, comme elle aimait le faire quand nous étions enfants. Nous plongerons ensemble dans le lac et nous nagerons très loin pour nous laisser ensuite couler au fond, là où les eaux deviennent noires, et nous y resterons longtemps, jusqu'à en être effrayés. Et quand elle se moquera de moi, je ne me fâcherai pas, même quand elle refusera de me dire où elle s'était cachée, parce que l'endroit doit rester secret ; parce qu'il doit garder son mystère. C'est un lieu hors de toute compréhension, même si je le connais par cœur, même si j'en sais tous les chemins et tout ce qui y vit. Malgré toutes ces années, il échappe à mon entendement et je sais qu'il en sera toujours ainsi. C'est comme les gens de ce pays : si je connais leurs noms et leurs visages, si je connais l'histoire de leur famille et leurs secrets, je ne les connais pas vraiment et ils le savent. Mais je sais qu'ils me connaissent et que je suis juste une partie du décor, bien moins que de la réalité. Je suis comme la neige en hiver : elle va et vient sans laisser trace de son passage. Peut-on dire où s'en va la neige ? Je crois que je suis presque invisible pour les gens d'ici. Je ne sais pas si je parviendrai un jour à faire partie de leur réalité. C'est étrange. J'ignore si je garde cet endroit dans mon cœur ou si cet endroit me garde en lui. Et j'y reviens et je m'y cache en me disant : le reste du monde ne le sait pas. Ici, c'est ailleurs. Et voilà que toi, Pearl, tu apparais, venue du monde extérieur, et que d'un seul coup, tu fais partie de cet endroit comme si tu étais sortie du lac. Il est vrai que, d'une certaine façon, tu en faisais déjà partie. Avec ses gènes, ta mère t'a légué dans ton A.D.N. la carte d'ici en te murmurant : Tout ceci t'appartient et tu appartiens à tout ceci. Tu ne pourras jamais être heureuse ailleurs qu'ici, n'est-ce pas, Pearl ?

Il cessa de ramer et se tut.

Elle était presque aussi en nage que lui, l'estomac

à l'envers. Elle avait l'impression d'avoir écouté une évocation poétique dans un langage qu'elle ne connaissait pas. Un changement s'opérait en David sans qu'elle sût précisément de quoi il retournait et comment réagir. Elle fit un signe affirmatif pour répondre à la dernière question et David quitta son appareil.

– Ouf ! s'exclama-t-il. Je dois puer la transpiration.

– J'adore les hommes en sueur.

La tempête provoquée par les paroles de David semblait passée. Un sentiment de soulagement détendait tout son corps, constata-t-elle. Il lui sourit et l'invita à se lever.

– Tu prends une douche avec moi ?

– Merci, c'est déjà fait.

– Dans ce cas, viens me tenir compagnie. Grâce à Dieu, la pluie a cessé...

Il fit une halte dans la cuisine et lui tendit une bouteille de vin blanc sortie du réfrigérateur.

– J'ai acheté ça pour toi.

Il la déboucha et lui en servit un verre, avant de se diriger vers sa chambre à coucher.

– Est-ce que tu as vraiment payé cette bouteille quarante-quatre dollars et quatre-vingt-dix-huit *cents* ? lança-t-elle depuis la cuisine après avoir examiné la bouteille.

– Non, je me suis procuré cette étiquette pour t'impressionner...

Elle remit la bouteille au réfrigérateur et le suivit dans la chambre à coucher. David était déjà dans la salle de bains. La douche se mit à couler et la tête de David apparut dans l'entrebâillement de la porte.

– Mais bien sûr. Serait-ce la première fois qu'on t'offre un grand vin ?

– Eh bien, il m'est arrivé d'en goûter, mais je crois que le type l'avait acheté pour se faire plaisir avant tout.

– Un idiot. Mais, s'il en avait été autrement, tu serais probablement quelque part en train de changer des couches.

David lança son short de gymnastique sur le sol de la chambre, prit Pearl par la main et l'entraîna dans la salle de bains.

– Pendant que je suis encore en sueur, y a-t-il quelque chose qui te ferait plaisir ?

Elle lui sourit et, attirant le visage de l'homme tout près du sien, elle lécha du bout de la langue les gouttelettes de sueur qui perlaient autour des lèvres moites de David.

– Bon Dieu, ce que j'aime ta bouche ! murmura-t-il d'un ton rauque.

Puis il se précipita sous la douche sans se soucier de refermer la porte de la cabine derrière lui. Pearl alla se percher sur le lavabo, tandis que se déposait sur sa peau une fine pellicule de vapeur qui, lui semblait-il, commençait à faire boucler ses cheveux, les libérant mèche après mèche des épingles qui les retenaient. Elle décida alors de finir elle-même le travail et, les bras levés, consciente que David ne la quittait pas des yeux, elle se mit à retirer un à un les peignes et les épingles en les mettant entre ses dents. David détourna brièvement les yeux, juste le temps de jeter un regard amusé sur sa propre érection, comme à quelque chose qui lui serait étranger. Après s'être longuement savonné, il laissa l'eau chaude ruisseler longuement sur son corps, tandis que, des deux mains, il repoussait ses cheveux de son front. Pearl prit son verre et le passa lentement sur sa peau qui frissonna un peu au premier contact.

– Vers quoi t'en vas-tu, David ?

Il éclata d'un grand rire avant de laisser tomber abruptement :

– Toi. Moi.

L'eau ruisselait sur le carrelage et le mouvement de David avait éclaboussé sa robe. Il attrapa une serviette et entreprit de se sécher.

– Tu es allée à l'école plus longtemps que moi, ma chère. Je parie que tu sais mieux que moi la suite des événements.

– Pas du tout. Que veux-tu dire ?

Laissant tomber sa serviette, il se mit à éponger le sol du bout du pied.

– Ruby sera folle de rage si j'endommage ce carrelage.

Cela fait, il ramassa la serviette imprégnée d'eau et la jeta dans la corbeille à linge sale. Puis, une fois dans la chambre à coucher, il enfila un pantalon de coton léger, sans prendre la peine de mettre un sous-vêtement.

– Viens, dit-il en la prenant par le poignet, il faut que je te montre quelque chose.

– Je croyais pourtant avoir tout vu, rétorqua-t-elle.

Ils rirent ensemble de bon cœur ; mais, déjà, il l'entraînait hors de la chambre à coucher.

Il fit une pause devant le réfrigérateur pour s'abreuver d'une longue rasade de lait à même le carton. Pendant que, d'une main, il reposait le carton de lait, de l'autre, il s'empara de la bouteille de vin. Il s'apprêtait à remplir le verre de Pearl, quand, l'air soudain pensif, il suspendit son geste. Reposant délicatement la bouteille, il glissa – au grand étonnement de Pearl – le verre dans le trou du broyeur électrique.

– David...

David obstrua ensuite le trou à l'aide du bouchon réservé à cet effet et mit en marche le dispositif de broyage. Il y eut un bruit sourd de verre concassé. Pearl gardait les yeux fixés sur la main qui retenait le bouton de caoutchouc, s'attendant à voir des morceaux de verre le déchiqueter, mais il tint bon. Le moteur du broyeur s'arrêta avec un bruit attestant de son inaptitude à digérer le verre pilé.

– Fais-moi penser à faire réparer ce broyeur, lâcha laconiquement David en prenant un autre verre.

Abasourdie, la bouche brusquement sèche, elle murmura :

– David...

Pour toute réponse, il l'embrassa longuement, avec passion. Elle n'avait pas repris son souffle qu'il l'entraînait vers la salle de séjour et, de là, en direction des étages. Dans leurs niches, les objets disparates lui parurent soudain menaçants. Quand ils atteignirent le dernier étage, trois paliers au-dessus, elle était à bout de souffle et faisait face à une immense bibliothèque intégrée. David alla tirer son extrémité et un panneau pivota lentement, révélant une chambre secrète. L'enthousiasme incita Pearl à battre des mains comme une enfant.

– Un passage secret !

– C'est plutôt une chambre secrète. Cette bibliothèque est l'œuvre de Reuben.

– Reuben ?

– Il trouvait l'idée amusante. Pas toi ?

– Eh bien... oui.

David prit Pearl par la main et la conduisit dans la chambre secrète. C'était une longue pièce étroite, pauvrement meublée d'un matelas posé sur une plate-forme et d'un bureau sur lequel, parmi des montagnes de papiers, on pouvait entrevoir un microprocesseur. Les murs et le plancher étaient laqués d'un rouge sang si brillant qu'il reflétait la lueur qui perçait par le puits de lumière du plafond et de l'unique petit hublot.

Hormis l'atroce couleur des murs, l'endroit était des plus monacaux. Nul besoin de préciser que c'était là que David s'adonnait à l'écriture.

Elle n'était pas encore revenue de sa surprise que, glissant son pied nu entre ceux de Pearl, David souleva sa robe d'une main pendant que l'autre s'évertuait à baisser sa culotte. La surprise tira à Pearl un petit cri, tandis qu'elle tentait, faiblement il est vrai, de repousser les assauts de David.

– J'ai toujours rêvé de jeter ses jupes au visage d'une femme, expliqua-t-il en la culbutant sur le matelas. Mon Dieu ! Quelle merveille ! Des petites culottes de coton !

– C'est l'été, s'excusa-t-elle, renonçant en même temps au combat.

– Faisons comme si tu étais pucelle, fit-il en se déboutonnant d'une main.

– Doucement, protesta-t-elle.

– Non.

– Je t'en prie ; je ne suis pas prête.

– Tant mieux. J'aurai ainsi l'impression de te violer.

Pearl lui lança un grand coup sur le côté du visage, mais il rit de plus belle.

– Ce n'est pas drôle. Tu n'as pas à me violer.

– Bien sûr. Mais que fais-tu de mes fantasmes ? Nous en avons tous, murmura-t-il en la pénétrant sauvagement.

Pearl hoqueta sous le choc. Elle lança ses griffes, mais David riait toujours.

– Allons, baby, fredonna-t-il, j'en ai besoin, j'en ai besoin. Tu peux pas savoir comme j'en ai besoin. Je me noie, baby, je me noie. Sauve-moi, baby, sauve-moi...

« Cet homme est siphonné, pensa-t-elle, complètement siphonné. Un homme qui part en miettes, comme le verre dans le broyeur. » Elle s'accrocha à lui parce qu'elle ne savait trop que faire. Il disait qu'il se noyait et elle le croyait.

Le corps à corps balaya tout, jusqu'à la moindre pensée. Tout, excepté le besoin de l'instant, avait échappé au contrôle de son esprit. A la toute première trêve, elle se sentit envahie d'une joie féroce, un peu comme si, bouche contre bouche, ils avaient appris à respirer dans l'eau. Mais elle oublia vite, et le manque d'air la suffoqua presque, avant qu'elle renonçât et laissât l'eau envahir ses poumons. A présent, l'excès faisait place à la lassitude, et la lassitude à l'exténuation. Mais David ne s'arrêtait pas, crachant des mots dont elle ne comprenait le sens que sporadiquement. Un profond sentiment de résignation monta en elle, la conscience que son orgasme n'était qu'illusion, qu'elle ne le sauvait pas de quelque abysse menaçant, mais qu'ils sombraient, tous les deux ; qu'ils se noyaient comme il l'avait écrit.

Ils dormirent par intermittence et, par intermittence, recouvrèrent leurs esprits. Elle avait, quant à elle, perdu toute réaction, bien que celles de David trahissent à peine l'assouvissement de ses sens. Elle flotta ainsi entre deux eaux, sans vraiment se rappeler quand cela avait commencé ou quand cela s'était terminé.

Le seul souvenir qui fût clair à son esprit, c'était

d'avoir entendu David dire, dans son sommeil : « Seigneur ! J'ai enfin réussi à baiser à mort », et éclater de rire, même si, quelques minutes plus tard, il étirait le bras et l'attirait sous lui.

Peu à peu, elle s'éveilla à la lumière de la nuit. Elle se rendit compte alors que le jour se levait. Cette nuit ressemblait à la seconde nuit passée ensemble, à la différence que celle-ci avait atteint une magnitude d'intensité et de fureur insoupçonnée. Quand elle posa les yeux sur lui, elle put voir qu'il dormait si profondément qu'il respirait à peine. Elle comprit alors qu'il avait atteint les limites de ses forces pour finalement *sombrer* (c'était son mot) dans le sommeil.

2

« Tu aurais dû le savoir, s'admonestait Pearl, épuisée. C'est toujours ce qui arrive quand on couche avec quelqu'un qu'on ne connaît pas. Te voilà dans de beaux draps, à présent. »

Elle se traîna jusque chez elle, anéantie, même après une douche très longue, un cachet d'aspirine et une courageuse tentative pour avaler une tartine. Encore une chance que Karen ne se montrât pas pour la tasse de café traditionnelle. La journée s'annonçait rude, surtout avec l'arrivée de Jean.

Quand, le regard caché derrière ses lunettes de soleil, David entra dans le restaurant, il était tremblant. D'une voix cassée, il commanda un énorme petit déjeuner, mais, après la première bouchée, il se précipita vers les toilettes. Pearl l'y suivit.

– Ce n'est pas ma cuisine, j'espère...

David s'essuya la bouche et secoua négativement la tête.

– Je suis désolé. Je voudrais te parler. Un peu plus tard, peut-être ?

– Rentre chez toi te coucher, conseilla-t-elle après avoir acquiescé.

Il s'appuya contre le cadre de la porte et répondit, les yeux fermés :

– Je crois que je ne pourrai pas.

Mais, comme pour se contredire, il s'accrocha au linteau de la porte et s'y balança quelques instants. Puis il se laissa retomber sur ses pieds et disparut par la porte arrière. Karen intercepta Pearl devant la porte de la réserve pour lui demander :

– Qu'est-ce qu'il a, David ?

– Il a passé une mauvaise nuit, laissa tomber Pearl en poursuivant son chemin.

Les mauvaises nuits, Karen connaissait ça.

– Trop de baise, fit-elle, pleine de compassion.

– Pour l'amour du ciel ! tança Pearl d'un ton cassant. Jean est encore en train de pleurer. Va donc voir ce qui se passe !

Reuben téléphona pour annoncer :

– Sam a pris sa première cuite, la nuit dernière. C'est Josh qui l'a ramené. Il est malade comme un chien. Je compte rester près de lui, ce soir, pour regarder un match à la télé. Ça t'ennuie pas trop ?

– Pas du tout. C'est la folie, ici. Une bonne nuit de sommeil me fera le plus grand bien.

Un peu plus tard, Karen lui confia que Walter n'était pas venu parce que Jean s'était fâchée et qu'elle avait interdit à son père de venir la voir à son travail. Elle craignait qu'il ne s'installât au restaurant pour la journée sous prétexte que sa fille y travaillait.

La perspective de ne plus voir Walter attrista Pearl. Mais qu'y pouvait-elle ? Surtout avec Roscoe en moins et vingt couverts de plus.

En rentrant chez elle, elle découvrit David, qui l'attendait, assis sur les marches du perron. Elle se laissa tomber près de lui.

– Je voulais te présenter des excuses, annonça-t-il sans préambule.

De son côté, Pearl avait un épouvantable mal de tête.

– Je suis vraiment crevée, David.

– Moi aussi... (Il lui tendit la main, elle tremblait.) Maintenant, tu sais...

– Je ne sais foutrement rien du tout ! répliqua-t-elle, surprise de sa propre colère.

– Je te fais peur, c'est ça ?

Elle acquiesça.

– C'est bizarre, pour moi aussi, dit-il ironiquement. J'y pense comme à une cicatrice... (Il étendit le bras et promena son index sur celles qu'avait faites le corniaud sur le bras de Pearl.) Une cicatrice, c'est tendre, presque soyeux. C'est à la fois plus dur et plus sensible qu'une peau normale. Une chirurgie esthétique peut débrider les tissus ou les remplir de silicone, mais elle reste toujours là, aussi invisible soit-elle. Comprends-tu ce que j'essaie de te dire ?

– A peine.

– Maintenant, attaquons-nous à la partie dure de notre problème, comme dit le politicien à l'actrice. Un sage n'a-t-il pas dit que nous vivons un âge de miracles et de merveilles ? Il y a un remède, un remède à la poésie, Pearl, mais je ne veux pas le prendre.

Son mal de tête menaçait d'entrer en éruption d'une seconde à l'autre et de faire voler en éclats sa boîte crânienne. Elle imagina les cellules de son cerveau éparpillées sur le Ridge.

– Je n'entends rien à la poésie, David ; tout comme j'ignore ce qui ne tourne pas rond chez toi, ou en quoi consiste l'astronomie ou la fission nucléaire. Je ne suis pas qualifiée pour porter de jugements, mais est-ce que ça te prend souvent ?

David passa un bras autour des épaules de Pearl et l'attira contre lui.

– Pas assez, selon moi. Quand ça m'arrive, je me sens vraiment heureux, sais-tu ? Ah, Pearl, prends-moi donc tel que je suis, comme disent les connards ! (Puis il ajouta prestement :) Je ne le pensais pas.

Pearl le repoussa et alla déverrouiller sa porte.

– Je ne parviens pas à surnager moi-même ; comment veux-tu que je t'empêche de te noyer ?

Nécessité sauta de son panier et vint frôler les chevilles de Pearl. David était ravi.

– Cette chatte est dans une sale situation.

– Elle est viable tout de même.

– Ne me prends jamais tel que je suis, réitéra David. Jamais. Combats-moi par tous les moyens. Je peux m'en sortir, à condition que je trouve quelqu'un qui ne baisse pas les bras.

– Je ne pensais pas devenir un mode de thérapie. Et si je ne me couche pas tout de suite, je crois que je vais m'évanouir.

David se précipita pour la presser contre lui.

– Mon Dieu, bien sûr ! tu es épuisée. Mais je n'avais pas l'intention de t'infliger ce qu'on pourrait appeler le « cri du primate en rut ». J'ai passé ma vie à chercher les bons mots sans jamais les trouver vraiment. Ce que j'aimerais, c'est me réveiller avec toi, le matin ; mais tu t'en vas chaque fois.

Et il partit, frais comme une rose. La fragilité dont

il avait brièvement fait preuve au début de la matinée s'était envolée. David était une sorte de vampire, décida-t-elle, avant de s'effondrer sur son divan pour sombrer dans un sommeil abyssal.

3

Encore blême, Sam avait réussi à faire un peu de pop-corn avant d'aller s'installer devant la télé, avec le sentiment de revivre les moments de son enfance où, assis sur les genoux de son père, il suivait avec lui les matchs de base-ball.

A la troisième manche, Reuben prit une décision. Pointant la télécommande vers l'écran, il baissa le son. Allongé sur le canapé, Sam tourna vers son père un regard interrogateur.

– Sam, commença ce dernier, je vois Pearl Dickenson.

Sam décida d'adopter une attitude de circonstance et s'assit bien droit sur le canapé.

– Je me suis rendu compte que tu t'étais absenté une ou deux fois, la nuit. Je me suis dit comme ça que tu devais être allé chasser la lionne de montagne et j'ai aussitôt pensé à Pearl.

– Vraiment ?

– Je te trouve plutôt guilleret depuis quelque temps, surenchérit Sam en éclatant de rire. T'as vraiment de la chance. Tu comptes l'épouser ?

– Ça dépend d'elle. Elle a besoin d'un peu de temps, pour s'installer, mettre de l'ordre dans ses affaires et le reste. Elle a vécu seule pendant pas mal de temps et il faut d'abord qu'elle se fasse à cette idée.

– Karen est au courant ?

– Non. Je te dirai que sa réaction m'inquiète un peu.

– Qu'elle aille au diable !

– C'est pas aussi facile, Sam.

– Bon, ben, elle ne veut jamais qu'on lui dise quoi faire ; c'est quand même pas elle qui va te dicter ta vie.

– Elle ne me fera pas changer d'idée, mais j'aimerais bien qu'elle se trouve heureuse de cette nouvelle situation.

– Elle a pas assez de bon sens pour être heureuse... Est-ce que ça va changer quelque chose au procès ?

– J'en doute. Ça ne me nuira pas, mais ça ne m'apportera rien de bon non plus.

– Est-ce que m'man est au courant ?

– Non.

– Elle va être folle de rage.

– Elle l'a déjà été bien avant ça. Je peux assumer.

– Je ne dirai rien à Karen ; elle se sent déjà assez exclue de la famille comme ça ; elle est capable de t'espionner pour savoir ce qui se passe exactement.

– J'ai deux autres choses à t'annoncer, Sam.

– Vas-y.

– La première, c'est que Brian Spearin a décidé de prendre sa revanche. Comme il ne peut rien contre moi, c'est à toi qu'il risque de s'attaquer. Surveillez vos arrières, Josh et toi.

– Compris, fit le jeune homme avec un sourire.

– La seconde, c'est la réponse à la question que tu m'as posée : j'ignore ce qui rend ta mère si furieuse contre moi. Peut-être que ma seule erreur aura été d'avoir fait le mauvais choix.

– Josh m'a dit que j'avais fait une connerie de te poser cette question. Il prétend que m'man était furieuse contre elle-même de devoir renoncer à Karen et à moi, et que c'est pour ça qu'elle s'en prend à toi.

– Josh est un garçon très perspicace...

– Ouais. J'aurais aimé qu'il le soit assez pour prévoir cette cuite et me coller dans sa voiture six bières plus tôt.

– C'était à toi à le savoir, pas à lui.

– Ouais, ouais. Tu veux du pop-corn ?

Reuben força le volume sonore de la télévision. Mis à part les merveilleuses conditions climatiques, les Sox passaient un mauvais quart d'heure sans que Reuben en fût le moins du monde affligé. Ce qu'il éprouvait, plutôt, c'était un grand soulagement. Au bout du compte, il s'était quand même bien débrouillé avec au moins un de ses enfants.

4

Le matin suivant, Karen alla doucement secouer Pearl dans son lit. Cette dernière s'étira, bâilla, puis se rendit compte qu'elle avait presque fait le tour du cadran.

– Vous avez le temps de déjeuner. Allez sous la douche, je vais faire du café et quelques tranches de pain grillé.

Quelques minutes plus tard, complètement éveillée et en possession de ses moyens, Pearl alla s'installer à la table de la cuisine.

– J'ai vu Bri, commença Karen.

– Pour quoi faire ?

Karen rougit et se mit à se mordiller un ongle.

– Je crois que c'était pour m'assurer que tout était bien fini entre nous.

Pearl faillit en avaler sa bouchée de travers, tout en remerciant à nouveau le ciel que Karen ne fût pas sa fille.

– Et alors ?

– C'est fini. Il dit qu'il va prendre sa revanche sur p'pa.

– Merveilleux. De mieux en mieux.

– Si je préviens mon père, il va savoir que je l'ai revu.

– Ton père est assez grand garçon pour prendre soin de lui tout seul. J'en fais le pari.

La journée finie, Pearl téléphona à son père.

– Je voulais t'appeler plus tôt, p'pa, mais j'ai eu un travail fou.

– C'est ce que je me suis dit, répondit Norris. T'es débordée, pas vrai ?

Elle l'admit.

– On dirait que t'as besoin de ton vieux père pour te donner un p'tit coup d' main.

Pearl se mit à rire. L'accent traînant du Sud de son père suffisait à la réconforter.

– Oh, p'pa, j'aimerais bien que tu passes me voir. Mais ce ne serait pas convenable de ma part de te faire venir pour te mettre au travail.

– Si tu savais, ma pauvre chérie, j' reste tellement assis, toute la sainte journée, que je suis couvert de toiles d'araignée. Je pourrais toujours nettoyer les tables et retourner m'asseoir dès que je s'rais fatigué. Dans l' journal, ils disent qu'on peut s' payer un billet d'avion jusqu'à Portland pour le prix d'un ticket d'autobus. Je s'rai chez toi demain soir.

– Rien ne me fera plus plaisir. Ça faisait longtemps que j'avais envie que tu viennes me voir.

– J'en avais envie, moi aussi.

Norris lui promit de lui confirmer l'heure exacte

de son arrivée, aussitôt qu'il en aurait lui-même la confirmation.

Le sentiment de soulagement qu'éprouvait Pearl était si fort qu'elle se demanda pourquoi elle n'avait pas appelé son père plus tôt, ne fût-ce que pour bavarder, bien qu'elle eût besoin d'un sérieux coup de main. Avoir son père près d'elle, c'était un second souffle, un air neuf. Sans compter que tout le monde allait enfin dormir dans son lit, du moins pour un temps. Peut-être ne saurait-elle que faire de toutes ces soirées en compagnie de Norris. Elle n'allait certes pas faire étalage de ses problèmes de cœur ; mais, avec un peu de chance, peut-être tirerait-elle quelque enseignement de la sagesse du vieil homme. Elle était si enthousiaste que, lorsqu'il la rappela pour lui annoncer qu'il n'avait pu obtenir de place que pour le lundi suivant, elle se sentit déçue comme jamais elle ne l'avait été auparavant.

Plus tard, elle profita de l'appel de David pour annoncer à ce dernier l'arrivée de son père.

Il la laissa quelques instants donner libre cours à son babillage sans rien dire.

– Tu dois te sentir soulagée, lâcha-t-il en guise de conclusion.

Décidément, il n'en ratait pas une. Même si elle s'attendait à cette réaction de sa part. Puis, libérant un soupir, il l'invita à prendre un verre au *Dog*.

– Le salut est dans la foule, dit-il. Le temps d'aller et de revenir, nous aurons eu le loisir de bavarder un peu.

Il semblait en parfaite possession de ses moyens, ce qui était au moins aussi rassurant que l'arrivée de Norris.

5

Quand elle entra dans la cour de la ferme, Roscoe était endormi dans son hamac. Quoique, en y regardant de plus près, il parût plus comateux qu'endormi. Des canettes de bière jonchaient la véranda et, pareilles à des fruits pourris, le pied du lilas. Les odeurs de bière et d'urine rivalisaient avec celles d'ivrogne mal lavé. La bouche grande ouverte, les orteils crasseux aux ongles longs et sales crevant des chaussettes grisâtres et malodorantes, Roscoe paraissait avoir dix ans de plus et vingt livres de trop. Pearl refréna son désir de traîner le vieil homme dans la maison et de le plonger dans un bain d'eau froide.

Alors qu'elle refermait sa portière, la chienne labrador apparut au coin de la maison. La carcasse d'un agneau et quelques bestioles chassées dans les bois avaient suffi à nourrir le corniaud qui, aujourd'hui, avait doublé de taille depuis le jour où Belinda Conroy était venue l'« offrir » à Roscoe. Observant Pearl de son regard noir et mal intentionné, la bête se mit à gronder et commença à trotter dans sa direction en accélérant à chaque foulée.

Pearl réagit en plongeant aussitôt dans sa camionnette. Assise au volant, elle se demanda s'il était bien prudent d'abandonner Roscoe à son ébriété, alors qu'un chien au tempérament ombrageux maraudait dans sa cour. Elle actionna son klaxon. La chienne aboya et montra les dents sans que Roscoe réagît.

Elle regretta de n'avoir pas en sa possession une batte de base-ball ou une barre à mine, aussi décida-t-elle d'attendre. Il faisait chaud et, de guerre lasse, après avoir fait plusieurs fois le tour du véhicule, le labrador alla se coucher dans un coin. Pearl attendit encore un long moment, puis elle ouvrit silencieusement sa portière et mit pied à terre. L'animal semblait toujours endormi.

Sans le quitter des yeux un seul instant, elle se dirigea à pas de loup vers la véranda. Au moment où elle posait le pied sur la première marche du perron, la planche de bois émit un affreux craquement qui la figea sur place. Le chien s'ébroua un instant, puis se rendormit. Pearl poursuivit donc sans bruit sa progression. Arrivée enfin près du vieillard, elle lui souffla à l'oreille :

– Roscoe.

Roscoe continua à empuantir l'atmosphère en silence.

Elle le secoua doucement, mais elle n'obtint qu'un marmonnement qui ressemblait à « fair' fout' ».

Elle le secoua plus énergiquement sans obtenir davantage de résultat. « Qu'il aille au diable ! » décida-t-elle. S'il voulait se faire dévorer par un chien vicieux, libre à lui.

Elle se redressa et chercha le chien des yeux. Il avait disparu. Peut-être était-il parti chasser dans les bois, peut-être se cachait-il derrière la grange...

Un coup d'œil à droite, un autre à gauche, elle descendit les quelques marches sans apercevoir la bête, et se dirigea d'un pas tranquille vers sa camionnette. Combien de temps cela prit-il ? Trente secondes, peut-être ? Elle avait la main sur la poignée de sa portière quand, surgissant de sous le véhicule, la chienne la prit brusquement par la cheville.

Pearl poussa un cri et empoigna l'animal par la gorge. Celui-ci continuait de grogner férocement sans vouloir lâcher prise. Hurlant de douleur, Pearl serra alors de toutes ses forces, et les mâchoires de la chienne s'ouvrirent enfin. Pearl en profita pour la saisir par la peau du cou et pour lui assener un violent coup de poing entre les deux yeux. Avec une joie sauvage, Pearl vit le regard noir et stupide de l'animal se voiler.

De son pied valide, elle l'envoya bouler et sauta sans attendre dans sa camionnette, en claquant promptement la porte derrière elle. Sanglotant, hoquetant, elle s'effondra sur son volant et manqua presque défaillir. Elle entendit l'animal se relever et, à travers ses larmes, put l'apercevoir qui se dirigeait vers les bois. Elle regretta de n'être pas armée.

Evvie Bonneau habitait une petite maison bien nette qui ne se distinguait en rien des autres maisons de Nodd's Ridge, sauf peut-être qu'elle méritait une bonne couche de peinture. Un chenil était attenant, et Pearl fut reçue par un concert d'aboiements et de jappements, remplaçant avantageusement la meilleure sonnette. Evvie apparut à la porte et, reconnaissant sa visiteuse, lui fit un signe de bienvenue.

Pearl se laissa péniblement glisser de son siège et, ce voyant, Evvie se précipita pour l'aider.

– Jésus ! murmura-t-elle.

– Cette chienne vous en veut, énonça Evvie en l'aidant à entrer dans la maison.

Quand la plaie fut nettoyée, Evvie émit un grommellement appréciateur :

– Vous avez de la chance, il n'y a pas trop de dégâts.

– Ce n'est pas mon sentiment.

Evvie lui adressa un sourire navré et lui tendit une bouteille de bière.

– Un petit anesthésique, avant que je vous conduise chez le médecin, dit-elle.

– Est-ce vraiment nécessaire ?

– Non, je ne le crois pas. Il n'y a pas d'os brisé et

je ne vois rien qui nécessite de points de suture. Vous m'avez dit que vous aviez eu vos vaccins antitétaniques. Le docteur vous prescrira sans doute un médicament pour calmer la douleur. Êtes-vous sûre de ne pas vouloir un peu de codéine ou quelque chose du même genre ?

Comme Pearl lui faisait un signe de dénégation, elle poursuivit :

– Dans ce cas, je vais vous faire un bandage... Comment vont les amours, chère amie ?

Pearl fut prise d'une subite quinte de toux.

– Si mal que ça ? Bon, ben, inutile de m'en dire davantage. J'espère que vous n'allez pas me prendre pour une curieuse. J'ai assez de tracas comme ça sans devoir me mêler des affaires des autres.

– Au contraire, annonça Pearl. J'aimerais bien avoir quelqu'un pour s'occuper de mes affaires. Je n'arrive pas à m'en sortir toute seule.

– Si les gens étaient conscients des résultats de leurs actes, bon nombre d'entre eux resteraient au lit, le matin. Voulez-vous que je vous reconduise chez vous ?

– Non, merci. Je me débrouillerai...

– Où est-ce arrivé ?

– Chez Roscoe.

Evvie décrocha l'étui à revolver accroché à une patère.

– Est-ce qu'il va bien ?

– Il allait bien quand je l'ai quitté. Il était ivre mort et je n'ai pas réussi à le réveiller.

– Le vieux fou... Je le rentrerai dans la maison avant de me mettre à la recherche de ce chien. Prenez bien soin de vous, ajouta-t-elle en raccompagnant Pearl jusqu'à son véhicule. Désolée pour les ennuis que vous cause cet animal.

– J'ai fait une bêtise en quittant ma camionnette. C'est plutôt à vous de faire attention ; cette bête est peut-être devenue dangereuse.

– Ne vous inquiétez pas pour moi, répliqua Evvie en souriant. Rentrez chez vous et prenez soin de votre cheville.

Comme Pearl n'avait guère le choix, c'est ce qu'elle fit.

CHAPITRE QUINZE

1

Pearl se hissa péniblement jusqu'à l'étage. Un coup d'œil à la pendule lui fit penser à David. « Autant commencer par une bonne douche », songea-t-elle.

Cependant, elle tomba nez à nez sur David au moment où elle sortait de la salle de bains, enveloppée dans une grande serviette-éponge.

– J'ai frappé, expliqua-t-il. Mais en entendant le bruit de la douche, j'ai compris que tu n'avais pas entendu et c'est pourquoi je suis entré. Qu'est-il arrivé à ta cheville ?

Elle s'assit sur le lit pour examiner ses blessures.

– La chienne de Roscoe, expliqua-t-elle pendant que David s'asseyait en tailleur au beau milieu du lit et prenait délicatement le pied de Pearl entre ses mains.

– Ça doit être douloureux. Tu as vu un médecin ?

– Ça l'est... Non, c'est inutile.

– Veux-tu que je refasse ton bandage ?

Elle s'étendit sur le lit et le laissa faire. Le bandage était plus serré que celui d'Evvie. La main de David glissa vers la partie tendre de la cuisse de Pearl.

– Cette bête te déteste.

– C'est bien possible. En attendant, retire donc ta main...

Il s'exécuta en riant.

– Tu ferais mieux de rester au lit. Nous ne perdrons pas grand-chose en manquant cette soirée au *Dog*.

Mais garder la chambre signifierait aussi la perspective des complications habituelles. Se mettre sur pied, c'était la première étape du grand ménage qu'elle voulait faire dans sa vie.

– Ce n'est quand même pas ce chien qui va m'empêcher de sortir. Je vais sentir ma cheville un peu raide, c'est tout... (Elle lui donna un rapide baiser.) Et maintenant, laisse-moi me préparer.

2

Peut-être parce que le *Dog* n'était qu'un misérable troquet routier, Pearl appréhenda immédiatement d'y entrer. Peut-être aussi cette appréhension n'était-elle que le contrecoup de l'attaque qu'elle avait subie, mais elle avait malgré elle le pressentiment d'un quelconque danger.

En apercevant Evvie Bonneau, elle se sentit presque soulagée. Surtout qu'elle partageait sa table avec Sonny Lunt, Lurch Mullins et sa petite amie du moment qu'elle connaissait de vue parce qu'elle prenait toujours son thé sans lait ni sucre et qu'elle avait un faible pour les beignets nature – mais pas de nom.

Karen Styles occupait une autre table, en compagnie d'une demi-douzaine de jeunes gens de son âge. Un garçon, au visage d'Irlandais et à la chevelure noire, lui tenait la main en lui murmurant des mots à l'oreille. Il était clair qu'il lui faisait la cour.

Belinda Conroy était là aussi, accompagnée de gens qui, si l'on comparait leurs visages, faisaient partie de sa famille. Pearl eut le sentiment que, ce soir-là, tous les gens du Ridge s'étaient rassemblés au *Dog*, comme se rassemble un jury : pour la juger.

De sa table, Evvie Bonneau lui adressa un petit signe.

– Pearl ! cria Sonny. Tu viens danser avec ta cheville massacrée ? Mais t'es une vraie tigresse, ma parole !

– Ferme-la ! gronda Evvie, puis s'adressant à Pearl : Avec ce que vous avez, vous devriez vous reposer.

Pearl s'installa sur une chaise.

– Voilà, c'est fait.

David alla au bar chercher une bière pour elle et un *ginger ale* pour lui.

– Le temps que je me rende là-bas, cette sale bête avait disparu. J'ai cependant tarabusté Roscoe.

– Il était ivre mort, intervint Sonny. Raconte-lui ce que tu nous as dit, Evvie.

– Je lui ai conseillé de se ressaisir un peu ; parce que tout le monde se moque qu'il meure d'une cirrhose du foie. Je lui ai dit que, même si ça faisait partie de ses droits constitutionnels, il n'avait pas le droit d'attirer autant de mouches à lui tout seul ; qu'il devait soit prendre un bain, soit se joindre aux Alcooliques anonymes.

– Les réunions ont lieu les lundis, mercredis et vendredis à l'église Congo, et le reste du temps, elles ont lieu à l'église du Christ, annonça Sonny. J' suis allé deux fois la semaine dernière, mais ça sert à rien.

– T'es comme moi, intervint Lurch, t'es allé trop loin pour t'arrêter.

Sonny se perdit dans la contemplation de sa chope.

– C'est dur de renoncer. Je crois pas pouvoir passer tout le reste de ma vie sans boire une goutte d'alcool.

De retour, David lui tapota amicalement l'épaule.

– Ça fait des années que je n'ai pas pris un verre, Sonny, et ça ne me manque pas.

– Toi, t'as du fric, une belle gueule et la jeunesse ; je vois pas pourquoi t'aurais besoin de picoler, rétorqua Sonny avec un regard envieux.

– En effet, fit David avec un sourire.

Pearl devait tendre l'oreille pour comprendre leurs propos au milieu du bourdonnement ambiant. Bien que l'endroit ne fût pas encore très bruyant, il n'était pas calme non plus. Quelqu'un lui tapota l'épaule. C'était Belinda Conroy.

– Je comprends que vous ayez dû faire raser votre chatte, dit-elle.

Lurch en renversa sa chope. David lui administra un coup entre les omoplates.

– La prochaine fois, je vous ferai signe, rétorqua Pearl, comme ça, vous pourrez reluquer.

Belinda fit semblant de minauder, puis, triomphante, tourna les talons.

– Quelle salope ! marmonna Evvie. J'aimerais lui administrer une dose de tranquillisant pour hippopotame dans les fesses.

David s'empressa d'expliquer à Sonny, à Lurch et son amie que la chatte de Pearl avait dû être tondue après que son pelage eut été recouvert de bardane, provoquant aussitôt l'hilarité générale.

Pour sa part, Pearl regrettait déjà de ne pas être restée chez elle pour souffrir en paix et dans le silence. Comme les serveuses étaient toutes débordées, David alla lui-même chercher une deuxième tournée de consommations. Il lui fallut néanmoins attendre un bon moment, tellement la foule se bousculait autour du bar.

Evvie rapprocha son siège de celui de Pearl. Sous le couvert du brouhaha qui régnait autour d'elle, elle lui glissa :

– Vous avez l'air de savoir vous y prendre avec les hommes.

Cette remarque n'offensa nullement Pearl, puisqu'elle aimait bien cette petite femme excentrique au ton un peu grinçant. D'ailleurs, elle éprouvait pour Evvie une sympathie qu'elle ne parvenait toujours pas à s'expliquer.

– Ce n'est pas moi qui vais vous blâmer, allez ! enchaîna Evvie. Je ne le jetterais pas en bas de mon lit, celui-là non plus. Vous en avez pour ainsi dire par-dessus la tête, n'est-ce pas ?

Pearl lui répondit par un simple regard.

– Revenez me voir quand vous voudrez, encouragea Evvie. Ça fait du bien, quelquefois, de se confier à quelqu'un.

– En effet.

David revint, mais son humeur avait changé. Tout son entrain semblait avoir disparu et il affichait une mine visiblement maussade.

– Partons, dit brusquement Pearl.

Cette décision sembla procurer à David un certain soulagement. Un instant plus tard, il souriait à nouveau.

Après quelques poignées de main, ils se retrouvèrent dans le parking du *Dog*.

– Ta cheville te fait souffrir, n'est-ce pas ?

– Peu importe.

– Tu aurais dû rester au lit, dit-il en remontant sur la nuque de Pearl une boucle rebelle. Que se passe-t-il exactement entre Belinda et toi ?

– Je ne le sais pas vraiment ; une mauvaise alchimie, sans doute. Nous nous sommes détestées au premier regard.

– Elle fait preuve, pour ainsi dire, d'un charisme négatif.

David ne dit plus un mot jusqu'au moment où ils atteignirent la grand-route. Le rapide coup d'œil qu'il adressa à Pearl suffit à celle-ci pour comprendre qu'il s'apprêtait à lui faire une révélation.

– Tu te rappelles ce que je t'ai raconté à propos de ma mère et de Reuben ? J'aurais dû te préciser que c'était elle qui lui avait fait des avances. A l'époque, Reuben était l'innocence même. Ma mère ne l'a pas séduit : elle lui aurait plutôt sauté carrément dessus.

– Et comment sais-tu tout cela ?

Il sourit et Pearl entrevit l'ombre du jeune garçon curieux et tourmenté qu'il avait dû être.

– Une prédisposition surnaturelle à me rendre invisible à volonté.

– C'est un talent que tu cultives, d'après ce que j'ai pu constater. Mais pourquoi tiens-tu à ce que je sache ?

– Ce que je veux dire, exposa David en retrouvant son sérieux, c'est que je connais Reuben depuis très, très longtemps ; intimement, si je puis dire. C'est pourquoi, quand je t'aurai dit ce que j'ai appris au *Dog*, tu comprendras que je sois fou de rage.

Pearl se sentit brusquement la bouche sèche. Quelqu'un lui avait dit avoir vu Reuben sortir de chez elle très tard la nuit ou très tôt le matin. Roscoe avait ouvert sa grande gueule, à moins qu'Evvie

Bonneau n'eût pas tenu sa promesse de n'en souffler mot. La plaisanterie était finie. Pearl pressa sa poitrine contre ses bras croisés.

Mais David hésita encore avant de concéder dans un soupir :

– C'est très délicat à dire. La rumeur court que Reuben aurait envoyé Spearin à l'hôpital parce que ce dernier aurait piétiné ses plates-bandes. Reuben aurait des relations incestueuses avec sa fille.

Pearl sentit son bas-ventre se contracter douloureusement. Elle ferma les yeux et grommela quelque chose d'inintelligible.

– C'est faux, continua David. Ce sont des ragots que Bri et son frère Ryan colportent un peu partout. Même si les gens n'ignorent pas qu'il s'agit d'une pure calomnie, le mal est fait quand même. Tu connais Beaumarchais : « La calomnie, Monsieur, vous ne savez guère ce que vous dédaignez, j'ai vu des plus honnêtes gens près d'en être accablés... »

– Je vais te faire un aveu, fit Pearl, nauséeuse, je hais la race humaine.

David l'attira contre lui avec un nouveau soupir.

– Je suis désolé. Je sais que tu éprouves beaucoup d'affection pour les Styles.

En contrepoint à ses battements de cœur désordonnés, Pearl eut droit à la chaleur rassurante de David. Comme il était énigmatique, avec son aplomb d'enfant gâté, son élégante conversation, sa force physique et sa beauté, polie comme la coquille d'un nautile ! A l'intérieur de cette coquille se cachait délibérément l'homme, soumis à des courants violents dépassant son entendement. Pour Pearl, toute colère et toute fureur engendrées par l'extraordinaire exigence de David, de son corps, et par l'intensité de ses émotions de femme s'étaient envolées. Le bras passé sous ses seins, il la tenait serrée contre lui comme s'il la ramenait vers la rive.

Ils ne dirent plus un mot, jusqu'à ce qu'ils fussent arrivés chez elle. Là, il la raccompagna jusqu'à la porte et posa chastement un baiser sur sa joue. Mais leurs regards les trahirent et ils tombèrent dans les bras l'un de l'autre en un baiser passionné. C'est David qui y mit un terme le premier avec un rire bref.

– Si nous ne cessons pas, je serai encore ici pour l'arrivée de ton beau-père et il criera au scandale. D'autre part, je voulais que tu saches que je peux me contenir, quand je veux.

– Je ne suis pas sûre de souhaiter un changement total de ta personne...

Elle l'embrassa à nouveau et l'encouragea à partir avec un sourire.

La maison était sombre et vide. Même Nécessité, la chatte rasée, était endormie. Elle boitilla jusqu'à son bureau et s'installa devant ses livres de comptes sans toutefois pouvoir se concentrer dessus. Sa cheville lui faisait mal et aucune de ses pensées ne parvint à la soulager.

3

Elle éteignit les lumières et claudiqua jusqu'au divan de la véranda. Nécessité vint aussitôt s'installer près d'elle. Elle était si tendue qu'elle ne put que somnoler.

Le miaulement aigu de l'animal la tira brusquement de sa semi-léthargie. Elle entrevit Reuben qui reposait doucement l'animal sur le sol, avant de venir s'asseoir près d'elle sur le divan. Après deux ou trois miaulements de protestation, la chatte renonça et disparut dans l'obscurité.

– Qu'est-ce qu'il lui est arrivé ?

Pearl n'était pas précisément éveillée. Sa voix résonna comme si elle murmurait un secret contre le soupirail d'un cul-de-basse-fosse. Elle avait la tête lourde de rêves engourdis.

– Si c'est pour une résurrection, c'est trop tard, articula-t-elle, la voix rauque. Mon esprit est déjà putréfié. J'ai la tête en mille morceaux et je ne parle pas de ma cheville.

– Ta cheville ?

Elle réussit à produire un rire éraillé.

– La chienne de Roscoe m'a mordue.

Reuben ne fut alors qu'empressement. Après un examen attentif des dégâts, il alla lui chercher un cachet d'aspirine et un verre d'eau.

– J'aurais aimé quelque chose de plus fort, annonça-t-elle en regardant la paume de sa main.

Reuben se rassit un peu plus près de Pearl et, impérativement, l'installa sur ses genoux.

– Je connais un autre remède, dit-il en glissant une main dans le tee-shirt de Pearl. Il y a des gens qui disent comme ça que plus grand que ne peut contenir la main d'un honnête homme, c'est trop. En ce qui me concerne, je suis très heureux d'avoir de grandes mains.

Néanmoins, il ne manifesta aucun empressement, attendant que le corps de Pearl prît pleinement conscience des longs et lents attouchements qu'il lui prodiguait. Mais Pearl se sentait le cœur et le corps lourds, moins réceptive à ses propres sens ; son centre de gravité était au ras du sol.

– Que se passe-t-il ? demanda-t-il brusquement.

– Je crois que je ne suis pas d'humeur à ça, répondit-elle en se mordant la lèvre.

– C'est ta cheville qui te fait souffrir ? Je suis désolé pour toi. Excuse-moi, je ne pensais qu'à moi. Tu devrais peut-être voir le docteur, demain matin.

Dans le silence qui suivit, les bruits de la nuit parvinrent distinctement jusqu'à elle. Pearl ferma les yeux et tenta de refouler ses larmes.

– Il se passe quelque chose, n'est-ce pas ? Allez, raconte...

– On dit que... (Elle se mit à bégayer.) C'est affreux...

Reuben lui prit le menton entre le pouce et l'index, et la força à le regarder dans les yeux.

– Vas-y ; je suis un grand garçon.

Elle détourna le visage en bredouillant :

– ... que toi et Karen...

Pearl sentit la respiration de Reuben se bloquer comme si on venait de lui administrer un grand coup de barre à mine dans les reins. Elle se blottit, s'accrocha presque désespérément à lui. Une onde passa, les changeant momentanément en statues de sel. « Quelqu'un va se faire tuer », pensa-t-elle. Finalement, il l'interrogea, distant, presque conventionnel.

– Je me sens tout à coup beaucoup mieux. Qui t'a raconté ça ?

– Je suis allée prendre une bière avec David au *Dog*. Quelqu'un lui en a parlé et il me l'a rapporté.

– Et comment va-t-il, David ?

– Pas très bien. Il a des hauts et des bas...

– C'est gentil de t'occuper de lui.

Le visage écarlate, elle décida de jouer les modestes.

– Je t'aime, dit-elle avec un sentiment douloureux qu'elle n'aurait jamais conçu en un pareil aveu.

Reuben lança la tête en arrière et la pressa très fort contre son torse.

– Tu comprends de qui viennent toutes ces saletés, n'est-ce pas ? On cherche à se venger de moi... (Comme elle hocha la tête en signe d'acquiescement, il lui ébouriffa doucement les cheveux.) Je ne sais pas ce que je deviendrais sans toi.

Tout se compliquait. Dans la nuit fraîche au ciel de cristal montaient la nouvelle lune et, avec elle, des senteurs de verdure. La rumeur de la route s'estompait, les retardataires, rampants ou volants, regagnaient leur tanière pour y dévorer leur proie de la journée. Pearl et Reuben s'endormirent ensemble dans une aura de paix inespérée.

4

Quand, le lendemain matin, Pearl descendit de sa chambre, ce fut pour découvrir Karen qui l'attendait paisiblement dans la cuisine, humant l'odeur de café frais moulu. Sa peau de jeune fille avait perdu sa transparence et de larges cernes auréolaient ses yeux, témoignant de son manque de sommeil. Pearl passa un bras autour des épaules de Karen qui se mit aussitôt à pleurer, le corps agité de sanglots. Au bout d'un moment, elle essuya ses yeux et dit, d'une voix grêle :

– Ô mon Dieu ! Comme ma mère me manque !

Le regard embué de chagrin, Pearl poussa un faible gémissement et détourna son visage, se disant qu'inévitablement il se trouvait toujours quelqu'un pour rouvrir une blessure dont on se croyait guéri à jamais.

– Bri raconte partout que mon père et moi... (Elle s'effondra à nouveau et enfouit son visage dans le sein de Pearl.) J' peux pas croire que j'ai été amoureuse d'un salaud pareil. Je me demande ce qui va se passer si Sam l'apprend.

– Vous, les Styles, vous vous êtes toujours serré les coudes. Vous vous en sortirez, la rassura Pearl.

– Tout ça, c'est ma faute. Sam et p'pa ne me pardonneront jamais.

– Nos actes ont des conséquences que nous ne pouvons pas toujours prévoir. Mais il faut que tu sois sûre d'une chose : ils t'aiment. Peut-être devrais-tu aller les retrouver tout de suite...

– P'pa est à son garage et je ne peux pas lui parler devant tout le monde. Va falloir que j'attende jusqu'à ce soir.

– Va donc te rincer le visage, conseilla Pearl avec une petite tape amicale dans le dos de Karen.

La jeune fille s'exécuta. Quelques instants plus tard, la Plymouth s'éloignait.

Pearl hocha tristement la tête et prit à son tour le chemin du restaurant. Sa cheville la fit souffrir toute la journée ; une douleur aiguë s'éveillait dès qu'elle s'appuyait dessus. Pearl se surprit à compter les heures qui la séparaient du prochain cachet d'aspirine. Quand un client parlait à voix basse avec son voisin, elle faisait comme si de rien n'était. Elle ne sursauta pas non plus au premier rire obscène ni lorsqu'une femme eut l'air suffoquée après qu'on lui eut murmuré quelque chose à l'oreille. Il était impossible que la calomnie se fût répandue si vite, se répétait-elle. Mais son cœur saignait chaque fois qu'elle apercevait le regard entendu mais navré qu'échangeaient brièvement deux habitués.

Sonny Lunt ne se montra pas. Elle en fut en quelque sorte soulagée, tout en se demandant si son absence était due à une « gueule de bois », ou à la crainte de se montrer devant Karen, qui avait eu vent de la rumeur.

Ce fut la pire journée de Jean McKenzie. Même si tout laissait croire qu'elle ne serait jamais de la moindre utilité, Pearl se garda d'exprimer la moindre réprimande, préférant plutôt faire preuve de patience et de compassion.

David ne vint ni n'appela ; et c'était mieux ainsi.

L'heure de la fermeture arriva enfin. Pearl rendit à Walter une Jean profondément découragée. Il n'avait pas fallu moins de deux boîtes de mouchoirs pour étancher ses pleurnicheries, mais, quand Walter lui demanda comment s'était passée la journée, elle lui répondit, avec des trémolos dans la voix, que tout s'était très bien déroulé. Pour marquer son assentiment, Pearl lui tapota amicalement la main et, le regard pitoyable, Jean se hissa dans la Jeep de son père.

– Voilà ! fit ce dernier. Tu vois bien que tu peux y arriver toute seule ! (Puis, avec un tact exquis :) J'espère qu'elle ne vous a pas cassé autant d'assiettes qu'hier, Pearl !

En descendant de son véhicule, Pearl s'attendait à trouver un poème ou une quelconque attention de David. Or elle découvrit que la porte était ouverte et que la chatte folâtrait dehors, alors qu'elle était persuadée de l'avoir enfermée dans la maison. Ses inquiétudes lui faisaient-elles perdre l'esprit ? Mais une chemise et un short qui traînaient sous la véranda lui signalèrent la présence d'un intrus, dont elle reconnut immédiatement l'identité.

David était couché sur son lit. Il lisait un vieux *Newsweek* et entretenait avec désinvolture une splendide érection.

– Salut. Il fait terriblement chaud dans ta chambre. Pourquoi ne fais-tu pas installer l'air conditionné ? Et ta cheville, comment va-t-elle ?

Elle lui lança son short et sa chemise au visage.

– Je n'ai pas de temps à perdre avec tes bêtises, aujourd'hui.

– Tu devrais. La semaine risque d'être longue.

Elle se tint devant lui les bras croisés, tentant d'afficher un masque impassible. Cependant, en posant les yeux sur la turgescence de l'homme, elle ne put réprimer un sourire.

– L'article est si bon que ça ? Est-ce que c'est la photo de George Will ou celle de Jane Briant Quinn qui t'excite comme ça ?

– C'est seulement toi, cher amour ; et un peu George Will, aussi. Une révérence, en quelque sorte.

– Et si tu arrêtais ton manège ?

– Je veux bien faire ce sacrifice, mais toi aussi tu dois faire un effort.

Ce disant, il attrapa la main de Pearl et la fit basculer sur le lit.

5

Pearl s'envola de Nodd's Ridge plutôt qu'elle ne le quitta. Cette longue promenade solitaire au volant de son véhicule lui fit le plus grand bien, lui permettant aussi de se plonger un peu plus profondément dans ses réflexions sans être interrompue. Son rétroviseur lui renvoya l'image des montagnes qui se dissolvaient dans la lumière bleutée en même temps que s'estompait de ses pensées la gigantesque déconfiture de sa vie privée dont l'incommensurable pagaille dépassait son entendement.

Elle pensait être un accident dans la vie de David, un accident dans le sens philosophique du terme, c'est-à-dire un attribut non nécessaire, une qualité relative et contingente. Mais, à la manière dont il s'exprimait, il était clair que, pour lui, la situation était tout autre. David mêlait peu à peu leurs vies en tissant autour d'eux un cocon qui la retenait imperceptiblement prisonnière. Il y avait quelque chose de primitif et d'effrayant dans sa manière d'accorder une signifiance à ce qui, aux yeux de Pearl, revêtait un caractère dérisoire ou incompréhensible. Pis encore, elle trouvait étrange que les détails trouvant un sens aux yeux de David s'érigeassent devant elle comme une menace. Entre autres, le priapisme forcené dont il parlait avec désinvolture tendait à démontrer cela. Quoiqu'elle se demandât ce que « cela » signifiait vraiment et si « cela » était réellement un état permanent. Cette érection permanente était un étrange assujettissement, une sorte de nœud gordien émotionnel et géographique situé à la fois à l'intérieur et à l'extérieur de lui-même. Il tentait de le contenir comme ces étranges fétiches dans les niches des murs de sa demeure. Aujourd'hui, elle était emberlificotée dans le canevas complexe de symboles qu'il tissait autour d'elle. Adulte, mariée, elle avait toujours su garder sa propre identité. Et pourtant, à cet instant précis, elle avait le sentiment d'être un puzzle dont l'indéchiffrable David serait la pièce maîtresse.

Luttant presque physiquement contre le flot

intense de la circulation urbaine, elle trouva, à quelques tâtonnements près, le chemin de l'aéroport. A l'est, à peine à quelques pas d'elle, le continent plongeait dans l'océan. Les gens qui peuplaient cette péninsule faisaient face à la mer comme ceux de Nodd's Ridge se tournaient vers la montagne ; comme si l'une et l'autre attiraient une des personnes bien particulières possédant une âme sensible à l'eau ou au roc. Mais pour ce qui avait trait à son âme propre, Pearl ignorait par quoi elle était attirée : une infinie quantité d'eau ? Un incommensurable amoncellement de rochers ? Elle ne savait pas davantage dans quelle proportion elle était noire ou blanche. En l'occurrence, blanc ou noir ne signifiait rien ; mieux valait encore s'exprimer en termes de nuances de beige. Rien, dans la chaîne d'A.D.N. d'une personne, ne permet de définir son caractère. Quant à elle, c'est plutôt culturellement, pensait-elle, qu'elle appréhendait son appartenance à l'un ou à l'autre groupe. Elle avait le sentiment de posséder quelque chose d'inné qui ne pouvait être ni dénié ni même rester non dit. Et pourtant, quand David était près d'elle, sa boussole intérieure était incapable de trouver son nord véritable.

En voyant le panneau lui indiquant qu'elle se trouvait effectivement sur la route de l'aéroport, elle fut réellement soulagée. Au moins était-elle encore capable de trouver son chemin. L'« International Jetport » évoqua les bandes dessinées de son enfance où il était question de *Lucky Starr*, l'homme-roquette qui traversait l'espace, un réacteur sur le dos, et elle eut un sourire désenchanté.

Si l'apparition de Norris, parmi la foule des passagers arrivant de Miami, lui procura un choc, ce fut néanmoins un choc familier. Comme chaque fois qu'elle le revoyait, il lui paraissait un peu plus petit et aussi, bien sûr, un peu plus vieux que l'image qu'elle avait gardée de lui. Cependant, dès qu'il la prit dans ses bras, elle se sentit à nouveau devenir petite fille. Quelques instants plus tard, elle éclatait de rire en s'essuyant les yeux.

– Ça tient peut-être à l'air ou aux étoiles, mais toutes les personnes que j'ai vues aujourd'hui pleuraient ; et voilà que c'est mon tour.

Avec un gloussement grave, le vieil homme reprit Pearl dans ses bras.

– Tous ces pleurs ont dû te donner soif ; si on prenait un verre ? Pendant ce temps, tu me raconteras ce qui est arrivé à ta cheville.

C'était vrai qu'elle se sentait la bouche sèche ; ce verre, elle en avait besoin. Ils allèrent prendre un Pepsi au bar et elle lui fit part de ses tribulations canines.

Une demi-heure plus tard, avec armes et bagages, elle prenait la direction du couchant dans sa camionnette. L'horizon s'embrasait de lumière céleste et, pendant que le reste du monde lui tournait le dos, le feu du soleil au fond de ses yeux enflamma dans la tête de Pearl une violente douleur. Sa cheville l'élança mais elle préféra l'ignorer, comme elle l'avait fait le reste de la journée.

Ils grimpèrent des collines et négocièrent maintes courbes pendant que Norris s'exclamait :

– Doux Jésus, mais c'est toute une balade ! (Puis, secouant la tête face au rideau sombre des arbres qui défilaient devant lui :) Y a plus d'arbres que d' gens, ici, j' me rappelle pas en avoir jamais vu d'aussi gros.

En voyant le ciel se refléter dans les mares et les lacs, il s'écria, en riant :

– Joli, vraiment joli ! On n'a toujours pas l'air de s'énerver, par ici, depuis la dernière fois que je suis venu.

Au moment où ils atteignirent le Ridge, il faisait trop noir pour que le vieil homme pût en contempler les splendeurs. Si, au passage, le restaurant que Pearl lui montra du doigt ne suscita que peu de réaction, la découverte de la maison l'enchanta.

– Repose ta cheville ; tu n'auras qu'à me dire ce qu'il faut préparer pour le dîner.

Elle se mit donc à jouer avec le chat pendant que le vieil homme préparait le dîner en suivant ses directives. Plus tard, quand ils repoussèrent leurs chaises, Pearl dit, avec un sourire :

– Mes compliments au chef...

– Je n'ai fait que suivre tes instructions...

– Vois-tu, p'pa, c'est la première fois que je me sens vraiment chez moi dans cette cuisine.

– Bien ! Très bien ! sourit Norris en examinant sa fille de la tête aux pieds. Tu me parais un peu maigrichonne, comme si tu travaillais trop et sautais des repas. Mais tu sembles tout à fait à ta place, ici. Je crois que ta mère aurait été heureuse de te savoir revenue à tes sources.

Pearl pressa doucement la main de son père, pendant que ce dernier tirait un cigare de sa poche.

– Ça t'ennuie pas que j'aille enfumer ton perron avec ce truc ?

– Je prépare du thé glacé et je te rejoins.

Norris alla donc s'installer dehors, sur les marches, afin d'y téter son cigare avec délices, en poussant après chaque bouffée un grognement de satisfaction.

– Alors, raconte-moi : est-ce que tu t'es déniché un petit ami ? (Comme Pearl s'étranglait avec son thé, il poursuivit, en lui tapotant gentiment le dos :) Ça m'en a tout l'air. J'espère qu'il est un peu mieux que cet avocaillon que tu as eu le bon sens de mettre à la porte. Quelquefois, c'est presque impossible pour un père de comprendre ce que sa fille peut trouver à certains gugusses. Mais tu as toujours eu meilleur goût que moi pour ce genre de chose. J'imagine que ton ex-mari t'avait jeté de la poudre aux yeux et que, quand tu t'en es rendu compte, il était trop tard. J'espère qu'au moins au lit il était moins égoïste que ce qu'il semblait être dans la vie courante.

– Tu me choques profondément, p'pa.

– Mais c'est vrai ! regimba Norris. Quand un bonhomme est égoïste, il l'est toujours et partout.

Il fit rouler son cigare entre ses doigts, en admira au clair de lune le bout incandescent, puis le planta à nouveau au coin de sa bouche en articulant :

– J' suis bien trop vieux pour tourner autour du pot, Pearl. J'ai plus d' temps à perdre. Toi non plus, d'ailleurs ; t'as bientôt trente-six ans et il s'rait grand temps de te caser.

Pearl se pencha en arrière et appuya ses coudes sur la marche supérieure. La douleur de sa cheville était lancinante et elle se promit de refaire le bandage avant d'aller se coucher.

– J'attendrai le temps qu'il faudra. Tu sais bien que je n'aime pas être bousculée.

S'accompagnant d'un lent mouvement de tête, Norris soupira :

– Je suppose, Pearl, que tu sais que j'aimerais connaître tes enfants avant de mourir.

– Non mais, écoutez-le ! Tu vivras éternellement, Norris.

– J'en doute, ma doudou. Très sincèrement, j'en doute.

La journée avait été longue, pour elle comme pour lui. L'escapade à Portland avait représenté une balade de quelque cent vingt milles.

– Fatigué ? s'enquit-elle.

– Je vais finir mon barreau d' chaise... J' suppose que tu t' lèves avec le soleil ?

– Ne t'inquiète pas pour moi ; dors aussi longtemps que tu voudras. Demain, tu pourras rester ici ou bien venir me rejoindre au restaurant, si ça te fait plaisir. Tu sais où il se trouve, tu n'auras qu'à prendre la familiale et venir déjeuner, si tu en as envie.

– C'est très gentil à toi, doudou ; mais moi aussi j'ai l'habitude de me lever tôt. J' ferais aussi bien de partir avec toi, histoire de voir si je peux encore servir à quelque chose. Je vais peut-être te casser quelques assiettes, comme ça, ta fameuse Jean se sentira pas, comme qui dirait, la dernière des maladroites.

6

De son travail, Karen se rendit directement chez elle. Sur la route, elle téléphona à son frère qui se montra des plus compréhensifs. Quand, quelques minutes plus tard, elle croisa la Maverick de Josh, elle adressa à ce dernier, ainsi qu'à son frère assis près de lui, un grand signe de la main accompagné d'un sourire radieux.

En reconnaissant le son caractéristique de la voiture de sa fille, Reuben apparut sur le seuil de la maison. Karen comprit alors à quel point le bruit devait l'agresser et en éprouva de la honte. Elle aurait en effet pu attendre et économiser un peu plus pour s'offrir une voiture présentable. Reuben fit quelques pas vers elle.

– Bonjour, ma chérie...

Karen ressentit son brutal accès de timidité comme une crampe douloureuse et brutale, pendant que son père lui ouvrait la portière comme à une lady.

– Papa, je venais simplement te dire combien j'ai de la peine.

C'est alors que, l'empoignant par la taille, Reuben la fit virevolter dans les airs, exactement comme quand elle était enfant.

– Rentrons, j'ai certaines choses à te dire.

A peine Reuben avait-il posé la main sur la poignée de la porte que, surgi du bosquet avoisinant, apparaissait le labrador noir, tous crocs dehors. Reuben eut juste le temps de se placer devant Karen médusée, avant que l'animal bondît vers la gorge de la jeune fille avec un grondement féroce. Comme dans un film au ralenti, Karen plongea sur le côté pendant que son père recevait la bête en plein plexus solaire. Levant instinctivement le bras pour se protéger, Reuben sentit les griffes de la bête lui labourer le torse et l'avant-bras. La charge fut si puissante que la bête parut assommée par le choc, tandis que, malgré son impressionnante stature, Reuben perdait l'équilibre et basculait en arrière, défonçant au passage la porte-moustiquaire.

Puis il y eut un instant de quasi-silence, pendant lequel Karen ne perçut que le souffle de la chienne hébétée, et le tintement de la quincaillerie de la porte dégringolant sur le sol. Péniblement, Reuben se retourna sur le ventre, la poitrine secouée de haut-le-cœur, tandis que, titubante, sa fille se précipitait et tombait à genoux près de lui.

– Est-ce que ta mère ne serait pas dans le coin, par hasard ? fit Reuben avec un rire douloureux.

Une ombre s'étendit sur eux. Quand ils levèrent les yeux, ils découvrirent Laura, qui faisait tinter ses clés de voiture au bout de ses doigts.

– Ce qui signifie ?

Reuben rit encore. Karen alla refermer la porte d'entrée, mais la chienne avait disparu.

– Tu saignes, Reuben, constata Laura sur un ton de reproche.

– Il est parti, p'pa, annonça Karen.

Visiblement, l'hostilité de Laura grandissait à la vitesse grand V : la chose qu'elle détestait le plus au monde, c'était qu'on l'ignorât.

– Qu'est-ce qui est parti ?

Karen jugea bon de pallier l'ignorance de sa mère en termes choisis.

– Ce putain de chien qui a failli égorger mon père, ça te va ?

– Karen ! s'écria Laura, outrée.

Reuben se remit debout.

– Aucune importance. Qu'est-ce que tu veux, Laura ?

– Karen. Karen et Sam. Où est-il, celui-là ? Est-ce que tu le sais, au moins ?

Sans attendre la suite, Karen tourna les talons et sortit précipitamment. Pendant que Reuben et Laura se faisaient face, on entendit le grondement rageur de la voiture de Karen démarrant dans un crissement de pneus et une gerbe de gravillons.

– Rattrape-la donc, si tu en es capable... Mais tu n'y arriveras pas, c'est l'homme invisible... pardon : la femme.

Reuben alla ouvrir un placard pour en sortir un seau et une serpillière. Après avoir mis le seau dans l'évier, il y versa un peu de détergent et ouvrit le robinet.

– Où est Sam ? vociféra Laura. Je veux le savoir ! Immédiatement !

Fermant les yeux, Reuben laissa échapper un gémissement d'impatience. La violente senteur de citron qui montait jusqu'à ses narines lui donna à nouveau envie de vomir.

– C'est ça, continue de beugler, Laura. Il va peut-être t'entendre et rappliquer aussitôt.

Il se retourna pour constater que Laura avait recouvré un semblant de contrôle de ses réactions. Les bras étroitement croisés sur sa poitrine étriquée, elle se tenait debout, le corps tendu, raide de fureur.

– J'ai reçu un appel téléphonique, hier soir.

Reuben se mit à éponger le sol devant les pieds de Laura.

– Excuse-moi ; un ami à toi ?

La bouche de Laura se tordit de colère et Reuben trouva son ex-femme si laide qu'il en éprouva presque de la pitié.

– Tu sais très bien à quoi je fais allusion.

– Le prix des serpillières est à la hausse ? hasarda-t-il.

La cour était pleine. Laura pointa sur Reuben un doigt menaçant.

– Si jamais c'est vrai, si tu as une seule fois posé la main sur Karen, c'est derrière les barreaux que tu vas te retrouver.

– Mais je croyais que c'était de Sam qu'il était question ? A moins qu'on n'ait oublié de te dire que je lui avais fait subir des sévices, à lui aussi...

Les yeux de Laura s'agrandirent démesurément. La stupeur lui fit plaquer sa main contre sa bouche.

– Cette histoire commence à me fatiguer, Laura. Aussi, fous-moi le camp, putain, tu n'habites plus ici, que je sache.

– Je ne t'avais jamais entendu parler comme ça. Tu n'avais jamais dit la moindre grossièreté jusqu'ici.

Reuben lâcha un rire rauque.

– Que veux-tu ? C'est tout simplement parce que je ne savais pas pourquoi on employait le mot « putain » avant que tu ne quittes cette maison.

Laura mit un terme à la conversation en administrant un grand coup de pied dans une chaise renversée et sortit. Reuben termina son travail de nettoyage en démontant la porte-moustiquaire de ses gonds pour la briser en tout petits morceaux, ne fût-ce que pour se calmer les nerfs. Cela fait, il alla dans sa chambre à coucher, déverrouilla son râtelier duquel il sortit sa winchester 410 qu'il chargea posément. Puis, son arme sous le bras, il décrocha le téléphone. Le miroir lui renvoya l'image d'un homme à la chemise déchirée et ensanglantée, bien que les lacérations de son torse et de ses épaules eussent cessé de saigner. Là où l'animal l'avait percuté, il sentait une douleur sourde irradier jusqu'au fond de la poitrine. Reuben se dit que le pire restait à venir, le lendemain, au réveil.

– Salut, Evvie, fit-il. Qu'est-ce que tu dirais d'une chasse au chien enragé ?

7

Evvie Bonneau sauta prestement de son véhicule.

– Seigneur Jésus, tu es dans un état pitoyable !

– C'est grâce à la chienne de Roscoe. Elle a essayé d'égorger ma fille, elle a bouffé la cheville de Pearl, et c'est la deuxième fois qu'elle m'enlève des morceaux de peau. A l'heure qu'il est, ça doit faire un bon moment qu'elle s'est planquée dans les bois.

– Dans ce cas, grouillons-nous. Va pas tarder à faire nuit, soupira Evvie.

Mais, après deux heures et demie à battre la campagne, la nuit les contraignit à renoncer. Traquer l'animal n'avait pas posé de difficultés particulières, sinon que sa grande mobilité les avait chaque fois empêchés de le coucher en joue, alors qu'il apparaissait brusquement devant eux en aboyant rageusement. A présent, ils se trouvaient à plusieurs miles du domicile de Reuben.

– Merde, fit Evvie en allumant une cigarette. T'as idée de l'endroit où on peut être ?

Reuben s'immobilisa. Les flonflons d'une quelconque fête parvenaient jusqu'à eux.

– A environ un mile d'une bonne bière, répondit-il.

A leur grande surprise, le *Dog* était plein à craquer. Il y faisait si chaud que les portes avaient été laissées grandes ouvertes. Quelqu'un avait poussé la sonorisation à des niveaux de cataclysme, si bien qu'il était impossible de s'entendre. Cela n'empêcha cependant pas Reuben et Evvie d'être reçus par Sonny Lunt, Lurch Mullins et les autres piliers des lieux avec des débordements d'allégresse. David Christopher leur tenait compagnie.

– Qu'est-ce que c'est que ce bordel ? hurla Sonny.

Tu t'es battu contre une bande de sandinistes ou quoi ?

David semblait aux anges, surtout depuis qu'il avait remarqué la sueur abondante qui ruisselait sur le visage du propriétaire, à l'arrivée de Reuben.

– Laissez vos flingues dehors, rugit-il. Vous voulez me faire perdre ma putain de licence, peut-être ?

– Ferme-la, Fudgy, rétorqua Evvie. Sers-nous plutôt deux bières bien froides.

– Passez-moi vos flingues, proposa Sonny, je vais aller les mettre dans mon camion.

Reuben et Evvie s'exécutèrent. Et, sous les quolibets lui conseillant de prendre garde de ne pas laisser un coup partir dans différentes parties de son anatomie, Sonny sortit en titubant.

– J' me sens lésé : c'est pas gentil de partir à la chasse de nuit sans nous inviter, Sonny et moi, lança Lurch.

– On cherchait une chienne enragée, expliqua Evvie.

Lurch promena un regard inquisiteur à travers la salle avant de s'exclamer, mort de rire :

– Désolé, mais Belinda Conroy est pas ici !

– Qu'est-ce que tu fais en compagnie de ces épaves ? demanda Reuben en s'adressant à David.

Ce dernier leva son verre en direction de ses compagnons de liesse.

– Je m'ouvre de nouvelles perspectives. Mais on dirait que t'es passé sous un train, mon pauvre Reuben.

Sonny était de retour. Reuben s'empara de la bière que David avait fait suivre jusqu'à lui et en avala une longue rasade.

– Cette saleté de chien de Roscoe a attaqué Reuben, raconta Evvie.

Lurch enfonça son coude dans les côtes de Sonny.

– Tu vois pas qu'il est couvert de sang ?

– Attention de pas t'évanouir, David, ironisa aussitôt Sonny. David peut pas supporter la vue du sang, expliqua-t-il à la cantonade. C'est c' qui arrive quand on boit pas d'alcool ; c'est plus que du *ginger ale* qui coule dans ses veines.

David se mit à rire et tendit une bière toute neuve à son détracteur.

– C'est pour cette raison que je fréquente de vrais hommes dans ton genre, Sonny.

Mais, déjà, Sonny lui tournait le dos pour admirer, le sourire aux lèvres, les blessures de guerre de Reuben.

– C'est le retriever de Roscoe qui t'a fait ça ou une chatte en chaleur ?

– Tète donc ta bière, lui retourna Reuben. Si ce chien a la rage, c'est peut-être la dernière que je t'aurai offerte.

– Dans ce cas, cria Sonny, Fudgy, apporte-m'en une autre illico !

– Dis donc, Reuben...

Ce dernier se retourna pour découvrir Ryan Spearin, le frère cadet de Brian, juste derrière son dos. David fit à son tour volte-face pour regarder l'intrus.

– Dis donc, Reuben, répéta lentement Ryan. Ce serait pas Karen, plutôt, qui t'aurait fait ces estafilades-là ? Paraît qu'elle aime ça au moment de l'orgasme, pas vrai ?

C'est alors que commença la plus grande bagarre que Nodd's Ridge eût jamais connue.

8

Tom Clark administra à Reuben une méchante poussée au creux des reins. Loin de résister, ce dernier laissa tomber ses bras sur le capot de la voiture de police, espérant que le policier se satisferait de sa docilité.

– Les mains sur le toit, l'admonesta le policier. Les bras écartés.

Reuben obtempéra. Près de lui, Jeff Deluca malmenait quelque peu un David hilare.

– Tu t'es bien amusé, ce soir, Reuben ? fit Clark en le palpant sur toutes les coutures.

– Et toi ? retourna Reuben.

David semblait prendre un immense plaisir à se faire fouiller par Deluca.

– Hé, Reuben, c'est moi qui ai eu le plus mignon...

Cela lui valut une violente poussée contre la voiture de patrouille, sans effacer l'hilarité de son visage pour autant.

– Vous deux, écoutez bien, parce que je le dirai qu'une fois, aboya Tom Clark qui commença aussitôt à réciter leurs droits aux deux hommes. (Après quoi, tentant de passer les menottes à Reuben :) Merde, ça va te scier les poignets. On n'en fait pas de plus grandes...

Reuben répliqua par un haussement d'épaules. Le représentant de l'ordre attacha le poignet du géant à celui de David, puis, ouvrant la portière arrière, déclara, d'un ton faussement cérémonieux :

– Votre limousine est avancée, gentlemen.

Tout à coup, David vacilla et fut saisi de spasmes violents. Voyant cela, Reuben l'empoigna et soutint le poids de son corps pendant que le jeune homme vomissait tripes et boyaux sur le parking.

– T'aurais pas dû abuser de *ginger ale*, le houspilla Reuben.

David se mit à rire et Tom Clark jugea bon de mettre quelque distance entre lui et ses prisonniers.

Les deux assistants qui avaient accompagné Clark et Deluca avaient fait coucher la plupart des combattants face contre terre, quand deux nouvelles voitures de police firent irruption devant le bar. Jeff Deluca s'empara du microphone et s'adressa au répartiteur.

– Où est cette putain d'ambulance ? voulut savoir Clark.

– Les ambulanciers sont déjà ici, chef. Ils sont tous en état d'arrestation.

– Formidable, bougonna Clark. Et le panier à salade ?

Le comté possédait en effet un panier à salade dont il ne se servait qu'en de très rares occasions, comme des rixes de sortie de bal ou des grèves sauvages. Mais c'était un véhicule très lent qui, de surcroît, était cantonné à Greenspark.

– Il sera ici dans dix minutes, chef.

– Quant à vous, messieurs, fit Clark en se pendant à la portière de sa voiture, tenez-vous tranquilles. Reuben, si ton copain a encore envie de vomir, pousse-lui la tête à l'extérieur.

David semblait trouver la situation très drôle. Ramenant ses jambes sur sa poitrine, il se mit à rire jusqu'à en pleurer.

CHAPITRE SEIZE

1

Au moment où Karen décrocha le téléphone, elle se sentit la tête lourde et la bouche pâteuse.

– Allô ?

– Karen ?

En arrière-plan, elle crut entendre quelqu'un jurer violemment.

– P'pa !

– T'es réveillée ?

– Ouais. Où es-tu ?

– En prison. On a un peu semé la pagaille au *Dog* ; la police est en train de faire le tri.

– Mon Dieu !

– Je ne serai pas sorti avant demain matin. Je veux que tu ailles à la maison, que tu mettes Sam au courant, et que tu restes près de lui en lui recommandant bien de ne pas s'inquiéter et surtout de ne pas venir ici.

– Est-ce qu'il faut que je lui dise que tu es en prison ?

– Il l'apprendra d'une manière ou d'une autre ; autant le mettre tout de suite au courant.

– Comment t'es-tu débrouillé pour te battre encore une fois ? articula lentement Karen.

– Une bêtise...

– La tienne ou la mienne ? demanda faiblement Karen après un silence, les yeux embués de larmes.

– Fais ce que je te demande, Karen, s'il te plaît...

2

Le gardien reconduisit David en cellule. Le jeune homme avait de nombreuses coupures et saignait. Un énorme bleu auréolait un de ses yeux, et sa lèvre inférieure était tuméfiée. Pourtant, il paraissait étonnamment en forme.

– Je ne me suis jamais autant amusé de ma vie.

– La ferme, le semonça le gardien. Monsieur Styles...

Reuben se leva et suivit le gardien.

– Ça va ? demanda-t-il à David en le croisant.

Pour toute réponse, David se laissa tomber sur la banquette que Reuben venait de libérer avec un grand sourire. A son tour, le grand homme fut conduit dans la salle où Tom Clark menait son interrogatoire.

– Asseyez-vous, ordonna le policier en tirant une longue bouffée de la cigarette qui brûlait inutilement dans le cendrier, tandis que sa main gauche insérait une cassette vierge dans le magnétophone posé sur la table.

– Nom et adresse, je vous prie.

Reuben s'exécuta.

– A titre d'information, commença Clark devant l'appareil, M. Styles et l'officier ici présent se connaissent. Parmi les personnes arrêtées cette nuit, quatre d'entre elles n'étaient pas en état d'ébriété, comme l'ont démontré les alcotests auxquels nous les avons soumises. L'une d'elles a été blessée et a dû être hospitalisée. Nous procédons ici à l'interrogatoire des autres témoins, étant tous trois en parfaite possession de leurs moyens et ne souffrant que de lésions mineures. Des photographies des blessures ont été prises, et seront jointes au rapport des circonstances dans lesquelles elles ont été infligées. Evangeline Bonneau nous a déjà exposé les raisons de la présence des témoins au *Dog,* mais nous aimerions entendre votre version des faits, monsieur Styles.

– Je me trouvais sous le porche de ma maison en compagnie de ma fille, Karen.

– Identifiez votre fille, je vous prie : nom, âge, adresse...

Reuben obtempéra.

– Donc, votre fille Karen est âgée de seize ans et ne réside chez aucun de ses parents ; est-ce exact ?

Reuben acquiesça.

– Sa mère et vous êtes divorcés et vous avez la garde de l'enfant, exact ?

– Oui, monsieur.

– Vous avez donc décidé d'émanciper votre fille et d'abroger la décision de justice en ce qui concerne sa garde ?

– Oui, monsieur. Mon avocat s'occupe de cette démarche. Karen a également renoncé à poursuivre ses études.

– Est-elle effectivement serveuse dans un restaurant ? Lui apportez-vous un quelconque soutien financier ?

– Elle refuse toute aide de ma part.

– Comment décririez-vous votre relation avec votre fille ?

– Jusqu'à ces derniers jours, nous étions des étrangers l'un pour l'autre.

– Pour quelle raison ?

– Elle est furieuse à cause de mon divorce. Je pense que son inconduite est une façon de nous punir, sa mère et moi.

– Revenons à ce chien qui vous a attaqué.

– Nous allions entrer dans la maison quand l'animal a sauté sur ma fille.

– Connaissez-vous ce chien ?

– C'est une chienne labrador d'environ huit mois. Voilà deux semaines qu'elle s'est échappée. Elle a déjà tué un mouton et attaqué une autre personne.

– Savez-vous à qui elle appartient ?

– Tout ce que je sais, c'est qu'elle a été élevée par Belinda Conroy et que celle-ci l'a offerte à son oncle, Roscoe Needham, contre son gré. Cet animal a été incontrôlable dès le commencement.

– Racontez cette attaque.

– Eh bien, la chienne a sauté sur ma fille et je me suis interposé. Elle m'a heurté assez violemment pour me faire perdre l'équilibre.

– Quelles blessures cet animal vous a-t-il infligées ?

– Des éraflures sur les épaules et les bras, des ecchymoses sur le torse...

– Poursuivez.

– Puis l'animal s'est enfui. J'ai alors téléphoné à Evvie Bonneau, de la fourrière municipale, et nous nous sommes mis à la recherche de la chienne afin de l'abattre.

– Y êtes-vous parvenus ?

– Non, l'obscurité nous en a empêchés. Comme nous étions près du bar routier, nous avons décidé d'aller prendre une bière.

– Le propriétaire, M. Perry, nous signale que vous

étiez armés en entrant dans l'établissement et qu'il vous aurait ordonné d'aller ranger vos armes.

– C'est exact. Mme Bonneau portait son arme réglementaire. Quant à moi, je possède un permis de détention d'arme de chasse. Sonny Lunt est aussitôt allé les mettre sous clé dans son camion.

– A titre d'information, Sonny Lunt est Sanford Harold Lunt, troisième du nom, dont le témoignage sera recueilli plus tard, attendu qu'il se trouve encore en état d'ébriété. M. Lunt était-il ivre quand vous lui avez remis votre arme ?

– Oui.

– Et pourtant vous n'avez pas hésité à la lui confier...

– Non.

– Racontez ce qui s'est passé, les motifs exacts de cette rixe, monsieur Styles.

– Je prenais une bière en compagnie de gens que je connais bien...

– Des noms, je vous prie.

– David Christopher, Sonny Lunt, Melvin « Lurch » Mullins et Evangeline Bonneau.

– Dans quel état se trouvaient ces personnes-là ?

– Sonny et Lurch étaient bien éméchés. Evvie, David et moi étions tout à fait sobres. David ne boit pas, et Evvie et moi venions juste d'arriver.

– Ensuite, que s'est-il passé ?

– Ryan Spearin s'est approché de moi et a proféré une remarque offensante à mon égard.

– Pouvez-vous me répéter le plus exactement possible ce qu'il vous a dit ?

– Il m'a dit : « Dis donc, Reuben, c'est Karen qui t'a fait ces égratignures ? Je sais qu'elle aime faire ça au moment de l'orgasme. »

– Cette Karen à laquelle il est fait allusion est-elle bien votre fille ?

– Oui.

– Cela laisserait entendre que vous auriez des relations incestueuses avec votre fille ; est-ce ainsi que vous avez interprété ces propos ?

– Oui.

– Et ensuite, que s'est-il passé ?

– J'ai soulevé Ryan Spearin en l'air et je l'ai lancé à l'autre bout de la salle.

– Ensuite ?

– S'est ensuivie une bagarre qui a opposé les amis de Ryan Spearin aux miens.

– Et tout cela a tourné en bataille rangée ?

– Oui, monsieur.

– Revenons un peu en arrière. Pour quelle raison Ryan Spearin aurait-il proféré une telle accusation ?

– Pour me chercher noise. Il m'en veut parce que j'ai corrigé son frère.

– Voilà une semaine, vous avez en effet eu une altercation avec Brian Spearin, le frère de Ryan. Le rapport de cet incident sera joint en annexe à celui-ci.

– C'est bien cela.

– Pour quels motifs ?

– Brian Spearin a brutalisé ma fille Karen.

– Pouvez-vous donner les lieu, date et circonstances de cet incident ?

Reuben rapporta les détails des événements.

– Et vous avez donc décidé de lui infliger une correction ?

– Oui, monsieur.

– Est-ce que votre fille a consulté un médecin après que Brian Spearin l'a battue ?

– Oui. (Reuben donna le nom du médecin, puis,

le temps d'une légère hésitation :) Il s'agissait de plus que cela. Spearin a contraint Karen à avaler de la cocaïne qu'il lui avait confiée et qu'elle aurait laissée fondre au soleil.

– Vous ne m'avez pas rapporté ce fait, la semaine dernière.

– Je voulais éviter à ma fille d'être compromise dans une affaire de drogue.

– De quelle nature était sa relation avec Brian Spearin ?

– Elle était sa maîtresse.

– Depuis combien de temps ?

– Un peu plus de deux ans.

– Vous affirmez que Brian Spearin avait des relations sexuelles avec votre fille alors qu'elle n'était pas majeure pénale ?

– Oui, monsieur.

– A titre d'information, Brian Spearin est âgé de vingt-quatre ans.

– Pour ce qui est de Ryan, son frère, votre fille aurait-elle eu des relations sexuelles avec lui ?

– Je l'ignore.

– Désolé, Reuben, mais ma fonction m'oblige à vous poser la question : avez-vous jamais eu des relations sexuelles avec votre fille ?

– Non.

– Avez-vous quelque chose à ajouter ?

– Non.

Le policier mit fin à l'interrogatoire en arrêtant son magnétophone.

– Un avocat va bientôt arriver et signer ta libération conditionnelle, ainsi que celle d'Evvie et du jeune Christopher. Votre narration des faits concorde. La semaine prochaine, vous serez tous assignés à comparaître devant le grand jury, pour agression, vandalisme et le reste. L'attorney général va tenter de vous charger au maximum, ainsi que Spearin et sa bande. Je ne sais pas si tu risques la prison, mais je peux te dire que tu es dans les ennuis jusqu'au cou, Reuben. De plus, Karen devra témoigner devant le grand jury pour expliquer la cocaïne en sa possession, les sévices et le viol perpétrés sur sa personne.

Reuben approuva du chef.

– C'est terminé, annonça Clark. Je suis crevé, quant à moi. Vous vous êtes tous bien amusés et Spearin a trois côtes fracturées et une commotion cérébrale. Allez, fous-moi le camp, Reuben. Retourne dans ta cellule respirer l'haleine de tes ivrognes d'amis.

Les mains croisées sur la poitrine, David était allongé de tout son long sur le banc de la cellule, un peu comme un mort dans son cercueil, à cette différence près que ses jambes reposaient sur les cuisses de Reuben. Il semblait dormir comme un bienheureux, mais Reuben le réveilla sans ménagement.

– Debout, l'avocat est arrivé.

David ouvrit un œil.

– Je commençais à peine à m'habituer à l'endroit.

Reuben éclata de rire.

3

Karen arriva en retard. Pearl prit néanmoins le temps de la présenter à Norris pendant qu'elle mettait fébrilement son tablier.

– Enchantée, monsieur Dickenson. Pearl, p'pa est en prison.

– Pardon ?

– Sonny, Lurch, Evvie, David et lui ont saccagé le *Dog*, hier soir. Ils se sont battus contre Spearin et ses amis.

– Mais comment est-ce arrivé ? gémit Pearl.

– C'est une longue histoire. Je te raconterai ça plus tard, à la pause.

Norris regarda Karen s'empresser de prendre les commandes.

– Cette semaine promet d'être intéressante, souffla-t-il.

Peu de temps après, David débarqua, presque en même temps que Walter et Jean McKenzie. Jean adressa à son père, puis à Pearl, un regard nerveux. Cette dernière répondit par un sourire qui se voulait rassurant.

– Pearl, lança Walter, tout à fait ravi, regarde un peu ce gars-là ; on dirait qu'il a fait les deux guerres !

Si les lunettes noires de David cachaient une partie des dégâts, elles ne pouvaient cependant pas prétendre les soustraire à l'insidieuse acuité de Walter. C'est sans doute pourquoi il décida de les ôter, exhibant dans toute sa gloire son œil au beurre noir. Quelques bleus et entailles diverses venaient compléter le décor d'un faciès aux lèvres tuméfiées et fendues. Un éclat malicieux brillait au fond de ses yeux, qui disparut à la première ébauche de sourire pour faire place à un gémissement de douleur.

Cette constatation chavira le cœur de Pearl, qui, après une profonde inspiration, réussit à se composer un petit sourire. Il ne fallait pas que Norris eût vent de sa liaison. Aussi se replongea-t-elle hâtivement dans ses gestes routiniers, après avoir brièvement présenté Walter et David à Norris. Ce dernier annonça alors *ex abrupto* qu'il se chargeait de le servir, histoire de ne rien perdre de la narration. L'assemblée rit de bon cœur.

– Oh, ce n'était qu'une simple bagarre, déclara David d'un ton détaché, constatant néanmoins la nervosité de Karen. Quelqu'un a fait une réflexion stupide et la situation a dégénéré, c'est tout.

Walter ne cachait pas sa déception.

– J'avais encore un peu d'espoir en toi, mon garçon. Je m' disais comme ça : pour un buveur d'eau, y s' défend pas trop mal. Y s'est débrouillé pour participer à une belle bagarre. Et voilà que tu nous dis que c'est une petite bousculade de sortie de bal, nom de d' là ! Ton histoire, elle vaut pas un pet d' lapin !

David afficha un visage de circonstance.

– Vraiment navré, Walter.

– Tout ça, probablement à cause d'une bonne femme, intervint Norris avec une œillade appuyée à l'endroit de David. Vous voyez pas que ce jeune homme veut protéger l'honneur d'une jeune fille ?

Cette réflexion semblait apporter un regain d'intérêt à Walter.

– C'est vrai, ça, David ?

Karen rougit violemment et se consacra à son travail avec un peu plus de fébrilité. Derrière sa tasse de café, David adressa un sourire entendu à Pearl.

– Ça peut être quelque chose comme ça...

David s'en alla en négligeant de récupérer l'étui à lunettes qu'il avait posé près de son assiette. Pearl s'en rendit compte et courut aussitôt le lui apporter. La Mercedes du jeune homme était hors de vue des clients du restaurant. Adossé contre la portière, David l'attendait.

– Tu as oublié ça, dit-elle.

– Non.

– C'est bien ce que je pensais. Est-ce que tout va bien ?

Il acquiesça d'un mouvement de tête.

– Que diable s'est-il passé ?

– C'est trop long à raconter, je t'appellerai plus tard.

Walter s'était installé sur une banquette d'angle et avait ouvert sa boutique à ragots au tout-venant. Les gens s'arrêtaient quelques instants pour lui faire la causette, et en même temps parler du grand événement survenu au *Hair of the Dog*, qui allait alimenter les conversations pour les semaines à venir.

– Karen ! s'écria soudain Walter. Je dois devenir gâteux, ma parole ! C'est toi, bien sûr, qu'es la cause de tout ce tintouin !

– Pas du tout. C'était rien qu'une bagarre d'ivrognes !

Mais, ignorant la réponse de la jeune fille, Walter poursuivit :

– Voilà des années qu'on aurait dû t' marier ! Si t'avais deux ou trois marmots et un gros ventre, les gens se battraient pas à cause de toi !

Karen éclata brusquement en sanglots et courut se réfugier dans l'arrière-boutique. Passivement, Pearl la regarda partir, éprouvant un vague ressentiment envers la jeune fille. Reuben nageait dans les ennuis jusqu'au cou, Sam allait devoir quitter le domicile paternel, et David, qui ne faisait même pas partie de la famille, avait été blessé ; tout cela par la faute de Karen. Peut-être serait-ce une bonne chose que la gamine commençât à éprouver quelque sentiment de culpabilité. C'est ce constat qui retint Pearl de courir après elle pour la consoler, pour lui dire qu'elle n'était responsable de rien. Car, en vérité, la jeune fille portait sinon toute, du moins une grande part de responsabilité dans les événements passés. Encore faudrait-il s'estimer heureux si les choses en restaient là. Mais la sensation diffuse et prémonitoire que la situation allait prendre sous peu des proportions beaucoup plus graves ne cessait de hanter Pearl.

Finalement, Karen refit son apparition, notablement déprimée, reniflant et se mouchant à grand bruit. Pearl soupira et crut bon, malgré tout, d'administrer une tape d'encouragement sur les fesses de la gamine qui, en retour, lui expédia un sourire reconnaissant.

La journée se passa. Si sa cheville continuait de la faire souffrir, Pearl préféra l'ignorer. Quand elle finit par convaincre Norris de faire une pause, ce dernier décida de s'installer près de Walter McKenzie. Jean semblait s'être habituée à la présence de son père, et avait peu à peu cessé de se tordre le cou pour savoir si ce dernier l'observait.

– J'espère qu'il ne vous pose pas de problèmes, murmura-t-elle à l'oreille de Pearl en passant une serpillière détrempée sur le plancher.

– Pas le moins du monde.

Cette réponse parut soulager Jean d'un poids énorme. Pearl intercepta le regard à la fois furieux et dégoûté que Karen adressait à McKenzie. La jeune fille rougit violemment et se consacra au remplissage de la machine à laver la vaisselle.

– Ces vieux... J'espère qu'à leur âge je serai morte.

Pearl s'essuya les mains sur son tablier et saisit Karen par les épaules.

– J'aime bien les vieilles personnes, moi. Elles savent des tas de choses que j'ignore. S'il t'est donné de devenir vieille, je souhaite qu'à ce moment-là le monde ne sera pas peuplé de jeunes gens aussi cyniques que toi.

La jeune fille déglutit péniblement, puis disparut à nouveau en pleurnichant dans l'arrière-boutique.

Pour une raison probablement connue d'elle seule, Jean se mit à pleurnicher aussi, à quoi Norris réagit patiemment en tentant de la consoler.

« Tout mon personnel féminin est en larmes, et j'ai envie de me mettre à pleurer, moi aussi », songea Pearl.

Reuben téléphona pour demander succinctement s'il pouvait passer chez elle en fin de journée.

– Quand tu voudras, répondit-elle. Est-ce que tu vas bien ?

– Beaucoup mieux que ça, vu le bourbier dans lequel je patauge...

4

Ils étaient dans la cuisine, en train de couper des légumes, quand Reuben arriva.

– V'là un aut' de tes copains bagarreurs, annonça Norris d'un ton neutre.

– C'est le père de Karen, expliqua Pearl, se demandant combien il faudrait de temps à Norris pour découvrir le pot aux roses. Entre donc, Reuben.

Pour ce qui était de l'aspect spectaculaire, malgré ses bleus et ses écorchures, Reuben ne pouvait soutenir la comparaison avec David. Les présentations faites, Pearl s'empressa d'ajouter :

– Avec tout ce monde en prison, ça n'a pas tourné très fort, ce matin.

– C'est ma faute, répondit Reuben en riant.

– C'est pourquoi je vais te céder mon affaire au prix fort.

– Ça vous arrive souvent, ce genre de chose, par ici ?

– Trop souvent depuis quelque temps, oui, admit Reuben.

Pearl lui tendit un verre de thé glacé.

– Karen m'a raconté que ce chien fou vous a attaqués.

Reuben se tâta la poitrine avec précaution.

– Je suis allé à l'hôpital pour un contrôle de la rage, hier soir. Je n'aurai les résultats que la semaine prochaine. Si les tests sont positifs, toutes les personnes arrêtées au *Dog* devront être vaccinées, au cas où j'aurais eu un contact sanguin ou salivaire avec elles. A moins que ce ne soit Spearin qui m'ait inoculé la rage. Evvie s'est mise en chasse avec l'aide de la police.

– Mon Dieu ! s'exclama Pearl en lui tendant une chaise. Assieds-toi donc...

– La façon dont tu as dit « Mon Dieu ! » me fait penser à Dorothy du *Magicien d'Oz*.

Pearl rit de bon cœur, jusqu'au moment où elle perçut le regard de son père allant alternativement de l'un à l'autre. Ainsi, il avait fallu moins de trente secondes pour que le pot aux roses fût éventé.

– Le plus ennuyeux, dans tout ce pugilat, c'est le temps que je perds avec mes avocats. Le tribunal va m'ôter la garde de Sam pour la confier à sa mère. Comme je te l'ai dit, il n'a pas l'intention de se soumettre à cette décision ; c'est pourquoi, dans quelques semaines, Josh va le conduire chez ma sœur Ilene, en Oregon... (Reuben caressa distraitement de l'index la branche d'asparagus qui émergeait en s'inclinant d'un vase rempli de fleurs des champs.)

J'ai toujours pensé que la manière dont les parents se disputaient leurs enfants était proprement scandaleuse. Récemment, j'ai fait bon nombre de choses dont je me serais jamais cru capable. Cet enfant refuse de vivre avec sa mère. Il déteste le révérend Dick et celui-ci le lui rend bien. Quel bénéfice va-t-il retirer de tout ça ?... (Reuben se tourna vers Norris.) Excusez-moi, monsieur Dickenson : je fais étalage de ma vie privée alors que nous nous connaissons à peine.

– Vous inquiétez pas, allez, le rassura aussitôt Norris, j' vois bien que vous avez des choses à dire à Pearl. J' peux vous laisser seuls, si c'est ce que vous voulez.

Le vieil homme commençait à se lever, mais Reuben le précéda.

– Pas du tout, restez assis. Vous êtes à votre place, ici. D'ailleurs, je dois rentrer chez moi, dîner avec mes enfants pendant que je les ai encore près de moi.

Pearl se leva à son tour.

– Je te raccompagne...

Les deux hommes se serrèrent la main en exprimant leur plaisir d'avoir fait connaissance. Arrivé sous le porche, Reuben passa son bras autour de la taille de Pearl.

– Ça va ? s'enquit-elle.

– J'aimerais bien te voir ce soir. Mais je suppose que, comme la plupart des personnes âgées, ton père doit très peu dormir.

Pearl lui répondit par un sourire et alla se blottir contre la poitrine de Reuben, qui laissa aussitôt échapper un gémissement de douleur. Pearl émit alors un petit son inquiet et, du bout de la langue, alla frôler la clavicule du géant.

– Ô mon Dieu ! geignit-il.

Quand elle revint dans la maison, Norris était en train de gratter des carottes.

– Te gêne pas pour moi, fit-il. Si t'as envie d'embrasser cet homme, eh bien, fais-le.

– C'est plutôt lui que ça gênerait, répliqua-t-elle en raflant une branche de céleri.

– Oh, grommela Norris, ça expliquerait bien des choses, sauf l'existence du deuxième homme.

Comme d'habitude en pareille occurrence, Pearl fut prise d'une violente quinte de toux que Norris s'efforça de soulager par de légers tapotements dans le dos.

– Ça va ?

Elle fit signe que oui et se laissa tomber sur une chaise en levant vers son père un regard partagé entre reproche et regret.

– Tu vois trop de choses...

– C'est le cadet de tes soucis, lui retourna Norris. J' suppose que tu dois vivre dans une tension nerveuse épouvantable. Cet endroit est affreusement petit pour sortir avec deux hommes en même temps. Tu m'aurais pas demandé de venir pour prendre un peu tes distances, par hasard ?

Pearl éclata de rire.

– Non, pas vraiment. J'ai eu envie de te voir dès les premiers jours de mon arrivée ici. Cependant, honnêteté oblige, je ne détesterais pas tirer quelque bénéfice de ta présence.

– Eh bien... Tout ça, c'est pas mes affaires...

– Peut-être en reparlerons-nous plus longuement plus tard ; mais, auparavant, il faut que je mette un peu d'ordre dans mes pensées, annonça précautionneusement Pearl, les mains sagement croisées sur son giron.

Norris frappa la table du plat de la main.

– Ça me va. Allons, à table, je suis mort de faim ! J'avais oublié c' que c'est de travailler toute la journée.

5

Le lendemain, Walter n'apparut qu'à midi.

– J' m'installe dehors, annonça-t-il, comme ça, je s'rai pas dans tes jambes, Pearl.

Celle-ci regarda furtivement Jean, dont les joues rosissaient de manière suspecte.

– Mais vous ne me dérangez pas, Walter.

– Fait trop chaud, fit Walter en agitant son galurin. J' serai mieux dehors.

Comme il n'était pas question de l'en dissuader, Pearl l'invita à s'installer à une table de pique-nique sous les arbres.

– Prends donc ton repas avec ton père, suggéra Pearl en entraînant son employée dans le restaurant, pour réapparaître avec deux assiettes de poulet frit qu'elle déposa devant Walter.

– T'as l'air en pleine forme, Pearl.

– Beaucoup de travail et beaucoup de sommeil, expliqua-t-elle avec un sourire.

– J' me suis comporté en vrai pisse-vinaigre, se lamenta Walter. J' suis plus bon qu'à critiquer... (Il fit un geste en direction du restaurant où l'on pouvait voir Karen en train de servir aux tables.) Regardez-moi celle-là : ses nuits, elle les passe à danser et à faire la fête avec ses petits copains en semant la pagaille partout où elle va ; le jour, elle travaille comme une forcenée, et elle a toujours l'air fraîche, comme un fruit qu'on vient de cueillir.

– Justement, elle est toute seule et elle a sûrement besoin de mon aide ; à plus tard, Walter...

– Karen semble distraite, dit Jean à son père, une fois Pearl partie. J'ai remarqué qu'elle fait souvent des bêtises. C'est cette bagarre qui doit la perturber...

– T'occupe pas de toutes ces saloperies de ragots, Jean.

– D'accord, renifla Jean.

Walter examina un long moment sa cuisse de poulet, puis la reposa dans son assiette.

– Tes dents te posent encore des problèmes, p'pa ?

– J' dois encore perdre la tête, marmonna Walter, le regard vague.

– Comment ça, p'pa ?

Il posa les yeux sur sa fille.

– Pourquoi les femmes font ça ?

– Ça quoi, p'pa ?

– Elles sont si rayonnantes.

Jean décida de donner libre cours à son exaspération :

– Mais, bon sang, p'pa, de quoi tu parles à la fin ?

– Y a au moins deux ans que j'aurais dû trouver un mari à Karen, bougonna-t-il.

– C'était p'têt' comme ça dans le temps, p'pa ; mais c'est fini, tout ça, aujourd'hui.

« Il a les idées embrouillées, se dit-elle. Il se fait affreusement vieux. » Mais la journée était belle et le poulet délicieux.

– Est-ce qu'il est pas formidable, le poulet de Pearl, p'pa ?

Mais, pour le vieux Walter McKenzie, sa fille n'existait déjà plus. Le déjeuner expédié, Walter se hissa dans sa vieille Jeep et se rendit directement à la station-service Texaco. Reuben sortit aussitôt de son garage pour l'accueillir.

– Reuben, décréta Walter sans préambule, t'as intérêt à marier ta fille le plus tôt possible.

– Plus facile à dire qu'à faire, répliqua Reuben en lui tapotant affectueusement l'avant-bras.

Walter secoua la tête et se mit à agiter son chapeau. Son nez fuyait abondamment, sans qu'il parût s'en rendre compte.

– Pourtant, ce s'rait la meilleure chose à faire...

– J'en sais rien. Tout ce que j' peux dire, c'est que Spearin correspond pas exactement à l'idée que j' me fais d'un gendre.

– Sûr que non. Faudrait que t'en trouves un autre.

– J' vais m'y mettre tout de suite, promit Reuben.

– Bon...

Walter commençait à s'éloigner quand une nouvelle idée le fit revenir sur ses pas.

– Tu f'rais mieux de te r'marier, toi aussi.

– En effet...

– Pearl f'ra une bonne épouse, tu verras ; et une bonne mère pour tes enfants, aussi.

Reuben fixa le vieil homme d'un air surpris, alors que ce dernier poursuivait, l'index tremblant :

– C'est plus des mouflets, que t'as, c'est des grands enfants. Il leur faut un père *et* une mère.

– Je l' sais... (Reuben donna une bourrade affectueuse sur l'épaule de Walter.) Je l' sais...

– J' veux pas me mêler des affaires des autres, mais y a pas mal de choses qui tournent au vinaigre, ces jours-ci, et ça m'inquiète un peu.

– Walter, mon vieux, mêle-t'en autant qu'il te plaira.

Walter scruta un long moment Reuben, essuyant

distraitement d'un revers de main son nez dégoulinant. Puis il hocha la tête d'un air satisfait.

– Bon, lâcha-t-il avant de quitter les lieux.

Sam vint rejoindre son père.

– Qu'est-ce qu'il voulait ?

– Tuer un peu le temps.

Reuben se glissa sans attendre sous une vieille LeBaron délabrée appartenant au propriétaire du *Dog*. Une des conséquences de la rixe avait amené Tom Clark à découvrir que Fudgy servait de l'alcool à Ryan Spearin alors que ce dernier n'avait pas encore vingt et un ans, même s'il en paraissait vingt-cinq, pesait deux cents livres de muscles et d'os, devait se raser deux fois par jour et possédait un dossier de conduite automobile chargé. Les affaires du *Dog* étaient à la hausse, grâce à l'incroyable quantité de bière que consommait l'autochtone afin d'entendre in situ la narration de la bataille, mais son propriétaire, Fudgy, suait encore à grosses gouttes devant les remontrances menaçantes de l'officier de police Tom Clark. Connaissant son homme, ce dernier avait en effet préféré lui servir un sérieux avertissement qui, selon son expérience, aurait un bien plus grand impact psychologique que des poursuites judiciaires. Malgré son soulagement, Fudgy se montrait aujourd'hui troublé et d'humeur geignarde. Pour compenser les tracas qu'il lui avait causés, Reuben lui avait offert une révision complète de sa vieille voiture ; et, comme il n'était pas homme à refuser ce qui est gratuit, Fudgy avait accepté.

Cependant, Reuben ne pouvait détacher ses pensées de Walter dont les propos lui avaient un peu coupé le souffle. Il ne voyait pas, quant à lui, ce qu'on pouvait faire pour Karen, puisque tout ce qu'il avait essayé à ce jour s'était toujours retourné contre lui. Au bout du compte, la jeune fille finirait un jour par trouver un mari ; encore faudrait-il qu'elle sache le garder.

C'était drôle, cette manière dont Walter avait découvert que Pearl et lui avaient une liaison. Peut-être n'avait-il pas fait preuve de toute la discrétion qui s'imposait. Mais peut-être aussi la transparence de sa personnalité avait-elle fini par le trahir. Et puis à quoi bon jouer la comédie quand on n'en a pas le talent, et surtout si Pearl ne la jouait pas non plus ? Bien au contraire, plus cette liaison serait exposée au vu et au su de tous, meilleur signe ce serait pour leur avenir commun.

Depuis quelques années, le vieux Walter avait notablement décliné et sa disparition – comme tous ceux dont il avait creusé la tombe près de la maison de Pearl, d'ailleurs – laisserait un grand vide dans la vie de Reuben. Mais ces vieux-là ne mouraient jamais complètement. A telle enseigne qu'il suffisait de voir la manière dont les bonnes gens hochaient tristement la tête quand, longtemps après la mort de ces vieux, elles évoquaient la décrépitude de leurs derniers jours.

Reuben se surprit à espérer revoir Walter un peu pompette, à une noce au moins, qu'il aurait bien voulue pour l'automne. Lorsqu'il était sobre, Walter se montrait d'une indiscrétion parfois gênante, mais il suffisait de quelques bières pour qu'il se mît à chanter des chansons paillardes, allant même jusqu'à prétendre danser. Il était alors l'illustration vivante de temps révolus.

La sonnette des pompes à essence tinta et Sam s'empressa au-devant d'une vieille Pacer que Reuben reconnut immédiatement. Il reconnut par ailleurs les chevilles de sa propriétaire et le bout de sa canne. Des chevilles de première classe, certes, mais une rotule en plastique avait fait de cette canne une nécessité. Reuben sortit de sous sa voiture pour aller saluer Olivia Russell.

Elle avait pris du poids, une bonne vingtaine de livres, dirons-nous. Elle portait une chemise d'homme défraîchie par-dessus un pantalon de pêcheur crasseux, et ses cheveux échappés d'un chignon à moitié défait tombaient négligemment sur ses épaules. Des lunettes de soleil cachaient son regard que l'on devinait cependant acéré, à cause de cette hauteur et de cette proéminence de la pommette propres au sang indien qui coulait dans ses veines. Quelques années plus tôt, les sérieux sévices corporels qu'elle avait subis avaient détruit un nerf du visage, ce qui lui conférait aujourd'hui un sourire un peu de travers. Reuben avait fini par aimer cette distorsion de la bouche, peut-être parce qu'il palliait la farouche expression de son visage. Elle possédait une dentition magnifique – quoique entièrement fausse – mais souriait peu.

Ils se serrèrent cordialement la main, puis elle tapota un de ses pneus du bout de sa canne.

– Cette vieille guimbarde roule encore, j'aimerais vous la laisser pour une révision.

– Avec plaisir. J'adore trifouiller dans ce capot, c'est un vrai puzzle. Mais je ne pourrai malheureusement m'en occuper qu'après le 4-Juillet.

– Bien.

Ils prirent ainsi les arrangements nécessaires et Reuben lui promit de lui prêter une voiture, le temps que durerait la révision.

– Comment se porte Walter ? demanda-t-elle.

– Toujours pareil.

– Bien. J'ai reçu un petit mot de lui m'annonçant

qu'il prenait sa retraite. Dès l'automne, il me faudra un nouveau gardien. Cela vous intéresse-t-il de prendre la relève ?

– Je vous ferai passer mes tarifs et vous me direz ce que vous en pensez.

– Le restaurant Needham a changé de mains, me semble-t-il. Je m'y suis arrêtée ce matin pour prendre mon petit déjeuner. J'ai pu constater que Karen y travaillait toujours et, à ma grande surprise, que Jean McKenzie y travaillait aussi. La qualité de ce qu'on y sert s'est aussi sensiblement améliorée. Mais, en lisant mon journal, j'ai appris que vous avez troublé l'ordre public...

– Quelque chose comme ça, en effet.

Ils échangèrent quelques sourires entendus, puis Olivia Russell fit tinter ses clés de voiture.

– C'est bon d'être de retour, murmura-t-elle en s'installant au volant.

Reuben referma la portière derrière elle et se pencha par la vitre.

– Comment allez-vous, Liv ?

– Vous me l'avez déjà demandé.

– Mais vous ne m'avez pas répondu. Comment allez-vous ?

Liv retira ses verres miroitants pour le regarder droit dans les yeux.

– Je suis heureuse d'être de retour. Ma réponse vous convient-elle ?

– Si vous avez besoin de quoi que ce soit, faites-le-moi savoir, Liv.

– Merci, Reuben, répondit-elle sans froideur, mais d'un ton où perçait la tristesse.

Alors qu'elle s'éloignait, Reuben se revit en train de dégager de son pantalon de ski le genou percé d'une balle d'Olivia Russell, après qu'elle eut été violée et que sa maison ainsi que celle de sa voisine, miss Alden, eurent été incendiées. Couper dans la masse épaisse de nylon au milieu de la masse sanguinolente des chairs déchiquetées et de sa rotule éclatée lui avait fait l'effet de vider un poisson. Par une étrange ironie, la matière dont était faite sa rotule toute neuve était du même matériau que son ensemble de neige. Liv avait eu à choisir entre un genou en nylon tout de suite ou ce même genou complété d'une hanche artificielle vingt ans plus tard. La longue cicatrice en forme de fermeture Eclair qu'elle avait à la jambe l'avait définivement amenée à renoncer au port de la jupe et du short. Cette cicatrice, ces fausses mais néanmoins superbes dents et ce sourire toujours en coin étaient les stigmates visibles du viol et de la tentative d'assassinat dont elle avait fait l'objet. Restait à savoir quelles étaient les séquelles psychologiques dont elle souffrait et qu'elle s'efforçait de cacher au tréfonds de son cœur. Comme l'huître qui transforme le grain de sable en perle dans les replis de sa chair, Olivia Russell tentait de retrouver l'orient de l'âme qu'on avait tenté de lui voler. Reuben hocha tristement la tête. Décidément, la vie n'était faite que de grandes et petites misères.

CHAPITRE DIX-SEPT

1

Pearl conduisit Norris à North Conway où ils dînèrent, puis allèrent au cinéma. Sur le chemin du retour, alors qu'ils passaient devant le garage de Reuben, elle remarqua que les lumières de l'atelier étaient encore allumées. A peine avait-il mis le pied dans la maison que Norris annonça en bâillant bruyamment qu'il était mort de fatigue et qu'il tombait de sommeil.

– J' crois que j'aurai même pas l' temps d'ôter mes chaussures...

– C'est que tu as durement travaillé, aujourd'hui.

– Non, c'est probablement parce que je suis resté trop longtemps à me tourner les pouces... (Il examina son cigare d'un air songeur, puis le reposa.) Fait trop chaud pour fumer. Si j'étais toi, je crois que j'irais prendre le frais avant d'aller me coucher. Moi, je viens des Keys : cette chaleur m'empêchera pas de dormir.

Un peu ahurie, ne sachant trop que répondre, Pearl se demandait à quoi ce « prendre le frais » pouvait bien faire allusion. Cependant, aussi stupéfaite fût-elle, Pearl se garda de tout commentaire. Elle embrassa son père adoptif sur la joue et le regarda se hisser lentement à l'étage, avant de reprendre ses clés de voiture et de quitter la maison.

La porte du bureau n'était pas verrouillée. Pearl traversa donc la pièce et se dirigea vers l'atelier de mécanique.

– Freiner de cette façon n'est bon ni pour tes pneus ni pour tes freins, Pearl, lança Reuben de sous la vieille LeBaron. Il y a quelque chose qui urge ?

– Comment savais-tu que c'était moi ?

– Au bruit de ton moteur et ensuite à celui de ton pas. Ta cheville te fait encore souffrir, pas vrai ? Il n'y a rien que j'aime comme des jambes perchées sur des chaussures à hauts talons, surtout avec une cheville bandée, excepté peut-être un moteur de Mercedes. Les Allemands montent leurs moteurs de voiture comme ceux des avions de chasse.

– Est-ce que tu vas enfin te décider à sortir de là-dessous ? demanda Pearl en riant.

– Dès que j'aurai pu voir sous tes jupes.

Reuben dut y parvenir car, quelques instants plus tard, il émergeait de sous la voiture.

– J'ignorais cette passion pour la mécanique allemande. Je t'avais pris pour quelqu'un formé à Detroit, un conservateur.

– Au cours de l'hiver qui a suivi mon divorce, j'ai pris un cours de spécialisation. On m'avait proposé de prendre en charge le service des réparations d'un concessionnaire Mercedes, à Augusta. Mais je me suis rendu compte qu'il me serait impossible d'aller vivre à la ville. De plus, il n'y a pas assez de Mercedes dans la région pour pouvoir en vivre. Il m'arrive de temps en temps de dépanner une urgence, mais Mercedes préfère que ses propres garages se chargent de l'entretien de ses véhicules. Pourtant, c'est vrai : j'aime les moteurs allemands.

Tu les aimerais toi aussi, si tu travaillais sur ces voitures de Detroit qui n'ont pas changé depuis vingt ans. Mais je suppose que je dois m'estimer heureux : ça me donne du travail.

– J'aime l'odeur des garages, fit Pearl. Est-ce que ces émanations d'essence ne te font pas tourner la tête, à toi ?

– Laisse-moi d'abord faire un brin de toilette, répondit Reuben en riant.

– Tu te dégonfles...

Reuben la prit par le poignet et l'entraîna vers le fond de l'atelier. La porte arrière s'ouvrait sur un local où étaient garées une demi-douzaine de voitures, avec pour toute lumière – aussitôt aspirée par un corbillard Cadillac comme par un trou noir – le halo des vasistas du mur attenant au garage.

– Eldorado Biarritz, 1959, avec, sous le capot, un moteur V-8 de la Sedan 1963. Elle m'appartient. Je l'ai restaurée peu à peu et elle pourrait rouler si ce n'était des amortisseurs à changer. Je croyais pouvoir m'en servir en gardant les anciens, mais ils sont complètement morts.

Pearl laissa courir sa main sur le flanc froid et raide de l'antique voiture. La capote baissée, elle ressemblait à un de ces vaisseaux spatiaux des années cinquante, comme dans les bandes dessinées de son enfance.

– J'avais oublié qu'on pouvait construire d'aussi grosses voitures.

– A l'époque, expliqua-t-il en prenant Pearl par la taille, elles étaient conçues pour qu'on puisse s'envoyer en l'air sur la banquette arrière.

– Comment sais-tu cela ?

– J'ai connu une femme qui aimait faire ça sur le

siège arrière de sa Cadillac. « C'est bon pour le cuir », disait-elle.

Quand il ouvrit la portière, Pearl eut le sentiment qu'elle était terriblement lourde.

– Tu la connaissais bien, n'est-ce pas ?

– C'est elle qui m'a appris tout ce qui concerne l'entretien du cuir des sièges de Cadillac.

– Raconte, ça m'intéresse.

La banquette arrière lui parut aussi longue et étroite que le divan sur lequel ils s'étaient connus la première fois. Il semblait impossible qu'il pût accueillir à la fois une femme de son gabarit et un homme de la taille de Reuben ; et pourtant le siège résista sans broncher au poids de leurs deux corps. Elle le trouva confortable, très suggestif même. Le cuir avait, avec le temps, acquis la souplesse d'une peau humaine, possédant son odeur propre, subtile et profonde. Elle se combinait à l'odeur salée de Reuben, aux remugles graisseux du garage et à l'air de la nuit charriant des parfums de lacs et de forêts. Le véhicule oscilla amicalement. Elle eut la sensation fugace de faire partie intégrante du véhicule, parfaitement entretenue, vivante à jamais.

Elle se demandait si Reuben se souvenait des instants d'intimité passés avec cette femme. Probablement que oui ; comment aurait-il pu en être autrement ? Quelle chose étrange, lui semblait-il, que Reuben ait été l'amant de la mère de David Christopher. Reuben avait à peine quelques années de plus qu'elle, et elle deux ou trois ans de plus que David. Mais ces quelques années étaient suffisantes pour jeter un pont entre les générations. Reuben n'était au courant de rien, elle en avait la certitude. Mais le toucher, le goût, le mouvement n'étaient-ils pas toujours les mêmes ? A présent, elle avait l'impression qu'un fantôme habitant le cuir de cette banquette s'était insidieusement glissé dans sa peau par l'entremise de Reuben et qu'il avait pris possession de son âme. Elle aurait presque dit qu'une autre personne habitait son corps, une femme qu'elle n'aurait jamais rencontrée auparavant ; une femme avec le visage de David, qui aurait enfanté David à partir de ce même corps à qui Reuben faisait l'amour. Cette facilité de langage, cette folie, cette hystérie sexuelle, ce serait elle qui les lui aurait insufflées. Peut-être David se comportait-il avec elle comme sa mère, attendant qu'on la sauvât elle aussi, l'avait fait avec Reuben. Si l'alchimie n'avait pas opéré, peut-être au moins cette dernière avait-elle connu quelques instants de bonheur dans les bois, sur la banquette arrière d'une quelconque Cadillac, comme elle-même à cet instant précis.

Quand tout fut consommé, Reuben pivota sur le flanc, le corps luisant de sueur, et l'installa sur lui, tout en restant en elle.

– J'aimerais, dit-il, te faire l'amour dans tous les coins de la ville et dessiner une carte que j'offrirais à nos invités le jour de notre mariage. Une carte du Tendre que je mettrais à jour à chaque anniversaire de mariage. De cette façon, à notre mort, nous aurions fait l'amour sur chaque pouce du Ridge.

Elle éclata en un rire nerveux qui se termina en douloureux hoquets. Ce qui n'empêcha pas Reuben de lui refaire l'amour.

2

Quand, vers deux heures du matin, elle rentra chez elle à pas de loup, Pearl se laissa tomber sur son lit comme un arbre mort dans celui d'une rivière. Au moment où le réveil sonna, elle eut l'impression de s'être endormie depuis dix minutes. Sa cheville lui faisait encore un mal de chien. Elle espéra qu'une bonne douche la réveillerait ou, du moins, l'aiderait à reprendre vaguement conscience, mais rien n'y fit. Elle eut alors recours à l'aspirine et au verre d'eau qu'elle avala devant son miroir en grimaçant un sourire. Finalement, elle descendit à la cuisine, parmi les odeurs de café frais et de pain grillé.

– 'Jour, ma chérie, fit Norris avec un grand sourire.

– Qu'est-ce qui te met de si bonne humeur ?

– C'est une belle journée qui s'annonce. J'ai dormi comme un enfant.

Les toasts apportèrent à Pearl une manière de réconfort. Elle découvrit cependant qu'elle avait horriblement faim et pressa Norris afin qu'ils se rendissent au plus tôt au restaurant pour y prendre un vrai petit déjeuner. Elle avait à peine achevé le sien que la porte carillonnait sous la poussée de Sonny.

– Finis tranquillement, dit-elle à Norris. Le jour où, Karen et moi, nous ne pourrons plus nous occuper de Sonny, il ne me restera plus qu'à mettre la clé sous la porte.

– C'est une proposition ? Je suis un peu vieux pour vous deux, mais je ferai de mon mieux, parole de scout, Pearl.

– Bois plutôt ton café et tiens-toi tranquille.

– Oui, m'dame.

En attendant que sa commande fût prête, Sonny se vit octroyer deux beignets par Karen.

– Tu ressembles à un arc-en-ciel, aujourd'hui...

En effet, une arcade sourcilière de Sonny s'ornait de points de suture et une énorme estafilade noirâtre était visible au milieu de ses cheveux blonds clairsemés.

– J'ai aussi un bleu sur la fesse qui ressemble à un coucher de soleil sur l'île de Margarita.

– Ça m'intéresse pas, bredouilla Karen avec un haussement d'épaules.

– Et voilà, lâcha le gros homme d'un air dégoûté, c'est tout ce qu'on récolte quand on essaie de faire quelque chose pour elles.

– T'as rien fait pour moi, merde ! s'écria Karen, furieuse. Tout ce que tu voulais, c'est te bagarrer.

– Surveille donc ton langage, jeune fille, intervint Pearl.

– C'est quoi, ton problème ? rétorqua alors Karen sans se démonter. Tu connais déjà toute l'histoire et tu penses la même chose que moi. T'as encore passé la nuit à t'envoyer en l'air ou quoi ?

Un silence épais s'installa brusquement entre les deux femmes.

– Retourne travailler, ordonna finalement Pearl en tournant les talons.

Norris regarda Karen qui prenait les commandes aux tables en dodelinant tristement de la tête, tandis que Pearl le rassurait d'un geste de la main.

Vaille que vaille, la journée se passa. Patraque, Pearl regretta le petit déjeuner trop copieux qu'elle avait avalé malgré son manque de sommeil. Chaque fois qu'elle s'appuyait par inadvertance sur sa cheville blessée, elle serrait les dents pour ne pas gémir de douleur. Dans son esprit, c'était à nouveau la confusion totale. Pensant y trouver quelque remède, elle avala subrepticement quelques comprimés d'aspirine qu'elle courut presque aussitôt vomir dans les toilettes.

A la fermeture, Norris insista pour prendre le volant. A peine avaient-ils verrouillé la porte que les nausées recommencèrent. Elle se sentit soudain l'esprit surnaturellement clair. « Tiens, tiens, une grippe intestinale. Ça ne m'était pas arrivé depuis cinq ans. Quand j'en aurai fini avec cette autre calamité, je ne serai pas belle à voir. »

Au moment où elle sortait pour la énième fois des toilettes, Norris affichait une mine inquiète.

– Une grippe, expliqua-t-elle. Une grippe intestinale.

– Peut-être bien... (Il l'entraîna vers la camionnette.) Tu as de la fièvre ; je vais jeter un coup d'œil à cette cheville.

Elle ne se sentait pas assez d'énergie pour opposer quelque résistance. Malgré les précautions dont Norris faisait preuve en ôtant le bandage, Pearl ne parvint pas à réprimer une grimace de douleur ; grimace qu'il lui rendit en constatant l'état de la blessure.

– Bon Dieu, gronda-t-il, faut tout de suite voir un médecin.

Le trajet jusqu'à Greenspark prit vingt longues minutes. Chez le médecin, l'attente dura encore une éternité.

– Mon Dieu, souffla Hennessey, c'est une septicémie. Vous auriez dû vous faire vacciner contre le tétanos juste après avoir été mordue.

L'indignité qu'il y avait à se déculotter pour se faire administrer une dose d'antibiotique dans les fesses n'effleura pas un seul instant l'esprit de Pearl.

Hennessey lui prescrivit également des antibiotiques par voie orale en lui recommandant de l'appeler dès le lendemain, si aucune amélioration n'était constatée.

Ils firent une brève halte à la pharmacie pour acheter les médicaments prescrits ainsi qu'un somnifère qu'elle avala sur-le-champ. Dans un état semicomateux, Pearl sentit son père la hisser jusque dans sa chambre où elle sombra aussitôt dans un sommeil profond, durant lequel, cependant, elle sentit plus qu'elle ne vit son père se pencher souvent au-dessus d'elle.

3

L'observation de la cheville malade, dès le réveil, sembla rassurer Norris.

– Aujourd'hui, Karen, Jean et moi, nous nous chargerons du restaurant, toi, tu restes au lit et tu laisses guérir ta cheville.

Pearl ne se rebiffa pas. Un instant grelottante de froid, en nage, elle repoussait ses couvertures la minute suivante. Sans doute à cause de l'absorption massive d'antibiotiques, sa diarrhée prit des proportions de cataractes qui la vidèrent de ses dernières énergies. Vers le milieu de la matinée, Jean fit une apparition, la réveilla, s'épancha en jérémiades, puis, grâce à Dieu, repartit.

David passa la tête par l'entrebâillement de la porte et Pearl lui lança un verre dont il s'empressa de ramasser les débris. Il revint, portant un verre d'eau et un vase orné de roses trémières.

– Va-t'en, dit faiblement Pearl.

– Dans un petit instant.

Il commença par mettre de l'ordre dans son lit, puis il retendit les draps. Alors qu'elle tentait faiblement de protester, il la souleva dans ses bras, la porta dans la salle de bains et lui donna un bain. Presque à son insu, elle se retrouva assise sur des draps frais, en train de se glisser à gestes lents dans le pyjama propre qu'il lui tendait.

– Tu fais une bonne infirmière.

– J'ai appris avec ma mère, au cours des derniers mois de sa vie. Excuse-moi de t'embrasser en un aussi étrange endroit...

David lui déposa un baiser dans le creux de l'épaule, la fit coucher doucement sur le dos, puis sortit. Pearl eut le temps d'entendre la porte-moustiquaire battre dans le dos de David, avant de se couler dans un sommeil de plomb.

4

C'est Reuben qui la réveilla, lorsque, tirant une chaise à lui, il vint s'installer à son chevet. Elle ouvrit un œil. Son estomac battant de l'aile, elle dut se précipiter dans la salle de bains.

Il la soutint, alors qu'elle vomissait une bile qui semblait lui arracher le cœur. Quand elle se mit à grelotter violemment, Reuben la souleva de terre pour la porter jusque dans son lit.

– J'espère que ce n'est pas ma venue qui te rend si malade, dit-il en lui lavant le visage.

Peu après le départ de Reuben, Norris revint, et, tour à tour, Pearl s'éveilla et se rendormit, chaque fois que Norris venait la voir. « Tout ira mieux demain, se dit-elle. A moins que je ne meure. Quelle bonne idée... Je pourrais enfin faire la connaissance de l'oncle fantôme et me battre près de lui contre les racines des rosiers. »

Même si elle ne mourut pas au cours de la nuit, Pearl ne fut guère plus brillante le lendemain. Elle se sentait faible, lessivée. Elle avait l'impression d'avoir affronté des dragons toute la nuit. Aujourd'hui encore, Norris allait lui interdire de travailler et elle se sentait bien trop mal pour le contredire.

5

Tièdes et brillants comme une aura de lumière, les rayons du soleil entrant par la fenêtre la réveillèrent. Une main posée en écran devant ses yeux lui permit de s'habituer peu à peu à cette lumière dont l'intensité et l'angle d'incidence lui signalèrent qu'il était près de midi. C'était un nouveau jour, sans qu'elle sût exactement lequel. Une quiétude inaccoutumée régnait dans la maison. Bien que faible encore, elle ne se sentait plus malade. Finalement, elle entrevit Reuben, assis auprès d'elle.

– Salut, croassa-t-elle.

Reuben se leva et, contournant son siège, vint s'asseoir sur le lit. On aurait dit qu'il avait été malade, lui aussi. Il lui prit la main et noua ses doigts à ceux de Pearl.

– Quel jour sommes-nous ?

– Le 4-Juillet.

Elle se débattit maladroitement pour se mettre sur son séant.

– Que se passe-t-il ?

– Walter est mort.

Elle ferma les yeux.

– Jean l'a découvert ce matin en se levant. Le cœur, probablement...

Elle éclata en sanglots qu'elle tenta de refréner, mais en vain.

– Jean m'a appelé en premier. Elle n'est pas aussi éplorée qu'on pourrait le croire. Je dois la conduire à Greenspark pour commander le cercueil et procéder à tous les arrangements.

Après que Reuben fut parti, Norris lui apporta un potage léger accompagné d'une biscotte et du journal du matin. Tout au long de la journée, elle put entendre de loin en loin les explosions des pétards. Les émanations de poudre noire qui parvenaient jusqu'à elle lui rappelèrent la dinde du Thanksgiving qu'on avait dû lui servir au lit à cause d'une maladie, dont elle avait oublié le nom, qu'elle avait eue à l'âge de onze ans. Elle n'avait alors jamais cru à quel point les explosions de pétards et de feux d'artifice pouvaient résonner tristement aux oreilles d'une petite fille.

David revint la voir, précédé d'un gros bouquet de fleurs des champs, d'une pile de bouquins et d'un sous-main dans lequel il avait glissé au hasard quelques poèmes de son cru qu'elle ne devait surtout pas se croire obligée de lire si elle n'en avait pas envie. Il lui prit la main pour lui déclarer :

– Les mots me manquent.

– A moi aussi.

Elle pleura longuement et David la tint dans ses bras jusqu'à ce que la source fût momentanément tarie. Après l'avoir encouragé à partir, elle dormit et dormit encore.

6

Malgré le déluge des protestations de Norris, Pearl décida de reprendre le collier dès le lendemain matin. Jean absente, le vieil homme et Karen ne pouvaient seuls assumer le fardeau de travail qu'imposait le restaurant. S'il est vrai qu'elle s'assit souvent, sa présence s'avéra néanmoins fort utile. Etrange expérience que de passer la plupart de son temps de l'autre côté de la barricade, assise sur une banquette ou sur un tabouret. Voilà un point de vue, une perspective qu'elle devait s'efforcer de mettre à profit. Aussitôt les lieux bouclés, Pearl regagna sa maison et se mit directement au lit.

La journée suivante fut meilleure. Si l'absence de Jean se fit encore sentir, Pearl se dit que cela ferait moins de vaisselle cassée. Comme elle n'était pas assez rétablie pour assister à la veillée mortuaire de Walter McKenzie qui se déroulait à Greenspark, Norris et elle rentrèrent directement. Le vieil homme était visiblement las et les efforts déployés pour cacher son état de faiblesse l'avaient mis sur les genoux. Quand elle lui suggéra de faire une petite sieste, le vieil homme ne dit pas non.

Pearl sortit s'asseoir sur le perron de l'entrée arrière afin de profiter du soleil et de songer à tout ce qu'elle avait négligé de faire. Désherber son jardin d'une part, lire un poème de David de l'autre.

David avait téléphoné pour avoir des nouvelles, et elle lui avait répondu qu'elle recouvrait peu à peu ses forces. Il lui avait paru abattu, affecté sans doute par la brusque disparition de Walter, mais peut-être aussi par sa maladie à elle.

La pelleteuse mécanique jaune entra dans le cimetière. De loin, Reuben lui adressa un signe de la main.

Elle boitilla jusqu'aux ormes et s'assit contre le mur de pierre. Elle pouvait s'appuyer sur sa cheville, bien qu'elle fût encore sensible. Les bras croisés sur la poitrine, elle admira la dextérité avec laquelle Reuben manœuvrait son engin. Une fois son travail terminé, il sauta en bas de la machine et elle alla à sa rencontre. La main dans la main, ils cheminèrent à travers les tombes en direction du petit bois.

– Tu pensais à l'enterrement de Gussie ? demanda-t-il.

Elle acquiesça du menton.

– Moi aussi, fit-il d'un air sombre. Je ne sais pas comment j'en suis arrivé à m'occuper de ce cimetière. Quand j'ai commencé à le faire, je ne me doutais pas un seul instant que je connaîtrais intimement toutes les personnes qui allaient y être ensevelies ; que j'allais devoir mettre en terre tous les gens de mon entourage, je veux dire par là les personnes âgées, la génération de mes grands-parents et de mes parents. Je les enterre comme un chien enfouit un os : je fais un trou, je les mets dedans, et je rebouche en attendant la prochaine fois. Je suis fatigué de faire ce travail, je ne le ferai plus jamais.

Elle s'accrocha à son bras et il la pressa contre lui un long moment.

– Nous ne sommes jamais que de la peau et des os...

Pearl s'abandonna contre le torse de Reuben, humant l'odeur de son corps, savourant l'incroyable puissance qui émanait de sa personne. Ils tanguèrent un instant ensemble à l'ombre des grands ormes, puis, d'un pas assuré, poursuivirent leur chemin.

7

Pearl se regarda dans son miroir. A la manière dont tombait sa robe, elle avait perdu dix livres au moins. Après avoir rassemblé ses cheveux en chignon, elle passa son collier de perles autour de son cou. Dans la chambre, la porte close retenait l'odeur nauséeuse des fleurs. Soudain, ne pouvant plus longtemps en supporter la vue, elle les jeta par la fenêtre.

En passant devant le restaurant, elle put lire la pancarte que Norris avait rédigée : « Fermé pour cause de décès. » Prenant brusquement conscience que le vieil homme était effectivement décédé, elle fouilla fiévreusement dans son sac à la recherche d'un mouchoir.

A en juger par le nombre de voitures garées sur la route 5, devant la petite chapelle blanche, celle-ci devait être pleine à craquer. Pearl ressentit un léger choc en apercevant la Cadillac Eldorado restaurée par Reuben. A ses yeux, le véhicule évoquait davantage un monument qu'un moyen de locomotion, puisqu'elle l'avait toujours cru impropre à prendre la route.

David se tenait sur le parvis, dans un costume d'une blancheur aveuglante mettant en valeur une cravate bleu marine unie. Quelle ne fut pas la surprise de Pearl de le découvrir dans un costume conventionnel, elle qui l'avait toujours connu dans des shorts effrangés, portant des chemises élimées auxquelles il manquait des boutons, et pieds nus.

Voilà qui était nouveau. David portait ses inséparables lunettes d'aviateur qui le protégeaient de l'éclat du soleil et qui – elle l'avait oublié – mettaient en relief les méplats de son visage.

Il lui prit la main sans un mot, serra brièvement celle de Norris et les conduisit à l'intérieur. Comme elle s'y attendait, l'église était bondée. Assis coude à coude, les gens semblaient se partager avec peine un air tiède et poussiéreux. Evvie Bonneau était venue, en grand uniforme, et Sonny Lunt aussi, ainsi que tous ceux dont les visages lui étaient devenus familiers depuis l'enterrement de Gussie. Le mécréant qu'était Walter aurait souri en constatant à quel point il pouvait remplir les églises, pensa Pearl. Seule Jean avait occasionnellement le pouvoir de l'inciter à venir faire un petit somme dominical à l'office du matin.

Toutes les vieilles personnes qui étaient venues assister à l'enterrement de Gussie étaient là aussi, quelques-unes d'entre elles portant le même costume ou la même robe noire. Les fleurs disséminées à profusion dans le chœur de l'église lui chavirèrent l'estomac, mais elle serra les dents. David alla leur chercher une chaise à chacun, murmura quelques mots à l'oreille de Norris et se retira.

– Il m'a dit de t'encourager à sortir, au cas où tu te sentirais pas bien, lui souffla Norris.

Pearl se demandait où avait bien pu passer David, quand l'organiste entonna les premières mesures annonçant l'entrée du cercueil, porté entre autres par Reuben et David, ainsi que par le jeune Sam. Jean n'était pas la seule à suivre. Elle était en effet accompagnée d'une autre femme entre deux âges qui devait être la seconde fille de Walter, à laquelle Reuben avait une fois vaguement fait allusion, et qui vivait quelque part très, très loin, quelque chose comme l'Alaska. Si la sœur faisait le double de poids de Jean, elle se tenait cependant très droite et affichait un air froid et digne. C'était une bonne chose que Jean n'eût pas à surmonter toute seule pareille épreuve.

Pearl voulut se concentrer sur les événements en cours, mais cela lui fut impossible. Une pression de la main de Norris lui indiqua qu'il était temps de quitter les lieux.

Ils rentrèrent donc, suivis par David jusqu'au cimetière. Le visage exsangue, le jeune homme semblait effondré, et Pearl comprit alors tout ce qu'induisait pour lui une pareille épreuve. D'un toucher tendu et léger à la fois, il tentait de dissiper sa tension par son moyen favori, en l'occurrence un frôlement bref, presque circonspect, de la fesse de la jeune femme, au contact duquel elle put à peine contenir un tremblement. « Une crise, se dit-elle, il me fait encore une crise de priapisme et, si je n'y prends pas garde, il va me culbuter là, sur le cercueil. Et même s'il surmonte cette crise, je vais devoir aller lui rendre visite cette nuit, sinon il est fichu d'escalader les murs de ma maison. »

Autour de la fosse, on pouvait voir presque autant de monde qu'à l'église. Norris, attristé malgré la brièveté de sa relation avec Walter McKenzie, puisque, dès le départ, les deux hommes s'étaient découvert de profondes affinités, se tenait debout près de Pearl. Norris avait atteint cet âge où l'annonce d'un décès se fait de plus en plus fréquente et l'aiguillon de la mort de plus en plus pressant. De plus, Norris était las, extrêmement las, à cause de la difficile semaine passée à dorloter Pearl et à s'occuper du restaurant en même temps. Pearl pressa affectueusement le bras de son père et ce dernier en fit autant.

Elle sut gré à David d'aller rejoindre la petite troupe des porteurs. Même si le trajet ne devait durer qu'un court instant, au moins aurait-il autre chose que le postérieur de Pearl pour occuper ses mains.

Au beau milieu de la cérémonie, Pearl prit conscience de la présence, un peu à l'écart de la foule, de Roscoe Needham. Le rasage de barbe qu'il s'était infligé s'avérait un vrai désastre, sa braguette était à moitié ouverte, mais il avait néanmoins décidé de faire acte de présence. Quand, avec un imperceptible mouvement de recul, il leva les yeux sur Pearl, celle-ci décela nettement la rougeur de ses yeux causée par l'alcool ou le chagrin, ou les deux à la fois.

La courte homélie tirait à sa fin quand, à l'orée du bois, la chienne labrador se mit à hurler à la mort.

– Merde, grommela Evvie Bonneau, pendant que les regards convergeaient d'un seul bloc vers l'animal.

Puis, comme après s'être assuré d'avoir été entendu de tous, l'animal fit demi-tour et disparut. L'assistance commença à se disperser. Par quelque obscur hasard, Reuben avait hérité de la prise en charge de Jean et de sa sœur. Alors qu'il les conviait à monter dans sa voiture, son regard rencontra celui de Pearl.

C'est alors que la pression incessante de la main de David sur le bas du dos de Pearl changea brusquement. Par son nouveau toucher, qui semblait tout à coup découvrir un objet étranger, elle sentit clairement, même si elle ne pouvait les voir, les yeux du jeune homme faire de rapides aller et retour entre elle et Reuben. La tension de son corps face à cette perception nouvelle n'échappa pas davantage au jeune homme qui semblait cependant réprimer un sourire.

Evidemment, rien de ce petit manège n'échappa à Norris. David prit alors les mains de Pearl et l'attira assez près de lui pour lui murmurer à l'oreille :

– Mais c'est merveilleux, Pearl ! Te rends-tu compte que Reuben est amoureux de toi ? Je crois qu'il est jaloux, bien que je ne sois pas certain de qui.

Pearl se retourna pour lui faire face et annoncer, les dents serrées :

– Je t'en prie, nous enterrons Walter...

David en parut sincèrement confus. La tentative de Pearl pour s'éloigner de David avec hauteur et dignité se mua en une sorte de démarche chancelante surtout causée par sa cheville malade. Norris se précipita pour la soutenir, aussitôt imité par David.

– Je suis navré, mais je suis encore sous le coup de la stupeur. Bien que tout cela soit parfaitement compréhensible. N'importe quel mâle hétérosexuel et normalement constitué tomberait sous ton charme irrésistible. Simplement, je n'avais jamais envisagé que Reuben pût faire partie du lot. Quelque réminiscence œdipienne, je suppose. Je trouve cela drôle, Reuben rendu au rôle rustique de Roméo rural et toi à celui de la jolie Juliette jouisseuse. Probablement va-t-il fantasmer sur ton compte jusqu'à la fin de ses jours, le veinard. Mais essaie un peu d'imaginer les sujets de conversation que vous auriez ensemble, à moins que tu n'éprouves une secrète passion pour les pistons, les vilebrequins et les pots d'échappement ? Si c'est le cas, je serai heureux de me procurer quelques bleus de chauffe et de m'asperger de benzine après ma toilette matinale.

– La ferme ! Et fous-moi la paix !

Allongeant le pas, elle se dirigea vers la maison.

Un coup d'œil en arrière en arrivant sur le perron lui indiqua que, renonçant à la suivre, David se tenait là où elle l'avait laissé, les mains dans les poches, le regard caché derrière ses verres opaques. L'abattement, une sorte de rejet, un brin de panique, peut-être, pouvaient se lire dans l'affaissement de ses épaules, dans le pli amer de sa bouche.

Norris s'approcha d'elle, le visage soucieux. Le souffle court, la tête à l'envers, Pearl courut se réfugier dans sa chambre. S'érigeant en cerbère, le vieil homme se planta alors devant la porte d'entrée. Ni David ni les autres, fût-ce Karen ou Reuben, un peu plus tard, personne ne fut admis à entrer. Norris était comme un dragon protégeant un coffre ; mais un coffre rempli de monnaie de singe.

Elle s'écroula sur son lit, anéantie par ce qu'elle voulut appeler de la fatigue. Mais, ne trouvant ni sommeil ni repos, elle tendit le bras vers le sous-main contenant les poèmes de David. Le premier ne comportait aucun titre.

Je regarde
le champ blanc de neige qui ment et s'étend,
là où s'étend et ment le lac l'été.
Le plus souvent, le lac refait surface,
tard le printemps, tôt l'été,
flottant,
comme un flocon de neige à fleur d'eau
et de peau.

C'est à présent le secret des glaces,
un radeau de fortune,
criblé de roches, strié de bateaux jaunes,
où parmi rames brisées et bouteilles vides
flotte un corps.
Dans un grondement de canon,
la glace peut éclater comme une querelle
en énormes masses ternes,
venant s'écraser sur la grève,
pour emporter dans leurs élans
les arbres naissants,
cogner pesamment les pilastres des quais
selon son bon plaisir.
J'attends qu'une main bouffie
parmi les glaces éparses
aux ongles nacrés de gel
comme un mouchoir de dentelle,
qu'un genou mauve en signe de révérence plié,
viennent se reposer sur mon carré de sable
comme une supercherie.
Le champ de neige qui ment et s'étend là-bas,
et qu'en été lac l'on nomme,
ne saurait à mes yeux cacher la vérité.
Je regarde
et jamais je n'oublie comme il s'étend et ment.

Pearl frissonna longuement et repoussa la liasse de feuillets. Le sommeil qui s'insinua lentement en elle l'emporta, comme une marée revendiquant tout ce qu'elle recouvre. Dans la nuit moite fleurirent des rêves somptueux, exotiques. Elle se trouvait dans la cuisine et touillait une marmite sentant bon le gombo. Soudain, prenant conscience de sa nudité, elle éclatait de rire, heureuse comme une enfant dans son bain. En fait, c'est bien ce qu'elle était :

une enfant dans son bain. La marmite venait de se transformer en petites mesures pour la farine et le sucre que sa mère lui avait donnés pour jouer. Elle revoyait sa mère, jeune, aussi jeune qu'elle l'était elle-même aujourd'hui, et qui la prenait par la main et la traînait dans l'eau du bain exhalant du même coup des senteurs de lys. Les seins et le corps de Pearl avaient disparu, laissant à nouveau à nu son sexe nubile.

Mais, comme dans *Alice au pays des merveilles*, voilà que les parois de la baignoire prenaient soudainement des proportions gigantesques. Voilà que l'eau, jusqu'alors basse et tiède, se mettait à monter et monter et devenir de plus en plus froide. Semblable à un long coup d'aiguille, une horrible panique s'emparait d'elle quand l'eau l'engloutissait complètement. Alors, elle sentait son corps et ses membres s'engourdir, s'appesantir comme si les cellules qui composaient son être se transformaient en cristaux de sel. Elle flottait entre deux eaux. Là, semblable à un rayon de soleil dans une traînée de brume, la lumière se répandait, diffuse, dissipant sa peur, la faisant flotter, inerte, comme un glaçon dans un verre, comme si son corps et l'eau avaient la même densité. Les dents serrées, elle se voyait bleuir, et sentait son sang s'épaissir pour préserver du gel ses organes vitaux. Puis, c'était au tour de l'eau de s'épaissir, pour l'attirer inexorablement vers des fonds insondables et obscurs. A présent, elle ne pouvait plus bouger, son corps gelé la contenait tout entière, comme le xylène, le cœur et la sève de l'arbre contenus dans les cercles concentriques accumulés au fil des ans. A l'instar de Daphné, dans un grand silence vert, elle s'était à son tour muée en arbre. Elle avait beau crier, personne ne l'entendait. L'eau la retenait prisonnière et elle pleurait. Quand elle sentit quelqu'un mettre ses bras autour de son cou pour la protéger et la réconforter, elle fut sûre que c'était David, qu'il s'était glissé dans son lit et dans son rêve et qu'il la serrait contre lui. Son esprit imaginait le visage de David comme celui d'un enfant. Pourquoi était-il devenu si pâle, si blafard ? Mais alors qu'elle prenait conscience de la froideur de son propre corps, elle découvrit qu'aucune chaleur n'émanait des bras qui la ceignaient. C'étaient d'étranges membres, très blancs et fluets, les bras gelés d'un enfant. Elle sentit leur raideur, leur inertie. Pareil à une missive glissée sous une porte, parvint jusqu'à elle un murmure. « Viens jouer avec moi, disait-il. Viens jouer avec moi. »

Elle s'éveilla, le corps enchevêtré dans ses draps humides de sueur froide. Le cœur à l'envers, elle tituba jusqu'à la salle de bains où elle vomit longuement son amertume. Elle resta un long moment sous la douche, immobile et frissonnante, attendant que l'eau chaude lui réchauffât le corps. Puis, après avoir enfilé une chemise de nuit propre, bouillonnant d'une colère aussi froide que soudaine, elle fit une boule de ses draps qu'elle jeta dans son panier à linge. Elle refit son lit et s'y glissa pour descendre enfin au fond d'un sommeil sépulcral.

CHAPITRE DIX-HUIT

1

Le réveil du lendemain ne s'avéra pas des plus faciles, puisque, comme c'est souvent le cas après une nuit agitée, Pearl eut l'impression de n'avoir pas fermé l'œil de la nuit. Elle n'avait guère d'énergie, mais elle en consacra malgré tout un peu à donner le change à Norris.

Sa préoccupation première fut de savoir comment elle allait s'en tirer avec un personnel restreint et une cheville encore douloureuse car, ayant à régler des détails de succession, Jean serait probablement absente. Cependant, en dépit de son état physique et mental, Pearl se demandait jusqu'à quel point elle ne devait pas se féliciter de cette défection, ne fût-ce que parce qu'elle lui éviterait de supporter sans mot dire l'incompétence et la maladresse de Jean. Aussi eut-elle l'impression que le ciel lui tombait sur la tête lorsqu'elle aperçut le véhicule de Roscoe garé dans un coin du parking. Immobile derrière son volant, le vieil homme fixait le restaurant. Pearl en tendit les clés à son père et se dirigea vers Roscoe.

– Salut, Roscoe.

La tête de l'homme pivota lentement comme celle d'une tortue.

– 'Lut.

Son rasage ne semblait pas plus réussi que la veille, quoique l'homme fleurât quand même bon la savonnette. Roscoe marqua une longue pause avant de s'éclaircir la voix.

– J'ai pensé que t'aurais p'têt' besoin d' moi, avec l'absence de Jean et le reste...

– Je mentirais si je prétendais le contraire.

Roscoe tendit le cou comme s'il était aux prises avec un col de chemise trop serré.

– J' crois que j' suis allé trop loin. J' te dois des excuses...

– Je t'en dois aussi, Roscoe. Disons que nous sommes quittes.

Roscoe opina du chef et, le regard perdu dans le lointain, laissa dépasser par la vitre de sa voiture une main que Pearl s'empressa de serrer avec un sourire.

La Plymouth de Karen fit son entrée, bringuebalant plus que jamais. La vue de Roscoe alluma instantanément un sourire sur le visage de la jeune fille et Pearl fut aussitôt convaincue que Karen n'était pas étrangère à la réapparition de l'ancien tenant des lieux.

– Si on allait se faire cuire un œuf ? lança Roscoe.

Très vite cependant, la bonne humeur de Karen se dissipa pour faire place à une muette concentration. Si, au départ, Pearl crut à une crise de cafard, elle prit rapidement conscience que cette concentration voulait pallier une grande distraction d'esprit. Il y avait, dans l'attitude de la fille de Reuben, quelque chose de furtif, quelque chose qui lui collait secrètement à la peau et dont elle ne parvenait pas à se défaire.

Les jours passèrent et, comme un athlète qui ne trouve pas son rythme, Pearl ne parvenait à recouvrer ni force ni courage. Le fait de se retrouver vidée de son énergie à trois heures trente de l'après-midi mettait son moral au plus bas, et ce n'étaient certes pas les efforts qu'elle prodiguait pour son père qui y changeaient quelque chose. Les quelques regards inquiets que ce dernier lui avait adressés exprimaient clairement sa parfaite compréhension des préoccupations de sa fille. Au moins, cette situation-là lui offrait-elle l'avantage de repousser les propositions de Reuben et de David chaque fois qu'ils téléphonaient. Au moins, pour une fois, leur disait-elle la vérité quand elle prétextait sa lassitude et son besoin de repos.

Le téléphone sonna au moment où elle glissait la clé dans la serrure, mais elle réussit toutefois à décrocher à temps. Une voix qu'elle ne connaissait pas demandait à parler à Norris.

« Bobby. Il est arrivé quelque chose à Bobby. »

Le visage de Norris semblait s'abaisser, tandis que la voix inconnue confirmait à Pearl qu'elle avait vu juste. Quand il eut raccroché, elle alla se presser contre lui.

– Désolé, dit-il, mais Bobby a besoin de moi. Je dois aller tout de suite le voir, à Philadelphie.

– Prépare tes bagages, je m'occupe de la réservation.

Il était déjà tard quand elle revint de l'aéroport de Portland. Norris avait promis de revenir la voir, une fois passé la crise de Bobby. Sans son père, la maison lui parut triste. La lumière rouge du répondeur clignotait, mais elle l'ignora.

Après une bonne douche, elle enfila une chemise de nuit et alla s'allonger sur le divan de la véranda où Nécessité se dépêcha de la rejoindre. Elle entendit l'Eldorado arriver avant même de voir ses phares. C'était comme un murmure apaisant, une vague de l'océan.

Après un petit coup à la porte, Reuben entra.

– Norris a dû partir, annonça-t-elle en lui tendant les bras. Je rentre de Portland.

Reuben la souleva dans ses bras.

– Que dirais-tu d'une balade ? Cette Cadillac n'attend que toi.

Mais il connaissait déjà la réponse, comme il avait su quand elle serait de retour.

2

Pearl descendit de sa chambre au moment même où la Plymouth de Karen faisait halte dans son allée.

La jeune fille paraissait tendue et affichait un sourire craintif. Sa nervosité mettait un peu plus en évidence sa grande beauté. L'été faisait éclore la douceur de sa peau, la luxuriance de son corps et la plénitude de sa lèvre inférieure. Elle promena un regard anxieux à travers la cuisine. « A cause de Norris, se dit Pearl. Elle veut me faire une confidence, mais elle craint qu'il ne l'entende aussi. »

– Norris a dû partir pour Philadelphie, annonça-t-elle.

Karen parut soulagée.

– Et toi, ça va mieux ? demanda-t-elle, un brin obséquieuse, alors qu'elles s'installaient devant une tasse de café.

– Oui.

Pearl mentait et elle le savait. A vrai dire, elle se sentait exactement comme la veille : pressée comme un citron, siphonnée comme une baignoire dont on a retiré le bouchon. Karen prit une longue inspiration pendant qu'une sorte de court-circuit se faisait dans l'esprit de Pearl. Elle posa sur la jeune fille un regard médusé.

– Tu es enceinte, c'est ça ?

Karen acquiesça d'un signe, avant que s'échappât de sa gorge un petit rire semblable à un roucoulement d'enfant. Pearl ferma un court instant les yeux.

– En es-tu sûre ?

– Oui. J'ai fait des tests et je suis allée voir un docteur.

– Et qu'as-tu l'intention de faire ?

Karen haussa brièvement les épaules.

– J' peux pas le garder, Pearl.

Pearl se dressa brusquement de son siège et se mit à faire les cent pas dans sa cuisine.

– Et si tu le laissais naître et que tu le donnes en adoption ?

La jeune fille se pencha en avant et répéta avec véhémence :

– Je peux pas le garder. Après ce qui m'est arrivé, je ne sais pas de quoi il aura l'air.

Une vague nausée commençait à envahir Pearl.

– Je n'y avais pas pensé. Est-ce que le médecin t'a parlé d'une telle éventualité ?

– Eh bien, il a dit que le bébé en serait presque à coup sûr affecté.

– Oh, Karen ! s'exclama Pearl en prenant la jeune fille dans ses bras.

– Hé, je peux très bien m'en tirer ! En tout cas, ce gosse, j'en veux pas, c'est sûr.

Pearl la relâcha et prit un peu de recul afin de capter le regard de la jeune fille.

– Bien sûr. Mais je n'appréhende pas la situation de la même façon que toi.

La lèvre tremblante, Karen se mit à fixer le fond de sa tasse.

– Je suppose que tu penses que l'avortement est un crime...

– Karen, ma mère ne s'est pas fait avorter quand elle a été enceinte de moi ; c'est la seule réponse que je peux t'offrir.

– Je ne suis pas ta mère et ce gamin, ce n'est pas toi. Je veux m'en débarrasser, mais il me faut de l'argent pour ça.

Pearl se sentit gagnée par la panique, tant elle ne savait que dire ni que faire.

– Karen, je ferai tout pour t'aider, mais ne me demande pas de te prêter de l'argent pour te faire avorter, je ne pourrais pas le supporter. Laisse-moi au moins y réfléchir, d'abord.

– Je te rembourserai, s'entêta la jeune fille.

– Tu es mineure, Karen. Tes parents doivent être mis au courant de ta situation. Ils t'aideront à prendre la meilleure décision. Je t'en prie, parles-en à ton père.

Karen frissonna.

– Il me tuerait. Tu peux te poser toutes les questions que tu veux sur l'avortement, mais je sais bien comment il se comporte avec moi. Il me tuera, je te dis.

– Non, pas du tout.

Karen se leva.

– Je le connais mieux que toi, il me semble. Je crois que j'aurais dû réfléchir avant de t'en parler. Je te croyais une femme libérée, comme je croyais l'être, moi aussi. Mais ça fait longtemps que j'ai pris l'habitude de me débrouiller toute seule ; je crois que je vais continuer.

« *Libérée ?!* aurait voulu hurler Pearl en la regardant sortir. Où es-tu allée chercher que les esclaves étaient libres, ma pauvre ? Qui t'a mis dans la tête qu'on pouvait jamais être libre ? »

Elle vit Karen prendre la direction du restaurant. Peut-être y serait-elle quand Pearl arriverait ; peut-être pas...

Pearl décrocha le téléphone, commença de composer le numéro de Reuben, se mordit les lèvres et raccrocha. Tendant la main vers son sac à main accroché au dossier d'une chaise, elle en sortit son agenda et se mit à consulter son calendrier, où ses périodes de menstruations étaient soigneusement notées. Un simple coup d'œil suffit pour lui confirmer qu'elle avait elle-même une bonne semaine de retard.

– Merde de merde de merde de merde !...

Libérée ? Ah, parlons-en de cette foutue libération et des tours de manège gratis ! La déesse ne distribue jamais de tours gratuits au manège de la vie. Pas de compromis, pas de faveurs. La déesse lui jouait un petit tour dont elle avait le secret. Libération ? Tu parles ! « Libération » signifierait-il, par hasard, douce résignation quand toute prémonition de catastrophe imminente se révèle exacte ?

« Oncle fantôme, dit-elle tout haut, tu as abandonné ta maison à une idiote, à une femme qui n'a pas plus de jugeote qu'une gamine de seize ans. »

Oncle fantôme se tint coi, probablement trop occupé à se tordre de rire dans sa tombe. Il devait trouver la situation tellement drôle qu'il devait en avoir des crampes d'estomac. Peut-être l'oncle fantôme allait-il intercéder en sa faveur auprès de la bonne déesse afin qu'elle accordât un sursis à sa petite-nièce à la peau acajou sortie on ne sait d'où ?

« Faites que je sois seulement en retard, déesse, simplement en retard. »

Rassemblant les débris de sa personne, Pearl prit le chemin du boulot.

3

Cachée derrière un sourire crispé, Karen l'attendait. C'était au tour de Pearl d'être distraite aujourd'hui. David fit une apparition, à nouveau affublé des haillons et des chaussures de sport éculées et sans lacets dans lesquels on était habitué à le voir. Il avala son petit déjeuner et, comme tacitement convenu, oublia sur le comptoir ses lunettes que Pearl s'empressa de lui rapporter jusqu'à sa voiture.

– Merci. On prend un verre ensemble au *Dog* ce soir ?

– Est-ce qu'il y aura une bagarre ? hasarda-t-elle.

– Seulement si tu le demandes.

Il paraissait tout à fait dans son assiette, aujourd'hui. L'intelligente finesse de ses traits, l'aisance de son langage et de son corps annonçaient une telle cohérence, une telle compréhension, qu'il lui fit l'effet d'un baume dans le grand cafouillage de son existence. On eût dit que, par un effet pendulaire, il se trouvait aux antipodes de son existence à elle. Quelle étrangeté que de percevoir David comme un refuge, un havre de paix, alors que, peu avant, il était encore un cyclone. A moins qu'il n'en fût que l'œil ; que, par quelque mystère, le monde entier tournât autour de lui.

Quant à Reuben, qu'elle évitait soigneusement, elle se demandait comment elle allait pouvoir le regarder en face sans lui rapporter les aveux de Karen et sans lui faire part de ses propres inquiétudes qui – c'était à mourir de rire – relevaient du même ordre. Mais peut-être ne serait-il pas nécessaire d'avouer quoi que ce soit ; peut-être qu'un simple regard, ce don qu'il avait pour les découvertes heureuses, suffirait à lui faire connaître son petit secret...

Pour David, ce serait une tout autre histoire, ne fût-ce que parce qu'il n'avait pas de fille enceinte, lui. S'il persistait à garder son calme, elle pourrait peut-être lui parler sérieusement, lui exposer où en était exactement la situation.

– D'accord, ça ne me déplairait pas.

David oscilla à peine vers elle, puis recula, se tenant à la limite du contact.

– Désolé, je me suis comporté comme un morveux, concernant Reuben. Je sais que tu l'aimes beaucoup, et c'est aussi mon cas.

Elle acquiesça, la gorge brusquement serrée. Un bras replié sur la poitrine, elle tâta du bout des doigts la peau rude de ses épaules. Finalement, ce ne serait peut-être pas aussi facile que cela de lui parler, pensa-t-elle.

– Je vais très bien, maintenant, tu sais ? déclara sombrement David. Tu ne dois pas te sentir effrayée par ma présence. (Son souffle devint précipité.) L'idée que je puisse t'effrayer m'est intolérable. Tu n'as rien à craindre, je ne suis que moi, David. Je suis un peu fêlé, peut-être, mais tout ira bien aussi longtemps que je t'aurai près de moi.

– Je dois retourner travailler.

Il tendit brusquement le bras, et son index alla effleurer la lèvre inférieure de Pearl, puis le creux entre ses seins. La bouffée de désir qui fusa en elle fut si puissante qu'elle en eut presque la nausée. A moins que ce ne fût à cause de son petit désordre interne, son petit œuf fêlé enfoui quelque part au fond de son corps se divisant sans cesse en une myriade de créatures microscopiques rassemblées, pas encore homoncule, mais petit tas rabougri semblable à une mappemonde froissée attendant d'être déchiffrée.

Le rire de David lui fit penser à un aboiement de roquet.

– Mon système d'alarme mental avait sauté. Les piles étaient tellement surchauffées qu'elles avaient fondu.

David se détourna de Pearl et, courbé sur le volant, fit démarrer sa voiture comme s'il avait le diable aux trousses. Pearl le regarda filer, tout en se demandant vers quelle obscure destination il se dirigeait.

Reuben téléphona pour avoir de ses nouvelles. Quand elle répondit que (grâce au ciel) elle était très occupée, il raccrocha en lui promettant de la rappeler plus tard.

4

Quel que fût le lieu où se rendit David, il en revint en fin de journée, hissant silencieusement sa Mercedes jusqu'à la maison de Pearl. Elle se tenait debout, les mains posées sur les reins, contemplant avec satisfaction le gros tas de mauvaises herbes qu'elle avait arrachées de son jardin. Lorsqu'elle l'aperçut, elle descendit à sa rencontre.

– Du beau travail que tu as fait là. Comment va ta cheville ?

– De mieux en mieux. Tu veux un radis ?

Le temps qu'elle ôtât ses gants et rangeât ses outils de jardinage, David était entré dans la cuisine pour y laver soigneusement le radis qu'elle lui avait offert. Quand il mordit dedans, elle entendit le radis craquer agréablement sous sa dent.

– Cesse.

– Quoi ?

– Cette façon érotique de mâcher, lança-t-elle pardessus son épaule, suivie par le rire de David quand elle monta les marches qui conduisaient à sa chambre.

Assourdie par le bruit de l'eau, aveuglée par le shampooing qui ruisselait sur ses yeux, le contact non pas de la main mais du corps tout entier de David entrant en collision avec le sien la fit sursauter. Elle se détacha précipitamment de lui en poussant un petit cri aigu. La mousse dégoulinant sur ses yeux l'empêcha de les ouvrir. De toute manière, David avait déjà passé un bras nerveux autour de son corps afin qu'elle ne pût lui échapper. Les battements précipités de son cœur se calmèrent. Elle fit l'effort de cesser de ciller sous la brûlure du savon et laissa l'eau lui rincer le visage. La prise de David était si forte, la jambe qu'il avait glissée entre ses cuisses si pressante, qu'elle en eut mal. Au moment où elle se détournait du jet d'eau chaude, David avait happé un des mamelons de Pearl dans sa bouche.

Bien des heures plus tard, une sensation diffuse envahit sa somnolence, lui faisant entre autres prendre conscience que la nuit était tombée depuis longtemps. Les jambes entrelacées à celles de David, Pearl se dressa sur un coude et, la paupière clignotante, s'empara de son réveille-matin. David émit un grognement et se lova un peu plus contre elle.

– David, il faut que tu partes, je travaille demain...

– Ouais, bâilla-t-il en jetant à son tour un coup d'œil sur le réveil.

Il roula par-dessus Pearl jusqu'au bord du lit dont elle crut qu'il allait choir. Au lieu de cela, tel un chat, David retomba d'un bond sur ses pieds.

– C'était meilleur qu'une bagarre au *Dog*, fit-il, tout sourires, en enfilant ses vêtements.

Elle sentit un rire percer à travers le sommeil qui l'envahissait inexorablement. Elle se demanda si, ce rire, David l'avait entendu ou s'il n'était que le produit de son imagination. David posa très chastement un baiser sur le front de Pearl et la borda de la même manière qu'il l'avait fait quand elle était malade. Dans les limbes de son sommeil, elle perçut le bruit de la voiture qui s'éloignait.

5

La main sur la poignée de la porte, Pearl se rendit brusquement compte que la clé du restaurant manquait à son trousseau. Ne sachant trop que penser, elle tourna machinalement la poignée. A sa grande surprise, la porte s'ouvrit et, inquiète et intriguée à la fois, elle entra dans l'établissement. Comme il fallait s'y attendre, le tiroir-caisse était grand ouvert et la recette de la veille qui aurait dû s'y trouver avait disparu. Pearl courut vers son bureau pour constater que le petit coffre-fort était lui aussi ouvert et qu'il avait été délesté de tout l'argent qu'il avait contenu. Pearl se laissa tomber lentement sur une chaise, comme hypnotisée. Les lieux ne portant aucune trace d'effraction, une seule conclusion devait quelques instants plus tard s'imposer à l'esprit de Pearl :

Karen. La tête de Roscoe apparut dans la porte entrebâillée.

– Pourquoi est-ce que le tiroir-caisse est ?... (En voyant le coffre ouvert, la réponse lui vint immédiatement à l'esprit.) Jésus, Marie, Joseph, on a été cambriolés...

Pearl fit pivoter son siège dans sa direction.

– Veux-tu bien refermer le tiroir-caisse et revenir ici, Roscoe ? J'aimerais te parler.

Après quelque hésitation, Roscoe s'exécuta. Pearl lui fit signe de refermer la porte derrière lui.

– Je suis presque sûre que c'est Karen qui a pris cet argent, Roscoe.

Le vieil homme ouvrit la bouche et émit une sorte de gargouillement inintelligible. En quelques mots, Pearl exposa son idée.

– J'arrive pas à y croire... Non, j'arrive pas... J' comprends pas...

Pearl attendit toutefois qu'il se fît à l'idée, avant d'annoncer :

– Pas question d'appeler la police.

Les yeux mouillés de larmes, Roscoe leva les yeux vers elle. Pearl se mit debout et le saisit par le bras.

– Je connais les raisons de son geste.

Abasourdi, Roscoe ne pouvait que hocher tristement la tête.

– Elle est enceinte et veut se faire avorter. Pas plus tard qu'hier, elle m'a demandé de lui prêter de l'argent.

Roscoe poussa un aboiement qui se voulait un rire de dérision.

– Putain de bordel de merde...

Pearl tressaillit à la vue du regard chargé de répulsion qu'il lui adressait.

– T'es fière de toi, j' suppose ? Tout ça, c'est le

résultat du putain de bon exemple que tu lui as donné, l'admonesta-t-il d'un ton cinglant.

Pearl se précipita alors vers les toilettes. Elle se rafraîchissait le visage quand elle entendit un petit coup contre la porte.

– Ça va ? demanda Roscoe d'un ton repentant.

Pour toute réponse, Pearl respira une grande bouffée d'air et ouvrit la porte.

– Va t'asseoir, je vais t'apporter du café.

Assise derrière son petit bureau, Pearl l'entendit préparer du café et ouvrir à Sonny Lunt.

– T'as raison, dit-il une fois de retour. Pas la peine d'appeler les flics ; on va régler ça en famille. Excuse-moi, poursuivit-il encore en lui tapotant la main. Bon Dieu, ces derniers temps, j'ai fait plus d'excuses que pendant toute ma chienne de vie. Mais comprends qu' ça m'a fait tout un choc.

Elle acquiesça. Le café que Roscoe venait de lui servir suffit à la remettre d'aplomb. Jean arriva, à qui on annonça à toutes fins utiles que Karen avait pris une journée de congé. Après avoir murmuré à l'oreille de Roscoe où elle se rendait, Pearl prit sans tarder la route de Pigeon Hill.

Malgré l'absence de la vieille Plymouth, elle ne put s'empêcher de cogner violemment à la porte de la caravane en criant le nom de Karen. Puis, dépitée de n'obtenir aucune réponse, elle reprit le chemin du restaurant en ruminant différentes spéculations sur l'attitude à adopter. Pour ce qui était de l'endroit où la jeune fille pouvait se trouver, elle n'en avait aucune idée, puisque ç'aurait pu tout aussi bien être Greenspark, Lewinston, Portland ou North Conway. Quand bien même Pearl se précipiterait-elle pour tout raconter à Reuben, il était trop tard pour empêcher que l'irréparable ne fût accompli.

Encore une journée à supporter plutôt qu'à s'en réjouir. Il y en avait eu trop de semblables, ces derniers temps. Les petites tapes amicales que Roscoe lui administra sur l'épaule à la fermeture ne lui procurèrent qu'un semblant de réconfort.

6

Karen sortit de l'ascenseur pour se retrouver dans le hall d'entrée de l'hôpital de Greenspark. La sensation de soulagement qu'elle éprouvait lui redonna un peu de tonus. Les petits inconvénients de l'intervention étaient tout à fait supportables ; et si elle avait l'estomac noué, c'était surtout à cause de la démarche suivante et non moins pénible qu'elle allait devoir effectuer : obtenir le pardon de Pearl. Son appréhension grandissante l'empêcha presque de reconnaître la mère de Brian Spearin sortant de la cafétéria, une chope de café à la main, sur laquelle on pouvait lire le doux prénom de « Debra » que l'on pouvait associer au choix à « cobra » ou à « bon débarras ». C'était une femme grande, intimidante dans son uniforme d'infirmière.

– Bonjour, dit Karen. Vous n'êtes plus au service de nuit ?

– Sale petite garce, siffla la femme en adressant à Karen un regard mauvais, j'espère bien que tu as le cancer.

Karen parut se recroqueviller et s'éloigna précipitamment, presque en courant, de Deborah Spearin. Tout à coup, elle avait très mal, beaucoup plus mal qu'elle ne s'y était attendue.

7

Le premier message sur son répondeur était de Norris, qui lui apprit que Bobby allait mieux et lui promettait de la rappeler le lendemain. Les autres émanaient de Reuben et de David. Elle les rappela tous les deux, repoussant leurs propositions en arguant qu'elle était exténuée, ce qui était la stricte vérité. Comme il était trop tôt pour aller se coucher, elle prit un long bain délassant, mit un ragoût au four et alla s'allonger sous la véranda en attendant qu'il fût prêt. Quelques minutes plus tard, son livre lui échappa des mains lorsqu'elle reconnut le bruit de moteur de la voiture de Karen. Arrivée devant la porte-moustiquaire, la jeune fille l'aperçut et marqua un temps d'arrêt.

– Entre.

Elle entra, tremblante et si pâle qu'elle semblait près de perdre connaissance d'un instant à l'autre. Dans la main ouverte que la jeune fille lui tendait, Pearl reconnut la clé disparue.

– Je suis désolée, articula-t-elle d'une petite voix. Je te rembourserai.

Pearl s'empara de sa clé et la raccrocha sans mot dire à son trousseau.

– Oh, j'allais oublier...

Karen ouvrit son fourre-tout et en sortit un sac de toile blanche qui avait contenu la recette. On pouvait voir qu'il y avait encore quelque argent à l'intérieur.

– Il en est resté. Je t'en supplie, ne dis rien à mon père.

La jeune fille fondit brusquement en sanglots. Pearl lui tendit la main et Karen se précipita dans ses bras où elle s'abandonna. Pearl la serra contre elle en caressant ses cheveux blonds, incapable de trouver des mots de réconfort. Pour finir, les deux femmes pleurèrent ensemble, longuement. A bout de larmes, la jeune fille s'endormit sur le divan, et Pearl ne put que tirer une couverture sur le jeune corps recroquevillé.

Puis elle appela Roscoe pour lui raconter ce qui venait de se passer.

– Une chance pour elle qu'elle soit pas venue me voir en premier, claironna-t-il, je lui aurais collé une volée qu'elle aurait pas été près d'oublier. Passe-lui le message de ma part.

Cependant, Pearl n'ignorait pas que cette attitude outragée ne faisait en réalité que cacher son soulagement de savoir Karen en de bonnes mains.

– Est-ce que tu vas en parler à Reuben ?

– Je ne sais pas encore.

– Bon, ben, soupira-t-il, tâche de dormir ; la journée a été rude pour toi.

Avoir son lit pour elle toute seule lui parut un grand luxe. Dans un demi-sommeil, elle entendit la chienne aboyer dans les bois. Son long hurlement rompit la quiétude et resta en suspens dans les airs, vide et stupide comme la lune, pendant que les restes du jour s'évanouissaient.

8

« Merci. Je rentre chez moi. Je serai au travail demain matin », disait le mot que Karen avait laissé sur le coussin du divan.

Mettre de l'ordre apparut à Pearl comme un acte décisif, une gestuelle destinée à jeter un semblant de rigueur au milieu du chaos. Tout récemment encore, les incidents auxquels elle assistait ou participait lui paraissaient chargés de signification, voire de symboles, tournure d'esprit acquise à force de côtoyer David. La symbolique du jour, décida Pearl en jetant ses draps dans la machine, c'était qu'il fallait laver son linge sale. En famille ou pas.

Sa journée de travail accomplie, elle se rendit chez Karen qu'elle découvrit derrière sa caravane, en train de prendre un bain de soleil. La jeune fille l'accueillit avec chaleur, et Pearl aurait été tout aussi chaleureuse si son petit problème à elle avait été aussi adroitement éludé. Karen alla même jusqu'à l'inviter à manger une pizza au *Dog*. Pearl accepta, parce que c'était pour elle une façon détournée de garder un œil sur la jeune fille, au cas où elle connaîtrait des complications consécutives à son interruption de grossesse volontaire, d'une part, et parce que cela lui permettait d'éviter à nouveau Reuben et David, d'autre part. Les deux femmes fixèrent l'heure de leur rendez-vous au *Dog*.

Pearl poursuivit sa route jusqu'à Greenspark. Quand elle laissa tomber la boîte contenant les tests de grossesse devant la caissière, la femme la reluqua par-dessus ses lunettes. Examinant rapidement l'étiquette, elle fourra la boîte dans un sachet et le lui tendit.

– Je suppose que vous êtes tombée en panne des petites choses que vous nous prenez régulièrement, lui dit la femme en pointant vers elle son nez de furet.

– Ce n'est pas pour moi, c'est pour Mme Conroy, répliqua Pearl en s'emparant brusquement du sachet.

Repartie qu'elle eût regrettée, sans le O parfaitement rond et outré des lèvres de la femme, ainsi que ses grands yeux de chouette écarquillés comme des soucoupes.

Fort heureusement, il apparut que les intercessions de l'oncle fantôme avaient porté leurs fruits, puisque la petite fiole ne recelait que deux perles jaunes, alors qu'en cas de résultat positif l'une d'elles devait virer au bleu chagrin. Le soulagement lui fit monter les larmes aux yeux. La décision la plus sage, songea-t-elle, serait de renoncer totalement à la sexualité. Décision non seulement sage, mais aussi très facile à respecter.

9

L'esprit éthéré, Pearl se mit en route pour le *Dog*. L'endroit commençait à s'animer, alors que les deux femmes chipotaient devant une médiocre pizza. La période des grandes chaleurs avait fait long feu. Les fermiers moissonnaient, les bûcherons passaient dix heures par jour dans les bois et les travailleurs des Ponts et Chaussées suaient sang et eau sur le bord des routes. C'est pourquoi tout ce beau monde déferlait sur le restaurant routier, le ventre affamé et le gosier sec.

Sonny Lunt déplaça son énorme masse jusqu'à leur table, où il proposa généreusement de les aider à finir leur pizza, hélas inopinément aidé dans sa tâche par Evvie Bonneau. Les combattants des deux factions ayant participé à la dernière bagarre se trouvaient là : d'un côté, les partisans de Bri Spearin, composés de son frère Ryan et de quelques autres motards, et, de l'autre, la bande de Sonny Lunt et de Lurch Mullins. Tendue, Pearl jeta un coup d'œil au propriétaire des lieux derrière sa caisse.

Bien qu'ayant retrouvé son aigreur habituelle, il semblait éprouver quelque appréhension. Et, pour couronner le tout, David franchissait le seuil du restaurant. Pas étonnant que Fudgy se sentît nerveux : elle-même avait le ventre noué d'inquiétude. Peut-être n'avait-il pas été très prudent d'accepter cette invitation...

L'accueil tapageur que fit Sonny à David donna à Pearl le temps de se composer une attitude. Voilà trop longtemps qu'elle vivait dans un état cyclothymique, passant alternativement de la tension à la dépression, aussi décida-t-elle brusquement de tout ignorer et de « vivre l'instant présent ».

David tira une chaise près d'elle, profitant de l'action pour presser sous la table, à la va-vite, la cuisse de Pearl. Sa seconde approche, plus visible, celle-là, fut de repousser derrière l'oreille de Pearl une mèche de cheveux rebelle. Déclaration ouverte de leurs rapports intimes qui eût équivalu à un baiser si le geste n'avait été subrepticement exécuté au point que personne ne sembla y prêter attention. Cela fait, David se mêla innocemment à la conversation, avec l'air de celui qui veut n'en pas perdre une syllabe.

Lorsque Reuben et Sam entrèrent, Pearl et Karen échangèrent un regard anxieux. Elles ne furent pas les seules. Vu leur gabarit, les Styles ne risquaient guère de passer inaperçus.

Pearl pria le ciel pour que David interprétât cette nervosité soudaine comme la crainte d'une réouverture des hostilités. Elle sentait des crampes douloureuses nouer son estomac. L'idée de battre en retraite dans les toilettes ne la séduisit guère, tant il est vrai qu'elle avait grandement usé de ce stratagème durant ces derniers jours. Comment avait-elle pu concevoir qu'elle ne serait jamais en présence de ses deux amants en même temps dans un trou perdu comme Nodd's Ridge ? L'inévitable allait arriver : la vérité allait éclater en plein bar.

David rayonnait d'un nouveau genre, façon plein d'entrain à la limite de l'exagération. Dans son coin, Evvie Bonneau semblait très préoccupée. Repérant sa sœur, Sam vint directement à sa table et s'installa près du groupe.

– Comme on rapportait sa bagnole à Fudgy, j'ai dit à p'pa qu'on pourrait en profiter pour commander une pizza.

En effet, Reuben se dirigeait vers le bar en tendant les clés de la LeBaron à Fudgy.

– Vaudrait p'têt' mieux qu' vous la mangiez ici, vot' pizza, intervint Sonny qui, sans qu'on lui eût rien demandé, ordonna à la serveuse d'apporter la commande à leur table, ainsi qu'une bière pour Reuben et, tant qu'à faire, une autre pour lui.

« Finalement, je crois que ma mère aurait mieux fait de se faire avorter », se disait Pearl en tentant de ne regarder ni trop souvent ni trop intensément David et Reuben. Elle se tournait vers Karen pour lui dire une quelconque banalité, quand elle vit que la jeune fille fixait la porte, subitement pâle comme une déterrée.

Belinda Conroy et Deborah Spearin venaient de faire leur apparition.

La bouchée de pizza froide que Pearl tentait d'avaler érafla douloureusement sa gorge qui se nouait. Une bonne lampée de bière régla cependant le problème.

Belinda et Debra pivotèrent sur leurs jambes comme les branches d'un compas avant de s'orienter ostensiblement vers leur table. Parmi les habitués, le bourdonnement précurseur d'une possible confrontation fut immédiat. Pendant quelques secondes, les deux têtes savamment coiffées se concertèrent, échangeant à voix basse quelque confidence, à coups sûr déterminante quant à l'issue du combat. Enfin, de conserve, les deux femmes fondirent sur leur proie.

– Merde, grinça Evvie Bonneau. V'là les emmerdes qui commencent...

Reuben arriva en même temps qu'elles. Autour d'eux, nul besoin d'imposer le silence : pas question d'en perdre une miette. L'attente ne fut pas longue.

– Dis-moi, Karen, articula posément Belinda Conroy, les mains sur les hanches, trop heureuse d'être le pôle d'attraction, j'ai entendu dire que tu t'étais fait un peu cureter. Comment ça va, aujourd'hui ?

Pearl se sentit gagnée d'un profond engourdissement. Evvie Bonneau se dressa brusquement, les yeux étincelants.

– Tu vas la fermer, espèce de vieille connasse !

Reuben Styles commença d'abord par fixer Karen, puis ce fut le tour de Pearl, qui vit aussitôt dans son regard une brusque lueur de compréhension. Elle voulut se lever, dire quelque chose, mais tout ce qu'elle put produire, ce fut une sorte de gargouillement étranglé, comme si on l'avait frappée à la poitrine. David la retint en la prenant par la taille. Bouleversée, Karen se leva en poussant un petit cri d'animal blessé et voulut partir. Son père tenta de la retenir par le bras, mais d'un mouvement vif auquel Reuben ne s'opposa pas, elle s'écarta de son père et sortit en courant. La vision des mines triomphantes qu'affichaient ostensiblement les deux mégères eut le don de transformer l'extrême malaise de Pearl en une froide colère. Sans plus attendre, alors que Reuben et Sam se lançaient à la poursuite de Karen, Pearl expédia un violent coup de poing sur la bouche de Belinda Conroy.

– Prends ça, espèce de sorcière !

La douleur de tous les diables qu'elle ressentit à la main lui gâcha son plaisir. « Je me suis brisé les phalanges sur les dents de cette salope », pensa-t-elle, animée par une violente envie de finir le travail à coup de barre à mine. David la saisit par les aisselles et la tira en arrière.

– Ça va, reste tranquille, poupée, murmura-t-il, un brin amusé, comme à un enfant à qui l'on retire une écharde du doigt. Tu lui as flanqué la correction qu'elle méritait, c'est assez, maintenant.

Belinda pleurait et saignait de la bouche. Adressant à la ronde des regards furibonds, Debra Spearin entourait son amie d'un bras protecteur. Pearl se libéra d'un brusque mouvement d'épaules et courut rejoindre les Styles. David décida de la suivre.

Reuben avait rattrapé sa fille et, debout en plein milieu du parking, la tenait par les bras, pendant que celle-ci, détournant obstinément le visage, évitait le regard de son père, manière enfantine d'échapper au courroux paternel. Quand Pearl, tout en émoi, vint la prendre dans ses bras, Reuben la relâcha. La jeune fille se blottit alors contre Pearl en éclatant en sanglots.

David prit position pour s'interposer, le cas échéant, entre Reuben et sa fille.

– Qu'est-ce qu'a voulu dire cette salope ? voulut savoir Reuben.

– Je t'en prie, Reuben...

Ces quelques mots en guise de plaidoirie émanant de Pearl semblèrent procurer une manière d'apaisement au géant dont le regard douloureux faisait peine à voir. Mais la vision de son père répondant favorablement à la requête de Pearl sembla provoquer chez Karen un regain d'énergie, se traduisant aussitôt par une agressivité criarde.

– Tu sais très bien ce qu'elle a voulu dire !

Reuben tressaillit. Se passant alors des bons offices de Pearl, Karen se tint droite, face à son père, le menton haut et querelleur.

– Tu aurais préféré que ton premier petit-fils soit l'enfant de Brian Spearin, peut-être ?

Reuben ferma les yeux.

– Ô Seigneur ! gémit David.

Contournant son frère, Karen se dirigea sans plus attendre vers sa voiture.

– Bien joué, Karen ! lança Sam. On était habitués à tes conneries mais, là, t'as touché le fond !

Ce disant, il tenta de la retenir, mais il n'atteignit que le vide. Pearl posa la main sur le bras de Reuben qui semblait soudain ignorer la présence de la jeune femme. Tous les regards, y compris celui de Sonny Lunt et d'Evvie Bonneau, venus se joindre à eux, convergeaient à présent vers Karen.

– Fous le camp, intima Sonny à Reuben.

– Fudgy a appelé les flics, expliqua Evvie.

Reuben et Sam échangèrent un regard.

– Allons-y !

Le ton pressant de David donna le signal de lever l'ancre sans plus attendre. Reuben parut soudain recouvrer ses esprits. Le bras posé sur l'épaule de son fils, il l'entraîna vers leur véhicule. Quelques secondes plus tard, la famille Styles au grand complet avait disparu. David prit Pearl par la main.

– Tu as une droite époustouflante. Je regrette que tu n'aies pas été là pour la grande bagarre.

Elle lui ménagea un pauvre sourire.

– Les flics vont pas tarder, fit Sonny. Dis-moi, Evvie, c'est bien de « putain de négresse » que Belinda a traité Pearl, pas vrai ?

– Aussi vrai que j' m'appelle Evvie Bonneau.

– Idem pour moi, ajouta David.

– J' suis prêt à le jurer, enchérit Sonny. C'est mon devoir de citoyen.

La perspective d'un parjure semblait follement amuser le gros homme qui, dans un élan purement fraternel, se crut obligé de passer son bras autour de la taille d'Evvie. Puis, se rappelant quelque chose, il se frappa le front de la paume.

– Merde ! j'ai oublié de rendre sa winchester à Reuben, et je s'rai absent toute la semaine prochaine. Va falloir que je la lui apporte chez lui.

A l'intérieur du bar, Debra Spearin appliquait un sac de glace sur la bouche de Belinda Conroy.

– Elle devrait le lui faire avaler, grommela Evvie.

Un ululement aigu de sirène annonça l'arrivée imminente des forces de police. Une lampée de bière prise à la hâte offrit au moins l'avantage de dénouer l'estomac de Pearl, et elle s'avéra tout à fait inefficace quand le policier la fit souffler dans le ballon.

– Je crains que vous ne soyez parfaitement sobre, mademoiselle Dickenson, annonça Tom Clark.

– J'espérais ne pas l'être, hasarda Pearl avec une tentative de sourire.

Celui que lui adressa en retour l'officier de police se voulait des plus rassurants. Pour son interrogatoire, Clark avait décidé de s'installer près d'elle sur la banquette arrière de la voiture de patrouille.

– Pouvons-nous dire que cet incident a pour origine des propos racistes proférés par Belinda Conroy ?

Pearl fit signe que non.
– On cherche à me protéger.
– C'est bien ce que je pensais, soupira Clark. Qu'a-t-elle dit, exactement ?
Pearl lui fit la narration des faits.
– Seigneur ! gémit l'autre. Béni soit le ciel que je ne sois pas son père. Ecoutez, j'ai recueilli le témoignage de Mme Conroy et je sais pertinemment qu'elle ment quant à la teneur de ses propos. En ce qui me concerne, le coup est nul. Je vais aller lui dire que, si elle décide de porter plainte contre vous, je la poursuivrai pour trouble de l'ordre public, agression verbale dans le but de semer la discorde et de provoquer une rixe. Cela devrait suffire pour lui rabattre le caquet. J'apprécierais vraiment que vous et vos amis vous vous teniez à l'écart de ce satané restaurant routier et que vous détourniez la tête chaque fois que vous croiserez cette créature. Ma patience a des limites.
– Je n'ai rien à redire.
– Pensez-y et tous mes compliments à la cuisinière, conclut Clark en frôlant le bord de son feutre.
A nouveau chancelante, Pearl regagna néanmoins l'établissement pour se rendre aux toilettes, suivie d'Evvie Bonneau qui avait spontanément décidé de faire office de garde du corps.
– Quand Reuben et toi vous serez mariés, j' veux qu' vous m'invitiez à toutes vos disputes, d'accord ?
– Qu'est-ce qui te fait croire que je vais me marier ?
Evvie retrouva rapidement son sérieux.
– Si tu te maries pas très vite, ma petite fille, y a deux de mes amis qui risquent de souffrir. En ce qui me concerne, tu peux bien vivre avec les deux ensemble, si t'en es capable. Je doute pas une

seconde que tu puisses t'envoyer deux types à la fois. Quand on me dit que les hommes sont naturellement polygames, j' réponds que j' connais des femmes bien plus douées qu'eux pour ça.

– Je me suis laissé dépasser par les événements.

– J'ai jamais dit le contraire. Mais maintenant, si tu veux pas couler, va falloir choisir dans quelle direction tu veux nager.

Sur le parking, David refermait le coffre de sa voiture. Sonny se tenait près de lui, débitant un flot de paroles selon son habitude. Evvie mit son index en crochet et Sonny obtempéra docilement, suivi de David qui décida de raccompagner Pearl jusqu'à sa camionnette.

– Oublie pas ! brailla Sonny avant qu'Evvie ne l'incitât à entrer dans le restaurant.

– Compte sur moi !

– Qu'est-ce que Sonny te demande de ne pas oublier ? voulut savoir Pearl.

– De rendre son arme à Reuben. Sonny va être sur la route dès quatre heures du matin et il n'aura pas le temps de le faire. Il m'a donc chargé de la lui remettre. J'irai la lui rapporter demain matin. Ou peut-être pas, après tout. Je vais la garder quelque temps. A la manière dont les choses ont l'air de tourner, il se peut très bien que je m'en serve contre quelqu'un.

Sans être en total désaccord avec David, l'idée qu'il eût une arme à feu en sa possession la hérissait terriblement.

– Ça va ? demanda-t-il.

Comme elle lui faisait signe que oui, il crut bon d'ajouter :

– Ça n'en a pas l'air.

– J'ai eu une semaine difficile.

– Ça ne s'arrange pas, en effet. Viens te baigner au lac, ça te changera les idées.

– Tu m'invites toujours à faire des choses qui n'arrivent jamais...

– Cette fois, c'est moi-même qui te jetterai dans le lac.

CHAPITRE DIX-NEUF

1

Pearl n'éprouva aucun besoin d'être aidée pour se jeter dans le lac. Une fois dans l'eau, elle ne voulut plus en sortir et se mit à nager jusqu'à la limite de ses forces. Au moment où elle regagna le rivage, il faisait nuit noire. L'air vif balayant un ciel saupoudré d'étoiles lui procura le sentiment d'être sur un vaisseau spatial, un bateau pirate filant dans le cosmos. David était allongé sur une couverture étalée sur la grève, regardant tour à tour l'espace infini et les eaux insondables. Comme il l'enveloppait dans une serviette de bain, Pearl bredouilla en claquant des dents :

– Je me sens presque redevenue humaine.

– Laisse-moi t'expliquer comment je me sens près de toi...

L'invitant à s'étendre sur la couverture, David la tint contre lui, lui communiquant la chaleur de son corps ; et quand il lui ôta son maillot de bain, elle trouva la chose naturelle, rassurante. Parmi les étoiles, elle chercha un modèle, une carte, une quelconque cohérence, mais ne vit qu'un brillant chaos.

Bien qu'elle eût quitté David relativement tôt, Pearl se sentait repue, savourant encore au volant de son véhicule le goût et l'odeur de la peau du jeune homme. En chemise de nuit, elle alla avec son chat s'installer sur le divan de la véranda, s'interrogeant avec angoisse sur Reuben, Karen, Sam...

A peine ses pensées s'étaient-elles changées en rêve que le raclement de la porte l'arracha à son premier sommeil. Pearl grommela son mécontentement : tout recommençait. Nul besoin d'avoir un grand flair pour comprendre que Reuben était soûl, aussi soûl qu'elle l'avait déjà connu, assez soûl pour se rendre jusque chez elle à pied. Le géant semblait déployer de gros efforts pour tenir sur ses jambes. Elle laissa tomber sur le sol le chaton qui alla aussitôt se réfugier sous le lit.

Reuben ne dit rien, se limitant à la dominer de toute sa taille pendant quelques secondes avant de la prendre dans ses bras pour la monter dans la chambre à coucher.

2

Brusquement arrachée à un sommeil tumultueux, elle se redressa vivement en reconnaissant le bruit de la voiture de Karen. Près d'elle, Reuben étira sa grande carcasse et ouvrit un œil.

– Ô mon Dieu ! s'écria-t-elle.

– C'est Karen...

Reuben se glissa lentement hors du lit, tandis que Pearl, soudain sur le qui-vive, enfilait une robe de chambre. D'un geste de la main, elle le somma de ne pas bouger.

– Reste tranquille, je vais descendre et lui dire que j'ai oublié de me réveiller, ce qui est vrai, et lui demander de faire l'ouverture.

A peine avait-elle atteint le bas de l'escalier que Karen entrait, les yeux rouges et boursouflés.

– J'ai oublié de me... Est-ce que ça va ?

Karen leva les épaules. Derrière Pearl se firent entendre des bruits trahissant immanquablement une autre présence. Karen eut un petit sourire entendu.

– Je vais ouvrir à ta place.

Pearl commença à séparer les bonnes clés du trousseau. Le bref crissement d'une fermeture Eclair la fit se retourner, pour découvrir Reuben qui descendait les dernières marches de l'escalier en bouclant son ceinturon. Pearl et Karen se figèrent pendant que Reuben adoptait l'allure calme sinon du maître de céans, du moins d'un habitué de la maison. La confusion de Pearl conjuguée à l'assurance de son père arracha à la jeune fille un rire sardonique.

– Oh, si c'est pas mignon...

– Ça suffit comme ça, annonça Reuben avant de s'adresser à Pearl : Il est temps qu'elle sache.

Karen leur tourna le dos et se dirigea vers la porte. Il y avait un brin d'hystérie dans sa voix quand elle demanda :

– Est-ce que tu lui as dit qui a payé pour l'avortement ?

Reuben et Pearl tressaillirent quand, sans attendre de réponse, Karen sortit en claquant violemment la porte. Dans le silence qui descendait sur eux, semblable à une chape de plomb, ils entendirent la Plymouth démarrer, puis s'éloigner à grand bruit.

– C'est vrai, Pearl ? C'est toi qui lui as donné cet argent ?

– Pas précisément ; elle n'a pas eu à me le demander, répondit Pearl, soucieuse avant tout d'éluder la question. Pour moi, ce serait comme si j'allais pousser quelqu'un au fond de cette saleté de lac... Pourquoi es-tu descendu ? Pourquoi n'es-tu pas resté là-haut ? L'as-tu fait exprès pour qu'elle soit au courant ou pour l'emmerder un peu plus qu'elle ne l'est déjà ?

Un voile opaque passa dans le regard de Reuben. Il avait eu d'excellentes raisons d'agir ainsi, pensait-il ; et ces raisons n'étaient ni la colère ni le désir de choquer sa fille à son tour. Mais voilà que Pearl lui prêtait des intentions dont il n'avait pas cru qu'on puisse jamais le suspecter. Il fit demi-tour et regagna la chambre à coucher.

Assise à la table de la cuisine, Pearl l'entendit se rhabiller. Quand il réapparut, il avait deux comprimés d'aspirine dans le creux de la main. Il lui en offrit un qu'elle accepta, remplit deux verres d'eau et lui en tendit un.

– Je suis furieux ; j'ai l'impression que le ciel me tombe sur la tête. Veux-tu bien m'expliquer ce qu'elle a voulu dire ?

– Elle m'a demandé de l'argent ; comme je lui ai répondu que j'allais y penser, elle a emprunté la somme dans le tiroir-caisse.

– Elle l'a volé, décréta Reuben, consterné. Mais tu étais au courant. Elle t'avait dit qu'elle était enceinte et qu'elle avait l'intention de se faire avorter, et tu me l'as caché. C'est une chose difficile à accepter, Pearl...

– C'est arrivé si vite que je n'ai pas eu le temps de réagir.

– Te serais-tu comportée de la même manière si tu avais été sa mère ?

– Non. Mais je ne le suis pas.

Reuben regarda fixement le verre qu'il tenait dans

la main. Puis il le reposa, l'air absent, le regard vide comme si elle n'existait plus.

– Faut que j' pense à tout ça.

Et il sortit. Pearl se leva à son tour ; un coup d'œil à la pendule lui signala qu'il était grand temps d'aller travailler.

3

– Je ne l'attends pas, expliqua Pearl à Roscoe, avant qu'il s'étonnât de l'absence de Karen.

Le vieil homme lui adressa un regard incisif, mais ne souffla mot. Elle avait à nouveau l'estomac à l'envers. Par deux fois, elle dut se rendre aux toilettes pour vomir. « Les nerfs », supposa-t-elle.

Après le travail, elle alla voir Karen. La jeune fille prenait un bain de soleil, comme si rien n'était arrivé durant ces dernières vingt-quatre heures. L'apparition de Pearl lui fit ouvrir de grands yeux.

– T'es drôlement culottée de venir ici, fit la jeune fille, la voix vibrante de colère.

– Je t'ai protégée, Karen. Je n'ai rien raconté à ton père quand tu m'as parlé d'avortement et je n'ai pas appelé la police quand tu m'as volée. Tu n'as aucune raison d'être furieuse contre moi.

– Et le fait que tu t'envoies en l'air avec mon père, c'est pas une bonne raison, peut-être ?

– Cela ne concerne-t-il pas seulement ton père et moi ?

– Non. T'as déjà fait assez de mal à David. J'ai vu la manière qu'il a de te regarder : tu le manipules comme un pantin. T'as aucun droit de nous enlever mon père, à Sam et à moi.

Pearl croisa ses bras sous ses seins en tentant de

contenir les larmes qui embuaient ses yeux. La gorge serrée, elle se dit combien elle avait été stupide de sous-estimer la jalousie de Karen à son égard en ce qui avait trait à David, nonobstant la possessivité dont elle faisait preuve vis-à-vis de Reuben.

– Je n'ai pas l'intention de te le prendre, ni à toi ni à Sam. Il est votre père, peu importe le lit dans lequel il couche. Ne crois-tu pas qu'il a droit à une vie privée comme toi ou moi ?

– Je pensais que tu étais mon amie ! cria Karen, le visage tordu de douleur.

– Moi aussi.

Pearl retourna à Greenspark afin de se procurer un nouveau test de grossesse. En la voyant, la caissière fit la moue.

– C'est pour ma mère, expliqua Pearl.

Chez elle, plusieurs messages l'attendaient. Mais, quand elle le rappela, Norris était absent. David lui parut un peu essoufflé.

– Si on allait dîner à North Conway ? proposa-t-il, apparemment subjugué par la voix de Pearl.

– Demain, peut-être ; je suis vannée.

– Tu travailles trop.

– S'il n'y avait que le travail...

– Très bien, à demain, alors.

Peut-être, d'ici là, aurait-elle mis un peu d'ordre dans son existence. Elle écouta le dernier message : « Pearl, disait Reuben, je t'en prie, il faut absolument que je te voie. »

C'est Jonesy qui décrocha. Quelques secondes suffirent à Reuben pour prendre la communication.

– Ce soir ? demanda-t-il.

– Oui. J'ai essayé de parler à Karen cet après-midi. Je ne sais pas ce que ça a pu donner, mais elle a l'air de bien aller, physiquement s'entend.

– J'en suis heureux. Je lui ai téléphoné plusieurs fois, mais elle raccroche quand elle reconnaît ma voix. Je compte aller la voir après la fermeture.

Elle lui souhaita bonne chance ; il l'en remercia. Puis elle sortit pour s'occuper de son jardin.

4

Mais la caravane était fermée et Karen partie. Reuben lui laissa un petit mot et rentra chez lui. Sam était dans la cuisine et confectionnait des biscuits.

– J' suis allé voir Karen, mais elle était pas là.

– Elle y était pas ce matin non plus. Quand on a vu qu'elle était pas au restaurant, Josh et moi, on a laissé tomber.

– Pearl dit l'avoir vue cet après-midi et qu'elle paraissait bien.

Sam étendait sa pâte sur un marbre enfariné.

– J'ai trop mis d'eau. On sait jamais, p'têt' qu'y vont être meilleurs... Josh et moi, on a beaucoup parlé de cette histoire. Lui, il raconte qu'elle est trop jeune pour avoir un enfant. De toute manière, elle est trop folle pour ça.

Reuben posa un bras sur l'épaule de son fils.

– C'est probablement vrai. Mais on aurait pu le donner en adoption. J'aurais pu m'en occuper, peu importe qui était le père.

– Avec Pearl ?

– Peut-être, fit Reuben en se détournant.

Sam se consacra à ses biscuits. Comme la pâte était trop collante, il la saupoudra d'un peu de farine.

– Quelque chose qui va pas entre vous deux ?

– J'étais chez elle, hier soir.

– J' sais.

– Karen s'arrête souvent chez Pearl. D'habitude, je suis plutôt discret, mais, cette fois, j'ai pensé qu'il fallait qu'elle sache. Quand je suis descendu dans la cuisine, Karen est devenue folle de rage. C'était p'têt' pas le moment de lui faire ce genre de révélation.

– Dur dur, fit Sam, peu disposé à l'indulgence. Est-ce qu'elle te demande avec qui elle peut s'envoyer en l'air, elle ?

– Tu veux sans doute dire : avec qui elle gâche sa vie. Inutile d'avoir un langage aussi cru.

– C'est un langage qui convient très bien à certaines personnes, dans le genre de ma chère sœur, par exemple, rétorqua Sam en éclatant de rire. Cette attirance qu'elle a pour les hommes finit par m'agacer.

– Je commence à apprécier nos conversations, fils, conclut Reuben.

Après une bourrade sur l'épaule de Sam, Reuben abandonna son fils à ses biscuits. Il avait besoin d'une bonne douche, histoire de se sentir peut-être un peu plus propre en dedans.

5

Reuben débarqua chez Pearl juste avant le coucher du soleil. Cette fois encore, il était venu à pied, mais sobre comme un juge, cependant. Pearl l'accueillit et l'invita à s'installer sous la véranda.

– J'avais besoin d'une bonne marche, dit-il.

– Et ça t'a fait du bien ?

– Oui.

– Moi, je me suis occupée de mon jardin. Il n'y a rien de tel pour se détendre. Un thé glacé ?

Les deux thés servis, ils s'installèrent côte à côte sur le divan. Reuben passa aussitôt son bras autour de la taille de Pearl.

– Je n'ai pas encore revu Karen, j'espère qu'elle va bien...

– Dans le cas contraire, je crois que nous l'aurions su, ce matin.

Plutôt que de le rassurer, cette dernière réflexion sembla le mettre mal à l'aise.

– Je ne sais pas grand-chose sur l'avortement et les complications possibles.

Quand Pearl répondit : « Moi non plus », il parut soulagé.

– J'ai réfléchi.

– Et alors ?

– Tu n'es pas sa mère, tu ne sais pas ce que c'est, et pourtant tu n'as rien dit sur le vol du tiroir-caisse. Je trouve que c'est déjà beaucoup. Mais je tiens à te dédommager. Karen me remboursera, dans la mesure où elle en aura envie...

– Rien ne presse. Elle tient peut-être à me rembourser avec son travail.

Reuben se donna quelques instants de réflexion.

– Je vois où tu veux en venir. De toute manière, je veux t'épouser. Tu deviendras sa belle-mère et, si un nouvel incident de ce genre se produit, tu seras en situation pour tout me raconter.

– C'est la seule raison que tu aies trouvée ? gloussa Pearl.

– Je voulais seulement te taquiner. Je prie le ciel pour que Karen ait retenu quelque chose de ce qui vient de se passer. Je crois qu'en définitive elle comprendra un jour ou l'autre.

Reuben se mit à caresser la poitrine de Pearl.

– Arrête, tu m'empêches de réfléchir, protesta-t-elle à peine.

– C'était mon intention, répliqua-t-il en l'installant sur ses genoux.

– Nous avons à parler, murmura-t-elle.

– Plus tard.

Reuben l'emporta jusqu'à la chambre à coucher. Mais, plus tard, au lieu de parler, ils s'endormirent profondément.

6

C'est le bruit d'une voiture freinant dans l'allée qui la réveilla, en même temps qu'une sonnette d'alarme dans sa tête lui disait que ce n'était pas Karen. Elle était encore dans les bras de Reuben qui, bien qu'éveillé depuis longtemps, semblait décidé à prendre son temps.

– C'est David, annonça-t-il.

Naturellement. Bondissant hors du lit, elle se saisit de son kimono qu'elle enfila à la hâte, un flot d'adrénaline montant en elle.

– Qu'est-ce qu'il vient faire ici à cette heure ? voulut savoir Reuben.

– Je n'en sais rien. Ne bouge surtout pas, je l'expédie en deux minutes.

Alors qu'elle déboulait de la cage d'escalier, David entrait dans la maison, troquant ses lunettes de soleil contre celles de vue. Il affichait un sourire serein et, posant sans ambages ses bras autour de la taille de Pearl, tenta de l'embrasser. Quand elle voulut lui échapper, il crut qu'elle le taquinait et il éclata de rire. Les contorsions de son corps se firent plus violentes. David la tenait fermement quand, soudain, il la relâcha. Pearl hésita, puis se retourna lentement.

Reuben était au bas des escaliers, en train de boucler distraitement son ceinturon. Aux yeux de Pearl, il était clair qu'il était descendu uniquement afin que l'intrus sût qu'elle lui appartenait, exactement comme il l'avait fait la veille avec sa fille, à cette différence près que, par son attitude, David semblait revendiquer un privilège dont Reuben avait depuis toujours été persuadé d'avoir l'exclusivité. Voilà que l'air triomphant qu'il affichait quelques secondes plus tôt se transformait en une expression trahissant tour à tour l'inquiétude, la colère, la douleur...

– Salut, David, commença-t-il froidement. C'est quoi, tout ce cirque ?

« On répétait une pièce de théâtre, songea sombrement Pearl, mais la scène est minable. »

David restait impassible. Il prit son temps pour articuler lentement :

– C'est très, très vilain, ce que tu as fait là, Pearl.

Dans un élan protecteur, Reuben fit deux pas en avant. David tenait Pearl par les poignets et ne semblait pas disposé à lâcher prise.

– Depuis quand dure cette histoire ? l'interrogea-t-il, depuis la mort de McKenzie ?

– En quoi est-ce que ça te regarde ? intervint Reuben.

L'irritation crispa brusquement le visage de David.

– Elle me fait danser, moi aussi, idiot !

Reuben parut se cogner contre un mur.

– C'est vrai, ça, Pearl ?

Elle le confirma d'un signe de tête.

– Mais pourquoi ? bafouilla-t-il.

– Eh bien, intervint David, si on me demandait

mon avis, je serais tenté de dire que cette gourmande et jolie personne a le feu au cul ; mais ce ne serait pas très charitable de ma part. Dis-moi, Pearl, qu'est-ce qui t'a poussée à séduire Reuben ? Le défi ? Ça doit être aussi excitant que de tirer sur un vieil élan. Mais tu n'as pas encore répondu à ma question...

Enfin libérée, Pearl décida de tourner le dos aux deux hommes.

– Depuis le 14 juin, annonça Reuben.

Ce fut au tour de David de recevoir un choc, avant d'éclater d'un rire dur.

Reuben voulut s'adresser à Pearl.

– Qu'est-ce qu'il y a entre vous, Pearl ? Explique-moi. Peut-être que quelque chose m'échappe...

– Y a rien qui t'échappe, mon pauvre vieux, s'interposa David. Elle et moi, on a commencé à la même date. Ç'a dû être une sacrée journée pour toi, Pearl. Dis donc, Reuben, j'aimerais bien savoir : t'as peut-être eu droit à quelques extra...

La vitesse de mouvement de Reuben fut telle que David n'eut aucune chance de se protéger et encore moins de lui échapper. Le bras du géant se détendit et son poing alla frapper David sur la bouche.

D'un revers de la main, David s'essuya les lèvres et découvrit qu'il saignait. Puis il attira fortement Pearl contre lui en la saisissant par la taille, alors que Reuben, repentant, exprimait déjà ses regrets et tendait une main pacifique vers la joue de David.

– Désolé, David, désolé...

– Pas de problème, Reuben. On se connaît depuis longtemps, tous les deux. Si on peut plus taper sur la gueule d'un vieil ami, où va-t-on ? Surtout que, ces derniers temps, t'as plutôt tendance à bousculer ton entourage. Mais j' te pardonne. T'es pratiquement un membre de la famille puisque t'as baisé ma mère, t'as baisé ma Pearl... Pour que la boucle soit bouclée, p'têt' que j' devrais baiser Karen...

– Arrête, David, avertit Reuben.

C'est ce que fit David. Sa tension retomba comme un feu qu'un violent coup de vent éteint brusquement. Il respira longuement et, d'une main tremblante, se mit à la recherche de ses lunettes de vue et les empocha pour dissimuler son regard derrière ses verres fumés.

– Si t'as l'intention de lui coller une volée, je reste pour regarder ; sinon je fous le camp.

– J'ai pas l'intention de lui faire du mal, le rassura Reuben.

Après un bref hochement de tête, David tourna les talons et s'en alla. Le bruit de la voiture manœuvrant sur les gravillons de l'allée sembla déchirer le lourd silence qui s'était installé entre Pearl et Reuben.

– Tu ferais mieux de partir, toi aussi, murmura-t-elle en montant les premières marches de l'escalier.

– On n'en a pas fini tous les deux, objecta-t-il en la retenant par le bras.

– Lâche-moi.

– Je pourrais comprendre si tu ne l'avais fait qu'une fois, par accident, parce que tu avais trop bu ou qu'il t'aurait fait la cour. Je connais David, et tu n'es pas la première femme qu'il attire dans son lit avec son baratin. Mais pourquoi avoir continué, pourquoi ? Baiser avec lui aussi, c'est déjà dégueulasse, mais mentir comme ça, Pearl, mentir comme ça...

– Ote tes mains de moi.

Au lieu d'obéir, Reuben se saisit de l'autre main et la culbuta sur les marches en glissant sa jambe entre celles de Pearl. Le kimono s'entrouvrit et elle sentit le genou de Reuben remonter le long de ses cuisses.

– J' comprends pas, souffla-t-il. Je peux encaisser le coup, mais pas David : il est trop fragile. C'est un garçon qui est au bord du suicide depuis l'âge de dix ans.

– C'est sans doute pour cette raison que tu lui as expédié ton poing sur la figure. Je suppose que c'est ta manière à toi de le protéger.

– J'aime David, dit Reuben en emprisonnant les poignets de Pearl dans une seule main. Autant que s'il était mon fils. Est-ce que tu ne comprends pas, Pearl, que c'est comme si tu avais couché avec Sam ? Je connais David depuis qu'il est bébé ; trente-deux ans avant de te connaître, toi, bien plus longtemps que les dix semaines que nous nous fréquentons.

Pearl frissonna et compatit. A quoi ? Elle n'en savait trop rien.

– Je t'en prie, Reuben.

– Parle-moi, souffla-t-il. Explique-moi.

Le bord des marches contre lequel il la tenait appuyée lui cisaillait douloureusement le dos. Elle se sentait faible, exténuée. Il la pressa un peu plus fort contre l'arête, une jambe appuyée contre son bassin. David aurait probablement eu une de ses fameuses érections, se dit-elle hystériquement. Il serait à coup sûr en train de forniquer avec ce déchaînement de désespoir et de passion qu'elle lui connaissait. Sans crier gare, Reuben la relâcha et elle se sentit dégringoler comme un sac de linge sale que l'on vient de laisser tomber. Reuben la contourna avec soin et remonta à l'étage d'un pas lent. Son kimono refermé, elle le suivit dans la chambre à coucher où, avec la concentration de « l'homme qui a déjà assez perdu de temps comme ça », Reuben finissait de se vêtir.

– Je vais aller voir David, annonça-t-il gravement. Tu comprends pourquoi. Tu ferais mieux de m'accompagner ; il me faudra peut-être quelqu'un pour aller chercher de l'aide.

L'urgence du ton la galvanisa. Négligeant de mettre des sous-vêtements, elle enfilait à la hâte un jean et un tee-shirt, se chaussait de sandales sous le regard de l'homme, où elle crut déceler une inquiétante ironie, quand elle se souvint du message de Sonny.

– Il a ta carabine.

– Quoi ?

– Sonny l'a chargé de te la rendre.

Déboulant alors les escaliers, Reuben rafla ses clés de voiture et se précipita dehors, suivi de Pearl. Le trajet fut court, rapide, tendu.

– Tu étais beaucoup plus proche de lui que je ne croyais. Comment était-il, ces derniers temps ?

– Il y a quelques semaines, il paraissait en pleine crise, mais, depuis la semaine dernière, il semblait aller beaucoup mieux.

La voiture de David était devant la maison, le capot arrière béant sur un coffre vide.

7

Avec sa baie vitrée aux dimensions de cathédrale, l'immense séjour ressemblait à un aquarium rempli de lumière trouble où, pareils à des poissons muets et indolents, se mouvaient leurs trois corps. Assis sur le dossier du sofa, l'index glissé dans le pontet, David berçait entre ses bras repliés la winchester de Reuben dont le bois sombre et lustré de la crosse évoquait immanquablement la peau de Pearl. Bien que tuméfiée, sa bouche avait cessé de saigner. Il portait toujours ses lunettes de soleil et semblait détendu.

– Salut, fit David, ça fait un bout de temps...

– Salut, David, murmura prudemment Reuben.

– Viens, Pearl, ma chérie. Je te veux près de moi.

Alors qu'elle s'apprêtait à obéir, Reuben la retint par le poignet.

– Lâche-la, Reuben, ordonna David d'un ton neutre, le regard indéchiffrable comme les eaux du lac. Je ne veux pas lui faire de mal. Je ne veux faire de mal à personne.

Après un instant d'hésitation, Reuben obtempéra et Pearl alla vers David qui se laissa alors glisser de son perchoir sans quitter Reuben des yeux. Une fois près de lui, elle se sentit attirée par la taille jusqu'à ce que sa tête vint reposer sur l'épaule de David.

– Il aurait suffi de me dire la vérité, Pearl. Je ne suis pas si exigeant que ça, tu sais.

Elle se serra contre David comme pour le soutenir au cas où il tomberait. Mais, alors qu'une main raffermissait sa prise sur la carabine, l'autre glissa jusqu'à la fesse de Pearl et la pressa si fort qu'elle se mordit la lèvre pour ne pas crier de douleur. Puis, levant son visage vers le sien, il l'embrassa voracement sur la bouche. Son baiser avait le goût du sang.

Reuben fit un pas en avant, et David réagit aussitôt par une brusque tension du corps.

– Reste où tu es, Reuben.

Du coin de l'œil, Pearl vit une ombre bouger derrière la baie vitrée, sans pouvoir toutefois l'identifier. Brusquement, repoussant Pearl en direction de Reuben, David leva la winchester, fit un rapide demi-tour et pressa sur la détente. La détonation éclata comme un coup de tonnerre et les grands pans de verre révélèrent, pareil à un écrit secret exposé à la flamme, un enchevêtrement complexe de dentelle vert et bleu, des chemins inconnus en des lieux inexplorés, un pays autre. Pour un instant, comme retenus par la force de l'habitude, les panneaux de verre lézardés restèrent en suspens dans l'air, puis dégringolèrent avec fracas. La grande main de Reuben se posa alors sur la tête de Pearl, la forçant à se coucher sur le sol, pendant que sa grande carcasse, faisant un bouclier de son corps, lui coupait le souffle. Avec un bruit de cascade, le verre poursuivit sa chute. Pendant un temps très long, elle sentit le picotement bref mais aigu des éclats de verre sur ses chevilles et la main qui était exposée. Puis, brusquement, tout cessa. Le poids dont elle sentit qu'on délestait son dos lui permit de respirer à nouveau normalement. Pearl tendit la main pour toucher le visage de Reuben. Il semblait bien aller, mis à part des coupures çà et là et quelques petits éclats de verre qui hérissaient ses cheveux. Précautionneusement, ils se mirent debout.

Etreignant toujours la carabine, David était recroquevillé derrière le dossier du sofa et, de sa main libre, protégeait son visage. Bien qu'entaillé à plusieurs endroits, il ne semblait guère plus touché que Reuben. Se dépliant lentement, il se redressa et, calmement, promena un regard panoramique sur les lieux.

Le panneau central de la baie, dont les coins retenaient encore des éclats de verre, menaçants comme des sabres, avait été pulvérisé. Sur la terrasse, le labrador en fuite n'était plus qu'une boule de poils noirs et sanguinolents. A présent, le séjour était ouvert aux quatre vents comme une véranda. La maison elle-même semblait s'ouvrir comme une maison de poupée aux murs démontables, où le vent charriait des senteurs d'aiguilles de pin chauffées au soleil, d'épicéas et de ciguë, mais aussi de terre et d'eau. Par un effet extraordinaire, la conjonction de ces odeurs évoqua à Pearl celle un peu métallique du sang. Un silence surnaturel s'était installé, comme si le bruit de la détonation et de la chute de verre avait absorbé tous les bruits environnants.

David reposa l'arme et se débarrassa des éclats de verre parsemés dans ses vêtements.

– On a bien rigolé, pas vrai ?

En effet, Reuben semblait beaucoup s'amuser de la situation, ce qui conduisit Pearl à se demander à quel point elle ne s'était pas compromise avec deux aliénés mentaux. David se dirigea vers Reuben en faisant attention où il mettait les pieds.

– Désolé, je n'avais pas le moins du monde l'intention de vous faire du mal.

David passa ses bras autour de Reuben. Ce dernier ferma les yeux, poussa un grand soupir et lui rendit son accolade. Pendant quelques instants, les deux hommes restèrent ainsi, immobiles. Puis, se tournant vers Pearl, David la prit par le menton et posa un baiser sur ses lèvres avec un gémissement de douleur comique. Il alla ensuite vers le sofa, se saisit de la winchester et la tendit à Reuben.

– C'est à toi, je crois...

Après avoir adressé un dernier sourire à Pearl et à Reuben, David les abandonna pour aller sur la terrasse. Pearl relâcha le souffle qu'elle avait retenu dans l'angoisse de la suite des événements. Reuben l'attira contre lui. Il la regarda d'un air inquisiteur pendant un temps qui lui parut extrêmement long, comme s'il la voyait pour la première, ou peut-être pour la dernière fois, et qu'il voulait tout retenir d'elle. L'air absent, il retira quelques minuscules éclats de verre dans les cheveux de Pearl, avant de l'embrasser passionnément, comme l'avait fait David un peu plus tôt.

– Je ne veux pas le laisser seul, fut la première phrase qu'il prononça, avant de poursuivre : J'aimerais qu'il accepte de venir avec moi, ou avec toi, ou avec n'importe qui. Il ne doit pas rester tout seul, ici, dans ce désastre.

Pearl approuva du menton ; mais, quand ils se rendirent sur la terrasse, David avait disparu.

CHAPITRE VINGT

1

Il y avait comme un hiatus dans le fait qu'aucun pêcheur ne fût à l'horizon, et que canoteurs et skieurs nautiques traînassent apparemment encore devant leur café et leur journal. Le bruit de la détonation suivi de celui de l'effondrement de la baie vitrée ne semblait avoir attiré l'attention de personne. A moins que ceux qui avaient entendu ne l'eussent pris pour un dynamitage comme il s'en pratiquait souvent au moment du creusage des fondations d'un nouveau cottage. Sous l'effet du vent, les arbres s'agitaient en bruissant, tandis que de longues risées couraient sur la surface du lac. David sortit de la remise à bateaux en tirant jusqu'à l'eau un vieux canoë couleur vieux rose recouvert de toiles d'araignée.

– David ! appela Reuben, penché à la balustrade.

David ne leur adressa pas un regard. Jetant une pagaie au fond du canoë, il se hissa à bord et commença à souquer vigoureusement. Au moment où, suivi de Pearl, Reuben atteignait la rive, David était déjà hors d'atteinte.

Reuben se débarrassa de ses chaussures, Pearl de ses sandales, et ils plongèrent de concert dans l'eau froide. A son contact, les petites coupures de ses jambes causèrent à Pearl un choc, en même temps qu'une montée d'adrénaline qui la fit redoubler d'énergie.

Mais, en dépit de leurs efforts, David maintenait la distance. Au moment où il doubla le cap abritant la baie dans laquelle la maison était construite, David laissa tomber sa pagaie et se mit debout. Il les regardait, à quelques dizaines de brasses à peine de lui, le visage blafard. Clignant des yeux à cause du soleil, il lâcha négligemment les lunettes qu'il venait de retirer. Celles-ci flottèrent quelques instants, puis s'enfoncèrent. Le pied un court instant en appui sur le plat-bord, David se précipita à son tour dans l'eau, laissant le vieux canoë rose glisser sur son erre. Il disparut sous la surface et ne réapparut pas.

Synchronisant son crawl avec celui de Reuben, Pearl parcourut la distance qui les séparait de l'endroit où David avait sauté, avant de plonger à son tour dans les eaux troubles du lac. Il ne fallut guère de temps avant que ses yeux ne perçussent la silhouette floue de David, qui, pareil à un flocon de neige sur fond de ciel noir, sombrait lentement vers les profondeurs sans donner l'impression de vouloir résister. Reuben l'avait rejoint et l'agrippait déjà, semblable à un grand oiseau prédateur. Les poumons en feu, Pearl creva la surface du lac.

Après quelques bouffées d'air convulsivement aspirées, elle replongea de plus belle. Elle perdit de précieuses secondes pour repérer Reuben qui tentait de ramener David à la surface, alors que ce dernier s'efforçait de lui échapper. Quand, n'en pouvant plus, le géant lâcha prise, Pearl s'approcha du jeune homme et le ceintura à la poitrine.

Sans cesser de se débattre, il se tourna vers elle,

le visage grimaçant de souffrance et de terreur. Les mains de David flottèrent un instant à travers les cheveux de Pearl, puis, semblant la reconnaître, il la saisit par la taille et elle comprit alors qu'il voulait l'emmener avec lui, où qu'il allât, et qu'il y parviendrait si elle ne regagnait pas la surface au plus tôt. Quelle formidable volonté autodestructrice il devait avoir, se dit-elle, pour résister au terrible besoin d'oxygène de son corps. Elle n'était pas sûre de pouvoir tenir jusqu'à ce qu'il perdît connaissance.

Ce furent encore une fois les grandes mains de Reuben qui la tirèrent de ce piège mortel et qui la ramenèrent à la surface. Il flotta près d'elle jusqu'à ce que les halètements de Pearl fussent apaisés, avant de plonger à nouveau. Ses appels au secours restant vains, elle remplit à nouveau ses poumons et plongea à sa suite.

Cette fois-là, ils durent regagner la surface sans avoir retrouvé David. Les cris de Pearl semblaient cependant avoir provoqué quelque réaction puisqu'ils purent voir des embarcations se diriger vers eux, vers le canoë rose retourné qui plongeait et réapparaissait au gré des vagues. Pearl poussa quelques cris pour attirer l'attention, puis elle plongea encore.

Elle retrouva Reuben, mais pas David. Ils se touchèrent, se signalèrent l'un à l'autre et cherchèrent désespérément David. Finalement, ils l'entraperçurent, fantomatique, bien plus profondément qu'ils n'avaient plongé.

David flottait, inconscient, abandonné à sa propre inertie, le visage boursouflé, le teint cadavérique. Mais en s'approchant de lui, Pearl constata qu'au bout du compte David était semblable à lui-même. Il dormait, simplement. Les parties gonflées de son visage restaient celles d'un être vivant, tandis que ses bras et ses jambes se déployaient pour une étreinte grotesque. Pearl tendit les mains pour le toucher.

Les membres flasques et la peau cireuse couleur de lune, une poupée de porcelaine dansait dans ses bras. Une poupée de la taille d'une enfant. Elle n'avait pas de visage, seulement une tête protofœtale semblable à ces étranges poissons tropicaux, dodelinant sur un cou d'où perçaient les vertèbres cervicales, un de ces caprices de la nature évoquant davantage quelque curiosité de foire plutôt qu'une pièce du puzzle compliqué et mécanique de l'univers darwinien.

Sa lucidité d'esprit vacilla et le manque d'air commença à lui dévorer la poitrine. La main de David s'accrocha brusquement à son poignet, l'invitant à poursuivre avec eux leur ballet fantomatique. Ses yeux troubles et morts la regardaient sans la voir, puits sans fond dans lesquels elle serait sous peu contrainte de plonger en dépit de sa volonté. Le contact de sa main était froid, mais celui de la chose qu'il tenait dans ses bras l'était bien davantage, comme recouverte d'écailles.

Flottant entre deux eaux comme des algues marines, les cheveux de Pearl s'emmêlèrent à la chose. Terrifiée, elle se débattit pour se libérer. L'eau ralentissait ses gestes, lui faisant perdre en même temps tout sens de l'orientation, toute notion du haut comme du bas. Puis ce fut comme si un iceberg lui ouvrait le flanc, et elle inhala, impuissante, soudain sans forces. Sous elle, le monde lui échappait. Ses craintes, sa terreur et même la formidable douleur de sa poitrine avaient soudain disparu. Seul subsistait un immense sentiment de curiosité et de surprise, mais une surprise qui ne l'effrayait plus, comme si elle prenait conscience de la simplicité, du soulagement que procurait la mort.

Avec la même soudaineté, elle se sentit brusquement libérée, irrésistiblement tirée vers la surface par la main de Reuben. Elle put voir que, de l'autre main, il hissait également David sans que ce dernier opposât de résistance, même s'il s'accrochait encore à son horrible chose dont elle cherchait désespérément à éviter le contact répugnant. Le dégoût lui mit les larmes aux yeux quand la tête sans visage émergea près d'elle.

– Ô mon Dieu ! entendit-elle crier un homme. Pour l'amour de Dieu, regardez ça !

De nombreuses embarcations les entouraient, avec des gens qui leur tendaient la main. Reuben poussa le corps de David vers deux paires de bras qui le hissèrent à bord d'un grand canot. Puis il se saisit d'elle et elle se sentit arrachée à l'eau comme un poisson avant d'atterrir près de David. Après avoir longuement craché l'eau qu'elle avait avalée, elle se glissa près de lui et prit sa tête sur ses genoux. David avait les lèvres et les ongles bleus. Les yeux horrifiés, elle fixait sa poitrine immobile. Un genou à terre, Reuben posa deux doigts sur la carotide de David, guettant la plus petite pulsation.

– Dirigez-vous vers la plage des Christopher, ordonna-t-il aux deux hommes. Appelez des secours par radio et demandez-leur de nous retrouver là-bas. Je ne sens rien, poursuivit-il à l'intention de Pearl. Est-ce que tu sais pratiquer la respiration artificielle ?

– Non.

Reuben se pencha sur David comme s'il voulait l'embrasser. Mais Pearl comprit qu'il lui faisait le bouche-à-bouche et elle ne put réprimer un sursaut quand il se mit à appuyer son poing fermé sur la poitrine du noyé. À chaque à-coup, elle avait l'impression que c'était sa poitrine que Reuben écrasait. Le canot filait sur les eaux, faisant tressauter son corps déjà secoué de violents frissons. Un des deux hommes vint à elle et lui mit une veste de nylon sur les épaules.

– Je vais aller chercher des couvertures, dit une femme en qui Pearl reconnut Liv Russell, dont Roscoe lui avait rapporté les dramatiques péripéties.

Un profond réconfort émanait de cette grande femme solide, un peu comme un grand pilier de pierre chauffé par le soleil contre lequel on irait s'adosser. Un peu étourdie, Pearl tournait la tête dans tous les sens afin de capter chaque mouvement environnant. Quelques bateaux les avaient suivis jusqu'à la plage où de nombreuses personnes couraient de tous côtés en s'interpellant, alors que d'autres se tenaient à l'écart, guettant la suite des événements. Quelqu'un revint de la maison portant une pile de couvertures et Liv Russell s'empressa d'en jeter une autour de Pearl. Grelottante, celle-ci sentait sur sa peau la morsure du froid. Ses membres engourdis étaient si pesants qu'ils semblaient vouloir l'abandonner. Pour ce qui était de sa cheville, elle lui faisait un mal de chien.

– Que s'est-il passé ? entendit-elle demander. La baie vitrée a été pulvérisée.

– J'ai entendu, fit quelqu'un d'autre. Mais j'ai cru que c'était un dynamitage.

Quand elle se retourna vers le lac, Pearl vit quelques bateaux regroupés en cercle à l'endroit où elle avait plongé, où l'on pouvait encore voir, pareil à un poisson crevé, le ventre rose du canoë. Les personnes qui s'y trouvaient retiraient de l'eau quelque chose qu'elle refusa de regarder.

– T'as vu ? s'étonna quelqu'un près d'elle.

– Seigneur Jésus ! fit un autre, sincèrement étonné. Tu crois vraiment que c'est ça ?

– Comment veux-tu que je le sache ? Tout ce que je peux dire, c'est que les corps de tous les autres enfants qui se sont noyés dans ce lac depuis ces vingt dernières années ont été retrouvés. C'est bien un corps qu'on a tiré de l'eau, pas vrai ?

– Qu'est-ce que ça pourrait être d'autre, Sainte Mère de Dieu ?

– Hé ! lança Liv à l'endroit des deux bavards. Vous ne pourriez pas vous taire un peu ?

– Désolé, bafouilla l'un d'eux, intimidé.

Une sirène annonça l'arrivée d'une ambulance. A son volant, Pearl reconnut Ansel Partridge. Le fermier sortit aussitôt du véhicule et se dirigea vers eux.

– Tu veux peut-être que je te remplace ?

Reuben le remercia d'un geste, et c'est alors que le mouvement s'accéléra. Sans interrompre ses efforts de réanimation, Reuben accompagna David jusqu'à l'ambulance, donnant l'image de deux frères siamois partageant le même cœur et les mêmes poumons. Liv Russell installa Pearl dans l'ambulance, près d'Ansel Partridge. Les yeux fermés, cette dernière entendit le claquement des portières, suivi du ululement de la sirène, avant de sentir le véhicule démarrer sur les chapeaux de roues. Elle resta ainsi, la tête appuyée contre son dossier, afin de ne pas voir la vitesse à laquelle ils se déplaçaient. En moins de quinze minutes, ils se retrouvèrent à l'hôpital où les attendait un comité de réception équipé de civières. Devant elle s'ouvrirent brutalement des portes sur lesquelles elle put lire « Urgences ».

Une fois à l'intérieur, Reuben et David disparurent au détour d'un corridor. Désorientée, les yeux mouillés de larmes, Pearl fut poussée dans une salle d'examen vide dans laquelle on l'abandonna jusqu'à l'arrivée d'Ansel Partridge, plus que jamais hors d'haleine.

Quelques minutes plus tard, Reuben entra à son tour et la prit aussitôt dans ses bras. Ansel disparut si discrètement qu'on aurait cru qu'il s'était volatilisé.

– David ?

Reuben la tint un peu plus fort contre lui.

– Ils n'ont pas encore abandonné.

La nouvelle apparut à Pearl comme une manière de réconfort.

2

Les yeux hagards, Reuben était au bord de l'épuisement. Dur travail, en effet, que de respirer pour un autre, de forcer un cœur étranger à battre alors que le nôtre le fait naturellement, d'obliger le flot de sang à reprendre son cours. Assis là, avec la perception aiguë des va-et-vient de l'hôpital, Pearl installée sur ses genoux comme une enfant sur ceux de son père, Reuben parla :

– C'était India.

– C'est impossible, gémit Pearl.

La source de larmes qu'elle croyait tarie inonda à nouveau son visage. Reuben lui passa lentement la main dans les cheveux.

– J'ai autre chose à te dire : India était la fille de Joe Nevers.

– Oncle fantôme ? s'écria-t-elle, médusée.

– Oncle fantôme, répéta Reuben avec un sourire. Ton grand-oncle. Je ne l'avais jamais dit à personne, pas même à David. India était en quelque sorte ta cousine, la nièce de Gussie issue du mauvais lit, dirons-nous. Si elle avait passé plus de temps parmi nous, les gens d'ici n'auraient pas manqué de s'en apercevoir. Mais Torie, sa mère, était une femme qui voyageait beaucoup, du vivant d'India. Les gens de Nodd's Ridge n'ont jamais eu l'occasion de remarquer une des caractéristiques communes à toutes les femmes de ta famille : le petit défaut dans l'œil.

« Cette petite tache terne, expliqua-t-il en touchant la pommette de Pearl, qui est cuivrée dans ton œil et qui était dorée dans celui d'India, exactement au même endroit, sur la partie supérieure de l'iris. Gussie l'avait, tu l'as aussi. Mais à quel point les gens font-ils attention aux yeux des enfants ? En particulier, quand ce sont ceux de vacanciers ?

– Cette caractéristique physique ne ressort que chez les femmes, alors que les hommes ne sont que les porteurs ; le contraire de l'hémophilie, en somme... Et David, alors ?

Reuben secoua lentement la tête.

– Non, non. Je ne jurerai pas que David est le fils de Guy Christopher, mais je suis sûr que Joe Nevers n'était pas son père. Pas plus que moi, d'ailleurs : je n'étais pas précoce à ce point. David pourrait aussi bien être un enfant substitué à un enfant volé, aussi.

Pearl s'abandonna contre Reuben. Leurs vêtements étaient encore détrempés, mais ils n'avaient heureusement plus froid. La chaleur humaine en contact avec une source de chaleur de la même origine est plus que doublée, seule exception tangible, se souvint-elle, aux lois de la thermodynamique voulant qu'un système ne peut jamais rendre plus d'énergie qu'il n'en reçoit.

– Je sais qui a tiré sur India ; je le sais depuis très longtemps, continua-t-il sur sa lancée. C'est Cora, la femme de Joe. Elle l'a fait uniquement pour se venger. A la fois de son mari et de Torie.

– David est-il au courant ?

– Je ne le crois pas.

– Quelqu'un devrait le lui dire.

– Vraiment ?

– Seigneur ! explosa-t-elle. Voilà quelqu'un qui pense que sa sœur est morte par erreur. Ne crois-tu pas qu'il aurait la vie plus facile s'il savait ce qui est exactement arrivé ?

– Peut-être que oui, peut-être que non. Il est possible aussi qu'il se mette à haïr sa mère pour avoir exposé India à la vengeance de Cora.

– Peut-être, en effet, soupira Pearl.

– Je sais comment ça s'est passé, entre Joe et la mère de David, poursuivit Reuben qui, comme tous les gens discrets, devenait intarissable quand les grandes révélations étaient à l'ordre du jour. Je le sais parce que j'ai vécu la même chose. A cette époque, j'étais un jeune excité qui s'acoquinait à la femme la plus raffinée au monde, lui semblait-il, et qui ne se posait pas trop de questions puisqu'elle possédait tout ce que les autres femmes de sa connaissance pouvaient désirer. Elle avait tout connu, tout fait, et le jeune homme maladroit que j'étais était incapable d'imaginer ce qu'elle pouvait bien lui trouver. C'est plus tard, bien sûr, que j'ai pris conscience de son penchant pour l'alcool, et qu'à partir du moment où elle était ivre peu lui importait qui se trouvait dans son lit. Cette révélation n'était flatteuse pour aucun des hommes qu'elle avait séduits, mais elle reste néanmoins vraie. Elle avait un pied dans la tombe que je m'interrogeais à peine sur la portée de ces bacchanales. Puis, lorsque mon mariage s'est changé en débâcle absolue, je me suis demandé si, au bout du compte et pendant toutes ces années, plutôt que des rapports amoureux, amicaux ou sexuels, Torie n'avait pas tout simplement recherché auprès de moi un père pour son fils.

Pearl se recroquevilla contre Reuben, écoutant sourdement battre ce cœur si singulier, se disant que, si ce n'était pas la vérité, ç'aurait dû l'être. Le docteur Hennessey entra.

– Il est dans le coma. Nous l'avons mis sous inhalateur et son état est stationnaire. C'est un homme de constitution robuste ; nous pourrons le garder en vie des années, si nécessaire. Il vous doit la vie, à tous les deux.

– Nous avons fait ce que nous avons pu...

– Plus que cela. Le bouche-à-bouche aura été déterminant. Que s'est-il passé ? Un accident ? Il ne sait pas nager ?

– C'est un nageur de première force. Il a tenté de se suicider, exposa Reuben, la main de Pearl pressée dans la sienne.

– En êtes-vous sûr ? C'est un garçon superbe et il est très difficile pour un bon nageur de se noyer volontairement. Il existe des moyens beaucoup plus efficaces pour arriver à de telles fins.

– Il y a une logique dans tout ça, répondit Reuben. Mais c'est une longue histoire.

– Etait-il déprimé ? A-t-il proféré des menaces dans ce sens ?

– Il a connu quelques déboires, en effet. Il était très nerveux, ces derniers temps.

– Très bien. A-t-il de la famille ?

Reuben fit non de la tête.

– Très bien. Vous devriez ôter ces vêtements mouillés. Comment vous sentez-vous, tous les deux ?

– Fatigués. Je raccompagne cette dame chez elle et je reviens.

– Si vous voulez. A moins que nous ne vous téléphonions si un changement survenait. Sincèrement, il va falloir vous armer de patience, ce genre de situation peut durer très longtemps. C'est souvent ce qui arrive avec les personnes fortes et en bonne santé.

– J'aimerais le voir, demanda Pearl.

Le docteur Hennessey les conduisit à travers les corridors. David se trouvait dans une chambre remplie d'appareils hétéroclites équipés de dispositifs sonores et visuels. Des tubes entraient et sortaient de son corps. Pour Pearl, le plus cruel, c'était celui qui lui entrait dans la bouche. Après avoir voyagé dans les profondeurs inconnues du lac, il se trouvait à présent dans un autre espace, tout aussi étranger, à l'atmosphère irrespirable. Sur le drap blanc de son lit, ses mains semblaient étrangement nues et vulnérables. Elle posa sa main sur l'une d'elles et découvrit avec soulagement qu'elle était chaude et vibrante de vie.

– Son tracé n'est pas plat, précisa Hennessey. Il peut sortir du coma d'un instant à l'autre. Tenez, regardez ça, dit-il soudain en désignant l'électroencéphalogramme de David. Les inflexions brutales de son tracé... Je veux bien être pendu : il rêve !

Les abandonnant sur place, Hennessey se précipita à l'extérieur de la chambre dans l'espoir qu'un expert vînt corroborer ses espérances. Reuben entraîna Pearl vers Ansel Partridge qui les attendait de l'autre côté des urgences. Après que Reuben lui eut donné des nouvelles de David, Ansel les installa près de lui dans son ambulance pour les reconduire chez eux.

Avec une acuité mentale exacerbée, Pearl regarda la route se dérouler devant elle. Les arbres, la verdure, les rochers et la triste grisaille de la chaussée l'oppressaient, insistants dans leur matérialité. La poussière, la chlorophylle, le goudron agressaient ses sens olfactifs. Elle se sentait comme écorchée vive, alors que la lumière, tombant directement sur ses paupières baissées, s'insinuait au tréfonds de ses fibres nerveuses.

Elle était persuadée de ne jamais plus pouvoir s'endormir de sa vie.

3

En passant devant le restaurant, elle fut cependant surprise de voir qu'il était ouvert, et que la vieille Plymouth de Karen jouxtait la guimbarde de Roscoe. Par quel hasard ? Libre à elle de faire toutes les spéculations qui lui chantaient.

Une fois chez elle, Reuben remercia Ansel, précisant qu'il rentrerait à pied. Puis, parmi les vapeurs de la douche, il se mit à débarrasser Pearl de ses vêtements mouillés.

– Nous sentons la vase du lac, dit-il. Et je n'aime pas particulièrement ça.

Un peu plus tard, il la rejoignit sous le jet, lui lava les cheveux et le dos, la sécha, ce qu'au reste elle eût été fort capable d'accomplir elle-même. Pendant qu'il finissait sa toilette, elle alla mettre son linge sale dans la machine à laver.

Sans quitter la chambre à coucher de Pearl, Reuben se mit à passer quantité de coups de fil : à Sam, à Jonesy, à Roscoe, à bien d'autres personnes. Il prit des dispositions pour que la baie vitrée fût condamnée à l'aide de planches de contreplaqué en attendant qu'une entreprise spécialisée vînt apprécier les dégâts pour ensuite éventuellement remplacer les grands panneaux de verre brisés. Il s'entretint aussi avec une personne du bureau du shérif, et une autre du bureau du procureur à Augusta. C'était comme s'il défaisait les fils de la toile d'araignée dans laquelle ils s'étaient fait piéger.

Elle lui apporta sur un plateau une chope de thé et un petit déjeuner qu'il dévora entre deux appels, si bien qu'elle dut lui en resservir un second, accompagné d'une pile de tartines grillées. Une communication avec l'hôpital ne leur apprit rien de nouveau : David se cantonnait dans ses rêves.

– J'ai appelé Norris, annonça-t-il. Il arrive en fin d'après-midi. Josh et Sam iront le chercher à l'aéroport.

– Ce n'était pas la peine...

– Tu as besoin de ton père. Tu ne peux pas rester toute seule.

Déçue que Reuben ne restât pas auprès d'elle, mais trop effrayée aussi pour lui demander ouvertement ce qu'impliquait une telle décision, elle prétexta quelques travaux domestiques à finir pour dissimuler sa détresse. Un peu plus tard, elle rapportait à Reuben ses vêtements lavés, séchés et repassés.

Il les accrocha, et la vision de son linge lui rappela sa nudité. Il se mit à rire.

– J'ai oublié de mettre ma feuille de vigne.

Tapotant le bord du lit, il l'invita à venir l'y rejoindre.

– Comment en sommes-nous arrivés là, Pearl ?

Il ne lui vint aucune réponse. Bouche contre bouche, corps contre corps, ils procédèrent à la difficile résurrection de leur amour, ce qui était déjà toute une réponse en soi. Il y avait tant de rage, tant de désespoir en Reuben, qu'elle ne put que penser : « C'est ça, c'est seulement ça qui compte, et nous ne pourrons plus jamais faire machine arrière. »

4

Le raclement de la porte leur signala qu'ils avaient des visiteurs, sans qu'ils eussent cependant entendu arriver un véhicule. Pearl se glissa dans son kimono de soie et descendit dans la cuisine. A travers la moustiquaire, elle reconnut Tom Clark suivi de son inséparable Deluca.

– Mademoiselle Dickenson, demanda Clark, le feutre à la main, Reuben Styles serait-il encore chez vous ?

Elle les fit entrer. Reuben descendait l'escalier en reboutonnant sa chemise. Elle tourna précipitamment le dos aux policiers pour cacher son fou rire.

– Tom... Jeff...

– Une rude façon de commencer la journée, lança Clark.

Ecarlate, Pearl se dirigea vers l'escalier et disparut à l'étage. Quand elle redescendit, ce fut pour voir les trois hommes en train de siroter du café, pendant que Clark enregistrait la déclaration de Reuben. Le policier manifesta le désir d'entendre aussi celle de Pearl.

Reuben leur avait raconté que, plus tôt dans la matinée, David avait fait irruption dans ces mêmes lieux dans un état de détresse extrême, et Pearl ne trouva rien à ajouter, sachant que Reuben s'était gardé de s'étendre sur la scène qui avait suivi ou sur la nature des rapports qu'il pouvait entretenir avec elle. De son côté, Clark avait fait preuve d'une discrétion du meilleur aloi. Avec un grand soupir, ce dernier mit fin à l'interrogatoire en arrêtant son magnétophone.

– Le corps est en route pour le centre de médecine légale.

Reuben fit tinter sa cuiller contre sa tasse vide.

– Tu penses que c'est India, Tom ?

– Ça ne peut pas être quelqu'un d'autre, décréta celui-ci avec un hochement triste de la tête. Saloperie de truc... J'ai parlé à Henry, c'est le médecin légiste du comté, m'dame. Comme il passe ses étés à rechercher des os de dinosaure, imaginez son état d'excitation. Encore qu'« excité », ce soit pas le mot juste. « Intéressé », j'aurais plutôt dû dire. Il m'a fait comme ça qu'il avait connu un cas cinq fois plus ancien que celui-là. Il semblerait qu'un lac profond et froid en état d'anaérobie comme le nôtre, c'est encore mieux qu'un congélateur pour conserver des tissus humains. J'imagine que cette pauvre enfant a dû rester pendant des années coincée sous un rocher et qu'elle s'est libérée tout d'un coup, allez savoir pourquoi. C'est sûr qu'on peut pas encore l'identifier catégoriquement, conclut-il en se levant brusquement, mais je souhaite que David Christopher puisse le faire. Peut-être que, de cette façon, ça mettra fin à ses souffrances ; peut-être qu'apprendre qu'elle est enterrée dans ce cimetière lui permettra enfin d'accepter sa mort.

– S'il l'apprend jamais, précisa tristement Reuben.

5

Reuben quitta Pearl juste après le départ des policiers, la pressant de prendre du repos. Elle savait qu'il savait qu'elle ne l'écouterait pas, et c'est exactement ce qu'elle fit.

Elle se figea sur le pas de la porte en entendant sonner le téléphone. Pleine d'appréhension, elle fit demi-tour et alla décrocher.

– Petite sœur, fit Bobby. Petite sœur, petite sœur...

– Bobby...

– Norris est parti te rejoindre. J'ai pensé que ça te ferait plaisir de l'apprendre.

– Merci. Comment vas-tu ?

– On fait aller. Tu as des problèmes, petite sœur ?

– Juste ma part, répondit-elle, peu encline à lui livrer ses confidences.

– Tu ne veux pas m'en parler, c'est ça ? Norris m'a raconté que tu as deux petits amis, blancs tous les deux. Il n'y a pas de frères de couleur assez bien pour toi dans ton patelin ?

– Il n'y en a pas du tout. De plus, je ne choisis pas mes relations en fonction de la couleur de peau. J'ai été mariée à un frère de couleur, comme tu dis, et ça ne l'a pas empêché de se conduire comme un sale con.

– Bien sûr. Mais ça ne t'a pas empêchée non plus de jouer les grandes bourgeoises. Tu possèdes des diplômes qui ont coûté les yeux de la tête, et voilà que tu fais la serveuse pour des culs-terreux.

– C'est un travail honnête et que j'ai choisi de faire, Bobby. Quand vas-tu te mettre dans la tête que je n'ai pas l'intention d'organiser ma vie selon l'idée que les autres peuvent se faire d'une femme de couleur « politically correct ». Lincoln a libéré les esclaves, Bobby ; pourquoi ne pas te libérer l'esprit ?

– Ne me ressers pas tes salades, petite sœur. Aucun d'entre nous n'est libre et ne le sera jamais.

– Parle pour toi, Bobby, pas pour moi.

Mais il avait déjà raccroché.

Pearl s'assit sur le perron et, le visage dans les mains, se mit à pleurer. Pourquoi ne parvenaient-ils jamais à communiquer comme des gens normaux ?

Bien sûr, Bobby n'était pas tout à fait normal et il ne manquait pas de raisons pour cela, mais elle ne l'était pas davantage. Le concept de la normalité n'était-il pas une utopie ? « Normalité » signifiait-il « moyenne » ? Et à partir de quoi se définissait-elle ? « Moyenne » signifiait « stéréotype » comme l'oncle Tom, tante Jemima et consorts.

Une des raisons qui lui faisaient aimer si fort son travail avait été la révélation soudaine et quotidiennement renouvelée d'une sorte de qualité unique et spécifique à chacun de ses clients. Elle se rappelait le jour où un de ces bûcherons au faciès brutal s'était spontanément mis à chanter quelques mesures d'une ballade très ancienne. Il s'était avéré que c'était un ténor très connu dans la région et fort prisé dans les petites fêtes patronales et les bals ruraux. Une dame d'un âge certain portant corset et perruque bleutée, grenouille de bénitier et présidente du Parti républicain local, entendant par hasard le mot « pédéraste », fit observer qu'elle connaissait un couple au moins, parmi la communauté des vacanciers de son voisinage, qui faisait des randonnées de ce genre (pédestre). Evvie Bonneau, qui avait explicitement admis avoir assassiné son mari, passait ses journées à courir après les animaux perdus. Les gens se révélaient rarement selon leur véritable nature ou selon ce que les circonstances amenaient à penser d'eux.

Et cependant, Bobby était un de ces stéréotypes. Le stéréotype du vétéran du Vietnam infirme et aigri, assujetti à la drogue. Peut-être en était-il conscient, peut-être son état lui infligeait-il d'atroces souffrances, l'obligeant à vivre un destin qu'il n'avait pas souhaité. Mentalement, elle prit brutalement le contre-pied de ses pensées. Il lui paraissait tout aussi évident que chacun ne pouvait être que le reflet de sa personnalité profonde. Reuben était un homme de la campagne, solide, souvent fruste, capable de corriger l'homme qui avait maltraité sa fille et pourtant incapable d'avouer son besoin d'amour à moins d'être ivre. David était un intellectuel citadin, né pour vivre dans l'aisance, une sorte de maniaco-dépressif bisexuel et suicidaire qui n'avait jamais travaillé de sa vie, le type parfait du poète désœuvré. Et cependant, alors que Reuben cachait une âme romantique, David déployait une activité physique intense et manifestait une fidélité, une appartenance à un monde rural que Reuben n'aurait jamais envisagé de quitter. Et les autres... Roscoe, vieillard sénile et malfaisant la plupart du temps, qui avait aimé d'un amour sincère son vieux chien ; Sonny Lunt qui, malgré son esprit chevaleresque quelque peu rustaud, n'était qu'un ivrogne querelleur ; Evvie Bonneau, exécutrice volontaire de basses œuvres sur les animaux quand cela se révélait nécessaire, et qui pourtant les préférait aux humains...

Mais elle-même, qu'était-elle ? A vrai dire, elle se reconnaissait une moralité discutable, à la manière dont elle avait permis aux choses de déraper, à sa complaisance à laisser aller à la dérive une situation équivoque. Aux yeux de Belinda Conroy, et probablement à ceux de bien d'autres, elle était l'illustration de la femme noire à la moralité plus que douteuse. La perception qu'elle avait d'elle-même, à savoir qu'elle n'était qu'une femme ordinaire au cœur partagé, dominée par les circonstances, n'aurait jamais effleuré l'esprit de Belinda. Comment expliquer qu'elle souhaitait simplement que par un jugement trop hâtif on ne la perçût pas à travers un contexte, en fonction de sa couleur de peau ou par le truchement de sa profession ?

Ses pensées revinrent à Bobby, qui, tout compte fait, avait si peu alors qu'elle possédait tant. La santé, la force, des jambes pour la porter...

Elle décida de le rappeler.

– Bobby, je voulais te dire que je t'aime beaucoup.

Un long silence s'installa.

– Bobby ?

Bobby s'éclaircit la voix, et Pearl comprit que son frère pleurait.

– Ça va, ça va, petite sœur, je t'aime aussi...

6

Elle se rinça le visage, avala quelques comprimés, et arriva au restaurant en plein coup de feu de midi. En la voyant, Karen reposa son plateau de vaisselle sale et se jeta à son cou. Rougissante, Jean hésitait.

Ansel Partridge était passé donner des nouvelles de l'état de santé de David.

– Encore une chance que j'aie retrouvé une vieille clé, se congratula Roscoe avec un enthousiasme presque sincère. Moi et Jean, on a fait l'ouverture. J'ai téléphoné ensuite à Karen.

– Tu devrais pas être ici, minauda Jean sur un ton

de reproche, avant que son audace la fît glousser et empourprât violemment ses joues. Tu aurais dû rester chez toi, te reposer...

En remerciement, Pearl lui donna une brève accolade.

– Bon, si on se remettait au travail ? décréta Roscoe.

Après la fermeture, Pearl se rendit à Greenspark. L'état de David restait inchangé, mais on lui permit néanmoins de passer quelques instants à son chevet. Depuis qu'elle l'avait quitté, il y avait de cela quelques heures à peine, il semblait avoir minci, dépéri, comme si les appareils auxquels il était relié lui aspiraient la vie au lieu de la lui insuffler. Dans le hall, elle héla le docteur Hennessey.

– Excusez-moi d'abuser de votre temps, commença-t-elle, mais j'aimerais vous signaler qu'un membre de votre personnel a commis une grave faute d'éthique.

7

Reuben rangea la Pacer de Liv Russell dans l'allée de la maison Christopher, à côté de la voiture qu'il lui avait prêtée en dépannage. Le voyant, Liv vint à sa rencontre. Elle tenait un grand balai à la main.

– Comment va David, Reuben ?

– Ça pourrait aller mieux...

– C'est triste, dit-elle en l'invitant à entrer.

Il lui tendit ses clés de voiture.

– Merci. Je suis heureuse de retrouver ma vieille bagnole.

Ils entrèrent directement dans le séjour. Contre

un mur, on pouvait voir le verre brisé qu'elle avait poussé en un gros tas scintillant.

– J'espère avoir retiré tous les éclats du sofa. L'aspirateur n'en pouvait plus.

– Vous avez fait un travail remarquable, dit Reuben.

– Peu importe ; j'aime me rendre utile.

Il la regarda d'un œil scrutateur.

– Comment allez-vous, Liv ?

Elle se mit à rire.

– Vous obtiendrez votre réponse d'une manière ou d'une autre, n'est-ce pas, Reuben ?

Il sourit et la serra dans ses bras.

– Non. Rien ne vous oblige à me donner des détails. Simplement, ce que je voulais dire, c'est que, si vous aviez besoin de moi, faites-moi signe. Mais ne me faites pas de confidences si vous n'en avez pas envie.

Lorsqu'elle leva brièvement les yeux sur lui, il eut le temps d'entrevoir une larme perler entre deux battements de paupières. Puis il prit conscience de la tiédeur du corps de Liv contre le sien. Pendant un court instant, leurs respirations furent synchrones et Reuben eut la fugace impression de flotter dans une sorte de joyeux « juste milieu » des choses. Et il la désira, d'un désir douloureux qui l'immergea dans un grand bain d'eau glacée.

Elle oscilla légèrement vers l'arrière, et cela suffit pour briser l'enchantement. Ils prirent quelques profondes inspirations et se séparèrent en riant.

– Vous avez secouru assez de monde pour aujourd'hui, Reuben. Vous devez être las.

Il acquiesça d'un signe, ébranlé par le désir brutal qu'il éprouvait pour cette femme. Avec le recul, l'appréhension de ne pas aller plus loin – que ce fût à cause de sa couardise ou de sa volonté de rester fidèle à Pearl – le mit mal à l'aise. Comment pareille situation avait-elle pu survenir entre David et Pearl ?

Mais quelque chose restait encore à faire dans cette maison, un dernier détail qui devait être réglé. Il promena son regard à travers la pièce, excepté vers Liv. Les yeux un rien trop brillants, les bras croisés sous la poitrine, se déhanchant sur une jambe puis sur l'autre, Liv semblait tout comprendre.

– Je devrais peut-être emporter le cadavre du chien pour qu'Evvie l'enterre.

– Quel chien ?

Reuben sortit sur la terrasse dont il examina le sol. Il y avait bien quelques poils noirs collés à du sang séché, mais rien d'autre.

– Est-ce la raison pour laquelle David a fait feu ?

Reuben acquiesça.

– Si ce chien a réussi à s'en tirer tout seul, j'en suis bien aise.

8

Tom Clark et Jeff Deluca entrèrent dans le restaurant et allèrent s'installer face à face sur une banquette. Karen s'approcha, le carnet de commandes en arrêt.

– Karen, fit Tom, assieds-toi avec nous un instant, veux-tu ?

La jeune fille hésita, adressa un regard interrogateur à Pearl qui lui répondit par un signe affirmatif. Elle s'assit donc près de Deluca, qui se mit à triturer son feutre en rougissant.

– Jeff et moi, on se demandait comme ça si tu

pouvais pas donner un petit coup de pouce à la justice, commença Clark.

Les yeux de Karen s'écarquillèrent d'étonnement.

– On a entendu dire que des gens de ta connaissance traficotaient un tantinet, poursuivit-il. On aimerait que tu nous organises une petite vente.

Stupéfaite, Karen plaqua sa main contre sa bouche.

– Si on arrive à mettre ces gars-là derrière les barreaux, souffla Deluca, ils ne vous ennuieront plus, ni toi, ni ton frère, ni ton père.

Karen soupira, consulta Pearl du regard, qui lui adressa un sourire rassurant. Puis elle respira profondément.

– O.K., dit-elle.

9

Le docteur Hennessey fit une halte au bureau des infirmières, où Deborah Spearin faisait des travaux de paperasse.

– Madame Spearin, si vous voulez bien passer à mon bureau, j'ai un mot à vous dire.

La femme eut un regard intrigué.

– Question d'éthique et de secret professionnel, expliqua-t-il.

Elle le fixa un moment, avant qu'il lui tournât le dos en répétant :

– Dans mon bureau.

Deborah Spearin se leva, incertaine, et suivit docilement le médecin.

10

Le jour murmurait sa fin et Pearl rentrait chez elle. Les couleurs s'estompaient, une légère brise se levait. Elle appela Reuben et n'obtint que son répondeur. Elle attendait son père, agitée par une inexplicable anxiété, quand elle se souvint d'une chose qu'elle avait omis de faire.

A l'aide du second coffret, elle procéda à un second test de grossesse. Immédiatement, la deuxième bulle vira au bleu. Ça y était, c'était parti. Enceinte, elle l'était. Comme quand on effeuille une marguerite : je suis enceinte, un peu, beaucoup, passionnément, à la folie...

Les longues journées d'été prenaient leur temps pour rendre l'âme. Le soleil venait juste de disparaître derrière la montagne, quand les garçons arrivèrent avec Norris. Il lui avait apporté des fleurs : une gerbe de glaïeuls hauts comme des hallebardes éclaboussées de blanc, de jaune, de rouge, qu'il avait achetés sur le bord de la route. La gorge serrée, elle renifla un peu, mais parvint à ne pas pleurer devant Josh et Sam, qui s'éclipsèrent poliment.

– C'est quand même drôle, j'avais réservé mon billet pour demain matin. T'inquiète pas pour Bobby, ça va beaucoup mieux. J'avais l'intention de venir me mettre au vert près de toi, expliqua Norris.

Ils s'installèrent sous la véranda avec un grand verre de thé glacé et se mirent à regarder le ciel. La gloire du jour était à son déclin. Une vague montante vert sombre déferlait sur le flanc de la montagne en projetant des bandes or et lavande contrastant avec le bleu sombre du ciel.

Hésitante, trébuchant sur les mots, elle rapporta à Norris les événements survenus depuis son départ.

Un bras posé sur l'épaule de sa fille, il écouta attentivement sans rien dire, se limitant à hocher la tête de temps à autre.

– Pour finir, murmura-t-elle, la gorge serrée, je suis enceinte.

Pareil à une tortue étonnée sortant la tête de sa carapace, Norris tendit le cou, projetant sa grande vieille tête en avant.

– C'est tout ce que tu peux me donner comme précision, Pearl ?

Pour toute réponse, elle éclata en sanglots, furieuse contre elle-même de se répandre en larmes à la première occasion comme une jeune fille humiliée.

– Je crois que les relations sexuelles rendent les gens stupides.

– Tu y es pour quelque chose aussi...

Elle se leva brusquement et se rendit dans la salle de bains où elle se rinça longuement le visage. Quand elle fut de retour, elle avait retrouvé sa dignité.

– Je suis navrée.

– Rude journée, lâcha Norris. J' suppose que tu ignores qui est le père ?

Comme elle faisait signe que oui, Norris poursuivit :

– Et qu'est-ce que tu comptes faire ?

– Aller me coucher, faire un bon somme et me rendre à mon travail demain matin. Pour le moment, je ne vois rien d'autre...

– Ça me paraît amplement suffisant pour aujourd'hui, en effet. C'est ça, allons nous coucher.

Etonnamment, elle dormit comme une souche.

11

Elle sentit le lit bouger sous elle comme une barque dans la houle, dont la force lui suggéra aussitôt la présence de Reuben. Elle ouvrit les yeux. Il était assis au bord du lit et la regardait, pendant que ses mains manipulaient nerveusement une vieille casquette.

Dehors, il faisait jour. Cinq heures trente, disait le radio-réveil. Se couvrant la bouche du revers de la main, elle bâilla. C'était bien agréable d'ouvrir les yeux sur Reuben.

– Pearl, souffla-t-il, nous ferions mieux de cesser toutes ces folies et de nous marier.

– Là, tu me sembles prêt pour ça, lui dit-elle en souriant.

Assis à la table de la cuisine devant une tasse de café à la chicorée, Norris entendit un éclat de rire masculin en provenance de la chambre et sourit. Puis il tendit le bras pour allumer la radio.

– Bon sang, bougonna-t-il. J' dois devenir sourd ; j'arrive même plus à entendre la météo.

Il régla le volume sonore en conséquence, s'assurant que les prévisions météorologiques parvinssent jusqu'à l'étage.

« ... déjà vingt et un degrés et la journée ne fait que commencer, chantonnait une voix grave au fort accent yankee. Le thermomètre monte de minute en minute et, d'après les prévisions du *Farmer's Almanac*, nous sommes à cinq semaines à peine de la première gelée, n'est-ce pas merveilleux, les amis ? »

CHAPITRE VINGT ET UN

Pearl agrafa son rang de perles mis en valeur par la peau sombre et luisante de son cou. Elle effleura le peigne qui retenait ses cheveux, tira sur sa nouvelle robe noire. L'ancienne, celle qu'elle avait portée pour l'enterrement de Gussie et de Walter McKenzie, aurait douloureusement comprimé ses seins gonflés d'une sensibilité toute nouvelle et mis en évidence la légère rotondité de son ventre. Un coup d'œil par la fenêtre lui permit de constater que la pelle mécanique était déjà arrivée.

Norris eut une mimique de satisfaction, quand elle descendit l'escalier ; et Bobby, dans son fauteuil roulant, lui tapota gentiment les fesses. Elle envoya d'un souffle un baiser à chacun, et courut à travers la pelouse, jusque sous les grands ormes. L'idée que ces arbres perdaient peut-être leurs feuilles pour la dernière fois lui effleura l'esprit. Elle s'y tint à l'ombre, regardant Reuben en bras de chemise manipuler l'engin dont les mâchoires arrachaient les racines les plus profondes des rosiers, qui semblaient visiblement peu disposés à se laisser faire. Reuben leva les yeux vers elle et lui adressa un sourire bref, absorbé qu'il était par le trou et la personne à qui il était destiné.

Pearl s'adossa au tronc d'un vieil orme et croisa ses bras sous la nouvelle proéminence de ses seins.

Sous les assauts de la pelle mécanique, les rosiers semblaient trembler de fureur. Même si quelques racines, grosses comme des câbles, étaient déjà arrachées, les plus minces semblaient vouloir toujours résister. Les fleurs, elles, avaient depuis longtemps renoncé, éparpillant leurs pétales comme des gouttes de sang parmi les feuilles et les épines.

Son travail accompli, Reuben mit pied à terre. Pearl marcha vers la fosse qu'il venait de creuser entre le caveau des Nevers et celui des Christopher. Un coup d'œil à sa montre et le géant baissa ses manches, rajusta son col de chemise et son nœud de cravate.

– Ça va ?

– Ça va.

– Le corbillard ne devrait pas tarder.

– Je sais. Ne te tracasse pas, il sera toujours là assez tôt.

La main dans la main, ils firent ensemble quelques pas à travers les pierres tombales. La longue Cadillac noire amorça en silence le chemin du cimetière et glissa solennellement jusqu'à eux. L'entrepreneur des pompes funèbres en sortit et vint discuter avec Reuben. Après une rapide inspection du trou, le corbillard se plaça de manière à ce que son treuil escamotable vînt y déposer le cercueil.

D'autres véhicules entraient à présent dans le cimetière, pendant que d'autres préféraient se garer dans l'allée de la maison Nevers. Il y avait là Karen, pâle et triste, accompagnée de Sam et de Josh en train de crocheter de l'index leur col de chemise ; Roscoe, un peu branlant à cause d'une cuite récente ; Jean McKenzie, virevoltant de nervosité, serrant entre ses phalanges un mouchoir de vieille dentelle ; Evvie Bonneau, encore en grand uniforme ; Sonny Lunt, Lurch Mullins, Ansel Partridge et ses deux filles, l'allure compassée et sentant le cheval ; Norris, enfin, sortant de la maison, son crâne chauve luisant au soleil d'automne.

Reuben consulta à nouveau sa montre et pressa la main de Pearl. Le bout de ses doigts rencontra l'anneau d'or tout neuf que portait Pearl et en suivit timidement le contour.

Finalement, le croque-mort ouvrit l'arrière du corbillard, exposant aux regards le cercueil couleur acajou, comme la peau de Pearl. Une gerbe de lys posée sur le couvercle jetait des éclats nacrés.

C'était parti pour un nouveau tour ; jamais deux sans trois... ça porte bonheur, paraît-il.

C'est alors qu'à travers la trouée des ormes, grave, mince dans son costume blanc immaculé, les yeux cachés derrière des lunettes de soleil, apparut David. Ce dernier ôta ses lunettes, et son regard alla directement se poser sur Pearl et sur Reuben. Il les rejoignit, le sourire aux lèvres, vint se placer près de Pearl et lui prit la main, celle qui ne portait pas d'alliance.

Pour finir, le trio pivota lentement pour se tourner vers le cercueil d'India qu'on allait mettre en terre.

Cinéma

Livre après livre, film après film, J'ai lu édifie l'étonnante bibliothèque du cinéma.

Les titres sont présentés par ordre alphabétique.

Abyss
CARD Orson Scott 2657/4
L'accompagnatrice
BERBEROVA Nina 3362/4
Adieu ma concubine
LEE Lilian 3633/4

A l'Opéra de Pékin, où les rôles féminins sont traditionnellement tenus par des hommes, Dieyi triomphe dans celui de la favorite. Mais Xiaolou, son compagnon de scène, lui préfère la belle Juxian de la Maison des Fleurs.

Un grand roman qui inspira le film Palme d'or au Festival de Cannes en 1993.

Alien
FOSTER Alan Dean 1115/3
AlienS
FOSTER Alan Dean 2105/4
Alien 3
FOSTER Alan Dean 3294/4
Les amies de ma femme
ADLER Philippe 2439/3
Angélique
GOLON 2488/7, 2489/7 & 2490/7
Les anges gardiens
FERDJOUKH Malika 4204/2
L'année de l'éveil
JULIET Charles 2866/3
L'autre
CHEDID Andrée 2730/3
Beignets de tomates vertes
FLAGG Fannie 3315/7
Blade Runner
DICK Philip K. 1768/3
La brute
des CARS Guy 47/3
Carrie
KING Stephen 835/3
Charlie
KING Stephen 2089/5
Christine
KING Stephen 1866/4
Le club de la chance
TAN Amy 3589/4
Conan le Barbare
HOWARD Robert E. 1449/3 (avec Sprague de Camp)
Conan le destructeur
HOWARD Robert E. 1689/2 (avec R.Jordan)
La couleur pourpre
WALKER Alice 2123/3
Courage under fire
SHEANE DUNCAN Patrick 4285/4
Crossing Guard
RABE David 4072/5
Croc-Blanc
LONDON Jack 2887/3
Cujo
KING Stephen 1590/4
Cyrano de Bergerac
ROSTAND Edmond 3137/3
Dallas
RAINTREE Lee 1324/5
Danse avec les loups
BLAKE Michael 2958/4
La demoiselle d'Avignon
HEBRARD Frédérique 2620/4
Demolition Man
OSBORNE Richard 3628/4

Dans un futur d'une violence terrifiante, un flic surnommé Demolition Man en raison de ses méthodes, affronte un meurtrier sanguinaire.

Le dernier des Mohicans
COOPER Fenimore J. 2990/5
2001-l'odyssée de l'espace
CLARKE Arthur C. 349/2
Le diable au corps
RADIGUET Raymond 2969/1
Dragonheart
POGUE Charles Edward 4287/4
Elisa
FERNANDEZ-RÉCATALA 3980/4
E.T. L'extraterrestre
SPIELBERG Steven 1378/3
E.T. La planète verte
SPIELBERG Steven 1980/3
Etat second
YGLESIAS Rafael 3629/6
L'été en pente douce
PELOT Pierre 3249/3
Excès de confiance
ELLISON James 4245/3
Farinelli
CORBIAU Andrée 3955/3
Forrest Gump
Winston Groom 3816/4
Le Fugitif
DILLARD J.-M. 3585/4
Frankenstein
SHELLEY Mary 3567/3
Gaston Phébus
De BEARN Myriam & Gaston 2772/6, 2773/7 & 2774/5
Germinal
ZOLA Emile 901/3
Geronimo
CONLEY Robert J. 3714/3
Golden Girl
NASH Alanna 4241/6
Le grand chemin
HUBERT Jean-Loup 3425/3
L'homme sans visage
HOLLAND Isabelle 3518/3
Ils voulaient la lune
SHEPARD Alan 4115/7
Independence Day
DEVLIN & EMMERICH 4286/6
Le jardin secret
HODGSON BURNETT Frances 3655/4
J'étais empereur de Chine
PU-YI 2327/6
JF partagerait appartement
LUTZ John 3335/4
JFK
GARRISON Jim 3267/5 Inédit

Cinéma

Jonathan Livingston
le goéland
BACH Richard 1562/1 Illustré
Joy
LAUREY Joy 1467/2
Joy & Joan
LAUREY Joy 1703/2
Joy (Le retour de)
LAUREY Joy 3388/3
Junior
FLEISCHER Leonore 3876/3
Kramer contre Kramer
CORMAN Avery 1044/3
Lancelot,
le premier chevalier
CHADWICK Elizabeth 4030/4
La lectrice
JEAN Raymond 2510/1
La liste de Schindler
KENEALLY Thomas 2316/6
Little Big Man
BERGER Thomas 3281/8
Love story
SEGAL Erich 412/1
La machine
BELLETTO René 3080/6
Madame Bovary
FLAUBERT Gustave 103/3
Le Magicien d'Oz
BAUM Frank 1652/1
Maman j'ai encore raté
l'avion
SINGER A. L. 3387/2
Le mari de
l'Ambassadeur
HEBRARD Frédérique 3099/6
Meurtre à la une
DIEHL William 4247/6
1492
La conquête du paradis
THURSTON Robert 3403/3
Milliardaire malgré lui
SUNSHINE Linda 3831/4
Misery
KING Stephen 3112/6
Les nuits fauves
COLLARD Cyril 2993/3
Les oiseaux se cachent
pour mourir
**McCULLOUGH Colleen 1021/4
& 1022/4**
Oliver's story
SEGAL Erich 1059/2
Orphée
COCTEAU Jean 2172/1
Où sont les hommes ?
Mc MILLAN Terry 4037/8
Peter Pan
BARRIE James M. 3174/2
Peur Bleue
KING Stephen 1999/3
Présumé innocent
TUROW Scott 2787/7
Priez pour nous
DUROY Lionel 3138/4
Le Prince des marées
CONROY Pat 2641/5 & 2642/5
Pulsions
DePALMA Brian 1198/3
Les quatre filles
du Dr March
ALCOTT Louisa M. 3877/3
La reine Margot
DUMAS Alexandre 3279/3
Rends la monnaie, papa !
FAUCHER Elizabeth 3746/3
Richard au pays des livres
magiques
STRASSER Todd 3875/4
Robocop
NAHA Ed 2310/3
Running Man
KING Stephen 2694/3
Sauvez Willy
HOROWITZ Jordan 3627/4
Sauvez Willy - 2
HOROWITZ Jordan 4078/4
La servante écarlate
ATWOOD Margaret 2781/5
Shining
KING Stephen 1197/5
Simetierre
KING Stephen 2266/6
Le sixième jour
CHEDID Andrée 2529/3
Stargate
DEVLIN Dean 3870/6
Striptease
HIAASEN Carl 4284/7
Le temps de l'innocence
WHARTON Edith 3393/5
The Player
TOLKEN Michael 3483/3
37°2 le matin
DJIAN Philippe 1951/4
Les Trois Mousquetaires
DUMAS Alexandre 3461/7
Un mari, c'est un mari
HEBRARD Frédérique 823/2
Un Indien dans la ville
Le NABOUR Eric 3979/3
Une journée en enfer
CHIEL Deborah 4031/3
Vingt mille lieues sous les
mers
VERNE Jules 3654/5

Classiques

La plupart des ouvrages sont précédés d'un cahier inédit et illustré sur la vie et l'œuvre de l'auteur.

BALZAC HONORÉ DE
Le père Goriot
1988/2
Le colonel Chabert
3235/1
La cousine Bette
3856/4

BARBEY D'AUREVILLY
Les Diaboliques
4056/3

BAUDELAIRE CHARLES
Les Fleurs du mal
1939/2

DAUDET ALPHONSE
Tartarin de Tarascon
34/1
Lettres de mon moulin
844/1
Le Petit Chose **3339/2**

DEFOE DANIEL
Moll Flanders
4162/3

DIDEROT DENIS
Jacques le fataliste
2023/3

DUMAS ALEXANDRE
La reine Margot
3279/3
Les Trois Mousquetaires
3461/7
Robin des Bois, le proscrit
4311/3

ERCKMANN-CHATRIAN
Histoire d'un conscrit de 1813
3826/2
L'invasion **4012/2**

FÉVAL PAUL
Le Bossu **3296/3**
Lagardère **3985/4**

FLAUBERT GUSTAVE
Madame Bovary
103/3
L'éducation sentimentale
3695/4

HAGGARD H. RIDER
Les mines du roi Salomon
3607/1

LONDON JACK
Croc-Blanc
2887/3
Martin Eden
3553/5

DE MAUPASSANT GUY
Une vie **1952/2**
L'ami Maupassant
2047/2
Le Horla **2187/1**
Bel-Ami **3366/3**
Apparition **3514/1**
Pierre et Jean
3784/1

POE EDGAR ALLAN
Le chat noir
2004/3
Arthur Gordon Pym
3675/3

POUCHKINE ALEXANDRE
Eugène Onéguine
2095/2

RADIGUET RAYMOND
Le diable au corps
2969/1

RENARD JULES
Poil de carotte
11/1

RIMBAUD
Une saison en enfer...
3153/3

ROSTAND EDMOND
Cyrano de Bergerac
3137/3

SAND GEORGE
La mare au diable
3194/1

SCOTT WALTER
Ivanhoé
4035/5

SHELLEY MARY W.
Frankenstein
3567/3

STENDHAL
Le rouge et le noir
1927/4
La Chartreuse de Parme
2755/5

STEVENSON ROBERT LOUIS
Les trafiquants d'épaves
3718/4

STOKER BRAM
Dracula
3402/6

TWAIN MARK
Tom Sawyer
3030/3
Huckleberry Finn
3570/3

VALLES JULES
L'enfant
3833/3
Le bachelier
3993/3
L'insurgé
4035/3

VERLAINE
Poésies
3212/2

ZOLA ÉMILE
Germinal
901/3
Thérèse Raquin
1018/2

ANTHOLOGIES
La poésie des Romantiques
par B. Vargaftig
3535/2
Poésie de Résistance
par B. Vargaftig
3767/2

Les chemins de l'enfance

Enfances merveilleuses ou meurtries, des témoignages et des récits où le rire alterne avec les larmes.

BAILLY Othilie
L'enfant dans le placard
3029/1
L'enfant qui se laissait mourir
3859/1

BARRON Judy & Sean
Moi, l'enfant autiste
3900/4

BOTTE & MARI
Le prix d'un enfant
3983/4

CHEDID Andrée
Le sixième jour
2529/3
L'enfant multiple
2970/3

COLETTE
Le blé en herbe
2/1

COLOMBANI M.-F.
Donne-moi la main, on traverse
2881/3

CORMAN Avery
Kramer contre Kramer
1044/3

GLASER & PALMER
En l'absence des anges
3318/6

HAMEL Françoise
Ida, histoire d'une parricide
3831/3
« J'ai tué mon père. » L'histoire vraie d'un drame pas ordinaire.

HAYDEN Torey L.
L'enfant qui ne pleurait pas
1606/3
Sheila, six ans, a ligoté un bébé à un arbre et mis le feu...
Kevin le révolté
1711/4
Les enfants des autres
2543/5
La forêt de tournesols
2988/5
Une enfant comme les autres
3369/6

JULIET Charles
L'année de l'éveil
2866/3

KLEIN Norma
Mon rayon de soleil
3367/3

L'HÔTE Jean
Confessions d'un enfant de chœur
260/2
La Communale
2329/2

LAFON Monique
Mon enfant, ma douleur, mon bonheur
2901/3

LEFEVRE Françoise
Le petit prince cannibale
3083/3

LOWERY Bruce
La cicatrice
165/1
Affligé d'un bec-de-lièvre, Jeff cherche à sortir de sa solitude mais il s'y enferme encore plus.

de MAISTRE M.C. et G.
Interdit d'enfance
3515/5 Illustré

MOUSSEAU Renée
Mon enfant mon amour
1196/1

OYLER Chris
Va vers la lumière, mon fils
3004/3

PROVIS Martine
La soupe aux cailloux
3557/3
Les chemins de pierre
3751/3
Quand on a connu une enfance martyre, cloîtrée et rouée de coups par ses parents, même la liberté a un goût amer. C'est ce que découvre Martine Provis, sur ces chemins de pierre et d'errance.

RENARD Jules
Poil de carotte
11/1

RHODES Evan H.
Le prince de Central Park
819/2

THOMAS Eva
Le viol du silence
2527/3
Dans le silence de la nuit, Marie est violée par son père. Sans défense, victime rêvée... Trente ans durant, elle vit l'horreur de cette nuit-là...

WILLIAMS Donna
Si on me touche, je n'existe plus
3445/4
Quelqu'un, quelque part
4144/4 Inédit
Récit émouvant d'une renaissance, par l'auteur de *Si on me touche, je n'existe plus*.

4389

Photocomposition Assistance 44-Bouguenais
Achevé d'imprimer en Europe (France)
par Brodard et Taupin à La Flèche (Sarthe)
le 20 janvier 1997. 1698R
Dépôt légal janvier 1997. ISBN 2-290-04389-3
Éditions J'ai lu
84, rue de Grenelle, 75007 Paris
Diffusion France et étranger : Flammarion